Annie Darling vit à Londres dans un petit appartement dont les murs menacent de se fissurer sous les piles chancelantes de livres qui les compriment. Elle a deux grandes passions : la littérature et Mr Mackenzie, son chat, un british shorthair.

Annie Darling

La Petite Librairie des cœurs brisés

Traduit de l'anglais (Grande-Bretagne)
par Florence Moreau

Hauteville

Hauteville est un label des éditions Bragelonne

Titre original : *The Little Bookshop of Lonely Hearts*
Copyright © Annie Darling 2016
Initialement publié en 2016 par HarperCollins, Londres.
Tous droits réservés.

© Bragelonne 2017, pour la traduction française

ISBN : 978-2-8112-2746-3

Bragelonne – Hauteville
60-62, rue d'Hauteville – 75010 Paris

E-mail : info@editions-hauteville.fr
Site Internet : www.editions-hauteville.fr

London Gazette

AVIS DE DÉCÈS

Lavinia Thorndyke (officier de l'ordre de
l'Empire britannique),
1er avril 1930-14 février 2015

Lavinia Thorndyke, célèbre libraire, mentor ayant défendu sans relâche les couleurs de la littérature, vient de s'éteindre à l'âge de quatre-vingt-quatre ans. Née le 1er avril 1930, Lavinia Rosamund Melisande Thorndyke était la benjamine et l'unique fille de Sebastian Marjoribanks, le troisième lord Drysdale, et de sa femme Agatha, fille du vicomte et de la vicomtesse Cavanagh.

Le frère aîné de Lavinia, Percy, fut tué en luttant aux côtés des loyalistes en Espagne, en 1937. Les jumeaux, Edgar et Tom, ont tous deux servi dans la Royal Air Force et trouvé la mort à une semaine d'intervalle durant la bataille d'Angleterre. Lord Drysdale est décédé en 1947, son titre et la propriété familiale sise dans le North Yorkshire revenant alors, conformément à la loi, à un cousin.

En conséquence de quoi, Lavinia et sa mère s'établirent à Bloomsbury, juste à côté de *Bookends*, la librairie que cette dernière s'était vu offrir par ses parents en 1912, à l'occasion de son vingt et unième anniversaire, dans l'espoir que cela la détournerait de son engagement en faveur du mouvement des suffragettes.

En 1963, dans un éditorial écrit pour *The Bookseller*, Lavinia évoquait ce souvenir : « Ma mère et moi avons trouvé un véritable réconfort parmi les rayonnages de livres. Désormais sans famille, nous avons été reconnaissantes aux Bennet d'*Orgueil et Préjugés*, aux Mortmain du *Château de Cassandra*, aux March des *Quatre Filles du docteur March* et aux Pocket des *Grandes Espérances* de nous adopter. Les pages de nos romans préférés comblaient nos attentes. »

Lavinia fréquenta la célèbre école de jeunes filles de Camden, puis étudia la philosophie à Oxford où elle rencontra Peregrine Thorndyke, troisième et dernier fils du duc et de la duchesse de Maltby.

Ils se marièrent à la cathédrale St Paul à Covent Garden, le 17 mai 1952, et le couple s'installa dans l'appartement situé au-dessus de *Bookends*. En 1963, à la mort d'Agatha, les Thorndyke emménagèrent dans sa demeure de Bloomsbury Square où ils accueillirent, conseillèrent, éduquèrent et nourrirent – au sens propre comme au figuré – un nombre incroyable de jeunes écrivains. Lavinia reçut le titre d'officier de l'ordre de l'Empire britannique en 1982, pour ses services rendus au secteur de la librairie.

Peregrine mourut en 2010, terrassé par le cancer.

Lavinia demeurait une figure légendaire de Bloomsbury.

CHAPITRE PREMIER

La commémoration qui suivit les funérailles de Lavinia Thorndyke se tint dans la société littéraire, exclusivement réservée aux femmes, à laquelle elle avait appartenu pendant plus de cinquante ans, à Covent Garden, dans la Endell Street.

Les parents et amis de la défunte furent accueillis dans une salle de réception lambrissée dont les fenêtres donnaient sur les rues animées, au premier étage. Et même si le cortège revenait à peine du cimetière, l'assemblée bigarrée ressemblait à un arc-en-ciel. Les femmes arboraient des tenues fleuries, tandis que les hommes avaient revêtu des costumes blancs et des chemises aux couleurs acidulées ; l'un d'eux avait osé une veste d'un jaune poussin éclatant, comme s'il s'était donné pour mission de compenser l'absence de soleil, en ce morne jour de février.

Car Lavinia avait laissé des instructions très claires dans la lettre relative au déroulement de son enterrement :

« Surtout pas de noir.

Que des couleurs gaies, et l'ambiance d'une garden-party très animée, si possible. »

Posy Morland portait une robe du même rose pâle que les fleurs préférées de Lavinia. Elle l'avait exhumée du fin fond de son armoire, où la pièce était accrochée depuis presque une décennie, derrière une fourrure en fibres synthétiques aux motifs léopard qui datait elle aussi de sa vie estudiantine.

Durant les années qui avaient suivi, sa consommation abondante de pizzas, parts de gâteaux et verres de vin n'avait pas été sans conséquence sur sa silhouette, de sorte que la robe la serrait étroitement au niveau de la poitrine et des hanches, mais au moins, elle s'était conformée à la volonté de Lavinia. Posy tirait donc – en vain – sur le tissu en coton étriqué tout en sirotant une coupe de champagne, autre souhait expressément émis par Lavinia.

Le bruit des conversations s'était intensifié à mesure que les bouteilles se vidaient, atteignant désormais un niveau assourdissant.

— Le premier abruti venu peut monter *Le Songe d'une nuit d'été*, mais il faut un vrai talent pour le présenter en toge, déclama derrière elle un homme sur un ton d'acteur prétentieux, en forçant sa voix pour se faire entendre de son interlocuteur.

Nina, qui était assise à côté de Posy, gloussa, puis tâcha de camoufler son éclat de rire sous un toussotement distingué.

— Ce n'est pas grave, il n'est pas interdit de rire, la rassura Posy.

En effet, les deux individus qui parlaient théâtre étaient en train de s'esclaffer si bruyamment que l'un d'eux dut se pencher en avant et poser les mains sur ses genoux pour reprendre sa respiration.

— Lavinia a toujours affirmé que les meilleurs enterrements se transformaient en joyeuses fêtes, ajouta-t-elle.

Nina soupira. Elle avait assorti sa robe Vichy à sa chevelure, actuellement teinte en un bleu de Prusse éclatant.

— Ce qu'elle va me manquer, dit celle-ci.

— La librairie ne sera plus jamais la même sans Lavinia, renchérit Verity, assise de l'autre côté de Posy.

Elle était vêtue de gris, ayant argué que ce n'était pas du noir, et qu'elle n'avait ni le teint ni l'humeur à porter des couleurs joyeuses.

— J'ai l'impression qu'elle va débarquer d'un instant à l'autre et nous raconter, tout excitée, le dernier roman qui l'a tenue éveillée une bonne partie de la nuit, poursuivit-elle.

— Que son champagne de 17 heures, le vendredi soir, va me manquer ! déclara à son tour Tom. Pourtant, je déteste le champagne, mais je n'ai jamais eu le cœur de le lui avouer.

Les trois jeunes femmes et Tom, qui constituaient le personnel de *Bookends*, entrechoquèrent leurs coupes, et Posy était certaine qu'ils égrèneraient pendant longtemps encore ensemble leurs souvenirs liés à Lavinia.

Sa voix fébrile de jeune fille, son anglais parfait des années 1930, comme les héroïnes de Nancy Mitford.

Sa ferveur littéraire, car bien qu'elle eût lu tous les livres et connu tout le monde, elle était encore très enthousiaste à l'idée de découvrir de nouveaux romans.

Les roses du même ton que la robe de Posy qu'elle achetait le lundi et le jeudi matin, et qu'elle plaçait de façon savamment désordonnée dans un vase en verre bon marché et ébréché qu'elle avait acquis chez *Woolworths*, en 1960.

Cette habitude qu'elle avait d'appeler chacun « mon trésor », et comment elle avait le pouvoir de donner à ce surnom une inflexion affectueuse, réprobatrice ou taquine.

Oh, Lavinia ! Adorable et si drôle Lavinia, et d'une générosité sans bornes, pensa Posy. Après le décès de sa mère et son père dans un accident de voiture, sept ans auparavant, la vieille dame l'avait non seulement embauchée à la librairie, mais elle l'avait aussi hébergée gracieusement dans l'appartement situé au-dessus de *Bookends*, là où elle avait toujours vécu avec ses parents et son petit frère. Aussi était-elle très affectée par la disparition soudaine de Lavinia. Une immense tristesse l'avait envahie jusqu'à la moelle et pesait sur son cœur.

En plus de son chagrin, Posy était folle d'inquiétude. Une angoisse sourde lui donnait de violentes crampes d'estomac : maintenant que Lavinia n'était plus de ce monde, qu'allait-il advenir de *Bookends* ? En outre, il était hautement improbable, pour ne pas dire impossible, que le prochain propriétaire les laisse disposer gratuitement de l'appartement qu'ils occupaient, Sam et elle. D'ailleurs, une telle abnégation aurait prouvé qu'il n'avait aucun sens des affaires et aurait été bien dommageable à *Bookends*.

Or, eu égard au maigre salaire de Posy en tant que libraire, son frère et elle ne pourraient trouver à se reloger que dans une cage à lapins située à des années-lumière de Bloomsbury. Sam devrait par conséquent changer d'établissement, et si les fins de mois devenaient trop difficiles, ils seraient même contraints de quitter Londres pour s'établir dans le pays de Galles, à Merthyr Dyfan, où Posy n'avait plus vécu depuis qu'elle savait marcher, pour camper dans la modeste et étroite maison mitoyenne de leurs grands-parents ; il lui faudrait donc tenter de se faire embaucher dans l'une des rares librairies locales, en espérant qu'elles n'avaient pas toutes fermé.

Aussi, oui, Posy était-elle triste, désespérée, doublement accablée par la perte de Lavinia et la peur du lendemain ; elle avait été incapable d'avaler la moindre bouchée depuis ce matin. De plus, elle se sentait coupable de se tracasser pour son avenir alors qu'elle n'aurait dû éprouver que du chagrin.

— Est-ce que tu as une petite idée du sort qui va être réservé à la librairie ? hasarda tout à coup Verity.

Et Posy se rendit compte que tous les quatre étaient perdus dans leurs pensées depuis de très longues minutes, à présent.

Elle secoua la tête.

— Non, mais je suis convaincue que nous en saurons davantage sous peu, répondit-elle.

13

Et elle s'efforça d'adresser un sourire encourageant à son amie, certaine pourtant que celui-ci s'apparentait plus à une grimace de détresse.

Verity fournit en vain le même effort.

— J'étais restée au chômage pendant un an avant que Lavinia m'emploie, et encore, c'était juste parce qu'elle trouvait que mon nom, Verity Love, était le plus merveilleux qu'elle ait jamais entendu.

Elle se pencha alors vers Posy pour lui murmurer à l'oreille :

— Je ne sais absolument pas me vendre, je rate tous mes entretiens.

— Moi, c'est encore pire, je n'ai jamais passé d'entretien, lui confia aussitôt Posy.

Elle avait en effet toujours travaillé à *Bookends*. D'ailleurs, sur les vingt-huit années qu'elle avait vécues sur terre, elle y en avait passé vingt-cinq : son père en était le gérant, et sa mère tenait le salon de thé qui jouxtait la librairie. Posy avait appris l'alphabet en rangeant les livres dans les rayonnages, et le calcul en rendant la monnaie aux clients.

— Je n'ai pas de C.V., poursuivit-elle, et si j'en avais un, il ne dépasserait pas une demi-feuille.

— Lavinia n'a même pas pris la peine de lire le mien, intervint alors Nina, et c'était sans doute préférable, vu que je m'étais fait renvoyer de mes trois derniers postes.

À ces mots, elle tendit les bras pour que ses collègues les inspectent et ajouta :

— Elle m'a juste demandé de lui montrer mes tatouages, et l'affaire était conclue.

Sur l'un d'entre eux était représentée une rose aux pétales bien éclos et à la tige parsemée d'épines, qui enchâssait une citation des *Hauts de Hurlevent* : « De quoi que soient faites nos âmes, la sienne et la mienne sont pareilles. »

L'autre bras, dans un registre très différent, détaillait la scène où le Chapelier fou assiste au thé, dans *Alice au pays des merveilles*.

Les trois jeunes femmes se tournèrent ensuite d'un même mouvement vers Tom, puisque c'était à lui d'avouer son incapacité à trouver un emploi en dehors de *Bookends*.

— Je prépare une thèse, leur rappela-t-il ; aussi, je pourrais facilement donner des cours ou faire de la recherche, mais je veux continuer à travailler à *Bookends*. Le lundi, on mange du gâteau !

— Le lundi ? Tous les jours, oui ! répliqua Posy. Écoutez, aucun d'entre nous ne sait ce qui va se passer, mais je suppose qu'on va continuer comme avant jusqu'à ce que… Non, tout va changer, mais pour l'instant, pensons à combien nous avons aimé Lavinia et…

— Ah, vous voilà ! Les enfants abandonnés de Lavinia ! Sa joyeuse bande d'inadaptés, déclara soudain une voix masculine.

Une voix au timbre profond et plaisant, que Posy aurait pu trouver attirante, si les propos qu'elle énonçait n'étaient pas toujours sarcastiques et cinglants.

Posy leva la tête vers Sebastian Thorndyke, dont le visage aurait été séduisant, n'eût été le sourire méprisant qu'il arborait en permanence.

— Tiens, Sebastian ! rétorqua-t-elle d'un ton sec. Le plus grossier personnage de Londres.

— Je te le concède, renchérit-il de ce ton suffisant et autoritaire qu'il maîtrisait à la perfection depuis l'âge de dix ans et qui faisait toujours bouillir Posy. Le *Daily Mail* a affirmé que je l'étais, et le *Guardian* aussi d'ailleurs, donc ce doit être vrai.

Sur ces mots, il baissa les yeux vers elle et s'attarda sur sa poitrine qui, pour être honnête, semblait tester la résistance des boutons de sa robe. Au moindre mouvement un peu trop brusque, elle risquait d'exposer, à la vue de tous, son soutien-gorge *Marks & Spencer* à l'imprimé défraîchi, ce qui aurait été déplacé en toute occasion, mais particulièrement lors d'une cérémonie comme celle-ci. Et surtout devant Sebastian ! Mais ce dernier avait cessé de loucher sur ses seins, constata-t-elle, et inspectait à présent la salle, sans doute en quête d'une personne qu'il n'avait pas encore offusquée.

Sebastian, l'unique petit-fils de Lavinia, était tellement imprévisible ! Posy était tombée amoureuse de lui à l'âge de trois ans, quand elle était arrivée à *Bookends* et avait croisé le garçonnet de huit ans qu'il était alors, au sourire doux et aux yeux couleur chocolat. Elle était restée amoureuse de lui très longtemps, le suivant partout dans *Bookends* comme un petit chien dévoué et fidèle, jusqu'à ce qu'elle ait dix ans et qu'il l'enferme dans la cave à charbon froide et humide de la librairie, où proliféraient araignées, cafards, rats et toutes sortes de créatures affreuses, rampantes et porteuses de maladies.

Il avait ensuite prétendu ignorer où elle se trouvait et n'avait avoué son forfait que lorsque sa mère, affolée, avait été sur le point d'appeler la police.

Posy s'était depuis remise de l'affaire, même si elle n'était jamais redescendue à la cave ; depuis ce jour, Sebastian était son ennemi juré. Depuis les années d'adolescence où il était maussade et souvent de mauvaise humeur, en passant par la décennie suivante où il s'était montré sans scrupules et avait fait fortune en développant d'atroces sites sur Internet (dont l'un avait même joué en sa défaveur), jusqu'à aujourd'hui où, dans la première moitié de sa trentaine dissolue, il ne se passait pas un jour sans qu'un tabloïd lui consacre sa une, avec à son bras une superbe blonde… mannequin, actrice ou autre.

Sa notoriété avait atteint son summum après sa première et dernière apparition à l'émission *Question Time* de la BBC, après qu'il eut dit à un député qui pestait contre tout, des réfugiés à la taxe carbone, qu'il avait besoin d'une bonne bière et d'un petit joint pour se détendre. Puis, lorsqu'une femme dans le public avait pris la parole pour se plaindre longuement de la sous-rémunération des enseignants, Sebastian avait bâillé à s'en décrocher la mâchoire et déclaré : « Ce que je m'ennuie, ici. J'ai vraiment besoin d'un verre. Est-ce que je peux rentrer chez moi ? »

Cette intervention lui avait valu dans la presse le titre de personnage le plus grossier de Londres, et Sebastian n'avait reculé devant rien pour être à la hauteur de sa réputation, encore qu'il n'eût besoin de nul encouragement pour se montrer odieux ; Posy était convaincue que le gène de l'agressivité représentait 80 % de son ADN.

Et s'il était de fait très facile de détester Sebastian, il l'était encore plus d'apprécier sa beauté.

Lorsqu'il n'arborait pas une expression méprisante, il pouvait afficher un sourire éclatant ; en outre, son regard ténébreux, hérité de son père (sa mère, Mariana, ayant toujours eu un faible pour les Méditerranéens), était particulièrement frappant. Sa chevelure, noire de jais, bouclait comme celle d'un chérubin, ce qui donnait envie aux femmes d'enrouler leurs doigts autour.

De plus, il était élancé et d'une taille imposante (un mètre quatre-vingt-dix selon *Tatler*, qui prétendait, contre tout bon sens, qu'il était le meilleur parti du pays) ; il avait aussi une passion pour les costumes excessivement ajustés qui frisaient l'indécence.

Aujourd'hui, conformément à la dernière volonté de Lavinia, il portait un costume bleu marine, une chemise rouge à pois blancs accordée à sa pochette…

— Tignasse, arrête de me dévisager comme ça… Tu commences à baver d'admiration !

À ces mots, Posy devint aussi cramoisie que sa chemise. Elle en resta d'abord bouche bée, puis, retrouvant ses esprits, répliqua :

—Certainement pas ! Tu peux toujours rêver.

Mais sa protestation ne fit que glisser sur le cuir de Sebastian, qui semblait traité au téflon. Elle réfléchissait alors à la pique bien sentie qu'elle pourrait lui envoyer, ce qui n'avait rien d'évident, lorsque Nina lui donna un petit coup de coude.

—Allez, aie un peu de cœur, Posy, murmura-t-elle entre ses dents. On vient juste d'enterrer sa grand-mère.

Il était vrai que Lavinia avait toujours été le point faible de sa muflerie. Il avait l'habitude de débarquer à la librairie en s'écriant : « Arrête tout, grand-mère, je t'emmène à un cocktail ! » Soit dit en passant, il n'entrait jamais dans une pièce, il s'y ruait. Puis il ajoutait : « Que dirais-tu d'un bon martini ? »

Lavinia avait adoré Sebastian, en dépit de ses nombreux défauts.

« Il faut être indulgente avec lui », s'évertuait-elle à répéter quand elle surprenait Posy en train de lire ses derniers méfaits dans la presse à scandale, qu'il s'agisse d'une liaison adultère ou d'une application pour rencontres sensuelles et sans suite, *Pécho*, qui lui avait rapporté des millions. « Ce pauvre garçon a été bien trop gâté par sa mère », poursuivait-elle.

Un peu plus tôt, Sebastian avait déclamé un éloge funèbre, qui avait déclenché des éclats de rire dans l'assemblée. Tout le monde avait tendu le cou pour l'apercevoir en train de dresser un portrait vif et saisissant de Lavinia, comme si celle-ci s'était tenue près de lui. Il avait terminé l'oraison par une citation de *Winnie l'Ourson*, un livre que Lavinia, affirmait-il, lui avait lu des milliers de fois quand il était enfant.

—Comme je suis chanceux d'avoir eu dans ma vie quelqu'un dont il est si difficile de se séparer, avait-il conclu.

Et seuls les proches qui connaissaient Sebastian aussi bien que Posy avaient pu remarquer la légère fêlure dans sa voix, à cet instant-là. Puis il avait baissé les yeux vers ses notes, ce qu'il n'avait pas fait une seule fois pendant son discours, avant de relever la tête et d'adresser un sourire radieux à l'assemblée. Le moment d'émotion était passé.

À présent, Posy se rendait compte que même si la disparition de Lavinia l'affectait terriblement, Sebastian en souffrait encore plus.

—Toutes mes condoléances, lui dit-elle. Je sais combien elle va te manquer.

—Merci, c'est très aimable à toi, répondit-il d'une voix un peu tremblante avant de se ressaisir pour contre-attaquer. Mais franchement, «Toutes mes condoléances», c'est d'un banal… Ça ne veut rien dire, en fait. J'ai horreur des clichés.

—Ils ont le mérite de permettre aux gens d'exprimer leur compassion, car il est toujours difficile, quand une personne meurt, de…

—Et voilà que tu prends maintenant un ton sérieux! C'est d'un ennui… Honnêtement, je préfère quand tu es vache.

Verity, qui ne supportait pas le conflit, détourna la tête, Nina toussota, et Tom regarda Posy comme s'il attendait qu'elle envoie un trait d'esprit mordant à son adversaire, auquel cas il risquait de patienter très longtemps…

— Grossier personnage, marmonna-t-elle. Et moi qui pensais qu'aujourd'hui, en ce jour si particulier, tu serais moins odieux ! Tu devrais avoir honte.

— Oui, sans doute, renchérit Sebastian d'une voix teintée d'ironie. Et toi, Tignasse, j'aurais cru qu'en ce jour unique tu te serais brossé les cheveux.

Et sur ces mots, il osa tirer une de ses mèches ; Posy lui donna alors une vive tape sur la main pour qu'il la lâche.

Posy rêvait d'une chevelure qui serait retombée en boucles sur ses épaules, ou encore de façon bien lisse, telle une nappe de soie. Certes, elle aimait sa couleur châtain, rehaussée de tons roux, voire auburn en fonction de la lumière, mais ce qui la consternait, c'étaient les nœuds qui la constituaient, évoquant des abeilles collées à un pot de miel. Si elle la brossait, elle se transformait en un énorme champignon crépu, et si elle tentait de la peigner, c'était un exercice aussi vain que futile, puisqu'elle se heurtait à une succession de nœuds indémêlables, de sorte qu'elle rassemblait sa crinière derrière sa tête et la retenait avec ce qui lui tombait sous la main. En général, c'était des crayons, mais aujourd'hui elle avait fait un effort et utilisé des pinces colorées. Elle avait espéré ainsi se donner un air bohème, mais visiblement, elle n'avait pas obtenu l'effet escompté.

— La nature de mes cheveux ne me permet pas de les brosser, argua-t-elle.

— C'est vrai, approuva Sebastian. On imaginerait sans peine des oiseaux y faire leur nid. Bon, et maintenant, debout ! Suis-moi !

Son ton était si péremptoire que Posy, par réflexe, s'apprêtait à obtempérer quand elle se ravisa : elle n'avait nul besoin de lui obéir. Pourquoi l'aurait-il délogée du siège où elle était si confortablement installée ? De surcroît, comme elle avait avalé deux coupes de champagne sans avoir rien mangé depuis le réveil, elle avait les jambes en coton.

— Je ne vois pas pour quelle raison je te suivrais. Je suis très bien là où je suis… Mais… Mais qu'est-ce que tu fais ?

Sebastian était en train de la malmener, voilà ce qu'il faisait ! Il avait glissé les mains sous ses aisselles pour la forcer à se lever, mais, comme elle était d'une nature plus robuste que les créatures aériennes qu'il fréquentait habituellement, elle ne bougea pas d'un pouce jusqu'à ce que les efforts de son tourmenteur pour la soulever et sa lutte pour s'y opposer provoquent l'inévitable : deux boutons de sa robe finirent par céder, et son soutien-gorge fut subitement exposé à la vue de tous ceux qui regardaient dans sa direction.

Et en l'occurrence la plupart des invités avaient tourné la tête vers eux, car il était somme toute assez rare que deux personnes en viennent aux mains lors de funérailles.

—Lâche-moi, idiot ! s'emporta Posy tandis que Verity essayait de masquer sa pudeur à l'aide d'un mouchoir, les boutons ayant jailli avec force vers deux angles opposés de la pièce. Regarde ce que tu as fait !

Elle leva alors les yeux vers Sebastian qui contemplait son œuvre avec un intérêt manifeste.

—Si tu t'étais levée quand je te l'ai demandé, il…

—Tu ne me l'as pas demandé, tu me l'as ordonné ! Il ne me semble pas avoir entendu : « s'il te plaît » !

—Cette robe était de toute façon trop moulante, je ne suis absolument pas surpris que les boutons se soient fait la malle à la première occasion, après l'épreuve à laquelle tu les as soumis.

Posy ferma les yeux.

—Va-t'en ! Je ne peux plus te supporter. Pas aujourd'hui.

Visiblement, Sebastian n'avait pas compris ce qu'elle venait de lui dire… car il la tirait à présent par le bras.

—Arrête de faire l'enfant, la sermonna-t-il. Le notaire veut nous voir. Allez viens, et que ça saute !

Le notaire ? L'envie qui la tenaillait de frapper sans ménagement Sebastian reflua sur-le-champ, cependant que son estomac se contractait violemment : une chance qu'elle n'ait rien mangé aujourd'hui.

—Quoi ! Il veut me voir maintenant ?

Sebastian rejeta la tête en arrière.

—Oui, dans quelle langue dois-je m'exprimer ? répliqua-t-il. Des guerres ont été menées et gagnées en moins de temps qu'il ne faut pour t'extirper de ce siège !

—Tu ne m'as pas expliqué de quoi il s'agissait. Tu m'as juste ordonné de me lever, puis tu t'es bagarré avec moi.

—Eh bien, voilà, maintenant, je te l'ai dit! Honnêtement, Tignasse, tu me donnes envie de fuir.

Elle ferma soudain les paupières afin de conjurer les regards anxieux que lui lançaient ses collègues de *Bookends*.

—Pourquoi veut-il me voir? Nous venons juste d'enterrer Lavinia. Ça ne peut donc pas attendre?

—Apparemment non.

Et cette fois, ce fut au tour de Sebastian de fermer les yeux tout en pinçant l'arête de son élégant nez aquilin.

—Si tu ne te bouges pas, je vais devoir te porter sur mes épaules, au risque de me choper une hernie!

Posy bondit immédiatement sur ses pieds.

—Je ne pèse quand même pas si lourd! Merci, ajouta-t-elle à l'intention de Nina qui lui tendait une épingle de nourrice sortie des profondeurs de son sac.

Après quoi, incapable de garder ses mains le long de son corps, Sebastian la saisit par le bras et l'entraîna hors de la salle de réception, alors qu'elle s'efforçait d'attacher les deux pans de sa robe.

Ils traversèrent – ou plus exactement Sebastian marchait à vive allure pendant que Posy tentait de le suivre tant bien que mal – un long corridor aux murs desquels étaient accrochés les portraits de défunts et respectables membres du club.

Alors qu'ils se rapprochaient d'une porte sur laquelle une plaque indiquait « Privé », celle-ci s'ouvrit brusquement, et une mince silhouette tout de noir vêtue surgit sur le seuil. Elle demeura immobile une ou deux secondes avant de se jeter dans les bras de Posy.

— Oh, Posy ! C'est affreux !

Il s'agissait de Mariana, la mère de Sebastian et l'unique enfant de Lavinia.

En dépit de la volonté exprimée par cette dernière, sa fille était en noir de la tête aux pieds, son austère tenue étant complétée par une très belle mantille en dentelle, sans doute un rien déplacée, mais Mariana avait toujours eu un penchant pour les effets théâtraux et la dramatisation.

Posy l'enlaça tendrement, et celle-ci l'étreignit comme si elle était la dernière bouée de sauvetage du *Titanic*.

— C'est affreux, répéta Posy en soupirant. Je n'ai pas eu l'occasion de vous parler à l'église, mais je vous présente toutes mes condoléances.

Mariana ne trouva rien à redire, elle, à la phrase éculée que l'on prononçait en pareilles circonstances. Au contraire, elle serra étroitement les mains de Posy, tandis qu'une larme roulait sur sa joue à la peau aussi douce que celle d'un bébé. Elle avait certes recouru à quelques injections de Botox et autres produits de même type pour repulper son visage, mais le temps n'aurait su altérer la beauté fragile et délicate de Mariana.

25

Elle évoquait une pivoine qui, après avoir resplendi dans toute sa gloire, était désormais à une journée ensoleillée d'un déclin tout en grâce et en subtilité : toutefois, si on l'observait de très près, on voyait que ses pétales s'étaient déjà un peu flétris.

— Qu'est-ce que je vais devenir sans maman ? demanda-t-elle d'un ton mélancolique. On se téléphonait tous les jours, et elle me prévenait chaque fois qu'il y avait la remise en jeu d'un Euro Millions pour que j'envoie mon majordome acheter un ticket.

— C'est moi qui vous appellerai, désormais, quand il y aura l'Euro Millions, promit Posy.

Et Sebastian s'adossa à la porte, bras croisés, en levant les yeux au ciel.

Les gens pensaient que Mariana était une ingénue, car elle cultivait un vague air désespéré, grâce auquel elle avait toutefois séduit quatre maris, tous plus riches et titrés les uns que les autres, mais elle était aussi bonne que Lavinia. Plus douce même, car cette dernière supportait difficilement les faibles, tandis que sa fille avait le cœur plus tendre envers ceux qui souffraient.

Quand les parents de Posy étaient morts, Lavinia et son mari Peregrine l'avaient beaucoup soutenue, mais c'était Mariana qui avait quitté Monaco en jet pour regagner Londres et s'occuper plus particulièrement d'elle et de Sam, en ces jours sombres ; elle était alors complètement sidérée par le fait de se retrouver orpheline à vingt et un ans et tutrice légale d'un enfant de huit ans, lui aussi dévasté. Mariana l'avait emmenée chez *Jaeger* afin de lui acheter une robe et un manteau pour les funérailles. Alors que Posy essayait machinalement une tenue dans une cabine, sa bienfaitrice était entrée et lui avait pris le visage entre les mains.

— Je sais que tu penses que je suis folle et futile, avait-elle dit, mais ces obsèques seront très difficiles, sans doute le jour le plus dur de ta vie, ma chérie. Or, une belle robe et un manteau bien coupé constituent une armure. Et cela te fera deux soucis en moins, ce qui n'est pas négligeable, puisque le poids du monde vient de te tomber sur les épaules.

Les achats terminés, Mariana l'avait entraînée chez *Hamleys Toy Shop* pour acheter un immense train électrique à Sam qui, une fois assemblé, avait envahi tout le salon.

Depuis, Mariana envoyait tous les deux mois des vêtements de marque à Posy et des caisses de jouets à Sam. Même si elle semblait penser que cette dernière entrait dans une taille XS alors qu'elle prenait au moins du M, et que Sam était resté pendant sept ans à l'âge de huit ans, elle nourrissait les meilleures intentions.

Et en ce jour qui était certainement le plus difficile de sa vie, Posy tenait également à alléger son fardeau. Elle lui serra les mains à son tour.

— Si je peux faire quoi que ce soit pour vous, n'hésitez pas. Et ce ne sont pas des paroles en l'air, vous pouvez compter sur moi.

— Oh, Posy, personne ne peut m'aider ! affirma Mariana d'une voix triste.

Posy tenta de trouver d'autres mots de réconfort, mais sa gorge se nouait, et ses yeux se brouillaient, elle se contenta donc d'observer l'épingle de nourrice qui tenait sa robe, jusqu'à ce que Mariana se détache d'elle.

— J'ai besoin de rester seule avec mes souvenirs, ajouta-t-elle.

Sebastian et Posy la regardèrent s'éloigner dans le corridor et disparaître à l'angle.

— Je te parie qu'elle va s'ennuyer à mourir au bout de trois secondes, déclara ce premier. Cinq au maximum.

— Non, je ne le crois pas, répliqua Posy, même si elle en doutait un peu elle aussi.

En enchaînant les mariages, Mariana n'avait-elle pas prouvé qu'elle était incapable de vivre seule ?

— Eh bien, ce notaire ? demanda-t-elle.

— Par ici, répondit Sebastian.

Et il ouvrit une porte tout en poussant Posy à l'intérieur, comme s'il craignait qu'elle n'essaie de s'enfuir, et il était vrai qu'elle y pensait… Toutefois, en posant une main ferme au bas de ses reins, Sebastian l'en dissuada, et elle entra bien vite dans la pièce pour se dérober à ce contact qui la brûla à travers le coton de sa robe.

C'était un petit salon où l'on avait privilégié le chintz au détriment du bois, omniprésent partout ailleurs : des rideaux aux sièges, en passant par les chaises, sans oublier les lambrequins. Posy se tenait encore debout, incertaine de la conduite à adopter, tandis que Sebastian s'était assis sur le sofa, jambes croisées. Elle constata alors que ses chaussettes étaient aussi rouges que sa chemise à pois et sa pochette, et que même les lacets de ses richelieus noirs bien cirés se déclinaient dans ce coloris !

Sebastian avait-il des lacets de couleur différente pour les accorder à chacune de ses chemises ? Passait-il chaque matin cinq minutes à les enfiler dans les œillets de ses chaussures ou bien déléguait-il cette tâche à un laquais ?

— Reviens sur terre, Tignasse ! Et ne me dis pas que toi aussi tu as besoin d'être seule avec tes souvenirs !

Elle cligna des yeux.

— Mais pas du tout. Je regardais juste tes chaussures.

— Pardon ? s'étrangla-t-il d'un ton exaspéré. Tu ferais mieux de saluer M. Powell. Et dire que tu me reproches toujours d'être grossier !

Posy détacha immédiatement les yeux de Sebastian et remarqua la présence d'un homme d'âge moyen assis de l'autre côté de la pièce, vêtu d'un costume gris et au nez chaussé de lunettes en demi-lune. Celui-ci lui fit un signe de la main sans enthousiasme.

— Je suis Jeremy Powell, le notaire de feu Mme Thorndyke, annonça-t-il.

Puis il baissa la tête vers une liasse de feuilles posées sur ses genoux et ajouta :

— Vous êtes mademoiselle Morland, n'est-ce pas ?

— Tout à fait. Mais appelez-moi, Posy. Bonjour, monsieur Powell.

Prenant sa respiration, elle croisa les doigts avant de poursuivre :

—S'agit-il de la librairie? Nous nous interrogions tous à ce sujet, mais je ne pensais pas que nous en entendrions parler si tôt. Vous allez la vendre?

Sam et elle avaient essuyé tant de pertes : d'abord leurs parents, ensuite Peregrine, puis Lavinia et maintenant *Bookends*, qui était bien plus qu'une librairie pour eux. Et désormais, ils allaient aussi être orphelins de ce havre qui leur servait de foyer.

—Assieds-toi, Tignasse, au lieu de gigoter comme ça! s'impatienta Sebastian. C'est très désagréable.

Lui décochant un regard sinistre, elle contourna le sofa et s'assit sur le siège qui faisait face à celui de M. Powell. Sebastian sortit alors une bouteille de champagne du seau à glace placé près de lui, et, après avoir enlevé le papier qui en recouvrait le bouchon et défait le muselet qui le retenait, il le sortit en douceur du goulot, avec un art consommé en la matière, de sorte qu'on entendit juste un petit pop, néanmoins très énergique. Puis il prit une des flûtes en cristal disposées sur la table basse, la remplit et la lui tendit.

—Je ne devrais plus boire de champagne, marmonna-t-elle.

D'ailleurs, si l'on devait lui annoncer une mauvaise nouvelle, elle préférerait du cognac. Ou bien une tasse de thé très sucré.

—Ce sont les ordres de Lavinia, l'informa Sebastian.

Et il la regarda droit dans les yeux. Sachant qu'une remarque déplaisante allait suivre, elle détourna la tête, incapable d'en supporter davantage. Et, alors qu'elle n'avait eu l'intention de boire qu'une gorgée de champagne, elle vida son verre d'un trait.

Elle dut se concentrer ensuite pour ne pas hoqueter. Sebastian arbora quant à lui un sourire suffisant, avant d'adresser un petit signe au notaire.

— Monsieur Powell, voulez-vous nous faire les honneurs, maintenant ?

Posy redoutait le pire, mais elle espérait que le discours serait court : « Videz les lieux dans les plus brefs délais et prenez garde en refermant la porte : elle pourrait être tentée de vous mettre un coup de pied au derrière », pourrait par exemple lui dire M. Powell, encore qu'il semblait tout de même plus courtois que cela. Mais au lieu d'ouvrir la bouche, il se pencha vers elle et lui tendit une enveloppe.

Celle-ci était en vélin, et Posy reconnut tout de suite le papier à lettres Quarto de chez *Smythson*, dont Lavinia avait entreposé tout un stock dans son bureau. De sa belle écriture, elle y avait tracé le nom de Posy à l'encre bleu marine, sa préférée.

Ses mains tremblaient tellement qu'elle n'arrivait pas à décacheter l'enveloppe.

— Donne-moi ça, Tignasse !

Elle retrouva tous ses moyens quand il s'agit de flanquer une tape à Sebastian, puis glissa son doigt sous le rabat et sortit de l'enveloppe deux feuilles de papier couleur crème, recouvertes de l'écriture de Lavinia.

Ma très chère Posy,

J'espère que les funérailles n'ont pas été trop sinistres et que le champagne a coulé à flots. J'ai toujours trouvé que la meilleure façon de surmonter un enterrement ou un mariage, c'était d'être un peu éméché.

J'espère aussi que tu n'es pas trop triste. J'ai bien profité de l'existence, comme on dit, et même si je ne suis toujours pas certaine de croire à une vie après la mort, je sais toutefois que si tel est le cas, je serai entourée de gens que j'aime et qui m'ont terriblement manqué. Je retrouverai peut-être mes parents, mes merveilleux frères, tous mes amis qui s'en sont allés avant moi et, surtout, mon cher Perry.

Mais que va-t-il advenir de toi et de Sam, mon adorable Posy ?

Je suis sûre que ma mort, mon décès, mon trépas (quel que soit le mot que j'emploierai, il me semble impensable, ridicule que j'aie quitté mon enveloppe charnelle) a fait resurgir des souvenirs de tes parents. Mais tu te rappelles sans doute ce que Perry et moi t'avions dit lors de cette nuit tragique, après le départ du policier.

Que tu ne devais pas t'inquiéter. Que Bookends *était autant à toi qu'à nous, et que tu y serais toujours chez toi.*

Posy, ma chérie, sache que ce n'étaient pas des paroles en l'air. Bookends *t'appartient. Tu en détiens les clés, le stock ainsi que cet exemplaire des* Hommes viennent de Mars, les femmes viennent de Vénus, *que nous n'avons pas réussi à vendre en quinze ans.*

Je sais que la librairie ne se porte pas bien. J'ai été si réfractaire et hostile à tout changement depuis la mort de Perry, mais je suis persuadée que toi, tu vas lui apporter du sang frais et que, grâce à ton dynamisme, la librairie va renouer avec ses heures de gloire, l'âge d'or du temps de mes parents. Tu vas à coup sûr trouver une solution fantastique pour redonner vie à ce lieu suranné. Avec toi à la barre, Bookends *entamera un nouveau chapitre de sa vie, je ne pouvais laisser ma chère librairie en de meilleures mains.*

Parce que toi, tu sais mieux que personne qu'une librairie est un endroit magique et que tout le monde a besoin d'un peu de magie dans sa vie.

Je ne puis t'exprimer à quel point je suis heureuse que Bookends *reste dans la famille, parce que je vous considère, Sam et toi, comme mes petits-enfants. En outre, tu es le seul être en qui j'ai une absolue confiance pour protéger cet héritage et le conserver à l'intention des bibliophiles des générations à venir. Il est si important pour moi*

— mon ultime volonté sur mon lit de mort, si je puis dire — que Bookends *continue à vivre après moi. Toutefois, si tu n'as pas envie de t'en charger ou, et crois bien que je répugne à écrire ces mots, si la librairie reste déficitaire d'ici à deux ans, alors la possession en reviendra à Sebastian. La dernière chose que je voudrais, ma chère Posy, serait de te confier une mission sous le poids de laquelle tu t'écroulerais, même si je demeure persuadée que ce ne sera pas le cas.*

Encore une précision : n'hésite pas à demander de l'aide à Sebastian. Tu seras amenée à le côtoyer bien plus souvent, à présent, puisqu'il hérite pour sa part de Rochester Mews, *de sorte que vous serez voisins et, je l'espère, amis. Il est temps de pardonner le sombre épisode de la cave à charbon. Bien sûr, Sebastian est parfois un peu tapageur, mais il est attentionné. Cela dit, n'accepte pas n'importe quelle absurdité de sa part : je pense qu'une bonne petite claque lui fera du bien, de temps à autre.*

Au revoir, ma chère enfant. Sois courageuse, et tes efforts seront couronnés de succès. Pour ne pas t'égarer en chemin, n'oublie jamais de suivre ton cœur.

Avec tout mon amour,
Lavinia xxx

CHAPITRE 2

*B*ookends était situé à la pointe nord de Bloomsbury. Les visiteurs qui venaient de Holborn par la Theobalds Road en direction de la Gray's Inn Road manquaient souvent la Rochester Street, petite rue pavée et nichée sur la droite. Mais s'ils la remarquaient et que l'envie les prenait de l'explorer, il y avait de fortes chances pour qu'ils s'arrêtent longuement devant les épiceries fines dont les devantures présentaient d'appétissants fromages, de la charcuterie tout aussi prometteuse pour le palais, ainsi que diverses denrées comestibles hautes en couleur, dans des bocaux de verre.

Ensuite, ils pouvaient contempler des boutiques exposant de belles robes et des tricots d'hiver à la texture aussi douce que leurs motifs étaient joyeux. Après quoi, ils passaient devant le boucher, le barbier, la papeterie, pour tomber sur le pub qui faisait l'angle, c'est-à-dire le *Midnight Bell*, situé juste en face du fish and chips, *No Plaice Like Home*, et d'une confiserie à l'ancienne dont le personnel pesait toujours sur une vieille balance des bonbons acidulés, des boules anisées, de la réglisse, des pastilles à la menthe, des gélifiés en forme de poire, bref, des friandises de toutes sortes, avant de les verser dans des sacs en papier à rayures.

Juste au bout de cette rue absolument charmante, tout droit sortie d'un roman de Dickens, se trouvait une cour appelée *Rochester Mews*.

L'endroit n'était ni particulièrement joli ni particulièrement pittoresque. Des bancs en bois, usés par les intempéries, étaient disposés en cercle au milieu, ainsi que des pots de fleurs colonisés par les mauvaises herbes et quelques arbres, qui semblaient eux aussi avoir connu des jours meilleurs. D'un côté de la cour s'alignaient cinq échoppes vides. À en juger par les enseignes à moitié effacées, elles avaient abrité, dans une autre vie, une boutique de fleurs, une mercerie, un comptoir de thés et cafés, un commerce de timbres et une pharmacie. De l'autre côté de la cour se déployait une échoppe plus grande, encore qu'il s'agisse sans doute de plusieurs magasins réunis pour former un tout hétéroclite. Ses fenêtres en saillie étaient surmontées de marquises défraîchies, à rayures blanches et noires.

Au-dessus de la porte, une enseigne indiquait : *Bookends*, et en ce jour particulier de février, avec le soleil d'après-midi déclinant et les ombres qui s'allongeaient, un cabriolet rouge vif entra dans la cour et s'arrêta juste devant la librairie.

La portière s'ouvrit, et un homme de haute stature s'en extirpa, vêtu d'un costume sombre et d'une chemise du même rouge que son coupé, tout en pestant contre les pavés de la cour qui avaient malmené la suspension de sa Triumph de collection.

La contournant, il ouvrit la portière passager et déclara :

— Allez, Tignasse, mon temps est précieux ! Je t'ai reconduite chez toi, j'ai fait ma B.A. de la journée, et maintenant est-ce que tu peux te magner de sortir de là ?

Une jeune femme vêtue d'une robe rose clair en descendit non sans peine, puis mit quelques secondes à retrouver l'équilibre, comme si elle regagnait enfin la terre ferme après des mois passés en mer. Elle tenait à la main une enveloppe couleur crème.

— Tignasse ! s'impatienta l'homme en faisant claquer ses doigts devant le visage de cette dernière.

Elle sursauta et parut revenir à elle.

— Quel goujat ! Non mais quel goujat ! s'exclama-t-elle à son tour.

— Ne reste pas plantée là comme la tour de Pise !

Puis il s'affala contre le mur pendant qu'elle fouillait dans son sac pour en sortir un trousseau de clés.

— Je n'entrerai finalement pas, dit-il. (Il désigna la cour livrée à elle-même.) Quel dépotoir ! Il va falloir déblayer tout ça assez rapidement. Mais je ne pourrai pas faire grand-chose des *Mews* tant que l'actuelle locataire de la librairie occupera les lieux.

La jeune femme, qui se battait avec la porte pour l'ouvrir, tourna vers lui son visage pâle aux yeux écarquillés.

— Mais je ne suis pas locataire, il me semble que je suis devenue la propriétaire… Et cela pour deux ans, non ?

—On ne va pas discuter de ça maintenant, Tignasse, je suis un homme très pris !

Sur ces mots, il se redressa et se dirigea vers sa voiture.

—À plus tard, lança-t-il en s'y engouffrant.

Elle le regarda s'éloigner dans un crissement de pneus, puis pénétra dans la librairie.

Posy ne se rappelait pas du tout avoir quitté le club en compagnie de Sebastian, ni avoir mis sa ceinture de sécurité, non, rien de rien. Elle avait l'impression qu'une rupture s'était produite dans le continuum espace-temps dès lors qu'elle avait déplié la lettre de Lavinia, puis l'avait remise dans son enveloppe.

Elle la serrait toujours contre son cœur, alors qu'elle se tenait dans la librairie plongée dans la pénombre, entourée des étagères familières, de piles de livres, et de l'odeur réconfortante du papier et de l'encre. Elle était de retour à la maison, et soudain le monde se remettait à tourner rond ; pourtant, elle n'était pas certaine de pouvoir marcher, et encore moins d'imaginer où ses pas pourraient la mener…

Tout à coup, le carillon de la porte retentit, et elle sursauta. Elle se retourna : c'était Sam qui rentrait de l'école, son sac sur l'épaule, l'anorak grand ouvert, en dépit du froid et du fait qu'elle lui répétait chaque matin de remonter la fermeture Éclair.

—Oh, tu m'as fait une de ces peurs ! s'exclama-t-elle.

La pièce était plongée dans l'obscurité, à présent... Combien de temps était-elle restée immobile dans la librairie ? Elle n'en avait pas la moindre idée.

— Tu rentres tard, poursuivit-elle.

— C'est mardi, j'avais un entraînement de foot, répondit Sam en passant devant elle.

Elle remarqua alors qu'il marchait en crabe, et elle sentit son cœur se serrer : les chaussures de son jeune frère étaient trop petites, mais il ne lui en avait rien dit, car elle les lui avait achetées récemment, aux soldes de janvier.

L'année dernière, à la même époque, il était aussi grand qu'elle, mais depuis il avait encore poussé d'une bonne quinzaine de centimètres. Nul doute qu'il serait d'une taille plus imposante que leur père ! Lorsque Sam atteignit le comptoir et appuya sur les interrupteurs, Posy aperçut ses chaussettes blanches un peu sales, ce qui signifiait qu'il avait aussi besoin d'un nouveau pantalon. Elle n'avait pas prévu ces achats dans son budget, ce mois-ci... Elle baissa alors les yeux vers la lettre de Lavinia.

— Ça va, Posy ? Ce n'était pas trop dur ? s'enquit Sam en s'adossant au comptoir, sourcils froncés. On dirait que tu vas pleurer... Tu veux du chocolat ?

— Quoi ? Non, euh si... Enfin, je veux dire que les funérailles étaient difficiles, oui. C'était triste, si triste.

Sam lui jeta un coup d'œil à travers sa frange qu'il refusait de couper, même si Posy le menaçait régulièrement de s'introduire dans sa chambre avec des ciseaux de cuisine quand il dormirait.

—Je maintiens que j'aurais dû y aller. Lavinia était aussi mon amie, dit-il.

Elle sortit enfin de son immobilisme et, étirant ses membres complètement engourdis, s'approcha de son frère dont elle rejeta les cheveux en arrière afin de voir ses yeux. Ils étaient du même bleu que les siens et ceux de leur père. Couleur myosotis, disait leur mère.

—Tu as bien le temps, Sam. Tu verras, quand on grandit, on doit aller à beaucoup d'enterrements, renchérit-elle. Tu finiras par en avoir assez. Et puis il y aura une messe de souvenir plus tard dans l'année. Tu pourras y assister, si ça ne tombe pas un jour d'école.

—Il se peut qu'on ne soit même plus à Londres, d'ici là, reprit Sam, en secouant la tête de telle sorte que sa frange retomba sur son front. Est-ce qu'on t'a dit ce qui allait advenir de la librairie? Tu crois qu'on nous permettra de rester jusqu'à Pâques? Et pour l'école, qu'est-ce qui va se passer? Il faut que je sois rapidement fixé. C'est une année scolaire très importante pour moi.

Sa voix avait légèrement tremblé lorsqu'il avait prononcé cette dernière phrase, et Posy déglutit avec difficulté.

—Personne ne va venir nous déloger, déclara-t-elle alors.

L'énoncer à voix haute ne rendit pas cette réalité plus crédible, ou véritable, car Sebastian semblait avoir des projets pour les *Mews* dont elle ne faisait pas partie… et la librairie encore moins.

40

— Lavinia m'a légué la librairie, poursuivit-elle. Je possède la boutique, donc j'imagine que nous gardons aussi l'appartement au-dessus.

— Mais pourquoi t'aurait-elle légué la librairie ? s'exclama Sam, l'air abasourdi.

Puis il referma la bouche avant qu'une salve de questions vraisemblablement tout aussi déplaisantes ne s'en échappe.

— Enfin, c'est adorable de sa part, bien sûr, reprit-il, mais elle ne t'autorisait même pas à faire la caisse sans surveillance à la fin de la journée.

Il disait vrai, et c'était la conséquence d'une erreur de caisse de cent livres ; or, cette somme n'avait absolument pas disparu, mais la touche zéro de l'appareil était un peu collante ce jour-là, car Posy avait mangé un Twix pendant qu'elle faisait les comptes.

— Lavinia a voulu s'assurer que tout irait bien pour nous après son départ, même si je me demande si c'était la meilleure solution, admit-elle. Oh, Sam, je n'arrive même plus à penser... Bon, tu as des devoirs ?

— Quoi ! Tu me parles de mes devoirs maintenant ? Je ne le crois pas.

Posy soupira, désorientée.

— Écoute, pour commencer j'ai faim ! décréta-t-elle. Je n'ai rien mangé de la journée. On se fait des sandwichs au surimi ?

Ils se préparaient toujours ce plat quand l'un d'entre eux n'allait pas bien, et récemment, ils avaient consommé beaucoup de ces sandwichs !

— On peut ajouter des chips et des haricots en boîte, déclara Sam d'un ton décidé en suivant Posy dans l'arrière-boutique, où se trouvait l'escalier qui menait à leur appartement. Au fait, en anglais, il faut que je choisisse un tube de rap et que je le réécrive dans le style d'un sonnet de Shakespeare. Tu peux m'aider ?

Un peu plus tard, après qu'ils eurent mangé et que Sam eut fait ses devoirs d'anglais – Posy eut d'ailleurs besoin d'un verre de vin, lors de cette séance, pour ne pas trop s'énerver et éviter les portes qui claquent –, elle redescendit l'escalier à pas de loup.

Sam était censé être au lit, mais elle entendait de façon très ténue le son d'un jeu vidéo, en provenance de sa chambre. Tant pis ! Elle n'avait plus la moindre énergie pour l'affronter de nouveau, pas après avoir réécrit le titre de Jay-Z, *99 Problems*, en pentamètres iambiques.

Elle n'avait allumé que quelques appliques de telle sorte que la librairie était en grande partie dans la pénombre quand elle pénétra dans la salle principale. Les étagères recouvraient les murs du sol au plafond ; une grande table de présentation se trouvait au centre, flanquée de trois sofas à divers degrés de décrépitude. Des voûtes menaient à d'autres salles meublées de bibliothèques que Posy suspectait de se multiplier la nuit, car chque fois qu'elle arpentait ces espaces de fond en comble, il lui semblait découvrir des recoins qu'elle n'avait encore jamais vus.

Elle passa un doigt sur les étagères, le dos des livres, comme si elle effectuait un inventaire en silence.

La dernière pièce sur la droite, accessible par une double porte en verre, avait été autrefois un petit salon de thé. Maintenant, c'était une réserve ; les tables et les chaises étaient empilées d'un côté du mur tandis que les moules et les services en porcelaine, provenant pour la plupart de vide-greniers, avaient été rangés dans des cartons. Mais quand Posy fermait les yeux, elle se remémorait le salon du temps de sa splendeur ; elle sentait alors l'odeur du café et des gâteaux tout juste sortis du four qui embaumaient l'atmosphère, elle revoyait sa mère se déplacer entre les tables, resservir du thé ou du café, emporter les assiettes vides avec sa queue-de-cheval dont quelques mèches s'étaient échappées, entourant son visage, ses joues rosies et ses splendides yeux verts.

Pendant ce temps, dans la librairie, son père avait retroussé ses manches – il portait toujours une chemise et un gilet avec un jean – et, juché sur un escabeau roulant, il sélectionnait des livres pour un client qui attendait au pied.

— Si vous avez aimé celui-là, alors vous apprécierez ceux-ci, disait-il en redescendant.

Selon Lavinia, il avait un véritable talent pour la vente.

Quand elle s'approcha du rayon poésie, elle chercha des yeux les trois volumes de poèmes qu'il avait écrits, et qu'ils avaient toujours en stock.

« Je pense que si Ian Morland ne nous avait pas été arraché aussi cruellement, si subitement, il serait devenu l'un de nos plus grands poètes contemporains », avait écrit Lavinia dans un hommage nécrologique.

Sa mère n'avait pas eu droit à un tel honneur, mais elle ne lui manquait pas moins, au contraire. Quand Posy revint sur ses pas pour regagner la salle principale, elle n'avait pas eu la sensation de faire le tour d'une librairie, mais de sa maison, où les souvenirs de ses parents étaient présents dans chaque recoin.

Dans le bureau du fond, un des murs était recouvert des signatures d'auteurs qui étaient venus à *Bookends*, de Nancy Mitford à Truman Capote, en passant par Salman Rushdie et Enid Blyton. Les encoches dans l'encadrement de la porte rapportaient consciencieusement la taille des enfants de *Bookends* au fur et à mesure de leur croissance, à commencer par Lavinia et ses frères, pour terminer par Posy et Sam.

À l'extérieur, la cour avait accueilli de nombreuses fêtes l'été et des kermesses à Noël. Posy se rappelait les lampions accrochés aux branches des arbres pour les lancements de certains livres ou lors de lectures champêtres de poèmes ; un mariage s'y était même tenu après le coup de foudre de deux clients de *Bookends* qui avaient échangé leurs impressions sur *L'Insoutenable Légèreté de l'être*.

Sous les étagères, près du comptoir, se trouvait un petit coin lecture que son père lui avait aménagé, quand elle était enfant ; sa mère avait confectionné quatre épais coussins sur lesquels elle pouvait s'allonger pour lire.

C'était à *Bookends* que Posy avait rencontré ses meilleures amies : Pauline, Petrova et Posy Fossil (qui lui avait valu son prénom) de *Ballet Shoes*, le roman préféré de sa mère. Sans parler des héroïnes de la série des *Deux Jumelles* ou de *Malory School*, ou encore celles de *Chalet School*. Ou bien Scout et Jem Finch de *Ne tirez pas sur l'oiseau moqueur*, les sœurs Bennet, Jane Eyre dans le roman éponyme et la pauvre Cathy, folle d'inquiétude et épuisée, qui arpente la lande à la recherche de Heathcliff, dans les *Hauts de Hurlevent*.

Et c'était par une nuit semblable à celle-ci, mais mille fois pire, qu'elle avait erré dans la librairie plongée dans l'obscurité, encore vêtue de sa robe noire et hantée par la vision des deux cercueils que l'on avait portés en terre, dans l'après-midi. Incapable de dormir et déterminée à ne pas pleurer afin que ses sanglots ne réveillent pas Sam, elle avait pris un livre au hasard sur les étagères et s'était réfugiée dans le petit coin lecture de son enfance.

Il s'agissait d'un roman de Georgette Heyer, *Regency Buck*. Judith Taverner, une belle fille insouciante, a une prise de bec avec son tuteur légal, Julian St John Audley, un dandy sarcastique. À la suite de quoi, elle se lance dans la société londonienne, connaît des aventures bien frivoles à Brighton avant de rencontrer et de séduire Beau Brummell et le prince régent ; dans le même temps, elle se dispute avec l'arrogant Julian jusqu'à ce que tous deux finissent par s'avouer leur amour.

Cette histoire avait touché en Posy des cordes sensibles qu'elle ignorait posséder. Les romans Régence de Georgette Heyer n'étaient certes pas tout à fait à la hauteur d'*Orgueil et Préjugés*, qu'on pouvait apparenter à la Rolls-Royce des romances, mais ils en étaient néanmoins très proches.

Les cinq semaines qui avaient suivi l'enterrement, et durant lesquelles chaque jour représentait un défi majeur à relever, Posy avait dévoré tous les romans écrits par Georgette Heyer. Elle avait en effet demandé à Lavinia de commander ceux que *Bookends* ne possédait pas encore, puis avait cherché sur Internet des auteures qui s'inscrivaient dans la lignée de Georgette, comme Clare Darcy, Elizabeth Mansfield, Patricia Veryan ou encore Vanessa Gray. Certes, celles-ci ne pouvaient rivaliser avec l'attention exquise que leur modèle accordait aux moindres détails ni avec son intelligence, mais leurs romans regorgeaient aussi de jeunes héritières frivoles, et d'hommes sardoniques qui les traitaient toujours de haut avant que l'amour l'emporte.

Posy avait réquisitionné une salle de la librairie qu'elle avait remplie de livres de Julia Quinn, Stephanie Laurens, Eloisa James, Mary Balogh, Elizabeth Hoyt et bien d'autres. Et lorsqu'elle eut lu tous les romans Régence, il en restait quantité d'autres où l'héroïne ne se retrouvait pas avec celui sur qui elle avait fantasmé, mais connaissait malgré tout le happy end auquel tout le monde a droit. Enfin, presque tout le monde. En étaient exclus les tueurs en série, les personnes cruelles envers les animaux et les conducteurs ivres, comme celui qui avait roulé à tombeau ouvert sur la voie centrale de l'autoroute M4 et percuté la voiture de ses parents. À part cette clique d'êtres malfaisants, tout le monde pouvait revendiquer de vivre heureux jusqu'à la fin de ses jours.

Elle découvrit alors que de nombreuses employées des boutiques et bureaux alentour, qui venaient feuilleter les romans de *Bookends* pendant leur pause-déjeuner, étaient elles aussi avides de romances bien écrites. Comme personne n'achetait plus de mémoires larmoyants ni de volumes assommants sur l'histoire militaire, Posy persuada Lavinia de lui allouer de deux autres sections.

Mais ces derniers temps, les gens n'acquéraient plus aucune sorte de livre. En tout cas, pas à *Bookends*. Dans sa lettre, Lavinia semblait pourtant certaine que Posy dégainerait un plan d'attaque pour convaincre la clientèle de revenir en nombre à la librairie, mais rien ne pouvait être plus éloigné de la réalité.

Subitement, la boutique lui parut insupportable. Elle avait toujours été son havre, son étoile Polaire, un plaid confortable dans lequel elle se serait enroulée, mais désormais tous les livres sur les étagères semblaient la persifler : ils représentaient d'énormes responsabilités, et elle n'avait jamais été douée en la matière.

Éteignant les lumières, elle referma la porte qui séparait la librairie de l'escalier menant à son appartement, laquelle était en général toujours ouverte, puis monta lentement les marches. Elle s'apprêtait à pénétrer dans la chambre de Sam quand elle se rappela la première règle qu'elle avait instaurée entre eux : « Toujours frapper avant d'entrer », après que Sam eut fait irruption dans la salle de bains et l'eut surprise sous la douche en train de chanter à tue-tête *Bohemian Rhapsody* du groupe Queen, la bouteille de shampoing en guise de micro à la main.

— Sam, tu es visible ?

Pourvu qu'il ne soit pas en train de se livrer à des activités non destinées à la vue d'autrui !

— Je peux entrer ? insista-t-elle néanmoins.

Elle entendit alors un grognement d'approbation et, poussant la porte, découvrit Sam allongé sur le ventre dans son lit, les yeux rivés à son écran.

— Qu'est-ce que tu as ? demanda-t-il.

Posy s'assit sur le rebord du lit et contempla ses épaules osseuses. Même s'il faisait partie de sa vie depuis quinze ans (leur bébé miracle, comme ses parents l'appelaient, bien qu'à l'époque, âgée de treize ans, elle avait été mortifiée à l'idée de ce que ses parents avaient dû faire pour produire ce prodige), elle ressentait parfois l'envie soudaine de l'étreindre jusqu'à ce qu'il implore grâce, tant était profond l'amour qu'elle lui portait. Se contenant de justesse, elle se mit à lui ébouriffer les cheveux, mais ce dernier se dégagea bien vite.

— Arrête ! Tu as bu ou quoi ?

— Pas du tout, se défendit Posy en lui donnant un petit coup de coude. J'ai juste besoin de te parler.

— Mais on a déjà parlé de Lavinia ! argua Sam. Je t'ai déjà dit que j'étais triste et que tout ça, c'était moche, mais vraiment, Posy, je n'ai plus envie, là, de discuter d'émotions et de sentiments. (Il fit la grimace.) C'est possible ?

Elle aussi en avait assez de ce genre de conversations, ça tombait bien. N'empêche, c'était elle, la grande sœur. La figure parentale. L'adulte référente. La responsable.

— Tu sais que tu peux malgré tout t'ouvrir à moi, si tu en as envie.

— Oui, je sais, marmonna Sam.

Puis il jeta un coup d'œil par-dessus son épaule et lui adressa un vague sourire.

— C'est bon, tu as fini ? ajouta-t-il.

— En fait, j'ai quelque chose à te dire, avoua-t-elle.

Car cela marchait dans les deux sens, elle aussi était censée s'entretenir de tout avec Sam – à part bien sûr de ses règles, de son poids, de sa vie amoureuse ou de ses déboires dans ce domaine (il en avait malgré tout dressé la liste) –, mais le sujet qu'elle voulait aborder avec lui s'avérait soudain plus épineux qu'elle ne l'aurait cru.

— Je sais que tu n'as pas eu réellement le temps de réfléchir à la question, mais que penses-tu de l'idée que je reprenne la librairie ? Je pourrais m'en sortir, non ? Après tout, vendre des livres, c'est dans mon sang. Si je me coupais un bras, ce sont des mots qui s'en écouleraient ; aussi, qui mieux que moi pourrait prendre en charge *Bookends* ? (Posy voûta les épaules.) Même si ce poste signifie être responsable et adulte.

— Désolé d'être celui qui t'ouvre les yeux, Posy, mais tu as vingt-huit ans, donc théoriquement, tu es adulte, repartit Sam en se hissant sur les coudes et en la dévisageant avec perplexité.

Elle comprit alors qu'elle ne pourrait jamais faire appel à son frère si elle avait besoin de quelqu'un pour témoigner en sa faveur.

— Aussi, je suppose que tu es responsable, poursuivit-il. À ta façon, bien sûr. Enfin, je veux dire, tu t'occupes de moi depuis sept ans, et je suis toujours en vie, je ne suis pas rachitique, bref tout roule.

Ce n'était pas tout à fait le genre d'approbation qu'elle recherchait !

— Ce que je te demandais, c'était si tu m'estimais à la hauteur de la tâche qui m'attend, concernant la reprise de la librairie ? J'ai deux ans pour la transformer en une affaire viable.

— Moins de deux ans, à mon avis, car *Bookends* ne se porte pas très bien, non ? La librairie est déficitaire depuis une éternité, et si elle n'a pas encore fermé ses portes, c'est parce que Lavinia injectait régulièrement sa fortune familiale. (Il haussa les épaules.) C'est ce que Verity a répondu à Tom quand il lui a demandé une augmentation.

Le problème de Sam, c'était qu'il était trop intelligent. Par ailleurs, il avait le don de surprendre des conversations et se tourmentait ensuite au sujet de questions qui n'auraient pas dû le concerner. C'était son rôle à elle de s'inquiéter pour eux deux.

— On n'est pas obligés de rester, commença-t-elle. Je peux tout à fait renoncer à la librairie, et alors on emménagera ailleurs, je trouverai un autre emploi et…

Sam releva brusquement la tête.

—Ah non! Je ne peux pas quitter mon collège l'année où je vais passer le brevet! Et puis on irait habiter où? Et tu pourrais prétendre à quel salaire, honnêtement? Tu as une petite idée du prix moyen d'un loyer, à Londres?

Il parut soudain sur le point d'éclater en sanglots.

—Il faudrait qu'on déménage à des kilomètres d'ici, poursuivit-il. Qu'on aille en… en banlieue!

Et à la façon dont il prononça ce mot, on aurait dit qu'il évoquait un cloaque.

—De nombreuses personnes habitent en banlieue, Sam, on y survit. Cela dit, on peut tout à fait s'installer dans une autre grande ville qui ne soit pas aussi chère que Londres, disons Manchester ou Cardiff. Ou bien revenir dans le pays de Galles, près de nos grands-parents.

—Peut-être, mais Manchester et Cardiff, ce n'est pas Londres, n'est-ce pas? Pourquoi irait-on vivre ailleurs qu'ici? demanda Sam, révolté.

Il possédait l'arrogance d'un enfant qui avait eu la chance de vivre sa vie entière au cœur de Londres; Coram's Fields était sa cour arrière, et le British Museum la boutique du coin où il trouvait toutes les momies, fossiles et anciennes armes dont il avait envie. En cinq minutes, ils pouvaient regagner Soho ou Oxford Street, ou bien encore Covent Garden. Il leur suffisait de prendre le métro ou d'attraper un bus, et tout Londres était à eux.

Les gens qui ne connaissaient pas la capitale la jugeaient froide et peu accueillante, mais leur Londres ne correspondait pas du tout à cette description. Posy et Sam connaissaient tous les commerçants de Rochester Street (elle était même membre de l'association des boutiques de cette rue) et avaient des remises chez tous, de la portion de fish and chips aux bougies parfumées. Ils connaissaient le prénom de leurs vendeurs préférés chez *Sainsbury's*, le grand supermarché en face de la station Holborn. Posy avait donné à titre bénévole des cours de lecture aux élèves en difficulté, à l'ancienne école primaire de Sam, et les meilleurs amis de ce dernier, Pantin et Petite Sophie, qui travaillait à *Bookends* le samedi, habitaient près d'ici, dans une zone de logements sociaux.

C'était comme vivre dans un village, sans en avoir les inconvénients. En effet, quand ils rendaient visite à leurs grands-parents au fin fond du pays de Galles, tous les commerces fermaient à 18 heures et à 13 heures le jeudi – toute la journée le dimanche, bien sûr –, et tant pis pour vous si vous n'aviez pas prévu une réserve suffisante de chocolat !

— Donc tu veux rester ici ? demanda Posy parce qu'ils étaient tous deux parties prenantes, dans cette affaire. Tu crois que je pourrai transformer *Bookends* en une entreprise viable ?

— Oui, enfin, du moins, il faut que tu essaies. C'était le souhait de Lavinia.

Sam baissa alors les yeux vers son écran et soupira.

— Le problème, c'est qu'on ne sait pas si ça marchera, ajouta-t-il. Et si tout va de travers, qu'est-ce qu'on deviendra ? Il se pourrait bien qu'on finisse par devoir de l'argent, au lieu d'être juste pauvres. Et comment fera-t-on pour mes frais de scolarité et tout ce qui s'ensuit ?

L'envie de prendre Sam dans ses bras la submergea de nouveau, et Posy dut glisser les mains sous ses cuisses pour y résister.

— Ne t'inquiète pas pour ces choses-là, dit-elle, la gorge serrée. Maman et papa avaient une assurance-vie. Je n'y ai jamais touché, car je la gardais en vue de payer la faculté, mais la somme est assez importante pour que tu étudies jusqu'à obtention d'une licence, et même d'une thèse, si tu te nourris souvent de pâtes. Donc, pas de stress à ce sujet, d'accord ?

— Waouh ! Je ne m'attendais pas à une telle nouvelle ! (Il laissa échapper un profond soupir de soulagement.) Tu ne peux pas savoir comme ça m'inquiétait... Cela dit, si tu as un besoin urgent de trésorerie pour payer le personnel par exemple, je peux tout à fait me trouver un petit boulot, une fois le bac en poche.

— Pas question ! Tu iras à l'université, affirma Posy avec détermination. C'est clair ?

— Très clair, approuva Sam.

Et comme il lui tournait le dos, elle ne vit pas s'il souriait ou non, mais elle l'aurait parié. Cela lui réchauffa le cœur : ils n'avaient guère souri ces derniers temps, elle et lui.

— Et d'ici là, nous restons ici, ce qui est très bien, car je déteste les changements, conclut-il.

— Moi aussi ! renchérit Posy. On dirait qu'ils n'apportent jamais rien de bon, pas vrai ?

Sam roula sur le lit et se redressa sur un coude.

— À propos de la librairie… Ne te tracasse pas, tu vas t'en sortir. Tu verras, tu feras même des merveilles parce que tu es la meilleure libraire que je connaisse. De toute façon, tu n'as pas le choix, Posy, car sinon on sera SDF, alors que je suis censé avoir au moins le bac. Quelle motivation te faut-il de plus ?

— Je crois que c'est suffisant, répondit-elle, même si, au lieu de la stimuler, ces paroles l'accablèrent. Bon, encore une demi-heure, et extinction des feux !

— Tu peux m'embrasser, si tu veux, concéda Sam, d'un ton magnanime. Mais sur la joue.

Posy en profita pour lui ébouriffer les cheveux, ce qui le fit hurler, comme elle s'en doutait, et ce fut aussi la seule raison qui expliquait le sourire qu'elle arborait quand elle referma derrière elle la porte de sa chambre.

Chapitre 3

Informer Sam qu'elle allait prendre en charge *Bookends* et s'efforcer de transformer la librairie en une entreprise rentable était du gâteau, une promenade de santé, un jeu d'enfant, comparé à l'annonce qu'elle devait faire à son personnel à ce même sujet.

—Qu'est-ce qui s'est passé, hier ? demanda Verity le lendemain matin. Tu as disparu avec le redoutable Sebastian, et on ne t'a plus revue.

Nina, qui était dans la kitchenette, passa la tête dans l'encadrement de la porte, une bouilloire à la main et un grand sourire aux lèvres.

—Il a voulu prendre des libertés avec toi ? Tu l'as giflé avant de décamper ?

—Il n'y a eu aucune licence de prise, mais j'ai bien eu, en revanche, envie de le frapper, déclara Posy en ouvrant le tiroir-caisse. Oui, j'ai vraiment été à deux doigts de le faire.

—Il ne t'a pas conduite auprès du notaire ? s'enquit Tom en levant les yeux du panini qui lui faisait office de petit déjeuner. Attends, il y a des mauvaises nouvelles... Ils vont vendre la librairie ?

Et tous trois tournèrent vers elle un visage affichant clairement la même expression, à savoir : « La fin du monde est proche ! », ce qui était loin d'être le cas. Du moins selon elle.

— Non, la librairie ne sera pas vendue, annonça Posy en s'agrippant au comptoir pour puiser un soutien moral dans le bois lustré par les ans. Lavinia me l'a léguée, et je n'ai pas l'intention de me dérober !

Elle marqua une pause, ne sachant trop à quoi s'attendre. D'éventuelles félicitations, voire des encouragements. Mais tout ce qu'elle récolta, ce fut un silence assourdissant et trois regards perplexes braqués sur elle. Y avait-il quelqu'un en ce monde qui lui fasse confiance ? Lavinia avait peut-être eu tort de lui accorder la sienne.

Posy se frotta les mains avec nervosité.

— Certes, ça ne va pas être facile, mais Sam et moi avons décidé de relever le défi. Enfin, Sam m'aidera psychologiquement, bien sûr. Donc, je vais devoir, enfin nous allons… bref, du changement est à prévoir, euh… mais du changement positif. Enthousiasmant.

— Alors c'est toi qui es désormais à la tête de *Bookends* ? Tu es notre chef ? demanda Verity.

Impossible de savoir ce qu'elle en pensait, mais c'était le cas pour la plupart des sujets. Oui, il était toujours difficile de la cerner, même si Posy la connaissait depuis quatre ans et la considérait comme l'une de ses meilleures amies. Elle occupait le poste de directrice adjointe, et passait à ce titre la journée dans le bureau à gérer comptes et commandes, mais refusait catégoriquement toute interaction avec les clients. Elle avait toujours été le bras droit de Lavinia, pendant que

Posy s'affairait à conquérir le plus d'espace possible dans la librairie pour ses romances.

Sans Verity, la boutique aurait fermé ses portes en quelques jours, voire quelques heures.

— Chef est un bien grand mot, répondit Posy d'un ton pondéré. Rien ne changera entre nous, enfin, il y aura bien sûr de petites modifications, mais je ne vais pas me transformer en despote et me mettre à hurler : « C'est ainsi parce que je l'ai décidé », au moindre différend. Je préparerai toujours le thé, rangerai les livres sur les rayonnages et irai acheter du chocolat lorsque nous en manquerons.

— Donc, mon emploi n'est pas menacé ? questionna à son tour Nina.

Elle était sur le qui-vive à en juger par la façon dont elle se mordait la lèvre et plissait les yeux, comme si Posy s'apprêtait à brandir une attestation de fin de contrat ! D'ailleurs, même si ç'avait été son intention, elle n'avait aucune idée de la procédure pour en délivrer une.

— Et Tom pourra toujours travailler à mi-temps, poursuivit Nina, ou plus exactement quand il nous fera l'insigne honneur de sa présence ? Ou bien le dernier arrivé devra-t-il partir en premier ? Car dans ce cas, ce sera moi, puisque je bosse ici depuis deux ans seulement, même si en réalité j'ai effectué plus d'heures que Tom.

— C'est bon ! dit celui-ci. Il est évident que Posy ne va renvoyer personne, parce qu'elle est à la fois notre amie et notre nouvelle chef. Notre chère, tendre et gentille amie. Et puis-je ajouter que tu es particulièrement en beauté, aujourd'hui, Posy?

— Tu peux, mais je vais être obligée de consigner que tu t'es rendu coupable de harcèlement sexuel, rétorqua-t-elle.

Et elle fit mine de prendre des notes dans son carnet, blague récurrente à la librairie pour mettre un terme à une conversation, aussi Tom se contenta-t-il de froncer les sourcils tandis que Nina rentra dans la kitchenette avec sa bouilloire. Seule Verity demeura plantée devant elle, mains sur les hanches.

— Je suis ravie pour toi, Posy, et ç'aurait été affreux si Sam et toi vous étiez retrouvés à la rue, seulement on ne va bientôt plus pouvoir employer du personnel à plein-temps, ni à mi-temps, d'ailleurs.

Elle avait ajouté ces derniers mots à voix basse, mais Tom était plus intéressé par son panini que par leur discussion.

— Ces changements dont tu as parlé, en quoi consistent-ils, au juste?

À vrai dire, jusque-là, elle n'y avait pas réfléchi… Elle avait besoin d'un peu de temps avant d'en dresser une éventuelle liste, établir peut-être un graphique pour mieux saisir les parts allouées à chaque poste. Ensuite, elle espérait qu'une grande idée lui viendrait pour transformer *Bookends*, un vrai plan qu'elle pourrait exposer à Verity et au reste du personnel avec une telle passion et conviction qu'ils seraient tout de suite partants. C'était simple, non?

Tout en fuyant le regard de Verity, Posy comprit qu'elle n'avait pas l'étoffe d'un chef ; d'ailleurs, elle n'avait pas plus l'esprit d'une subalterne, ni d'une bûcheuse. Si elle avait été douée de cette dernière qualité, elle aurait eu une meilleure situation. Mais elle était une rêveuse, ravie de faire ce qui lui plaisait et de se laisser porter par le courant ; or, ce qui venait de lui tomber sur les épaules était bien trop lourd et bien trop subit. D'autant qu'elle ne s'était pas encore remise de la disparition de Lavinia.

— Comme je vous l'ai dit, il s'agira de changements positifs, éluda Posy.

Et elle sentit des gouttes de sueur se former sur son sourcil et sa lèvre supérieure ; ses mains se glacèrent, et un affreux goût métallique lui envahit soudain la bouche. C'était tout simplement la peur, une angoisse qui menaçait de l'engloutir.

Pour la masquer, elle s'efforça d'arborer un sourire confiant.

— Des changements très enthousiasmants, vous verrez. Et je vais avoir besoin de votre aide, car sans vous, je ne pourrai rien faire.

Verity hocha le menton.

— Tant que ceux-ci ne consistent pas à classer les livres par couleur et non par ordre alphabétique, tout ira bien, commenta-t-elle.

— Je maintiens que ce nouvel agencement aurait embelli la bibliothèque, affirma Posy d'un ton peu convaincant.

— Que le ciel nous en garde ! marmonna Verity.

Et, secouant la tête, elle regagna rapidement son bureau.

Annoncer à ses collègues qu'ils étaient désormais ses employés avait représenté pour Posy une épreuve plus rude qu'elle ne l'avait imaginé, et elle se rendait compte à présent qu'elle devait également se soucier de leur avenir. Il ne s'agissait pas seulement de Sam et d'elle : elle ne tenait absolument pas à être celle qui réduirait le personnel de *Bookends* au chômage et à un éventuel dénuement.

Le lendemain matin, au réveil, Posy se sentit fraîche et dispose, prête à entrer en action : aujourd'hui, elle arriverait au moins à dresser une liste de tâches à effectuer ! Elle avancerait peut-être même jusqu'au nouveau *Foyles* tout pimpant qui venait d'ouvrir ses portes à Charing Cross Road, histoire de voir ce que proposait la concurrence.

Ni Sam ni elle n'étant du matin, la règle de la maison voulait que personne ne parle pendant le petit déjeuner, sauf en cas de nécessité absolue. Les yeux encore gonflés de sommeil, Posy préparait des toasts et des œufs brouillés pour Sam, qui déjeunait tout en finissant ses devoirs d'histoire. Il aurait dû les terminer la veille au soir, mais elle n'avait pas l'énergie de le lui reprocher, n'ayant pas encore avalé sa première tasse de thé.

Sam posa son assiette et son mug dans l'évier, puis partit pour l'école en lançant un vague grognement qui pouvait s'apparenter à un « au revoir » ; Posy resta donc seule à la table de la cuisine, absorbée dans la lecture de *La Poursuite de l'amour*, même si elle l'avait lu de si nombreuses fois qu'elle n'aurait su dire combien. Ce roman lui rappelait Lavinia, et à quoi la vie pouvait ressembler avant la guerre.

Posy appréciait ces moments où elle était encore en pyjama, l'esprit embrouillé de sommeil, car ce temps-là lui appartenait vraiment.

Et il était fort regrettable que personne n'ait songé à en informer l'importun qui cognait actuellement à la porte, en bas, et n'avait sans doute pas remarqué ce qui était pourtant écrit de façon bien claire, dans un anglais des plus simples sur l'écriteau, à savoir que la librairie n'ouvrait pas avant 10 heures. Par ailleurs, elle n'attendait aucune commande et, en tout état de cause, les livreurs se présentaient à la porte de derrière et sonnaient.

À contrecœur, elle reposa sa tasse de thé, son livre et entreprit de descendre les marches en chaussons ; plus elle se rapprochait, et plus les coups s'intensifiaient. Marmonnant entre ses dents, elle traversa la librairie à vive allure et aperçut alors, derrière la porte, le responsable de tout ce tapage.

— Arrête ton raffut ! lança-t-elle en toquant contre la paroi vitrée pour attirer l'attention du coupable. Je t'ouvre.

— Mon petit déjeuner de travail a été annulé, déclara Sebastian sans préambule, en l'écartant d'un coup d'épaule pour entrer. Mais c'est incroyable, Tignasse, tu n'es même pas encore habillée !

Elle n'était pourtant pas nue, puisqu'elle portait un pantalon de pyjama orné de motifs représentant des puddings de Noël, un vieux tee-shirt affichant en gros « Minecraft », qui appartenait à Sam, ainsi qu'un cardigan élimé.

— Il est à peine 8 h 30, Sebastian, répliqua-t-elle. Je n'attendais pas vraiment de visite de si bonne heure.

— C'est ce que tu portes pour dormir ?

Et il plissa ses yeux qui, contrairement aux siens, n'étaient pas alourdis par le sommeil ; d'ailleurs, elle aurait juré qu'il voyait à travers son tee-shirt qu'elle n'avait pas de soutien-gorge… Sans répondre, elle croisa les bras.

— Ça refroidit tout de suite, ajouta-t-il.

— La ferme ! lui ordonna-t-elle d'un ton sec. Que fais-tu ici, au juste ?

Mais elle s'adressait au dos de Sebastian qui avait déjà effectué le tour de la pièce et était passé derrière le comptoir.

— Je viens inspecter les lieux avant de prendre des décisions, déclara-t-il depuis l'escalier. Bon, tu viens ? Je n'ai pas toute la matinée devant moi.

Posy lui emboîta le pas.

— Quel genre de décisions ? s'enquit-elle, haletante, en montant les marches bien trop vite pour une personne qui n'avait pas terminé sa première théière de la journée. C'est chez moi, ici, tu ne peux pas débarquer sans y être autorisé.

Mais sans prêter attention à ce qu'elle disait, Sebastian scrutait à présent la chambre de Sam.

—Ah bon ? Et pourquoi ? Quel type d'activités inconvenantes mènes-tu ici ? Abriterais-tu un homme en ces lieux ?

Le dernier représentant de la gent masculine à avoir mis les pieds dans son appartement, c'était Tom, quand il était venu réparer un évier qui fuyait. Encore qu'il n'ait pas réparé grand-chose, mais plutôt évalué le problème d'un œil dubitatif puis haussé les épaules, lorsque Posy lui avait fourré un tournevis dans les mains.

—Ce n'est pas parce que je suis un mec que je sais bricoler, avait-il argué.

Et il était redescendu.

L'évier fuyait toujours, et Sebastian ne lui semblait pas davantage capable de s'atteler à cette besogne, ses principaux sujets de prédilection étant la grossièreté et le non-respect de l'espace privé d'autrui.

—Je peux recevoir qui je veux chez moi, cela ne te regarde absolument pas, répliqua-t-elle d'un ton indigné. Je pourrais même accueillir toute une équipe de football, si j'en avais envie !

Sebastian sortit la tête de la chambre de Sam, avant d'en refermer la porte et de lui jeter un regard moqueur.

—C'est peu probable. Je pense que les footballeurs préfèrent les femmes dans des déshabillés plus affriolants que ton pantalon distendu et recouvert d'étrons. Tu es vraiment une fille étrange, Tignasse.

—Quoi ! Mais ce sont des puddings ! se récria-t-elle. C'est mon pyjama de Noël.

Elle avait beau se défendre avec rage, elle savait pertinemment qu'elle ne remettrait plus jamais ce vêtement et le brûlerait à la première occasion.

— Mais nous sommes en février, souligna Sebastian, en la frôlant pour se rendre au salon. Un incendie pourrait se déclencher dans cet appartement, tu en es consciente ? Pourquoi as-tu besoin de tous ces bouquins ? Tu n'en as pas assez, en bas ?

Posy le talonnait.

— Ceux-ci sont destinés à mon usage personnel, déclara-t-elle d'un ton détaché.

Comme s'il ne lui arrivait jamais, ô grand jamais, d'emprunter un roman à la librairie en prenant le plus grand soin de ne pas en plier le dos et de le remettre ensuite en rayonnage.

— De toute façon, il n'y a pas tant de livres que ça, ici ! protesta-t-elle.

— Oh que si ! rétorqua Sebastian.

Et il se pencha vers l'une des étagères placées dans les alcôves situées des deux côtés de la cheminée, là où les ouvrages s'empilaient sur ceux déjà rangés.

— Tu as dépassé depuis des années le seuil maximal autorisé. Il y en a partout, ajouta-t-il d'un air dégoûté.

Puis il s'empara brusquement d'une pile qu'il jeta par terre.

— Tu dois être personnellement responsable de la destruction d'au moins trois forêts équatoriales.

— Je recycle énormément ! Je suis certaine que ça compense, riposta Posy.

Et comme Sebastian avait visiblement l'intention de ne pas repartir tout de suite – il était en train d'allumer et d'éteindre l'interrupteur sans qu'elle comprenne bien pourquoi –, elle prit la décision d'aller se préparer une deuxième théière. Toutefois, soucieuse de ne pas en oublier ses bonnes manières, elle lui proposa :

— Tu veux quelque chose ?

— Du café, répondit-il en regardant la table basse où se trouvaient encore les assiettes de la veille.

Et il esquissa une grimace.

— Des grains de Sumatra, si tu en as. Sans quoi, je me contenterai d'un péruvien.

— Tu penses peut-être que je suis une succursale de Starbucks ? ironisa-t-elle.

— Non, pas du tout, car si c'était le cas, elle aurait été fermée depuis des mois par les services d'hygiène.

Elle haussa les épaules et annonça d'un ton guilleret :

— Dans ce cas, tu auras droit à un sachet de café instantané, mon grand ! Et comme c'est ton jour de chance, le Douwe Egberts était en promo.

Puis elle sortit du salon avec autant de dignité que possible pour une personne vêtue d'un pantalon de pyjama aux motifs douteux et de chaussons surmontés de têtes de lapin.

Elle n'avait guère envie de laisser Sebastian sans surveillance, mais elle redoutait encore plus son sourire méprisant et ses commentaires désobligeants sur son mobilier et ses choix de vie.

Si Lavinia avait fait réparer la toiture quelques années auparavant, après s'être aventurée en haut et avoir constaté que des bols et autres récipients parsemaient l'appartement en fonction de la localisation des fuites, la décoration était restée intacte depuis l'enfance de Posy. Et il aurait fallu tout débarrasser et remplacer, mais comme elle n'en avait pas les moyens, elle préférait ne pas y penser.

Elle refit du thé et versa de l'eau sur le café soluble de Sebastian, dans un mug de chez Penguin Books, portant le titre de *L'Homme invisible*. Vœu pieu, pensa-t-elle. Et elle découvrit alors que l'intrus n'était plus dans le salon… Le cœur pesant une tonne, elle se rendit dans sa chambre et le trouva allongé sur son lit en train de contempler les vêtements entassés sur sa chaise bleu pâle Lloyd Loom. Ou ceux qui dépassaient des tiroirs ouverts. À moins que ce ne soient les piles de romans chancelantes au pied du lit, sous sa table de chevet, ou encore près des bibliothèques déjà pleines à craquer.

Elle eut l'impression d'être entrée dans la quatrième dimension : Sebastian, l'odieux Sebastian en personne, était étendu sur ses draps à rayures multicolores dans un de ses costumes impeccables, mais si moulants qu'il en frôlait l'indécence : celui-ci était en tweed gris clair, accessoirisé d'une chemise bleu ciel et d'une pochette, de chaussettes et de lacets assortis. Il y avait fort longtemps qu'un homme ne s'était pas allongé sur son lit, même si – encore heureux ! – Sebastian n'avait aucune intention de la séduire ! Il était pour l'instant concentré sur la barre de Mars à moitié grignotée, le pot de Vicks tout collant et la paire de chaussettes roulée en boule qui se trouvaient sur son chevet. En gros, elle aurait tout à fait pu écrire au-dessus de son lit : «Abandonne tout espoir, toi qui as eu le courage de pénétrer dans cet antre. »

— Pas de commentaire, le prévint-elle, ou ton beau costume risque d'être baptisé au café soluble.

Sebastian leva les bras en un geste moqueur de capitulation.

— Oh, Tignasse ! Ne t'en fais pas, il n'y a pas de mots pour décrire ce que je vois.

Il s'appuya soudain sur les coudes et repéra son soutien-gorge de la veille, tristement accroché à la tête du lit, là où elle l'avait laissé en se déshabillant.

— C'est la deuxième fois en trois jours que je vois un de tes soutiens-gorge. Les gens vont commencer à jaser.

— Mes soutiens-gorge, ce ne sont pas tes oignons, décréta Posy.

Et elle fit mine de le chasser, renversant alors un peu de café sur un exemplaire retourné de *La Vallée des poupées*…

— Sors d'ici ! ordonna-t-elle dans la foulée.

Sebastian bondit du lit, lui prit prudemment le mug des mains et décampa… pour venir se planter devant la porte de la pièce voisine qui, par chance, était fermée.

— Qu'est-ce qu'il y a, à l'intérieur ? demanda-t-il.

— Cela ne te regarde pas et je t'interdis d'y entrer, l'avertit-elle, en prenant un visage grave. Tu n'as aucun droit de débarquer à l'improviste et de te mettre à fureter partout comme si…

— Est-ce là que tu entasses les cadavres ?

Et il agita tant et si bien la poignée de la porte qu'elle craignit de la voir céder. Elle se glissa donc entre l'huis et son tourmenteur, ce qu'elle regretta aussitôt, car elle se retrouva nez à nez avec lui. Ou plus exactement à la hauteur de son menton, de sorte qu'elle huma à pleins poumons son parfum… à se damner : il évoquait des forêts moussues, des sièges en cuir et des clubs de gentlemen fleurant bon le tabac hollandais raffiné.

Non seulement la fragrance était envahissante, mais dans cette position, Sebastian avait une vue plongeante sur son décolleté ! Au moment où il ouvrit la bouche pour émettre une remarque, elle posa la main sur son torse et le repoussa en arrière. Un torse chaud, tout en muscles et…

— Attention ! la prévint-il gentiment. Ce geste me semble tout à fait déplacé.

— Non, ce qui est déplacé, c'est toi ! Ici, c'est la chambre de mes parents, aussi ne compte pas y entrer !

Sebastian fronça les sourcils

— C'était la chambre de tes parents, rectifia-t-il. Ils sont morts depuis combien de temps à présent ? Cinq ans ?

— Sept ans, puisque tu me poses la question.

En réalité, cela faisait six ans, huit mois, une semaine et trois jours, parce que la date exacte de leur… départ était gravée à tout jamais dans son cœur.

— Sept ans, et leur chambre est toujours une sorte de sanctuaire pour toi ? Excuse-moi, mais cela me paraît d'une mièvrerie sans nom.

Posy prit une profonde inspiration et expira en serrant les dents.

— Ce n'est ni mièvre, ni un sanctuaire, et encore une fois, ce ne sont pas tes affaires.

Au fond, il avait peut-être raison, cette chambre s'apparentait à un lieu sacré pour elle, ainsi que la librairie, et c'était précisément pour cela qu'elle était déterminée à s'y accrocher comme si sa vie en dépendait, mais elle ne pouvait bien sûr pas l'avouer à Sebastian, qui possédait l'intelligence émotionnelle d'un poisson rouge. Non, pas un poisson rouge, car elle avait entendu dire que ces petites bêtes dépérissaient si, après s'être établies avec un partenaire, celui-ci avait l'infortune de mourir. Sebastian avait l'intelligence émotionnelle d'un moucheron, voilà !

— Ce n'est pas un sanctuaire, répéta-t-elle. J'y entre régulièrement pour passer l'aspirateur, épousseter, enfin ce genre de choses.

Il haussa un sourcil.

— Oh, vraiment ? renchérit-il d'un ton hautement sceptique. Serais-tu en train de me dire que tu es en possession d'un aspirateur et que, de temps à autre, tu t'en sers ? Et que tu manies aussi le chiffon à poussière ?

Et comme il était plus grand qu'elle et surtout insupportable, il passa le doigt sur l'encadrement de la porte, au-dessus de sa tête, et le considéra ensuite avec attention.

— Regarde-moi ça ! C'est aussi noir que mon costume Alexander McQueen préféré.

C'était effectivement noir, un noir qui résultait d'années d'accumulation de poussière, mais, franchement, qui avait le temps de passer un chiffon humide dans chaque recoin et fissure d'une maison ? Quelqu'un n'avait-il pas affirmé qu'au bout de trois ans la poussière avait atteint son maximum et n'augmentait plus ?

Posy lui adressa un petit sourire.

— Un peu de poussière ne saurait nuire. D'ailleurs, cela permet de renforcer ses défenses immunitaires.

Mais elle prêchait dans le vide, car Sebastian venait de sortir de son champ de vision, et elle l'entendait dévaler l'escalier en hurlant des mots tels que « agents immobiliers » et « promoteurs ».

— … devront remplacer toutes les fenêtres, et je suis absolument certain que le système électrique est sur le point de sauter. Cet appartement est un piège mortel. Cela dit, ce n'est même pas la peine de le mettre aux normes, puisque tu partiras dans deux ans. Probablement avant, d'ailleurs. Tu ferais mieux de me céder les lieux, et nous pourrions les vendre en tant que locaux à rénover.

Elle le rattrapa dans le bureau, et n'eut d'autre choix que de l'agripper par la manche et de le tirer brusquement en arrière pour l'arrêter dans son élan, ce qui le fit hurler.

— Attention à mon costume ! Ne touche jamais à un seul de mes costumes !

— Assieds-toi ! lui ordonna-t-elle. Vite !

Même avec Sam, elle n'avait jamais adopté ce ton, mais il est vrai que c'était un adolescent modèle, comparé aux autres, et il n'aurait jamais commis un acte odieux, qui l'oblige à lui mettre un coup de pied aux fesses ! D'ailleurs, elle ne s'était jamais exprimée d'une voix aussi impérieuse de toute sa vie, mais celle-ci sembla produire son petit effet, puisque Sebastian se laissa immédiatement tomber dans le fauteuil pivotant en cuir, encore qu'il se balançât à présent de droite à gauche, avec un sourire aux lèvres qui prouvait clairement qu'il n'était pas tout à fait intimidé.

— Quelle autorité ! Tu me rappelles une dominatrice que j'ai connue, autrefois, commenta-t-il.

Puis il baissa les yeux d'un air modeste vers son mug et avala une gorgée de café, mais ne put réprimer une grimace quand ce breuvage, qui avait connu la lyophilisation, titilla son palais délicat.

Posy secoua la tête. Elle n'avait plus qu'une solution pour s'en sortir : lui exposer rapidement et avec conviction ses plans concernant la librairie.

— Je ne te céderai pas *Bookends*, déclara-t-elle d'un ton ferme. Tu peux faire ce que tu veux des *Mews*, mais Lavinia m'a légué la librairie, et je suis tout à fait en mesure de la gérer sans ton aide. Que dis-je, « aide » ? Au temps pour moi. Sans ton interférence !

— Et comment entends-tu t'y prendre pour sortir *Bookends* de l'impasse ? demanda Sebastian.

Du regard, il balaya le bureau, seule pièce de tout l'immeuble qui soit un modèle de rangement et d'organisation, et ce, grâce à Verity.

— Tu peux m'expliquer pourquoi tu voudrais prendre en charge une entreprise sur le point de péricliter ? ajouta-t-il encore.

— Elle ne va pas péricliter !

Sebastian pouffa, de façon plutôt élégante d'ailleurs, dans son café.

— Je suppose que tu n'as pas vu le grand-livre ? Sans quoi, tu saurais que *Bookends* fonctionne à perte.

Ce n'était évidemment pas le genre de documents qui l'intéressaient, même si elle se promit de demander à Verity de lui montrer les comptes, ou plus exactement de lui expliquer en quoi ils étaient aussi horribles.

— Manifestement, je vais devoir opérer des transformations radicales, mais si Lavinia m'a légué la librairie, c'est parce qu'elle savait ce qu'elle représente pour moi, et quel honneur elle me faisait par ce geste. Je serai à la hauteur de sa confiance.

— Sais-tu combien de librairies ont fermé durant les cinq dernières années ?

Sebastian sortit alors son téléphone d'une poche intérieure de sa veste.

— Dois-je te montrer les statistiques sur Google, ou bien te laisser imaginer ?

Nul besoin de recourir à son imagination, Posy avait parfaitement les chiffres en tête. Certaines personnes connaissaient toutes les toilettes publiques de Londres, d'autres tous les *McDonald's* ; mais, à ses yeux, la ville était constituée d'un réseau de librairies, avec des rues qui leur étaient attachées. Et elles disparaissaient si rapidement ces temps-ci qu'un élan de terreur la traversait chaque fois qu'elle passait devant une librairie qu'elle avait assidûment fréquentée autrefois, et découvrait qu'elle avait été remplacée par un restaurant branché ou un bar à ongles.

Mais elle savait aussi que le nombre de liseuses électroniques et la récession n'avaient pas tué pour autant le mot «imprimé». Les gens aimaient encore lire, ils avaient toujours envie de se perdre dans un monde forgé de papier et d'encre. Et ils continuaient à acheter des romans choisis dans la joie parmi les rayonnages de *Bookends*.

— Je m'en fiche, affirma-t-elle alors que ce n'était pas du tout le cas. Lavinia m'a légué la librairie, je peux faire ce que je veux.

— N'oublie pas que je suis son exécuteur testamentaire. Ce qui veut dire que je dois agir dans l'intérêt de ces biens.

Hum, hum, Posy n'en était pas certaine... Le notaire, dont elle ne parvenait pas à se rappeler le nom, avait effectivement indiqué, du moins lui semblait-il, que les documents devraient être signés à son étude pour que *Bookends* lui appartienne définitivement. Sebastian avait-il l'intention de contester le testament, sous prétexte que Lavinia aurait été diminuée mentalement au moment où elle l'avait rédigé?

— Lavinia m'a laissé deux ans pour que les affaires reprennent. Si tu me forces à te céder la librairie, tu piétines ses dernières volontés. Ça ne te dérange pas d'avoir ça sur la conscience?

En réalité, elle n'était pas très sûre que cet appel à d'éventuels remords soit très pertinent. Mais Sebastian s'était déjà levé de son siège, et était revenu dans la salle principale de la librairie, en gratifiant au passage d'un sourire de loup Verity au moment où elle y pénétra.

Celle-ci lui lança alors son célèbre regard vide, celui qu'elle décochait avec grand effet sur les clients qui, sous prétexte qu'elle travaillait dans une librairie, estimaient qu'elle pouvait les renseigner sur leurs besoins livresques. Un regard qu'elle mettait également au service des hommes qui s'aventuraient à lui adresser un compliment, à l'inviter à prendre un verre et à nouer la conversation avec elle. Généralement, l'impudent reculait en se confondant en excuses, mais en l'occurrence, Sebastian ne parut pas s'en émouvoir. Il se contenta de hausser les épaules et d'esquisser un petit rictus comme pour dire : « Tu ne peux pas gagner à tous les coups », puis se dirigea vers la table centrale avant de s'immobiliser brusquement.

D'ordinaire, sur cette table ronde disposée au beau milieu de la pièce se trouvaient les dernières parutions, mais la veille, le premier acte de Posy en tant que nouvelle propriétaire des lieux avait consisté à briser la tradition : elle avait en effet acheté un bouquet des roses préférées de Lavinia et les avait disposées dans son vase tant aimé de chez *Woolworths*, près d'un cadre comportant une photo d'elle et de Peregrine prise à la librairie, peu après leur mariage. Elle avait également écrit sur une carte posée contre le vase :

*En mémoire de notre chère Lavinia Thorndyke,
libraire jusqu'à la moelle. Sur cette table, nous
vous présentons une sélection de ses romans préférés,
ceux qui lui apportèrent ses plus grandes joies et
qui étaient comme de vieux amis. Nous espérons
que vous prendrez le même bonheur à leur lecture
et qu'ils vous inspireront la même amitié.*

*« Si une personne ne prend pas de plaisir à lire
et relire un livre, autant qu'elle ne le lise pas du
tout. » Oscar Wilde.*

Par elle ne sut quel miracle, Sebastian en demeura
muet! Il retraça la photo du bout du doigt, caressant
la joue de Lavinia; celle-ci était immortalisée en noir
et blanc, à jamais jeune et heureuse, les yeux levés vers
Peregrine, avec un air à la fois amoureux et aguicheur.

—Oh… Euh… Quelle délicate attention! finit-il
par dire.

Visiblement, il éprouva quelques difficultés à prononcer ces mots, comme s'ils n'arrivaient pas à sortir
de sa gorge.

—Parfois, Perry affirmait qu'elle aimait plus sa
librairie que son mari. Elle riait et répondait qu'ils
étaient sur un pied d'égalité.

—Lavinia adorait *Bookends*, confirma Posy.

Elle joignit alors les mains et s'efforça de retrouver
une contenance: à quoi cela lui aurait-il servi de se
lancer dans un discours incohérent et empreint
d'émotion devant Sebastian? Aussi enchaîna-t-elle:

— C'est plus qu'une librairie, c'est une partie de ton histoire, Sebastian. Elle a été fondée par Agatha, ton arrière-grand-mère. Elle a survécu à la guerre, et tout le monde, de Virginia Woolf à Marilyn Monroe en passant par les Beatles, en a franchi le seuil. Mais elle fait aussi partie de mon histoire. C'est le seul foyer que j'aie connu. Elle ne rapporte peut-être plus d'argent actuellement, mais elle a été prospère, autrefois, et elle le sera de nouveau.

À présent, elle se tordait nerveusement les mains, et elle sentit Verity lui étreindre l'épaule avec douceur quand cette dernière passa près d'elle pour se diriger vers son bureau.

— Tu es furieux parce que Lavinia m'a légué la librairie ? demanda-t-elle tout à trac.

— Furieux, moi ? répéta-t-il, abandonnant son regard condescendant au profit d'une expression d'incrédulité. Certainement pas. Le passé, les livres, des étagères poussiéreuses, franchement, très peu pour moi. En outre, je suis beaucoup trop riche pour être cupide.

— Je pensais juste que…

— Écoute-moi bien, Posy, nous avions presque atteint le point dangereux où nous nous serions mis à parler de nos sentiments. Quelle sale affaire, que les sentiments ! Presque aussi sale que ton appartement. Mais revenons à nos moutons : pourquoi tiens-tu à commettre un suicide commercial ? Autant allumer un grand feu dans la cour et y jeter toutes tes économies.

Et Sebastian leva les yeux au ciel, son visage ainsi tendu mettant en valeur la beauté de son port de tête…

Posy cligna des yeux et se fit violence pour ne pas se concentrer sur son physique, mais sur ses propos inquiétants, qui semblaient sonner le glas de *Bookends*… Allons, c'était ridicule! Pourquoi s'en préoccuperait-elle?

— … et il y a aussi la *London Review Bookshop*, tout comme le tout nouveau *Foyles* à deux pas d'ici. Il est vraiment énorme. Sans compter l'indéboulonnable *Waterstones* à Piccadilly. On se demande, je t'assure, pourquoi quelqu'un voudrait venir jusqu'ici acheter un roman. Et puis, aujourd'hui, il est tellement plus facile d'en télécharger sur sa liseuse. Ça évite aussi la poussière, tu devrais essayer, Tignasse.

Il était inutile d'expliquer à Sebastian le plaisir que l'on pouvait éprouver à ouvrir un livre tout neuf et à en humer l'odeur. Ou de s'épancher sur le parfum poudreux et terreux qui émanait des vieux ouvrages. Ou d'évoquer le réconfort qu'apportait le poids d'un roman sur vos genoux, ou encore combien il était agréable de voir les pages s'humidifier légèrement et se gondoler quand vous lisiez dans votre bain. Cela dépassait son entendement. Elle devait s'en tenir aux faits, lui présenter un projet concret; en réalité, c'était comme s'atteler à un exercice de maths dans un vieux manuel scolaire… sous l'œil attentif de Verity qui, de son bureau, ne perdait pas une miette de la conversation.

— Nous ne pouvons pas rivaliser avec les grandes chaînes, je le sais bien, concéda-t-elle avec calme, encore que ce soit la seule chose dont elle était certaine. Mais *Bookends* ne se contente pas de vendre des livres, nous offrons aussi notre expérience et notre expertise à nos clients. Un livre ne se vend pas de la même façon qu'une boîte de haricots ou un savon. Nous aimons nos ouvrages, et cela entre en jeu dans la façon dont nous les vendons.

— Seulement, il n'y a pas beaucoup d'acheteurs par ici, c'est plutôt le contraire, décréta Sebastian avec un petit reniflement, comme s'il compatissait. Tu vois, Tignasse, c'est peut-être bien à cause de ton amour pour les romans que les ventes sont si dramatiquement basses. Les gens viennent acheter un livre, et toi, tu les effraies en leur postillonnant dessus avec tes grands discours enthousiastes sur le dernier Dan Brown !

— Pour commencer, je ne postillonne pas, et je ne m'extasie certainement pas sur les romans de Dan Brown ! se récria Posy avec humeur. Tu ne sais pas de quoi tu parles ! Et c'est pour cette raison que Lavinia m'a légué les bâtiments situés à droite de la cour, là où l'on vend de la littérature sentimentale !

Sans le vouloir, elle prononça ces deux derniers mots avec fierté et rougit lorsque Sebastian lui lança un regard angoissé, comme si elle avait versé du lait caillé dans son café.

— Et cette librairie se porte très bien parce que je suis justement passionnée de littérature sentimentale, reprit-elle. Je doute qu'il y ait un autre libraire à

Londres qui ait lu autant de romances que moi, et cela se reflète dans mes chiffres. Je prends aussi de nombreuses commandes en ligne, même si notre site Web est plutôt rudimentaire. Donc, pour ta gouverne, sache que les ventes de romance dépassent largement les autres.

Elle aurait aimé brandir des pourcentages et des marges de profit, mais elle ne s'était jamais penchée sur la question. De toute façon, elle était spécialiste de littérature sentimentale, pas comptable. Et si un jour elle passait à un jeu télévisé où on lui poserait des questions dans ce domaine, elle serait incollable, même si elle se casserait sans doute la figure sur des connaissances moins pointues. Bah, peu importait ! Le problème de la culture générale, c'était qu'elle était bien trop vaste, trop *générale*, précisément pour que l'on puisse tout connaître et...

Et tout à coup, elle dut se retenir à une étagère, car une idée formidable venait de lui traverser l'esprit. Une véritable illumination. Celle qu'elle recherchait depuis trois jours. D'où son léger vertige.

— Tu te sens mal, Tignasse ? s'enquit Sebastian avec sollicitude. Remarque, ça ne me surprend pas. Avec toutes les spores que tu inhales à cause des moisissures de ton appartement.

— Nous n'avons pas la moindre moisissure ! se récria-t-elle, bien décidée à ne pas se laisser distraire par Sebastian. Comme j'expliquais avant d'être grossièrement interrompue, au lieu de s'efforcer de rivaliser avec les grandes enseignes, ce qui est vain,

Bookends va se spécialiser dans un genre bien précis. Trouve un créneau ou rentre chez toi, comme on dit en affaires ! déclama-t-elle alors avec emphase et pour gagner du temps.

» Bref, enchaîna-t-elle, nous allons devenir l'unique librairie en Grande-Bretagne, peut-être même au monde, à être spécialisée dans la littérature sentimentale. Eh bien, que dis-tu de ça, hein ? Hé ! Tu as entendu ce que je viens de t'annoncer ?

De nouveau, Posy s'adressait au dos de Sebastian, car il était passé dans une autre section ! Elle se résolut donc à l'y rejoindre et le surprit en train de sortir un livre d'un rayonnage : c'était une importation des États-Unis, avec en couverture un Monsieur Muscles chevauchant une blonde dans un déshabillé vaporeux des plus osés, comme se devait de porter une créature qui allait être *Séduite par une canaille*. Sebastian considéra l'illustration avec stupéfaction, avant de remettre le roman à la mauvaise place.

Quand elle l'eut rangé au bon endroit, il passait déjà en revue les classiques de son petit fief romanesque et brandissait un exemplaire d'*Orgueil et Préjugés*.

— Rasoir ! décréta-t-il.

Ce qui était de la haute trahison.

Mais avant qu'elle n'ait le temps de réagir, il s'empara du *Château de Cassandra*.

— Banal !

Puis ce fut le tour de *Tendre est la nuit*.

— Facile !

— Tu juges à l'emporte-pièce des romans que tu n'as même pas lus, j'en mettrais ma main à couper. Le monde entier dépend de gens qui se rencontrent et tombent amoureux, sans quoi la race humaine serait en voie d'extinction, mais toi, espèce de stupide, d'idiot, d'igno… Mmmm !

Elle ne put poursuivre, car Sebastian venait de la bâillonner avec sa paume.

Elle faillit la lui mordre ! Cela lui aurait peut-être servi de leçon pour avoir osé envahir son espace personnel. L'avoir approchée de si près qu'elle sentait la chaleur qui émanait de son corps…

— Pas un mot de plus, Tignasse !

Et dans ses yeux passa un éclair non de colère mais d'amusement, comme si c'était le moment le plus désopilant de sa visite.

— Arrête de t'exciter ainsi sur tes romances ! Je sens que mes parties se flétrissent.

À cet instant, elle le repoussa.

— Eh bien, dans ce cas, achète-toi une pommade ! Je te conseille la marque Boots.

— Excellente idée ! s'exclama Sebastian.

Et il se dirigea vers la porte qu'il ouvrit avec fracas, car il était incapable d'effectuer le moindre geste sans en faire des tonnes.

— Je te recontacterai en temps voulu, ajouta-t-il.

Puis il agita les doigts en guise d'au revoir et disparut.

Posy posa aussitôt la main sur sa poitrine.

— Mince alors ! C'était tonique, décréta Verity.

Elle venait d'émerger de son bureau, à présent que le danger était passé.

— J'ai l'impression d'avoir combattu un taureau à Pampelune, renchérit Posy dont le cœur retrouvait peu à peu des battements normaux. À propos, merci pour ton soutien !

Mais Verity n'arborait pas du tout un air repentant. De fait, elle avait même répondu au vague au revoir de Sebastian en agitant elle aussi la main !

— Chacun doit mener ses propres batailles, rétorqua-t-elle ; et d'ailleurs, tu contrôlais parfaitement la situation. (Elle croisa les bras.) C'est ça, ta grande idée : une librairie spécialisée dans la romance ?

Posy hocha la tête.

— En toute honnêteté, je suis encore plus surprise que toi, mais à bien y réfléchir, ce n'est pas un si mauvais concept, admit-elle. Une librairie centralisant toute la littérature sentimentale dont les clients ont besoin. (Elle se mordit la lèvre.) Il suffit à présent que je me penche sur les détails en bonne et due forme, avec un chevalet de conférences. En attendant, peux-tu garder ça pour toi ?

— On ne vendrait donc que des romances ? Rien d'autre ? insista Verity d'une voix aussi éteinte qu'un feu de la veille.

Elle balaya la librairie du regard.

— Ça ne va pas remplir tout l'espace, poursuivit-elle. Je comprends qu'il faille se spécialiser dans un créneau, mais tu ne crois pas que celui-ci est un peu trop étroit ?

—Pas du tout. Les gens adorent les livres romantiques. Regarde, ici, dans la salle principale, nous avons les dernières parutions, les best-sellers et la fiction contemporaine. Plus tous les classiques en la matière : *Bridget Jones*, toute l'œuvre de Jackie Collins, et la « chick lit », même si je répugne à utiliser cette expression. La littérature pour poulettes, franchement !

Posy passa dans la pièce située sur la gauche. Maintenant qu'elle y pensait, c'était une évidence.

—On pourrait mettre les classiques ici : Jane Austen, les sœurs Brontë, la poésie, les pièces de théâtre, et dans l'autre section…

Verity leva la main.

—Assez !

Posy se retourna, l'air confus.

—Tu trouves que ce n'est pas une bonne idée ? Mais toi aussi tu adores les romances, Very ! Je sais parfaitement ce que tu achètes avec les remises dont bénéficie le personnel, et même Nina dit que…

—Nina va bientôt arriver, justement, et Tom sera là cet après-midi. On fermera une heure plus tôt ce soir, et tu nous exposeras ton plan.

Et de toute évidence, celui-ci ne lui paraissait pas génial !

Posy s'efforça toutefois de ne pas se sentir personnellement visée, car Verity était ainsi faite qu'elle ne montrait jamais ses sentiments. Une fois, elle avait croisé Benedict Cumberbatch au *Midnight Bell*, et n'avait pas cillé. Mais ensuite, elle s'était réfugiée aux toilettes et avait dû respirer dans un sac en plastique parce qu'elle manquait d'air.

— Tu peux prendre de l'argent dans la caisse pour acheter un chevalet de conférences, proposa gentiment Verity. Une fois que tu auras fait du thé et que tu te seras habillée, bien sûr. Qu'est-ce qu'il y a, d'ailleurs, sur ton pyjama? On dirait de petites bouses.

— Ce sont des puddings de Noël! Tu ne vois pas les brins de houx, dessus?

Et sur ces mots, elle rajusta le vêtement incriminé qu'elle se promit de ne plus jamais remettre avant d'ajouter:

— C'est toi qui vas préparer le thé, moi je vais me doucher!

CHAPITRE 4

À 17 heures, une vague d'anxiété submergea Posy alors qu'elle se débattait avec son chevalet de conférences et notamment le pied sur lequel il était censé tenir.

En théorie, elle était désormais la chef, donc c'était elle qui décidait, mais elle ne se sentait pas l'âme d'une meneuse ! Même si Nina et Verity avaient le même âge qu'elle, elle avait toujours eu l'impression d'être leur subalterne. Et elle ne pouvait se défaire de cette sensation, bien qu'elle ait à présent trois employés ; trois personnes qui dépendaient d'elle pour leur rémunération, qui leur permettait de payer leur loyer, leurs charges, leur nourriture, et éventuellement de s'offrir un verre de vin ou une sortie ciné.

Elle jura entre ses dents : comment pouvait-elle espérer reprendre une librairie qui périclitait et la transformer en une entreprise prospère, si même un simple chevalet de conférences refusait de coopérer ?

—Ça ne peut pas tenir, comme ça, déclara une voix derrière elle.

Et Sam, laissant négligemment tomber son énorme cartable par terre, vint à sa rescousse. En quelques secondes, il fixa solidement le pied au tableau, puis s'éclipsa tout en lançant à sa sœur :

— J'ai eu juste un B pour mon rap en pentamètres iambiques, Posy. Essaie de faire mieux la prochaine fois.

Sam se déplaçait comme s'il avait les pieds enserrés dans une tenaille, et l'on voyait encore plus ses chaussettes que quelques jours auparavant. Elle devrait impérativement faire du shopping avec lui ce week-end pour lui acheter de nouvelles chaussures et un pantalon. Elle pourrait aussi peut-être trouver des infusions susceptibles de freiner sa croissance, car la courbe en devenait alarmante. D'ailleurs, il n'y avait pas que le personnel qui dépendait du projet de Posy concernant *Bookends*, mais aussi son frère. La librairie était autant le legs de Sam que le sien, elle n'avait pas droit à l'erreur.

Elle entendit alors que l'on fermait à clé la porte de la boutique et, quelques instants plus tard, Nina et Tom, suivis de Petite Sophie, la jeune fille qui venait les assister le samedi, elle-même talonnée par Verity, entrèrent dans le bureau. Ils avaient des boissons et une boîte de gâteaux à la main, et à vrai dire, il allait être assez difficile de présenter des plans révolutionnaires et excitants pour *Bookends*, pendant que son auditoire s'empiffrait des douceurs de Mr Kipling.

Elle toussota.

— Bien, commençons, dit-elle. Bienvenue dans le nouveau *Bookends*.

Puis, d'un geste saccadé, elle révéla un dessin plutôt sommaire de l'extérieur de la librairie, exécuté avec des marqueurs bleu et vert.

— Ce sera une librairie qui centralisera tous les besoins des lecteurs en matière de littérature sentimentale.

Tout le monde, sauf Verity à qui elle avait déjà dévoilé les grandes lignes du projet, cessa de se disputer pour ne pas se retrouver avec le petit biscuit rose peu convoité de cette boîte, et tourna la tête vers Posy. Parfait ! Elle avait au moins capté leur attention, même s'ils n'avaient nul besoin de la regarder si fixement, et qu'à en juger par l'expression de Tom, on aurait pu croire qu'elle venait de s'exprimer en martien.

— Qu'entends-tu par littérature sentimentale ? reprit Posy.

C'était bien sûr une question purement théorique, aussi ignora-t-elle Petite Sophie qui agitait la main pour enchaîner :

— Ce peut être de la littérature exigeante, comme *Roméo et Juliette* de Shakespeare, ou bien *Orgueil et Préjugés* de Jane Austen, mais aussi des romans plus commerciaux tels qu'*Un jour* ou *Le Journal de Bridget Jones*. Cela comprend également les romans d'amour sur fond historique ou encore les romances érotiques. Il peut s'agir d'un livre relatant les aventures d'une femme prenant en charge sa propre destinée et qui ouvre un petit salon de thé dans un charmant village, ou…

— Oh, oh ! Attends un peu, s'exclama Tom qui venait de s'adosser à son siège après avoir été obligé de prendre le biscuit rose. Nous n'allons vendre que de la « chick lit » ? Aïe, ce n'est pas la peine de me frapper…

Mais Nina levait déjà la main pour lui donner une nouvelle bourrade.

— Il n'y a rien de mal à lire de la « chick lit », lui annonça-t-elle. Le seul problème de ces romans écrits par des femmes pour des femmes, c'est l'appellation qui laisse entendre que ces livres n'ont aucune valeur.

— Ce n'est pas ce que je voulais dire, se défendit Tom en se frottant la tête. Simplement, Posy, comptes-tu réellement supprimer la section jeunesse, les manuels pratiques, les livres de cuisine, les polars ? Tu ne veux vraiment plus en vendre ?

— Il y a bien longtemps qu'un enfant n'a pas franchi le seuil de cette librairie, rétorqua-t-elle. Et quand ils viennent, c'est pour s'amuser avec l'escabeau roulant ! Et depuis quand vend-on beaucoup de manuels pratiques ? D'ailleurs, a-t-on vendu un seul livre, tous genres confondus, ces derniers temps ? On peut soit continuer à proposer des domaines variés, comme les autres librairies alentour, et à vivoter, ou bien se spécialiser dans un créneau et l'exploiter à fond. Nous pourrions devenir célèbres en vendant uniquement du roman sentimental : nous attirerions même les touristes. Pensez au nombre de personnes qui visitent Londres et qui ne voudraient pour rien au monde manquer la librairie la plus romantique de la ville ! Que dis-je, de tout le pays !

—On se calme, Posy! ordonna Sam en passant la tête dans l'encadrement de la porte.

Elle prit alors conscience qu'elle était essoufflée, mais c'était sans doute moins à cause de sa nervosité liée à la présentation du projet, que parce que Sam ressemblait à un loup ayant repéré de la chair fraîche : il avait en effet aperçu Sophie, dans la petite assemblée. Comme elle regrettait le temps innocent où ces deux-là étaient juste de bons amis, avant que les hormones ne fassent leur entrée en scène !

—Ça veut dire que les représentants des éditeurs ne me donneront plus de romans graphiques gratos ? poursuivit-il.

Puis il dut songer que son ton avait paru bien pleurnicheur à Sophie qui, d'ailleurs, refusait ostensiblement de croiser son regard, les yeux rivés sur ses ongles vernis.

—Je suis certaine que si, quand ils se rendront compte que nous vendons énormément de romances, le rassura Posy.

—Comment penses-tu réorganiser la librairie ? enchaîna Verity.

Un carnet sur les genoux, elle prenait consciencieusement des notes.

—Tu as bien dit que la pièce principale serait réservée aux auteurs contemporains, aux best-sellers et aux dernières parutions ? s'assura encore son amie.

—Oui, oui, tout à fait, approuva Posy.

Et elle tourna une page de son tableau pour présenter fièrement le nouvel agencement de la librairie.

— À droite, ce sera la section Régence, par laquelle on passera dans la pièce consacrée aux romans historiques, et enfin, la petite salle du fond sera réservée au paranormal, à la fantasy et euh… à l'érotique. Sam et Sophie, l'accès à cette salle vous sera formellement interdit sans la présence d'un adulte, compris ?

Sam émit un grognement, et Sophie décocha à Posy un regard légèrement condescendant : quelles que soient les perversions susceptibles de se tapir entre les pages de ces romances érotiques, elles ne pouvaient en aucun cas rivaliser avec toutes les vidéos pornographiques auxquelles elle avait accès depuis l'ordinateur familial.

— À gauche, nous mettrons les classiques, comme Jane Austen, les sœurs Brontë, bref, je ne vais pas tous les citer, ainsi que le théâtre et la poésie. Dans la section suivante, on classera les romans Young Adult ; Sophie, je compte sur toi pour m'aider en la matière. Et enfin, dans la pièce du fond, on trouvera des essais ou les ouvrages en langue étrangère.

Elle poussa un grand soupir satisfait.

— Voilà l'idée, dans les grandes lignes.

— Et le salon de thé ? Tu vas aussi y mettre des livres ? questionna Nina.

Elle n'avait cessé de hocher la tête et d'adresser des sourires encourageants à Posy, mais à vrai dire, tout allait bien trop vite pour cette dernière.

— Euh… Je n'y ai pas encore réfléchi, avoua-t-elle.

Encore qu'il n'y ait guère matière à grande réflexion !

Le salon de thé avait toujours été le domaine de sa mère, et elle ne pouvait absolument pas imaginer de le rénover, car les ultimes traces d'Angharad Morland disparaîtraient alors à jamais.

— Nous avons déjà assez de travail avec la librairie sans nous occuper du salon de thé, ajouta-t-elle.

Mais Nina ne semblait pas décidée à en rester là.

— Pour l'instant, oui, mais dans un avenir proche, tu pourrais employer une personne qui le gérerait et…

— Non, l'interrompit Verity d'un ton ferme (de sorte que Posy n'eut pas à le faire). Si l'on propose de la nourriture, il faudra respecter tout un tas de normes en termes d'hygiène qui nous vaudront plus de tracas que de bénéfices. Nous en reparlerons plus tard. Bon, page suivante, Posy ?

En raison de la moiteur de ses mains, elle eut quelques difficultés à obtempérer… «AMÉLIORER LE SITE WEB», voilà juste ce qui y figurait.

— Ça, je m'en charge, décréta Sam (comme s'il pouvait régler l'affaire en une nuit, ce qui était sans doute impossible, non ?). Ce sera probablement trop compliqué de mettre tout notre catalogue en ligne, mais on pourra présenter une sélection de livres et…

— Tout à fait ! s'exclama Sophie. Ce serait le top 50 de nos best-sellers et… et… on pourrait aussi désigner un roman comme le livre du mois, conclut-elle en se redressant sur sa chaise. Et pourquoi ne pas accorder une remise dessus.

— Dans ce cas, autant créer un jury de lecteurs, suggéra Nina. Ils se rencontreraient une fois par mois pour débattre et élire un roman. Et si l'on rouvrait le salon de thé – ce à quoi je te supplie de réfléchir, Posy, car ainsi on disposerait d'un stock inépuisable de gâteaux –, on pourrait organiser des soirées de lancement de livres avec petits-fours, et y inviter les auteurs. On pourrait aussi mettre en place des séances de dédicace. D'ailleurs, ça, on peut le prévoir dès maintenant.

—Et puisqu'on va créer un véritable site Internet, il faudra absolument que l'on ouvre un compte Instagram ou Tumblr, renchérit Sophie. Sinon, quel intérêt ? Ça, je peux m'en occuper, tout comme d'une page Twitter. Ces réseaux sociaux auraient des liens directs avec le site, n'est-ce pas, Sammy ?

Sam repoussa sa frange.

—Oui, j'imagine que c'est possible. Ce serait une multi-plateforme. Mais il faudrait qu'elle nous rapporte, n'est-ce pas, Sophie, car on prendrait sur notre temps pour la gérer. Disons 10 % sur les ventes en ligne ?

Posy croisa les bras.

—Et toi, tu comptes me rembourser tout l'argent que j'ai dépensé pour toi en nourriture, vêtements et jeux vidéo ces sept dernières années ?

—Sache qu'il existe dans ce pays des lois très strictes pour réglementer le travail des enfants, rétorqua-t-il en croisant lui aussi les bras, et en redressant le menton, pour faire bonne mesure.

Posy ne voulut pas le punir ni le renvoyer dans sa chambre devant Sophie, d'autant qu'il était la seule personne de sa connaissance capable d'améliorer le site de *Bookends*.

—8,5 %, décréta-t-elle alors, et ce sera ma dernière offre.

—Vous voulez qu'on dépose le bilan, tous les deux ? se récria Verity. Si tu veux une rémunération, Sam, il faudra passer par moi, et je ne te concéderai pas plus de 3 % après déduction des charges.

Celle-ci arborait l'air agité qui était le sien lorsque, après une journée de travail, on lui demandait encore d'avoir des échanges civilisés avec d'autres humains. Very étant à bout, Posy préféra calmer le jeu…

—En fait, l'autre grand sujet que je voulais aborder avec vous, c'était le nom de la librairie.

Affalé sur son siège, le cou rentré dans les épaules, Tom trouva alors la force de relever la tête.

—Et pourquoi ce nom te déplaît-il, à présent ?! s'exclama-t-il. *Bookends* est une véritable institution !

—C'était une institution ! rectifia Posy après y avoir réfléchi en boucle pendant de longues heures. La plupart des gens qui fréquentaient *Bookends* en raison de son histoire, de son atmosphère et de sa réputation étaient des contemporains de Lavinia ; or, leur nombre s'amenuise à vue d'œil. Sans eux, *Bookends* n'est qu'une librairie de plus qui se bat pour survivre. Si nous nous spécialisons dans la littérature sentimentale, il nous faut un nom qui reflète cette évolution.

—Et tu as une idée en tête ? grommela Tom.

Il s'était de nouveau écroulé sur son siège, et affichait une nette profonde contrariété qui semblait suinter par tous les pores de son corps.

— Tout à fait !

Et Posy désigna son chevalet de conférences, telle une animatrice de show télévisé présentant le tout dernier congélateur haut de gamme à un public en liesse.

— Je peux avoir un roulement de tambour ? ajouta-t-elle.

Devant le peu de réactivité de son auditoire, elle tapa du pied sur le sol pour le simuler, puis tourna la page… Seul le silence lui répondit. Pire qu'un silence : sur les cinq visages qui lui faisaient face se lisait une profonde consternation, voire de l'indignation.

Elle posa les mains sur ses hanches.

— Qu'en pensez-vous ? D'accord, c'est un peu « out », mais c'est une citation mémorable, non ?

— « Lecteur, je l'ai épousé », ânonna Tom comme s'il venait tout juste d'apprendre à lire. Non. Non, ce n'est pas possible, n'est-ce pas ? (Il se tourna vers Nina sur sa gauche.) Allez, je ne suis tout de même pas le seul à penser que Posy débloque, sur ce coup-là ? Comme quand elle nous avait presque asphyxiés avec sa colle en aérosol ?

— C'est arrivé juste une fois et c'était par accident, protesta-t-elle. Nina, tu me soutiens, j'espère ? Tu adores les sœurs Brontë, il me semble. Dois-je te rappeler que c'est une citation de *Jane Eyre* ?

— Ah, les rabat-joie ! s'écria Sophie d'un air faussement outré.

Puis elle éclata de rire et lança un coup d'œil à Sam qui s'efforça de lui sourire avant de se cacher derrière sa frange : sa sœur avait parfois des réactions si inattendues qu'il préférait ne pas se ranger franchement aux côtés de Sophie.

— Je sais que c'est tiré de *Jane Eyre*, Posy, et c'est très spirituel, mais ça ne convient vraiment pas pour un nom de librairie, rétorqua Nina. Et toutes les romances ne se finissent pas avec un échange de vœux devant l'autel. Réveille-toi, nous sommes au XXIe siècle, ma grande !

— Donc tu penses qu'une librairie dédiée à la littérature sentimentale, c'est une mauvaise idée ? questionna Posy, s'accrochant à son chevalet en guise de soutien.

Elle croyait avoir trouvé la solution à tous leurs problèmes, mais maintenant qu'elle y pensait, Verity ne s'était pas prononcée sur son projet et Sebastian avait essayé de l'en dissuader.

Si cette idée ne leur plaisait pas, elle n'en avait pas d'autre, voilà tout ! Soit ils se spécialisaient dans la romance, soit chacun rentrait chez soi. Il y avait bien sûr la possibilité de céder la librairie à Sebastian, mais qu'en ferait-il ? Elle préférait ne pas l'imaginer. Il n'avait pas le moindre respect pour ce que représentait *Bookends*. Tous ces romans serrés les uns contre les autres sur les étagères et qui entraînaient le lecteur vers des contrées magiques, des mondes merveilleux, n'avaient aucune valeur à ses yeux, et encore moins le petit coin dédié à la littérature jeunesse. Et le fait que le sol de cet endroit ait été foulé par tant de lecteurs en quête d'une belle histoire le laissait parfaitement indifférent…

— Merde alors, Posy! Tu pleures?

Et Nina bondit sur ses pieds pour la prendre dans ses bras et la serrer contre sa poitrine impressionnante et, il fallait l'admettre, très confortable.

— Pas du tout! se défendit-elle, ses paroles à moitié étouffées par les seins de Nina.

Elle était sur le point de craquer, c'était différent, elle avait la gorge nouée et… Soit, il n'était pas impossible que deux larmes lui aient échappé.

— C'est un nom foireux, mais l'idée ne l'est pas, argua Nina tout en lui frictionnant le dos. Au contraire, elle est très bonne. Qui n'a pas envie d'un peu de romance dans sa vie? Et pour ma part, c'est seulement par le biais de la lecture que je l'approche. Je peux m'estimer heureuse si un type m'invite à dîner, et encore c'est parce qu'il a des arrière-pensées et espère que je vais coucher avec lui.

— S'il te plaît, Nina, il y a des enfants dans ce bureau!

Posy ne voyait pas la tête de Sam, car la sienne était toujours enfoncée dans le décolleté de son amie, mais elle l'entendit réagir d'une voix tendue:

— Je ne suis plus un enfant!

— Les mecs veulent t'emballer parce qu'ils t'ont invitée à dîner? s'enquit alors Sophie d'un ton intrigué. Dans un resto vraiment classe, ou juste au McDo?

Ils étaient en train de s'éloigner du sujet ! Posy se dégagea de l'étreinte de Nina, renifla, puis adressa un regard implorant à Verity, car c'était elle qui incarnait l'autorité d'un adulte, chez *Bookends*.

— Je pense que ton projet a un certain potentiel, déclara cette dernière, si tant est que l'on puisse la concrétiser avec un budget égal à zéro livre et quelques pence.

Et Verity pressa ses tempes comme si elle avait atteint les limites de son endurance.

— Mais pour ce qui est du nom, je ne peux même pas le prononcer.

Donc, elle était partante, conclut Posy. Restait à convaincre Tom, dont le visage ressemblait à tout sauf à une vitrine illuminée… D'ailleurs, en termes d'éclairage, la librairie était dotée d'un système électrique qui n'était pas de prime jeunesse : les douilles supporteraient-elles seulement le poids des nouvelles ampoules basse consommation ?

— Et toi, Tom ? Tu accepterais de ne vendre que de la romance, si je te promets de ne pas repeindre la librairie en rose ? s'enquit Posy. Je sais que tu prépares un doctorat en littérature, alors… Ça ne te donnerait pas l'impression de toucher le fond ?

— Ce n'est pas juste une thèse en littérature, c'est plus nuancé que ça, rectifia Tom.

En réalité, le sujet de sa thèse était un grand mystère pour tous. Chaque fois que Posy l'interrogeait à ce propos, il se mettait à employer des termes à rallonge et un peu fantaisistes, comme « épistémologie » ou «néoréalisme», de sorte qu'elle ne cernait pas réellement le but de ses recherches, ce qui était sans doute préférable.

— Quoi qu'il en soit, reprit-il, je ne suis pas foncièrement hostile à l'idée de la littérature sentimentale. En revanche, je refuse catégoriquement de travailler dans une librairie qui s'appellerait *Lecteur, je l'ai épousé*. Tu imagines ce que ça donnerait, au téléphone ?

— Bonjour, vous êtes bien chez *Lecteur, je l'ai épousé*, imita Sam. Que puis-je faire pour vous, aujourd'hui ?

Et il jeta un regard en coin à Sophie qui lui décocha tout de suite son plus beau sourire.

— C'est bon, message reçu, concéda Posy d'un ton résigné. Dans ce cas, que proposez-vous, comme nom ?

— *La Cabane de l'amour* ? avança Nina avant de se rétracter tout de suite : Non, ça fait agence matrimoniale. *Scène de rencontre* ? C'est ma partie préférée, dans une histoire d'amour.

— Ça fait un peu pompeux, non ? souligna Sophie. Pourquoi pas tout simplement *Histoire d'amour* ?

— Trop vague ! trancha Verity. Allez, les amis, faites marcher vos neurones. Pourquoi les gens aiment-ils tellement la romance ?

Un silence assourdissant s'abattit sur le bureau, et la grande aiguille de l'horloge eut le temps d'effectuer un tour complet.

Posy s'efforçait de réfléchir à ce qui, dans les romans d'amour, la poussait à négliger le ménage et, éventuellement, la télévision pour sortir et faire des rencontres qui lui permettraient à son tour de vivre une romance.

Mouais… « Pour ma part, je préfère passer une soirée avec un bon livre que dîner en compagnie d'un type vaseux qui n'est même pas fichu de porter une chemise propre quand il sort avec une nana », avait-elle coutume de dire.

Bon, qu'est-ce qui lui plaisait donc tant, dans ces romans ? Étaient-ce ces héroïnes pleines d'entrain qui ne renonçaient pas à l'amour, même si de nombreux hommes leur avaient déjà brisé le cœur ? Était-ce le héros, avec sa personnalité charismatique et son ironie mordante, qui masquait elle aussi un cœur en miettes ? Le premier baiser brûlant ? Les regards insistants ? L'attirance contre laquelle on ne peut lutter ? Sans doute était-ce le mélange de tous ces éléments qui lui donnait envie d'y revenir, mais elle adorait par-dessus tout que l'histoire se finisse bien : le héros et l'héroïne sortaient immanquablement de la page en se tenant par la main, sur fond de soleil couchant. Dans la vie, un happy end n'était pas toujours au rendez-vous ; en revanche, une bonne romance le garantissait à coup sûr, et si ce n'était pas le cas, Posy se sentait trahie. D'ailleurs, en de rares occasions, il lui était déjà arrivé de jeter un roman par terre, tant elle était dépitée.

— Parce que ça finit bien ! hurla-t-elle. Tout le monde rêve que ça finisse bien.

— *Conclusion heureuse*, alors ? suggéra Verity d'un ton songeur. Pourquoi pas ?

— Oh non, non, non ! protesta Nina d'un air horrifié. On ne peut pas donner un tel nom à une librairie. L'allusion à « conclure » est trop connotée.

On dirait un bordel qui se fait passer pour un salon de massage.

— Ah bon ? Vraiment ? s'écrièrent en même temps Sophie et Sam, l'air confus.

Et Posy crut entendre ce dernier grincer des dents avant de s'exclamer :

— C'est vrai qu'avec un nom pareil je me ferai chambrer à l'école.

— Bon sang, ce que vous avez les idées mal placées ! se lamenta Posy. Écoutez, je vous propose *Et ils vécurent heureux*, là au moins il n'y a pas de sous-entendus. Eh bien ?

— C'est quand même un peu cliché…

— OK… Et que pensez-vous de *Au bonheur des tendres* ? lança Posy, mue par une inspiration soudaine. C'est pas mal, non ?

— C'est vrai, reconnut Nina. « Et si vous ne trouvez pas le bonheur, on vous rembourse », c'est un bon slogan, qu'en dites-vous ?

— Sauf que l'on devra rembourser tous les clients ayant acheté des exemplaires des *Hauts de Hurlevent* ou de *Gatsby le Magnifique*, commenta Tom.

Mais un sourire éclaira tout de suite son visage, et il précisa :

— Je peux tout à fait me faire à l'idée de travailler dans une librairie qui s'appelle *Au bonheur des tendres*. C'était juste une remarque en passant.

— Alors, adjugé pour *Au bonheur des tendres* ! décréta Verity.

Puis elle se mit à ranger ses affaires avant de se raviser.

—Votons tout de même à main levée.

Et elle regarda autour d'elle les mains qui se levaient en faveur de cette proposition… Tom en était, même si elle préféra ne pas s'attarder sur le doigt qu'il dressa.

—Parfait, ce nom l'emporte à l'unanimité, donc! conclut-elle. Et maintenant, il faut vraiment que j'y aille. Je ne pensais pas rester si tard.

Sur ces mots, elle se dirigea vers la porte en enfilant son manteau, car une fois qu'elle avait décrété qu'elle en avait assez, aucune arme n'aurait pu la contraindre à se rasseoir.

—*Au bonheur des tendres*, oui, ça me plaît, dit Nina en regardant autour d'elle. Et maintenant, on va tous au pub?

—Volontiers, approuva Sam. Tu m'offres une vodka tonic?

—Ne compte pas là-dessus, car ni toi ni moi n'irons au pub, intervint Posy. Et toi non plus, Sophie. Vous deux, vous montez à l'appartement et vous faites vos devoirs jusqu'à ce que le père de Sophie vienne la chercher.

D'ailleurs, Sam devait s'estimer heureux de cette issue, puisqu'ils allaient pouvoir s'embrasser tout en potassant la guerre de Cent Ans. Sans oublier de la maudire pour l'interdiction, bien sûr!

En grommelant, les deux ados obtempérèrent, et Posy s'empressa ensuite de refermer la porte de la librairie derrière Nina et Tom.

Il pleuvait, et elle les vit traverser la cour rapidement. Nina poussa soudain un cri en se tordant la cheville sur les pavés mouillés ; Tom la prit vivement par le bras, et tous deux coururent jusqu'à leur pub préféré, situé au coin de la rue.

En haut, une porte claqua, et de la musique se fit bientôt entendre, mais le volume n'était pas très fort. Dans la librairie, le calme était revenu.

— *Au bonheur des tendres*, chuchota-t-elle alors.

Puis elle entreprit de ranger un peu, car ils ne pouvaient s'offrir les services d'une femme de ménage. En général, c'était Verity qui s'en chargeait ; ainsi, elle était certaine que c'était bien fait, aimait-elle à répéter.

— *Au bonheur des tendres*, murmura-t-elle à nouveau.

Que ces mots étaient prometteurs ! Intenses…

Elle se planta devant la table de présentation, et posa la main sur le cadre qui abritait la photo de Lavinia et de Perry.

— Vous aimez ce nouveau nom ? demanda-t-elle.

Au fond, elle espérait peut-être un signe d'une instance supérieure qui l'aurait confortée dans ses choix, lui aurait garanti qu'elle avait pris les bonnes décisions pour Sam, *Bookends* et elle-même. Que la librairie redeviendrait rentable et ferait son bonheur.

Seul le silence lui répondit, et pourtant une chaleur réconfortante se répandit dans son cœur, comme chaque fois qu'elle se retrouvait seule parmi ces romans qui comblaient, lui semblait-il, toutes ses attentes.

CHAPITRE 5

Il était bien beau d'avoir rebaptisé la librairie et décidé de la transformer en un point de vente unique au monde, encore fallait-il que Posy sache comment s'y prendre pour que les plans qui figuraient sur son chevalet de conférences se concrétisent !

Par chance, Verity et Nina étaient pleines d'enthousiasme et de dynamisme quand elles poussèrent la porte de la boutique, le lendemain matin, à quelques minutes d'intervalle.

Enfin, si tant était que ces termes puissent s'appliquer à Verity qui se faufila plutôt à l'intérieur et adressa un petit signe de la main à Posy, laquelle déballait un carton d'ouvrages tout juste livrés.

— Tu sais, j'ai bien réfléchi cette nuit : *Au bonheur des tendres*, c'est une idée géniale ! Vraiment, sensationnelle !

Et sur ces mots, Verity secoua les poignets comme si des pompons de pom-pom girl y étaient accrochés. Il était rare de la voir aussi excitée !

— Et maintenant, poursuivit-elle avec le même entrain, je dois me remettre à la compta, mais je vais continuer à réfléchir à l'évolution de notre librairie. Il faut que l'on établisse un plan d'action. On fera un tableau Excel avec un planning très précis. Waouh, j'en frissonne d'avance !

Posy n'était pas tout à fait aussi convaincue du divertissement que ces changements promettaient, mais un moment plus tard, Nina s'écria en entrant de façon moins discrète que Verity dans la boutique :

— J'ai des échantillons de peinture !

Et elle brandit un nuancier.

— J'en ai parlé à Claude, mon tatoueur, et il propose de nous faire un logo gratos. Je lui ai laissé tant d'argent ces dernières années que je le taquine toujours en disant qu'il pourrait me dédommager avec des miles, comme les compagnies aériennes.

— Des échantillons de peinture ? s'enquit Posy. Parce qu'on va repeindre ?

— On devrait, oui ! Les étagères en bois sont un peu sombres, tu ne trouves pas ?

Elle avait raison et, entre un client un peu curieux, deux touristes égarés qui ne trouvaient pas le British Museum, bien que ce bâtiment imposant soit fort bien signalé et situé à cinq minutes à pied, et quelques visiteurs qui feuilletaient les romans pour se protéger du ciel chargé de février et de la bruine, Posy et Nina passèrent une agréable matinée à débattre des futures couleurs de la librairie.

Elles optèrent finalement en faveur d'un gris taupe pour les étagères, avec des nuances de rose foncé par endroits.

— J'ai promis à Tom que je ne peindrais pas la boutique en rose, mais là, c'est juste un léger éclaircissement, pas un rose bonbon, déclara Posy.

— Tout à fait, approuva Nina. En fait, c'est fuchsia. J'avais les cheveux de cette couleur pendant ma période Lolita gothique. Bon, on essaie de voir comment réagencer les livres ?

Comme elles réfléchissaient à la façon dont la clientèle circulerait dans la boutique et aux ouvrages qu'elles devaient retirer des étagères, Posy se demanda tout à coup si elle ne devait pas informer Sebastian de leur projet. Non qu'elle ait besoin de son autorisation pour effectuer des changements en profondeur, puisque les lieux lui appartenaient légalement ; néanmoins, elle devrait peut-être prendre un avocat bien intentionné qui enverrait un courrier à Sebastian, pour le tenir au courant. Un gentil monsieur au comportement paternel dont les honoraires seraient tout à fait raisonnables.

Elles se trouvaient dans la pièce principale, à présent, Nina énumérant gaiement des éléments susceptibles de rendre la librairie plus accueillante.

— Tu crois qu'on devrait prendre en compte le feng shui ? On n'aurait pas en stock des manuels sur ce thème, par hasard ?

À cet instant, l'image d'un Sebastian aux lèvres retroussées en un sourire incrédule quand il découvrirait les éclats de fuchsia s'imposa à l'esprit de Posy…

— Sebastian ! s'écria-t-elle soudain, en sursautant.

Car quand on pensait au loup…

—Tiens, qu'est-ce qu'il fait là, celui-là? s'exclama à son tour Nina. Et qui c'est ce type qui l'accompagne? Tu le trouves bien foutu?

—Hein! Qui est bien foutu? Sebastian? Je ne crois pas qu'il fréquente les salles de gym. La seule partie de son corps qui soit surentraînée, c'est sa langue, je peux te l'assurer!

Et elle rejoignit Nina près de la fenêtre d'où celle-ci avait repéré Sebastian de l'autre côté de la cour, escorté d'un autre homme.

—Espèce de petite débauchée! rétorqua cette dernière en adoptant un ton théâtral. Comment connais-tu les prouesses qu'il est capable de réaliser avec sa langue? Aurais-tu des confessions à faire à tatie Nina?

—Pardon!

Posy décocha un regard noir à son amie et le regretta aussitôt, car celle-ci agita tout à coup de façon obscène sa propre langue, laquelle était ornée d'un affreux piercing qui lui donnait la nausée chaque fois qu'elle le voyait.

—Ce n'est pas ce que je voulais dire, se défendit-elle. Sa langue n'a pas touché la moindre parcelle de ma personne. Comme si c'était imaginable! Je parlais de sa bouche, enfin, elle non plus ne m'a jamais effleurée. Bon, tu m'as comprise: il n'arrête pas de parler et, en général, sa conversation consiste en un flot de paroles très désobligeantes.

—Tu ne trouves pas que tu protestes un peu trop vivement? la taquina alors Nina.

Et comme elles se tenaient toujours derrière la vitre, inévitablement, Sebastian les repéra. Passant bien vite devant son compagnon qui gesticulait tel un forcené dans la cour, il leva la main pour les saluer.

Mais non, quelle idiote ! À cette distance, elle s'était méprise ; ç'aurait été d'ailleurs bien trop poli de sa part. En fait, Sebastian lui faisait signe de venir d'un index impérieux.

— Je me demande bien ce qu'il veut, dit Posy avec une certaine désinvolture dans la voix.

Quelques instants plus tard, il se mit à claquer des doigts comme s'il convoquait un laquais paresseux.

— Il est si grossier qu'il vaut sans doute mieux que j'aille voir, ajouta-t-elle d'un ton morne.

— Prends garde à sa langue, lança Nina d'un air amusé.

Sans répondre, Posy redressa les épaules, s'apprêtant à affronter le vent glacial de février.

— Tignasse ! entendit-elle dès qu'elle ouvrit la porte. Eh bien, ce n'est pas trop tôt ! Tu crois que je n'ai que ça à faire ?

Passant outre son ton péremptoire, elle traversa la cour, se félicitant de porter, contrairement à leur dernière rencontre, un soutien-gorge, un jean, un pull et un cardigan sans le moindre motif susceptible de donner lieu à des comparaisons douteuses.

— Moi aussi je te souhaite le bonjour, dit-elle quand elle fut assez proche d'eux pour ne pas avoir à vociférer, comme lui. Que se passe-t-il ?

— Brocklehurst, je te présente Tignasse, la quasi-propriétaire de la librairie, déclara Sebastian en se tournant vers l'homme qui se tenait à ses côtés.

— Non, pas quasi, corrigea-t-elle d'un ton furieux. Je suis la véritable propriétaire.

— Je t'avais prévenu qu'elle était revêche, soupira Sebastian. Bon, Tignasse, voici Brocklehurst. Nous étions à Eton ensemble.

— Bonjour, moi, c'est Piers, enchaîna ce dernier. Et je refuse de donner ce sobriquet à une si belle femme.

— Je m'appelle Posy, dit-elle en lui tendant la main.

Et alors, au lieu de la lui serrer, il la porta à ses lèvres avec le plus grand naturel pour lui donner un baisemain.

— Ravie de vous rencontrer, marmonna-t-elle.

Son initiative ne lui avait guère plu, et elle avait maintenant envie de s'essuyer le dos de la main sur son jean. D'ailleurs, l'empressement de ce Piers à lui témoigner une sympathie onctueuse, son bavardage mielleux et ce sourire factice qui ne se reflétait pas dans ses yeux ternes l'effrayèrent. De fait, elle sentit des frissons lui parcourir l'échine, bien que l'énergumène soit d'une beauté classique, et qu'il ait étudié dans l'une des meilleures écoles du pays. De haute stature, il avait ramené sa chevelure blonde en arrière, ce qui soulignait son teint rose, et ses muscles se devinaient sous son costume à rayures bleu marine. Il aurait tout à fait pu figurer dans une publicité pour après-rasage, souriant avec satisfaction à l'objectif pendant qu'une femme invisible passait la main sur son torse, seulement il n'était pas du tout son genre d'homme. Un ancien d'Eton parasitait déjà sa vie, elle n'avait nul besoin qu'un deuxième vienne l'imiter.

— Tout le plaisir est pour moi, affirma Piers d'une voix rocailleuse.

Et il fit lentement glisser son regard morne sur son corps – ses hanches, ses seins, son visage – avant de le diriger vers la librairie, comme si elle n'avait rien qui puisse retenir son intérêt.

— Ça suffit ! décréta Sebastian en se plantant entre eux deux. Posy n'aime que les héros de romans sirupeux, donc tu n'as aucune chance avec elle. Bon, parlons de la librairie, Tignasse ! Brocklehurst aimerait rénover l'endroit et ouvrir éventuellement un boutique-hôtel, ici.

Il désigna alors les commerces désaffectés, de l'autre côté de la cour, avant de poursuivre :

— Et à la place de la librairie, il me disait justement que l'on pourrait concevoir un espace détente, avec une salle de gym, une piscine et…

— Tu as entendu ce que je t'ai dit ? Apparemment non ! l'interrompit-elle. *Bookends* m'appartient pour au moins deux ans, et j'ai d'ailleurs essayé de t'expliquer, lors de ta dernière visite, qu'il va devenir la seule librairie anglaise dédiée à la littérature sentimentale.

Et à sa grande satisfaction, elle constata qu'elle venait de clouer le bec à Sebastian.

Toutefois, il était irritant de devoir admettre que, même contrarié et la bouche béante comme un poisson rouge, il demeurait beau.

— Es-tu devenue folle ? demanda-t-il enfin d'une voix rauque.

— Non, je suis tout à fait saine d'esprit, lui assura-t-elle en entendant Piers marmonner dans sa barbe (ce qui lui prouva clairement qu'il en doutait). Et ainsi que je te le disais, je suis propriétaire de *Bookends* pour les deux prochaines années.

— Ce sera plutôt deux mois, si tu t'entêtes dans un projet aussi ridicule et que tu transformes cette librairie en un palais aux senteurs d'eau de rose ! Car si telle est bien ton intention, ton entreprise fera faillite dans deux mois, et les huissiers viendront frapper à ta porte.

Il avait prononcé cette ultime phrase avec un plaisir évident.

Posy eut de nouveau la chair de poule, comme si les paroles de Sebastian, outre qu'elles étaient blessantes à bien des égards, s'apparentaient à une prophétie.

— Nous n'en arriverons pas là, décréta-t-elle en croisant néanmoins les doigts dans son dos, par mesure de sûreté.

— Bien sûr que non ! renchérit Piers comme si l'affaire le concernait. (Il se tourna vers Sebastian.) Thorndyke, tu veux bien me laisser parler ?

Et ce disant, il enlaça Posy par les épaules ; elle se raidit immédiatement comme un chat en colère. Piers s'en aperçut, et un éclair d'irritation prêta alors une certaine animation à ses yeux éteints. Elle réprima un sourire : il était de toute évidence agacé que son charme sans doute légendaire n'opère pas.

— Écoutez, Posy, je suis sûr que vous êtes pleine de bonnes intentions, mais il est clair que vous n'avez pas la moindre idée de la façon dont on gère une entreprise. Vous n'entendrez jamais résonner des bruits de pas dans les allées miteuses de ce lieu perdu.

— Ce n'est pas un lieu perdu, ce sont les *Mews*! se défendit-elle.

Et ne supportant plus le bras de Piers, elle secoua les épaules pour l'en déloger. De nouveau, un éclat de colère traversa les prunelles de ce dernier.

— À l'origine, c'étaient des écuries, poursuivit-elle. Et il y a quelques années encore, les touristes venaient en nombre visiter ce site historique, et ils reviendront! Autrefois, des panneaux indiquaient qu'elles se nichaient ici, au bas de la Rochester Street, et ils refleuriront, vous pouvez me croire. Rénovez plutôt ces échoppes vides et louez-les à des commerçants!

Elle se tourna alors vers Sebastian dans le vain espoir de pouvoir l'en persuader.

— Tu te rappelles quand le vieux M. Jessop possédait encore le comptoir de thés et de cafés? Il vendait aussi des biscuits au poids, et faisait griller ses grains de café les lundi et vendredi après-midi. Toute la cour embaumait, tu t'en souviens?

— Ça empestait le toast brûlé, oui! répliqua Sebastian d'un ton cinglant. Mais la fois où il m'a surpris en train de lui voler des biscuits cassés, c'était plutôt drôle, je l'admets.

Un sourire malicieux éclaira son visage – et même ses yeux – au souvenir de ses méfaits passés.

— Il m'a pincé l'oreille entre le pouce et l'index, m'a fait traverser la cour jusqu'à *Bookends*, et ne m'a pas relâché avant que Lavinia lui promette de me donner une bonne correction.

— Promesse qu'elle n'a pas tenue, j'imagine, commenta Posy.

— Bien sûr que non !

Et Sebastian roula des yeux, comme si ça allait de soi, mais sa voix s'était un peu adoucie à l'évocation de sa grand-mère.

— Je n'arrive pas à croire que tu envisages de raser les *Mews* pour y construire d'affreux bâtiments à la place, dit-elle en joignant les mains, comme si elle l'implorait.

— Ils ne seront pas affreux, la contredit Piers. Je travaille avec un architecte spécialisé dans le design de pointe.

Posy ne prêta pas attention à sa remarque et reprit à l'adresse de Sebastian :

— Tu peux tout à fait louer ces échoppes à des commerçants indépendants, et tu en tireras un bon profit mensuel. D'accord, pas autant qu'un hôtel avec spa, mais tu es déjà plein aux as, Sebastian, pourquoi as-tu besoin de gagner encore plus d'argent ?

— Tignasse, ma chère Tignasse, répliqua-t-il.

Et il secoua la tête avec une telle condescendance qu'elle en serra les dents de toutes ses forces et crut un moment s'être abîmé les molaires.

— As-tu la moindre idée de la façon dont fonctionne le capitalisme ? demanda Sebastian en soupirant.

— Tout à fait, car, contrairement à toi, je n'ai jamais été renvoyée de mon université, affirma-t-elle. Mais cela ne signifie pas pour autant que j'approuve ce système. Bien sûr, tant qu'on l'exerce avec modération…

Elle s'interrompit alors, car Sebastian et Piers venaient de pouffer à l'unisson de façon méprisante, des manières charmantes qu'ils avaient sans doute apprises à Eton. Soudain consciente que la conversation s'éloignait du sujet initial, elle renonça à les édifier sur les dangers du libéralisme sauvage.

— Peu importe! reprit-elle, sentant malgré tout le désespoir la gagner. Tu ne peux pas débarquer ici et décider de tout casser, même si les *Mews* t'appartiennent! Il y a des lois qui nous protègent de ce genre de pratique. Tu dois demander un permis de construire, et je suis certaine par ailleurs que tu ne peux pas dépasser la surface d'encombrement des bâtisses existantes, donc…

— Ils ont passé une ou deux émissions sur les biens immobiliers, à la télé, dernièrement, non? l'interrompit Piers en s'adressant à Sebastian.

Et dire qu'elle avait cru impossible qu'il existe sur la planète un homme plus méprisant que Sebastian: Piers venait de lui démontrer sans équivoque qu'elle s'était trompée.

— Inutile que votre jolie tête s'inquiète, poursuivit-il à son intention. Il suffit de remettre une enveloppe bien garnie à la bonne personne au service de l'urbanisme, et nous pourrons démolir toute la cour sans que personne ne bronche.

—Eh bien, moi, si, Sebastian, tu peux en être sûr! Que dirait Lavinia?

En dépit de tout, Posy voulait croire que, enfouie au fond de lui, vraiment bien cachée, il y avait une meilleure nature que celle qu'il montrait: elle se devait d'y faire appel!

—Les *Mews* comme *Bookends* étaient des lieux que ta grand-mère adorait. Pourquoi veux-tu t'en débarrasser?

—Ce ne sont que des biens matériels, Tignasse, répliqua-t-il en balayant la cour du regard. On ne peut pas vivre éternellement dans le passé. Lavinia elle-même s'était rendu compte qu'elle n'avait pas apporté les changements nécessaires en temps voulu. Car quand rien ne change, les choses stagnent et commencent à suppurer, et il est alors nécessaire de prendre des mesures drastiques.

À l'entendre, on avait l'impression que les *Mews* et son cher *Bookends* étaient de monstrueux furoncles qu'il fallait supprimer aussi vite qu'il était humainement possible de le faire.

—Aucune «mesure drastique» ne s'impose, protesta-t-elle. Tout ce qu'il faut, c'est rénover et réagencer le tout. C'est incroyable, le miracle que peut accomplir une couche de peinture.

—Tu n'as pas à t'inquiéter, Tignasse, je ne te mettrai pas à la porte, ajouta Sebastian d'un ton qu'il imaginait sans doute réconfortant. Tu pourras disposer d'un des nouveaux appartements flambant neufs, il t'appartiendra, car je sais que telle aurait été la volonté de Lavinia. Et si tu t'obstines à vouloir exercer ce métier ennuyeux de libraire, tu pourras toujours trouver un emploi dans une autre enseigne…

L'espace d'un instant, Posy se figura posséder un logement tout neuf et un travail sans stress dans une librairie appartenant à une grande chaîne. Mais cela ne dura qu'une nanoseconde, et immédiatement, il lui revint en tête que chaque parcelle de *Bookends* renfermait un souvenir bien précis, pour elle. C'était là où se trouvait son cœur, c'était son havre, son lieu de bonheur. Si la librairie était détruite, disparaissait, si Sam et elle ne pouvaient plus vivre, rire et aimer dans l'appartement où leurs parents avaient été heureux avant eux, alors la mémoire de ces derniers s'effacerait et s'évaporerait comme la poussière des gravats.

Désemparée, elle tourna la tête vers la librairie et surprit Nina en train de l'observer derrière la vitre, ou plus exactement en train de l'épier de façon éhontée ! Il ne s'agissait pas juste de son sort et de celui de Sam ; l'avenir du personnel de *Bookends* était aussi en jeu, se rappela-t-elle. Nina n'avait jamais tenu au-delà de la période d'essai dans ses trois jobs précédents. Et quant à Verity, elle était si introvertie que c'en était maladif ! Comment pourrait-elle retrouver un emploi où les gens se fichaient pas mal qu'elle ne réponde jamais au téléphone ?

— … un endroit très sécurisé, comme ces résidences fermées, à l'abri de la racaille, disait Piers.

Posy se rendit compte qu'elle l'avait complètement oublié, celui-ci ! C'était l'une de ces personnes que vous trouviez de moins en moins séduisantes à mesure que vous les regardiez. Il y avait quelque chose de carnassier dans son sourire.

— En outre, vous n'aurez pas à vous soucier des voisins. Les autres appartements seront achetés par des sociétés étrangères, à titre d'investissement, et personne n'y habitera ni ne vivra ici, donc vous disposerez de la salle de gym et de…

Assez !

Elle poussa une exclamation outrée :

— Ce ne seront même pas des logements destinés à la location ? Ce sont des gens comme vous qui privent Londres de son âme. Notre communauté spirituelle, dit-elle.

Et elle tendit un doigt menaçant vers Piers, puis Sebastian, qui poussa un soupir comme pour lui signifier qu'elle s'entêtait délibérément.

Mais ce n'était pas elle la responsable : c'était à cause de Piers et des promoteurs de son espèce que les quartiers perdaient leurs traits caractéristiques, et qu'y fleurissaient à la place des ensembles immobiliers réservés à des Londoniens fortunés, aux mains de grands groupes qui ne payaient pas leurs impôts. De fait, c'étaient des gens comme Piers qui entraînaient la disparition des panneaux indiquant des zones aussi charmantes que Bloomsbury, Fitzrovia ou Clerkenwell, et que l'on désignait désormais collectivement sous le nom de centre-ville. Mais elle ne les laisserait pas faire.

Plaquant les mains sur ses hanches, elle redressa le menton.

— Je ne veux plus écouter un seul mot de ces inepties, décréta-t-elle. Cette librairie fut offerte à ton arrière-grand-mère Agatha, dans l'espoir que cela la détournerait de son projet de devenir une suffragette.

— Où veux-tu en venir, au juste ? questionna Sebastian.

Et il releva son bouton de manchette de façon ostentatoire pour jeter un coup d'œil à sa montre, tandis que Piers la regardait comme s'il avait envie de la faire disparaître en même temps que les échoppes vides de *Rochester Mews*.

— Eh bien, Agatha fut envoyée à la prison d'Holloway pour s'être enchaînée aux balustrades de Buckingham Palace, et je peux te garantir que moi aussi je m'enchaînerai à *Bookends* si je dois en arriver à une telle extrémité pour t'empêcher de le sacrifier sur l'autel de la finance.

Sebastian ne parut pas s'émouvoir de la menace.

— Sans vouloir manquer de respect à mon arrière-grand-mère, quand je te vois, je me dis que les femmes n'auraient jamais dû obtenir le droit de vote, Tignasse ! répliqua-t-il. Depuis votre accès aux urnes, vous avez des idées au-dessus de vos moyens.

Et sur cette rude assertion, il se mit à brosser le devant de sa veste comme si Posy avait postillonné dessus durant sa diatribe enflammée, ce qui n'était absolument pas le cas. Enfin, elle l'espérait.

— J'approuve ! renchérit Piers. Les femmes ne sont douées que dans deux domaines. Et encore, un seul si l'on peut se payer son propre chef, comme moi.

—Je ne le crois pas ! J'hallucine ! hurla Posy, si furieuse qu'elle parvenait à peine à articuler.

Mais heureusement, on lui tapa tout à coup sur l'épaule.

—Et dans quel autre domaine les femmes excellent-elles, à part la cuisine ? demanda Nina de sa voix la plus sensuelle derrière son dos. Dans l'art d'être incroyables ?

Piers demeura visiblement bouche bée devant l'apparition, et quant à Sebastian… Eh bien, une chose était certaine : d'habitude, il ne regardait pas Nina de cette façon ! Pas même quand elle ne portait pas de soutien-gorge, mais il était vrai que son amie avait une silhouette de rêve à la Bettie Page, encore que cette dernière n'ait pas de tatouages, ni de piercing dans le nez et la lèvre, et pas davantage une couleur de cheveux que Nina qualifiait de nuance « sirène rejetée sur le rivage ».

Piers la gratifia d'un sourire si mielleux qu'il ressembla soudain à une hyène en costume d'apparat.

—Voulez-vous que je vous l'explique autour d'un verre ? proposa-t-il en bousculant Posy pour s'approcher de Nina.

Et il fit courir ses yeux concupiscents sur ses courbes, moulées dans une petite robe noire rétro.

—Je m'appelle Piers, enchaîna-t-il, et vous êtes… merveilleuse. Mais je suis certain qu'on vous le répète à longueur de journée.

Posy et Sebastian firent la grimace en même temps : ils s'accordaient au moins sur le fait que le baratin de Piers était pitoyablement vil, à défaut de penser tous les deux que son désir de faire de Londres une ville aseptisée l'était tout autant, et que les seules personnes assez stupides pour tomber dans son piège seraient…

— Je m'appelle Nina. Et on me le dit simplement de temps à autre, précisa alors cette dernière.

Et celle qui cultivait les pires goûts masculins parmi les connaissances féminines de Posy adressa un grand sourire à Piers, tout en battant des cils.

— Posy, ajouta-t-elle, il y a une femme au téléphone qui voudrait savoir si tu peux lui dénicher un roman qui n'est plus édité.

— Voilà qui empêchera à coup sûr les huissiers de venir, commenta sèchement Sebastian.

Ce qui marqua la fin de leur entente passagère. La vie normale reprenait son cours.

— Peu importe, Tignasse, poursuivit-il, j'aimerais te dire que ce fut un plaisir, mais ce serait mentir. Je reviendrai bientôt.

— Je n'attendrai certainement pas ces retrouvailles avec impatience, rétorqua-t-elle.

La prochaine fois qu'elle le reverrait, elle espérait qu'ils seraient seuls afin de pouvoir le ramener à la raison sans que des tiers ne parasitent leur discussion, même si ce serait sans doute une gageure.

— Viens, Nina, déclara-t-elle, nous avons du travail, des livres à vendre…

Mais celle-ci était toujours captive du regard lascif de Piers.

— Juste pour info, je ne couche pas le premier soir, lui dit-elle.

— Oui, en général, c'est au troisième que l'on couche, sauf si le champagne s'en mêle, répondit Piers, les yeux rivés à ses seins. Jusqu'où descendent vos tatouages, exactement ?

— Ce sera à vous de le découvrir.

Posy n'en croyait ni ses yeux ni ses oreilles, et Sebastian murmura même un juron dégoûté, lorsque Piers glissa une carte de visite dans le décolleté de Nina.

— Appelle-moi, dit-il d'une voix râpeuse.

— Tu ne manques pas d'audace, toi, roucoula-t-elle.

Posy ne put en supporter davantage. Quand Nina commençait avec ce qu'elle appelait son badinage, et qu'elle qualifiait pour sa part d'allusions obscènes, le pire était à venir : elle finirait dans les bras d'un énième homme indigne d'embrasser l'ourlet des robes froufroutantes qu'elle portait et qui lui briserait le cœur.

— Je ferai une retenue sur ton salaire, jeune fille, si tu ne rentres pas immédiatement dans la librairie, la prévint Posy d'un ton qui ne lui ressemblait guère.

— OK, je viens, pas la peine de péter un câble, marmonna Nina tandis que Posy la tirait par la manche.

— Affaire à suivre, Tignasse ! hurla Sebastian.

Posy leva la main comme pour dire : « Cause toujours, tu m'intéresses », et entraîna Nina à l'intérieur.

— Si tu sors avec Piers, je te renvoie, la menaça-t-elle.

— Tu perdrais forcément aux prud'hommes, riposta Nina.

Et elle reprit aussitôt son poste derrière la vitre, au moment où Nina refermait la porte.

—Il est vraiment très beau, genre *Le Loup de Wall Street*, poursuivit-elle.

—Il est abject, ça ne te saute pas aux yeux ? riposta Posy d'un air las, car ce n'était pas la première fois qu'elles se disputaient à ce sujet.

—Non, je t'assure qu'il est différent des autres, insista Nina.

Elles regardèrent les deux hommes inspecter les échoppes vides, Piers faisant de grands moulinets des deux bras pour décrire, sans doute, ses projets grandioses d'éradication du lieu historique sur lequel ils se tenaient.

De façon curieuse, Sebastian demeurait silencieux, jusqu'à ce qu'il finisse par se balancer sur ses talons et lance une repartie probablement bien sentie à Piers, qui en resta bouche bée.

Puis il lui tourna le dos et se dirigea vers l'entrée de la cour. Juste avant de sortir, il s'arrêta un instant pour jeter un dernier coup d'œil vers *Bookends*. Dès qu'il repéra Posy, il leva la main, lui adressa un petit salut moqueur et disparut.

Celle-ci put alors de nouveau respirer tranquillement.

CHAPITRE 6

L'échange musclé avec Sebastian et le pernicieux Piers eut pour effet de conforter Posy dans sa résolution, ce qui était plutôt positif, car, en général, sa volonté finissait toujours par fléchir au moment où il fallait passer à l'acte. Ainsi, si elle se mettait au régime en début de semaine, elle tenait à grand-peine jusqu'au déjeuner, le lundi, puis craquait avant l'heure du goûter pour un paquet de biscuits. De même, lorsque Nina et elle avaient décidé de ne pas boire une goutte d'alcool au mois de janvier dernier, son amie était restée sobre jusqu'en février, mais elle avait pour sa part jeté l'éponge le 3 janvier, après avoir découvert que Sam n'avait pas fait les devoirs donnés par ses professeurs pour les vacances de Noël.

Mais en l'occurrence, après avoir observé le départ de Sebastian et de Piers, elle s'était sentie plus déterminée que jamais. Toutefois, dès le lendemain, alors qu'elle était assise derrière la caisse, un nouveau carnet ouvert à la première page sur le comptoir, où elle s'apprêtait à écrire *Au bonheur des tendres*, sa main se mit à trembler.

Vouloir que *Bookends* redevienne le palais des histoires et des rêves qu'il avait été autrefois était une chose, concrétiser cette ambition en était une autre : en un mot, elle n'avait aucune idée de la marche à suivre pour y arriver. Il faudrait un peu plus qu'un chevalet de conférences ! Mais était-elle vraiment de taille à entreprendre un tel projet ?

Elle soupira. Dans sa lettre, Lavinia avait bien insisté sur son désir de lui léguer la librairie à elle et à personne d'autre : « Parce que toi, tu sais mieux que personne qu'une librairie est un endroit magique et que tout le monde a besoin d'un peu de magie dans sa vie. »

Lavinia avait réellement cru en elle. La vieille dame lui avait confié ce qu'elle avait de plus cher au monde, elle ne pouvait tout de même pas la trahir ! Car, dans ce cas, celle qui avait été sa protectrice trouverait le moyen de revenir la tourmenter. Elle lui laisserait des messages sur les miroirs, qui l'anéantiraient, du type : « Je ne suis pas en colère, juste très déçue par toi, jeune fille. » Ou encore : « J'attendais mieux de toi, Posy. » Bref, elle ne doutait pas de la capacité de Lavinia à l'humilier.

Si elle ne se bougeait pas, son fantôme viendrait assurément semer la zizanie dans les étagères, Jane Austen chatouillerait Wilbur Smith, et Jackie Collins deviendrait la voisine de George Orwell. La rumeur finirait par naître que la librairie était hantée, et plus personne ne viendrait y acheter un seul roman.

Elle imaginait très bien aussi la façon dont Lavinia tarabusterait son petit-fils depuis l'au-delà, si celui-ci s'entêtait à réaliser son projet pour les *Mews*, et viserait bien évidemment en premier lieu ses costumes. Elle se figura alors la tête de Sebastian, réintégrant son foyer après une dure journée passée à rudoyer ses contemporains et courir les jupons, et découvrant que ses précieux vêtements étaient recouverts du vert spectral que produisaient les ectoplasmes… À cette idée, elle éclata d'un rire si tonitruant que le client qui se dirigeait vers le comptoir pour payer fronça les sourcils, l'air perplexe.

— Je suis désolée, marmonna Posy.

Nina surgit à cet instant de la réserve où elle rangeait un carton de livres pour prendre le relais.

— Ton projet avance ? lui demanda-t-elle d'un ton froid.

Manifestement, elle lui en voulait encore d'avoir agi comme une mère victorienne hyperprotectrice, et de l'avoir empêchée de poursuivre son badinage avec Piers Brocklehurst, même si Posy estimait au contraire lui avoir rendu un fier service : quand même Sebastian trouvait qu'un homme était un mufle, il était urgent de revoir son opinion sur cette personne !

Mais Posy échappa à l'obligation de fournir des explications à Nina sur sa conduite de la veille, et n'eut pas même à lui avouer que son projet consistait pour l'instant en quelques mots inscrits sur son carnet, car son portable se mit à vibrer.

C'était un numéro inconnu.

Viens chez Lavinia.

Ce ne pouvait s'agir que de Sebastian ! Lui seul avait la capacité de deviner quand une femme pensait à lui, même de manière peu charitable. Comment s'était-il procuré son numéro ?

C'est important ? Je travaille.

Oui, bien plus que d'attendre en vain un éventuel client.

QUE TU ES GROSSIER, SEBASTIAN.

Pas autant qu'une personne qui écrit un texto en lettres majuscules ! Arrête de perdre du temps et ramène tes fesses.

Il était sans doute préférable de s'entretenir en tête-à-tête avec lui, songea-t-elle, et de lui assener de vive voix quelques vérités bien senties. Et s'il venait ensuite la harceler à la librairie, il y aurait au moins une poignée de témoins pour certifier, devant le juge, qu'elle l'avait juste assommé avec les *Œuvres complètes* de Shakespeare, eu égard à une ultime provocation de sa part.

Son téléphone vibra de nouveau.

Tu es en route ? Grouille-toi.

La maison de Lavinia était située dans un joli square bordé sur l'un de ses côtés par la Gower Street, et entourée de demeures en stuc blanc constellées de plaques bleues, proclamant que toutes les sommités du royaume – des explorateurs légendaires aux ministres de l'ère victorienne, en passant par les artistes préraphaélites et ceux qui tenaient des salons littéraires – avaient autrefois vécu ici.

Pour Posy, la porte d'entrée de chez Lavinia, peinte en jaune vif, avait toujours été une vue resplendissante les jours les plus gris, surtout quand la propriétaire des lieux vous attendait avec du thé et des pâtisseries, ainsi que toute sa convivialité.

Mais ce ne fut pas le cas ce jour-là, non seulement parce que le souvenir de Lavinia s'apparentait encore à une plaie béante dans son cœur, mais surtout car la porte d'entrée avait déjà été ouverte en grand.

Un camion de déménagement était garé devant la maison, et Mariana, tout enveloppée de dentelle noire, sa période de deuil étant encore pleinement en vigueur, supervisait le travail de deux hommes qui étaient en train d'y charger la table de la salle à manger.

— S'il vous plaît, mes mignons, faites attention, elle a été conçue par Charles Rennie Mackintosh, disait-elle.

Ce fut alors que de son poste, sur le seuil, elle repéra Posy, elle-même en train de scruter la scène, le chagrin chevillé à l'âme. Certes, Mariana et Sebastian ne pouvaient pas conserver la maison de Lavinia intacte, ni l'ériger en une sorte de musée dédié à son ancienne occupante, mais elle avait le sentiment que ce déménagement était prématuré.

— Posy, ma chère enfant ! s'écria Mariana.

Et elle tendit les bras de sorte que Posy se retrouva projetée contre son décolleté embaumant *Fracas*.

— Bisous, bisous, poursuivit-elle en accolant ses joues sur celles de Posy et en faisant claquer un baiser dans le vide. Je suis juste venue prendre quelques bricoles.

Mais suffisamment pour remplir tout un camion! songea Posy.

— Maman les avait héritées de grand-mère Aggy, il est donc légitime qu'elles me reviennent, crut bon de préciser Mariana. Il serait malvenu que je me plaigne, naturellement, mais ces meubles n'iront pas du tout avec le style du château. Le sort nous met parfois à l'épreuve.

Posy hocha la tête.

— Effectivement, acquiesça-t-elle avec courtoisie avant de désigner la maison. Sebastian est-il à l'intérieur?

— Tout à fait. Ma chère petite vipère se trouve au salon. C'est un garçon épouvantable. (Elle posa la main sur sa poitrine.) Mais je l'aime tant!

Retenant sa respiration, Posy pénétra dans le vestibule.

Elle comprit tout de suite que la demeure de Lavinia, autrefois si magnifique et éclectique, n'était déjà plus que l'ombre d'elle-même. Il y avait désormais des espaces vides, des traces sur les murs, aux endroits occupés auparavant par des meubles ou des tableaux; même les adorables lampes Tiffany avaient disparu.

Nul doute qu'elles étaient dans le camion qui s'éloignait à présent…

D'un pas aussi lourd que son cœur, Posy gravit les marches qui menaient au premier étage. Non qu'elle redoutât son entretien avec l'affreuse « vipère » qui l'attendait, mais parce que la dernière fois qu'elle était venue en ces lieux, Lavinia était assise dans son fauteuil, près de la fenêtre avec vue panoramique qui donnait sur un balcon rappelant celui de Juliette, à Vérone. Même si elle avait quelques égratignures et contusions en raison d'une récente chute de vélo, et qu'elle était aussi plus fragile et préoccupée que par le passé, Lavinia ne ressemblait nullement à une femme qui allait mourir une semaine plus tard.

Et pourtant, quand Posy l'avait quittée, ce jour-là, la vieille dame lui avait saisi la main et l'avait portée contre sa joue à la peau parcheminée.

— Ma chère Posy, ne sois pas si inquiète, avait-elle dit. Tout ira bien, tu verras.

Agitée par une certaine nervosité, elle poussa la porte du salon, mais avant qu'elle n'en foule le sol, une voix excédée s'éleva :

— Eh bien, tu en as mis du temps ! Je t'avais pourtant précisé que c'était urgent. Mariana vient de partir, et elle a emporté tout ce qui avait de la valeur.

Sebastian se tenait devant la jolie cheminée carrelée, une main sur le manteau, comme s'il posait pour une publicité de vêtements masculins. Aujourd'hui, il portait un costume à chevrons gris nuancé de rose, et rehaussé par une chemise et des accessoires de cette même couleur. Sur n'importe qui d'autre, la tenue aurait été ridicule, mais elle allait à merveille à ce maudit Sebastian !

Cependant, la beauté de ce dernier ne compensait en rien son ignominie.

— Et qu'attendais-tu de moi, au juste ? riposta Posy. Que je forme une barricade humaine devant la porte ?

— Pas vraiment, mais tu as laissé passer ta chance. Il ne te reste plus grand-chose à prendre.

Et il désigna la pièce des deux mains, encore que la razzia dont il accusait Mariana ne fût pas aussi dramatique qu'il l'insinuait.

— Il y a sûrement des choses que tu souhaites garder, répondit-elle.

Sebastian souleva alors une figurine en laiton trônant sur le manteau de la cheminée.

— Que veux-tu que je fasse de ça ? C'est Art nouveau, comme la plupart du mobilier, et j'ai horreur de ce style.

— Mais Lavinia raffolait de ces objets, et toi-même tu adorais Lavinia…

— Je me fiche des biens matériels, Lavinia est ici à jamais, décréta-t-il en tapotant la pochette de son costume, à l'emplacement de son cœur.

Et au moment où Posy s'en trouva presque attendrie, il laissa retomber sa paume et ajouta :

— Bref, je ne tiens pas à m'encombrer de ce canapé dont la seule vue me met au supplice.

Mieux valait entendre ça que d'être sourd, songea-t-elle, philosophe, car il s'agissait d'un splendide sofa recouvert d'un tissu à motifs fleuris William Morris.

— Bon, si tu n'en veux pas, je le récupérerai volontiers pour la librairie, déclara Posy. On pourrait tout à fait prévoir de nouveaux espaces de lecture.

— Mais enfin, Tignasse, *Bookends* n'est pas une bibliothèque ! Tu n'as vraiment pas besoin que des parasites viennent dévorer tes romans sans les acheter, mais tu peux prendre ce canapé, et les fauteuils assortis, pour ton appartement. Qu'est-ce qui te fait encore envie ?

À ces mots, il la prit par la main, comme s'ils étaient de grands amis, et l'entraîna dans les différentes pièces, tandis qu'elle protestait qu'il était de très mauvais goût de choisir parmi les affaires de Lavinia ce qui lui plaisait le plus. Ce n'était tout de même pas les soldes dans un grand magasin !

Mais, encore une fois, ce furent les livres qui signèrent sa perte : elle estimait en effet avoir des droits sur la collection de Georgette Heyer dont Lavinia détenait la première édition cartonnée, avec la jaquette originale. Elle ne put pas davantage résister à la série complète des romans d'Angela Thirkell qui se passait dans le comté fictif du Barsetshire, et elle commençait à choisir aussi quelques Nancy Mitford, lorsqu'elle avoua à Sebastian qu'elle possédait déjà tous ces ouvrages, mais pas dans « d'aussi remarquables éditions ». À cet instant, il la tira brutalement par le bras.

— Assez ! ordonna-t-il d'un ton solennel. C'est maladif, je me dois d'intervenir !

— Autant me demander d'arrêter de respirer, répondit-elle d'une voix plaintive.

Sebastian leva les yeux au ciel.

— Tu vas finir enterrée vivante sous ces bouquins, et il faudra des semaines avant de retrouver ton cadavre, prédit-il d'un air sinistre.

Après quoi, il s'efforça de la détourner de toutes les bibliothèques, grognant, s'énervant et l'en empêchant physiquement chaque fois qu'elle voulait s'emparer d'un livre. Elle capitula quand, au cours d'une mêlée, il la saisit (selon ses allégations de manière fortuite) par le sein droit.

— Au moins, tu portes un soutien-gorge, aujourd'hui, déclara-t-il en reluquant la zone concernée. Je ne vois pas pourquoi tu t'y cramponnes ainsi.

Posy avait en effet croisé les mains sur sa poitrine pour être hors de sa portée, au cas où il renouvellerait son geste déplacé.

— Je n'ai rien senti, tu sais, poursuivit-il. C'était un coup oblique, comme à la boxe.

— Tu es vraiment impossible ! s'insurgea Posy.

Et elle ajouta un service à thé d'un rose pimpant à son butin, ainsi que quelques livres de cuisine. Mais quand Sebastian entra dans la chambre de Lavinia et se dirigea d'un pas décidé vers son armoire, elle resta sur le seuil.

C'en était trop. Elle avait réellement l'impression de commettre un sacrilège.

— Tiens, prends quelques tenues, dit Sebastian, impassible, en se retournant vers elle.

Et il lui présenta une brassée de belles robes du soir taillées en biais, et d'une soie aussi fragile que du papier à cigarette, suspendues à des cintres.

— Mais je ne pourrai entrer dans aucune ! s'écria-t-elle, atterrée.

Contrairement à Lavinia et Mariana, elle était issue d'une robuste lignée paysanne galloise.

Sebastian loucha alors de nouveau vers sa poitrine, puis scruta son bas-ventre, si bien qu'elle regretta d'avoir fini jusqu'à la dernière miette une boîte de crackers au fromage, la veille au soir.

— Exact, confirma-t-il. C'est à cause de tes hanches. Elles sont idéales pour procréer, non ?

À ces mots, Posy se hérissa littéralement… Elle devait ressembler à un porc-épic ! pensa-t-elle.

— Rajoutons mon anatomie à la longue liste des choses qui ne te regardent pas, décréta-t-elle sèchement, consciente de parler dans le vide.

— Tu peux aussi prendre le téléviseur, répondit-il sans relever, en reposant les robes sur le lit. Il est tout neuf. Je l'avais offert à Lavinia deux semaines après sa chute.

Décidément, elle oubliait toujours que, même si Sebastian était un grossier personnage, effroyablement grossier, il avait aussi été un petit-fils très dévoué. Chaque fois qu'elle avait rendu visite à Lavinia après son accident, s'arrêtant en chemin pour lui acheter des fraises hors de saison, ou des brioches à la cannelle confectionnées par l'adorable Stefan qui tenait l'épicerie fine à deux pas de *Bookends*, bref, tout ce qui était susceptible de mettre Lavinia en appétit, celle-ci lui avait indiqué que Sebastian était venu la voir la veille au soir. Ses traits s'éclairaient dès qu'elle parlait de lui, et elle demeurait parfaitement aveugle à l'exaspération de Posy quand elle lui racontait les dernières frasques de son petit chouchou.

— Lavinia a toujours affirmé qu'il était préférable qu'elle n'ait eu qu'un seul petit-fils, car elle n'aurait jamais pu aimer les autres comme elle t'aimait, toi, déclara Posy, assaillie par quelques remords.

— C'est vrai ? s'enquit-il.

Puis il lui tourna le dos pour regarder par la fenêtre, bras croisés.

— Pourtant, je ne pense pas que ce soit tout à fait exact, poursuivit-il d'une voix sourde. Elle a toujours prétendu que ton frère et toi étiez ses petits-enfants de cœur et que vous aviez tous deux des manières bien meilleures que les miennes.

En général, Sebastian ne se tenait pas droit comme un I, comme s'il jugeait cet effort trop pénible, mais en l'occurrence, il avait le dos bien redressé, de sorte que Posy éprouva un élan de sympathie pour lui. Elle manqua même d'aller gentiment lui poser la main sur l'épaule si rigide qu'il lui montrait.

Mais l'intention demeura au stade de la velléité.

— Sam et moi avons toujours considéré Lavinia et Peregrine comme nos grands-parents de cœur.

— N'avez-vous donc pas de grands-parents biologiques? questionna Sebastian, les yeux toujours rivés aux jardins trempés de pluie, comme si la vue en était absolument captivante.

— Du côté de mon père, ils vivent au pays de Galles, dans une petite ville de la vallée de Glamorgan. Quelques oncles et tantes y habitent aussi, il nous arrivait de leur rendre visite pendant les vacances, avec mes parents. La famille de ma mère est également galloise, mais c'était une enfant unique... Quand mon grand-père maternel a eu une crise cardiaque, mes parents sont allés le voir à l'hôpital, et c'est au retour qu'ils ont eu l'accident qui leur a coûté la vie. Il est décédé peu de temps après, et l'état de ma grand-mère, qui montrait déjà des signes de démence, s'est alors détérioré, si bien qu'elle est aujourd'hui dans une maison de retraite...

À ces mots, Posy s'interrompit tout net. Elle se rappela combien ces quelques mois avaient été éprouvants, déchirants, marqués par une succession de catastrophes et de chagrins. Puis ç'avait été au tour de Peregrine de s'en aller, et à présent Lavinia... Pas étonnant que des larmes roulent sur ses joues!

Du revers de la manche, elle s'essuya bien vite les yeux avant de se rendre compte que Sebastian s'était retourné et qu'il la considérait d'un air horrifié, même si ce ne devait pas être la première fois qu'il se trouvait en présence d'une femme en pleurs. Oui, cela avait dû lui arriver assez régulièrement, et il en était probablement responsable dans 97 % des cas!

—Arrête! Arrête tout de suite, Tignasse! (Il porta la main à sa pochette, puis se ravisa.) Non, je ne vais pas te prêter mon mouchoir, car tu risques de le salir. Arrête, je te l'ordonne! Et puis je te préviens: toutes ces choses qui ont appartenu à Lavinia, tu n'as pas intérêt à les mettre sous verre et à ne jamais t'en servir!

Ces derniers propos eurent raison de sa peine.

—Ce que tu es grossier! Le plus grossier personnage de Londres. Tu n'as donc pas de surmoi?

Il haussa les épaules.

—Ça, c'est réservé aux faibles et aux rasoirs. Bon, et si on parlait un peu de la librairie?

Posy renifla bruyamment pour chasser ses ultimes larmes. Sebastian lui en faisait oublier sa bonne éducation!

—Oui, parlons-en! répliqua-t-elle. Et comme je ne te répéterai pas ce que je vais te dire, ouvre grand les oreilles: il est absolument hors de question que je renonce à *Bookends*, pour que tu puisses l'intégrer au reste des *Mews* et t'associer avec un de tes anciens potes d'Eton, un escroc qui n'a aucune limite morale et ne vénère qu'un seul Dieu: celui de l'argent rapportant à gogo, contre un investissement ridicule.

Sebastian afficha une expression perplexe.

—Donc tu n'aurais rien contre ce projet si je m'alliais à un autre promoteur, qui serait moins machiavélique et avec qui je ne serais pas allé à l'école?

S'il cherchait à l'asticoter, c'était réussi!

—Cela ne ferait aucune différence! Je ne veux entendre parler d'aucun programme immobilier, c'est hors de question ! Et puisqu'on aborde le sujet, essaie de te demander, s'il te plaît, pourquoi c'est à toi que Lavinia a légué les *Mews*.

Posy s'efforçait de maîtriser la colère qui sourdait en elle, car elle sentait que sa voix menaçait de se briser et qu'elle avait de nouveau les larmes aux yeux.

— Il se peut, comme tu le prétends, que les choses ne puissent pas toujours rester les mêmes et doivent évoluer, mais il y a assez d'immeubles sans âme, de boutiques-hôtels tape-à-l'œil et de restaurants étoilés au Michelin à Londres ! Je te jure que si tu rases *Rochester Mews* pour y construire des bâtiments modernes et affreux, je ne te le pardonnerai jamais.

— Ah bon, tu ne me le pardonnerais pas ? s'enquit Sebastian en s'adossant à l'armoire Art déco, bras croisés. Jamais ?

— Jamais de la vie ! confirma-t-elle. Et arrête d'être si désinvolte, je suis on ne peut plus sérieuse.

— Non, Tignasse, tu es dans l'exagération la plus totale, répondit Sebastian d'un ton las. Je n'ai nulle intention de raser les *Mews*, pour reprendre tes propos mélodramatiques. Je me contente pour l'instant d'étudier les différentes options qui s'offrent à moi, et je donne un os à ronger à l'odieux Brocklehurst pour qu'il arrête de me harceler avec ses « opportunités à ne surtout pas manquer ».

Il rejeta la tête en arrière d'un air agacé.

— Mais certaines personnes ne comprennent pas ce que signifie le mot « non », n'est-ce pas ?

Posy lui lança un regard incrédule.

— Tout à fait. D'ailleurs, j'en connais une qui…

— Peu importe! trancha-t-il. Je ne pourrais pas refourguer les *Mews* au premier promoteur venu ni démolir ces infâmes échoppes quand bien même j'en aurais envie, puisqu'il se trouve que c'est un site classé.

— C'est vrai?

Décidément, Sebastian ne cessait de la surprendre, ce matin. Elle adorait les *Mews* et leurs échoppes branlantes et désertées, mais elle ne voyait pas en quoi ils comportaient le moindre intérêt historique.

— Et pourquoi seraient-ils protégés?

— Qui sait? Qui s'en préoccupe, d'ailleurs? On s'en fiche! Bon, maintenant, parlons de *Bookends*, tu veux bien?

— Il n'y a rien à ajouter. Je t'ai déjà dit l'essentiel: nous allons nous spécialiser dans la romance. Tout mon personnel approuve l'initiative, et voilà.

Estimant la discussion close, Posy sortit furtivement de la pièce; elle comptait aussi s'essuyer le nez du dos de la main sans que Sebastian la sermonne sur ses manières négligées.

— Je ne peux pas te laisser faire ça, Tignasse! Il est inconcevable que les comptes d'une librairie reposent sur les caprices d'une poignée de vieilles filles acariâtres, incapables de se trouver un mari et réduites à fantasmer sur les héros de la littérature sentimentale.

Posy, qui était en train de dévaler l'escalier, s'arrêta si abruptement que Sebastian, qui la talonnait, se heurta à elle et dut la saisir par la taille pour qu'ils ne plongent pas tous les deux tête la première vers une mort assurée.

Du moins fut-ce ce qu'il affirma par la suite, mais elle le soupçonna d'avoir de nouveau intrigué pour la tripoter.

— Bas les pattes! s'écria-t-elle.

Et elle enfonça les ongles dans les mains baladeuses de Sebastian, qui la relâcha immédiatement avec un petit cri de douleur.

— Je t'assure que si nous étions à la librairie, je consignerais ton nom dans le registre réservé aux harcèlements sexuels.

— Il faut vraiment que tu apprennes à élaborer tes menaces.

Posy descendit promptement les dernières marches afin de pouvoir continuer à vitupérer contre Sebastian sans qu'il risque de la blesser.

— Peu importe! éluda-t-elle. Comment oses-tu décrire nos clientes sous ces traits? Toutes sortes de femmes lisent des romances. Et de tous âges. Et tu sais quoi? Certaines sont même mariées et heureuses dans leur couple. Incroyable, non? Et puis, même si ce n'était pas le cas, cela ne nuit en rien de croire au grand amour et de penser que deux personnes sont faites l'une pour l'autre.

— Au contraire! Loin d'être inoffensive, cette littérature enracine des attentes irréalistes dans le cerveau de pauvres femmes impressionnables. Depuis combien de temps es-tu célibataire? Bien trop, je te le garantis! Et je vais te dire pourquoi: parce que, pour toi, un homme doit être à la hauteur de standards impossibles à atteindre et que...

— Je sors avec des mecs, contrairement à ce que tu sembles croire ! l'interrompit-elle d'un ton péremptoire.

Une fois par mois, poursuivit-elle en silence. Parce qu'elle avait passé avec Nina un pacte qui les obligeait à sortir au minimum une fois par mois avec un représentant du sexe opposé, dans l'espoir que cette occasion engendrerait d'autres rencontres. Cela dit, Nina dépassait largement l'objectif fixé avec dix rendez-vous au bas mot, tandis qu'elle-même devait lutter pour en décrocher au moins un. Mais était-ce sa faute si l'offre était maigre ? Quel que soit le site qu'elle choisissait, et en dépit de ses critères de sélection, elle passait systématiquement deux heures par mois en compagnie d'un homme qui n'éveillait absolument rien en elle. Pas la plus petite étincelle. Non, les parties hibernantes de son anatomie n'avaient pas été effleurées par le moindre frémissement depuis que son dernier petit ami, Alex, avait tiré sa révérence.

Quand ils avaient commencé à sortir ensemble, à l'université, après que leurs regards se furent croisés dans une salle comble lors d'un cours particulièrement fastidieux sur le *Beowulf* pendant leur premier semestre à Queen Mary's College, Posy était alors une jeune fille bien différente. Elle pouvait, par exemple, ingérer une pinte de bière en dix secondes et conclure par une éructation délicate, à peine audible, comme il sied aux dames. Elle était toujours la dernière à quitter une fête, en général convoyée dans un caddie chipé au supermarché local. Elle pesait cinq kilos de moins, riait environ 57 % plus souvent, et était infiniment plus adorable, présentable et drôle qu'aujourd'hui.

Du moins était-ce ainsi qu'Alex la décrivait, en ce temps-là. Il étudiait l'histoire médiévale, elle la littérature anglaise, et ils semblaient faits l'un pour l'autre. Ils visitaient d'obscurs musées et des monuments anciens, passaient des soirées mémorables avec leur groupe d'amis et avaient même emménagé dans un petit studio, à Whitechapel, lors de leur dernière année.

C'était une histoire d'amour banale, sans doute, mais elle n'avait pas du tout l'impression de vivre un cliché lorsqu'elle affirmait à ses amies que, sans Alex, il lui manquait une partie d'elle-même. Qu'elle se sentait incomplète quand il n'était pas près d'elle. Qu'elle était incapable de dormir s'il n'était pas collé dans son dos. Ils pouvaient passer des heures au café à se perdre dans d'interminables arguties sur des sujets aussi variés que les poètes de la Beat Generation, ou les raisons pour lesquelles la BBC avait revu sa distribution des *Extraordinaires* au Québec et remplacé des acteurs géniaux par des cabotins. Mais ils pouvaient aussi rester des heures sans prononcer un mot, simplement heureux de jouir de la compagnie de l'autre.

Posy se souvenait de ses moindres grains de beauté, de chacun de ses sourires, et même de ses paroles les moins agréables, car il leur arrivait aussi de se disputer. Mais après, ils se réconciliaient toujours, et oui, elle l'avouait, elle regrettait vraiment leurs ébats amoureux. Ce n'était pas juste sexuel, mais une relation charnelle avec un homme qui l'aimait, pour qui elle comptait…

et qui savait aussi pertinemment qu'un sacré doigté était nécessaire pour qu'elle atteigne l'orgasme.

Mais ensuite, elle avait cessé d'être cette fille capable de sortir beaucoup et d'aimer énormément, elle avait dû revoir tous ses vagues projets d'avenir et ne riait presque plus. Sans compter que Sam était venu se greffer à sa vie et qu'Alex n'avait pas du tout prévu une telle évolution.

— Je t'aime, Posy, tu le sais, mais tu n'es plus celle dont je suis tombé amoureux, lui avait-il dit un soir, six semaines, cinq jours et trois heures après le décès de ses parents.

Il était en effet rentré d'un stage d'été au château de Hampton Court et l'avait trouvée allongée sur le canapé, en pleurs, le poing sur la bouche pour ne pas réveiller Sam.

Il l'avait contrainte à se lever, se laver le visage, puis l'avait conduite au lit avant de rompre en douceur avec elle.

— Notre histoire n'est pas adaptée à ce que nous vivons, avait-il déclaré en la serrant dans ses bras, et en caressant son visage gonflé de larmes. Un musée d'York m'a convoqué pour un entretien, et si tout se passait bien, enfin, je veux dire si les choses allaient mieux entre nous, nous pourrions envisager une relation à distance pour un an ou deux, mais rien n'est plus comme avant. Peut-être que dans deux ans, tu te seras remise et...

— Dans deux ans, mes parents seront toujours morts et mon petit frère aura toujours besoin de moi, avait-elle rétorqué d'une voix morne.

Sam était la personne la plus importante désormais dans sa vie, pas Alex.

Ils en avaient parlé pendant des heures, puis des jours et des semaines, du moins dans son souvenir, puis avaient rompu définitivement, et, à vrai dire, elle avait été soulagée quand Alex avait obtenu son poste à York. Ils s'étaient promis de rester en contact, mais assez vite, les appels et les e-mails s'étaient taris. Alex était devenu un simple nom qui surgissait quelquefois dans ses notifications, sur Facebook. Il avait émigré à Sydney, même si cette ville n'avait aucune histoire médiévale ; il travaillait comme directeur adjoint dans un restaurant bio, et sortait avec une certaine Phaedra, une rousse éthérée, par ailleurs militante écologique. Si un jour elle tombait par hasard sur lui, auraient-ils seulement quelque chose à se dire ?

Il n'empêche que Posy savait toujours faire la différence entre tomber amoureuse et lire des romans d'amour. Et elle sortait une fois par mois avec un homme, pour rester dans le coup, même si le cœur n'y était pas, donc Sebastian avait plutôt intérêt à la fermer !

— Je sors avec des mecs, répéta-t-elle avec vigueur. Mais je préférerais encore rester célibataire plutôt que de m'abaisser à utiliser ton site de rencontres *À la pêche*, ou je ne sais quoi. Bref, peu importe le nom.

— *Pécho*, corrigea Sebastian en descendant calmement l'escalier, les yeux rivés sur elle.

— Comme si des personnes sensées allaient nouer une relation sérieuse, fondée sur une admiration, une confiance et une tendresse mutuelles, en faisant défiler des photos en fonction de critères liés à la géolocalisation et très restrictifs en matière de séduction, déclara-t-elle d'un ton aussi glacé que dédaigneux.

Sebastian, qui était arrivé au bas des marches à présent, s'avança vers elle et, la surplombant de toute sa hauteur, lui décocha ce sourire plein de suffisance qui faisait grimper sa tension artérielle en un rien de temps.

— Tout le monde ne cherche pas une « relation sérieuse, fondée sur une admiration, une confiance et une tendresse mutuelles », jubila-t-il. Certaines personnes, Tignasse, ont juste envie de s'envoyer en l'air.

— Grand bien leur fasse ! Moi, pendant ce temps, je vends de la littérature sentimentale au reste du monde. Et, à part si tu as un meilleur projet pour la librairie, je ne veux plus que tu abordes le sujet. C'est clair ?

— Oui, M'dame. Bien, M'dame.

Sebastian fit alors claquer ses richelieus faits sur mesure et lui adressa un énergique salut.

— À propos, ajouta-t-il toutefois, tu sembles bien familière de mon application pour quelqu'un qui en a une si mauvaise opinion.

Posy ferma les paupières. Elle avait atteint ses limites concernant sa capacité à le supporter. Un mot de plus, et elle risquait de se remettre à pleurer, à lui hurler dessus et, s'il continuait à la traiter de haut et à émettre des remarques déplacées, elle finirait par s'emparer du tisonnier posé devant la cheminée et le réduirait en pièces !

Il était donc préférable qu'elle quitte la demeure au plus vite et claque la porte derrière elle.

Ce geste d'humeur accompli, elle parcourut d'un pas lourd les rues de Bloomsbury qui n'étaient plus baignées de soleil comme à l'aller, mais battues par des torrents de pluie. Sebastian était probablement responsable de cette météo défavorable, songea-t-elle en toute mauvaise foi. Et, paradoxalement, chaque goutte avivait les flammes de sa colère si bien qu'elle ouvrit la porte de *Bookends* avec une violence digne de Sebastian lui-même. Elle bouillait d'une fureur sans nom. Elle enrageait.

— Il n'est pas juste l'homme le plus grossier de tout Londres, il est le plus grossier du Royaume-Uni, déclara-t-elle sans ambages à Nina et aux deux femmes en ciré avec qui celle-ci s'entretenait. Le plus grossier personnage de cette fichue planète.

— Je vois que tu as eu un échange sympa avec Sebastian, répondit Nina. À propos, sais-tu quand doit paraître le prochain roman d'Eloisa James ?

— Si par « échange sympa », on entend des remarques personnelles et désagréables, des attouchements à deux occasions, alors oui, nous avons eu un « échange sympa » !

Et là-dessus, elle se frotta frénétiquement la poitrine pour en effacer toute trace de Sebastian. Pas étonnant, donc, que les deux dames en imper la regardent comme si une substance ectoplasmique noire lui sortait des oreilles.

— Je suis désolée, ajouta-t-elle en se ressaisissant brusquement, que devez-vous penser de moi ? Eloisa James, donc… Non, rien n'est prévu prochainement, mais avez-vous déjà lu du Courtney Milan ? Sa série *Les Frères ténébreux* est très réussie. Elle n'est pas disponible en édition anglaise, mais nous avons quelques exemplaires de l'édition américaine, si cela vous intéresse.

Après avoir vendu trois romans et eu une discussion animée avec ses clientes sur les clichés dans les romances Régence (« Pourquoi les héros possèdent-ils toujours une paire de chevaux gris à la foulée altière ? » s'étaient-elles demandé pour conclure que ce devait être un équivalent Régence de la voiture de sport !), sa pression artérielle était revenue à un niveau acceptable.

Mais elle menaça de remonter en flèche lorsque Verity lui présenta le planning précis des tâches à accomplir pour que *Bookends* devienne *Au bonheur des tendres* avant faillite. Celui-ci comportait toutes sortes de travaux fastidieux comme déménager chaque pièce les unes après les autres en vue de les repeindre, puis gérer le stock, renvoyer les invendus aux éditeurs tout en recherchant leurs faveurs pour qu'ils leur fournissent de la littérature sentimentale avec une bonne remise, des ouvrages en promotion, et leur promettent des séances de dédicace de la part de leurs auteurs.

— Tout doit être prêt fin juillet ? s'étrangla-t-elle. Mais ça nous laisse à peine cinq mois !

— Dans l'idéal, il faudrait que nous lancions la librairie dans sa nouvelle mouture un mois plus tôt pour profiter de la saison touristique et des vacances scolaires, mais ce serait précipité, renchérit Verity.

Et elle jeta un coup d'œil, par-dessus l'épaule de Posy, sur la liste qui hanterait désormais celle-ci à chaque seconde du jour et de la nuit, lui valant sans doute quelques cauchemars où les étagères se révéleraient étrangement résistantes aux couches de peinture, et les livres se transformeraient en tranches de fromage.

— Tout le monde mettra la main à la pâte, ajouta son amie. Et cela m'est égal de faire le boulot dont personne ne veut tant que je n'ai pas à parler à des inconnus.

— Pas même au téléphone ? Pas même pour le bien de tous ? insista Posy d'un air mécontent.

Certes, Verity était une introvertie évoluant dans un monde extraverti, et le plus beau jour de sa vie avait été celui où l'on avait installé des caisses automatiques dans le grand *Sainsbury's* en face de la station de métro Holborn, mais il était tout de même un peu difficile d'avoir une assistante qui décrochait le téléphone en disant : « De quoi s'agit-il encore ? »

— Je veux bien envoyer des mails, j'adore ça ! déclara Verity avec un sourire. Ce sera parfait, tu verras. Est-ce le bon moment pour t'annoncer que la banque a appelé ?

— Pas vraiment, marmonna Posy.

Et elle eut envie de se réfugier à l'étage pour dévorer une nouvelle boîte de crackers au fromage.

Les trois feuilles que Verity lui avait remises semblaient la persifler, aussi les retourna-t-elle, mais un sentiment de culpabilité l'étreignit aussitôt.

Elle alluma malgré tout son ordinateur, désireuse de réaliser une tâche utile, comme envoyer des e-mails à ses représentants des ventes préférés ou écrire une lettre à la banque, mais à la place elle repensa au comportement insupportable de Sebastian. Encore que sa conduite d'aujourd'hui n'ait rien d'exceptionnel.

Non, mis à part qu'il l'avait quand même traitée de vieille mégère desséchée qui se languissait d'amour, et s'entichait de héros de papier sexy parce qu'elle était incapable de prendre son pied avec un homme de chair et de sang!

Elle ouvrit alors un nouveau document et, au lieu de s'atteler à l'une des nombreuses besognes qu'elle aurait dû accomplir, elle se mit à taper tout autre chose sur le clavier, comme si ses doigts ne lui obéissaient plus…

Abusée par un libertin

Sebastian Thorndyke, troisième comte de Bloomsbury, fléau de la haute société londonienne au pouvoir de nuisance infini, pénétra d'un pas vif dans le vestibule d'une modeste maison, située à l'est de Holborn.

— Pas besoin de m'annoncer, déclara-t-il de sa voix si caractéristique.

Son timbre, à la fois sirupeux et râpeux, avait causé la perte de nombreuses débutantes, qu'il avait entraînées à l'écart, dans les jardins d'agrément de Vauxhall, en vue de badiner avec elles, profitant de ce que leurs mères, d'ordinaire si vigilantes, étaient pour une fois distraites.

Il tendit ses gants et sa canne à Thomas, le valet de pied, qui tenta alors de s'opposer à son passage.

— Sire, je dois insister pour que vous patientiez ici.

— Insister, dites-vous ? Eh bien, dans ce cas…

Et lord Thorndyke repoussa sans ménagement le fidèle domestique contre le mur, avant de grimper l'escalier qui menait à l'étage… talonné par un Thomas au pas chancelant.

— Sire, ma maîtresse est sortie, et mon jeune maître, Samuel, est en pension au pays de Galles où…

—Il m'est désagréable de traiter un homme de menteur, mais j'ai bien l'impression qu'elle est chez elle, objecta Thorndyke.

Sur ces mots, il ouvrit brusquement la porte du salon, de sorte que la jeune femme qui était assise à son bureau, à l'intérieur de la pièce, tressaillit et se retourna.

— Vous êtes bel et bien un menteur ! poursuivit-il. Votre maîtresse est à la maison.

—Juste ciel, monsieur le comte, je pensais que vous perceviez la subtile différence entre être chez soi et être disponible pour recevoir des visiteurs, répliqua d'un ton calme et digne la jeune femme.

Pivotant vers son domestique, elle ajouta :

—Thomas, comme le comte semble vouloir s'inviter, je suis certaine qu'un rafraîchissement lui fera le plus grand bien. Il doit être délétère pour la santé d'un homme de parcourir tout Londres en quête d'audience auprès d'une femme, indépendamment des sentiments de celle-ci en la matière. Apportez-lui une tasse de thé ! (Eh oui, tu vas boire du thé, Sebastian !)

—Il suffit, Miss Morland ! Une impatience croissante me gagne…

—Vous gagne ? Non, il s'agit d'un état qui vous caractérise. Vous êtes le roi de l'impatience.

Et sur cette réplique bien sentie, Posy Morland, fille de feu Mr et Mrs Morland, libraires de l'aristocratie, plongea de nouveau le nez dans sa correspondance, même si des personnes de rang inférieur ayant tourné le dos à Sebastian Thorndyke l'avaient par la suite regretté toute leur vie.

Lord Thorndyke contempla la nuque inclinée de Miss Morland. Des boucles soyeuses, couleur auburn, s'étaient échappées de sa coiffe en dentelle, qu'il jugeait affreusement compassée. Il est vrai qu'elle avait vingt-huit ans et aurait dû être mariée depuis longtemps, malgré ses manières de harpie (il avait été victime de sa langue de vipère bien plus souvent qu'il aimait à se le rappeler), mais elle n'avait nul besoin de jouer les vieilles filles avec sa cornette et son humeur revêche. Elle portait par ailleurs une robe d'un gris terne, un fichu blanc rentré dans sa modeste encolure, qui soulignait néanmoins les délicates lignes de son cou qu'il aurait pu briser net, eu égard à son état d'esprit. Mais c'eût été fort regrettable, car il caressait des projets d'une tout autre nature pour Miss Morland. Il convenait juste de lui rabattre le caquet, et en l'occurrence il était l'homme de la situation.

Une fois sa lettre terminée et l'encre séchée, Posy Morland rangea son papier et sa plume. Ce fut alors que Petite Sophie, qui apportait le thé demandé, pénétra dans le salon et resta figée au beau milieu de la pièce, yeux écarquillés, terrifiée à la vue du comte affalé sur une chaise, les pieds posés sur la table comme s'il était en train de vider des pintes de bière dans une vulgaire taverne en sordide compagnie.

La rumeur courait dans d'autres salons que le valet de chambre de Thorndyke n'était pas autorisé à se retirer pour la nuit avant d'avoir passé une heure à cirer et astiquer les bottes de hussard de son maître. On racontait aussi qu'un soir Thorndyke avait arraché le pauvre homme à sa couche pour le frapper avec sa cravache, après avoir découvert une traînée de cirage sur le cuir.

— Veuillez avoir l'obligeance de retirer vos chaussures de ma table. Vous n'êtes pas dans un tripot, ici ! déclara Posy d'un ton solennel.

Puis elle se leva pour prendre le plateau des mains de Petite Sophie qui tremblaient tant qu'il n'était pas impossible que celui-ci tombât par terre, emportant dans sa chute la belle porcelaine des Morland.

— Ce sera tout, Sophie.

La jeune servante esquissa une petite révérence et déguerpit sans demander son reste. Plaçant le plateau sur la table, Posy s'assit en face de Thorndyke. Elle réajusta vaguement les pans de sa robe, puis se saisit de la lourde théière en argent.

— Une tasse de thé siérait-elle à votre bon plaisir, monseigneur ? s'enquit-elle.

Elle espérait néanmoins qu'il déclinerait son offre, car leur réserve de thé s'épuisait à vue d'œil, et les fonds manquaient pour se réapprovisionner en produits de luxe. De fait, elle avait passé toute la matinée à écrire à l'épicier, au boucher et au tailleur pour les prier d'augmenter le crédit des Morland.

— Croyez bien, madame, que vous n'allez pas apprécier d'apprendre ce qui siérait à mon bon plaisir, mais je vais néanmoins vous édifier, déclara Thorndyke en se penchant en avant, un sourire cruel aux lèvres et une lueur maligne dans le regard, qu'il avait aussi noir que la nuit. Il s'agit d'une petite affaire de cinquante guinées que j'avais prêtées à feu votre père… Si vous vous acquittez de la dette, je ne vous importunerai pas plus longtemps.

À cet instant, il tira une lettre de la poche de son pardessus taillé dans un fin tissu aussi sombre que son âme et la brandit sous le nez de Posy, à qui le souffle manqua tout à coup. D'instinct, elle plaça une main tremblante sur sa poitrine, là où son cœur battait comme un oiseau en cage.

— Sire… Monseigneur… Je vous en supplie, implora-t-elle. Les circonstances nous sont fort défavorables, ces derniers temps, mais une petite rente sera bientôt versée à mon frère Samuel, dès sa majorité. Auriez-vous l'obligeance de patienter jusque-là ?

— Il n'en est pas question, Miss Morland ! M'avez-vous jamais témoigné de la « miséricorde », avec votre langue de vipère et vos regards glacés ?

Sur ces paroles, il se leva, le corps tendu, le visage hautain.

— Je veux mes cinquante guinées d'ici à la fin du mois, ou je veillerai à ce que vous et votre frère soyez menés en prison !

— Non, vous ne pouvez pas commettre pareille injustice ! s'écria-t-elle.

Lors, il lui saisit le menton et le lui redressa de sorte que, tête levée vers lui, elle perçut nettement la joie diabolique qui animait ses traits ciselés.

— Si, et je le ferai sans hésiter, prévint-il d'une voix étrangement douce.

Puis il la relâcha, s'inclina et se retira.

CHAPITRE 7

Deux jours plus tard, après une matinée passée avec le notaire de Lavinia et au cours de laquelle Posy avait dû parapher tant de papiers qu'à la fin sa signature ressemblait au hiéroglyphe représentant un porteur d'eau, elle effectuait l'inventaire de la librairie.

Verity l'avait priée d'établir trois listes : celle des romans qu'elles pouvaient garder compte tenu des nouvelles orientations, celle des ouvrages qu'il convenait de retourner aux éditeurs, et celle des livres que la librairie braderait. Malheureusement, le beau plan avait déraillé dès que Posy était tombée sur un exemplaire de *Lace*, de Shirley Conran, rangé sur la première étagère de la pièce principale. Elle ne l'avait pas relu depuis des années et, agrippée à la dernière marche de l'escabeau, elle était en train de se délecter de la scène du poisson rouge. Ce ne devait pas être très hygiénique, pensa-t-elle, ni très agréable pour la pauvre bête… Mais soudain son perchoir se mit à vaciller : elle poussa un cri et laissa échapper son roman.

—Qu'est-ce que tu fiches là-haut ?

Elle ferma les yeux et serra les dents. Après avoir repris sa respiration, elle rouvrit les paupières et baissa lentement la tête : Sebastian se tenait au bas de l'escabeau, le livre à la main et ouvert à la page qu'elle était précisément en train de lire.

Il parcourut quelques lignes puis poussa un profond soupir.

— Mais que fait cette femme avec un poisson rouge ? s'écria-t-il d'un ton indigné. Es-tu vraiment obligée de vendre des trucs aussi cochons ?

— Euh… c'est un classique moderne, balbutia Posy.

Sebastian fit la grimace.

— Je crois que je m'en passerai, décréta-t-il avant de relever la tête et d'afficher un sourire éclatant. Tu sais, heureusement que tu ne portes pas une jupe, sinon j'aurais une très belle vue !

Eh oui, par chance, elle avait mis un jean, aujourd'hui ! Descendant rapidement quelques marches, elle sentit tout à coup les paumes de Sebastian se poser sur ses hanches, ce qui, soit dit en passant, changeait de sa poitrine ! Il avait de grandes mains, de longs doigts, mais le tout n'était pas aussi large que son derrière : jamais elle n'avait été aussi honteuse de cette partie de son anatomie qu'au moment où son postérieur arriva à hauteur du visage de Sebastian !

— Je suis parfaitement capable de descendre toute seule. Je le fais depuis des années ! s'exclama-t-elle. Aurais-tu l'obligeance de me « désagripper » ?

Génial ! Voilà qu'elle s'exprimait à présent comme la Posy du curieux roman Régence qu'elle avait commencé à écrire, la veille au soir, ce qu'elle mettait sur le compte de son SPM, ou bien d'une consommation excessive de crackers au fromage. À moins que ce ne soit dû à une folie passagère ou à la conjugaison des trois éléments.

— Je te « désagrippe » tout de suite, répondit-il d'un ton moqueur. Je vous avais bien dit qu'elle était aigrie.

Posy regarda alors derrière elle… Sebastian était venu avec du renfort, en l'occurrence deux hommes en salopette bleue qui portaient à bout de bras un immense écran de télévision.

— Faut pas toucher les jeunes demoiselles sans leur permission, patron, commenta l'un d'eux en adressant un clin d'œil à Posy, qui était encore à mi-hauteur.

— Qu'est-ce que c'est que ça ? s'écria-t-elle.

— Un téléviseur, Tignasse. Tu n'en as jamais vu ?

Et il ouvrit de grands yeux innocents, ce qui ne lui allait pas du tout, avant de reprendre à l'intention des ouvriers :

— L'escalier se trouve à gauche du bureau. Une fois là-haut, posez-le dans le salon, là où vous trouverez de la place.

— Merci, je sais ce que c'est, je te demande juste ce que cet appareil fait dans ma librairie ?

Ayant atteint l'avant-dernière marche, elle sauta de l'escabeau afin de bloquer le passage à l'énorme télévision.

— C'est celle que j'avais offerte à Lavinia ! l'informa Sebastian. Ne t'inquiète pas, Tignasse, je n'en ai pas besoin, j'ai déjà un écran plat géant, et comme je ne joue pas à la Playstation ni à la console, le tout m'est parfaitement inutile.

— Vous avez acheté une Playstation à Lavinia ? s'étonna alors Nina qui se trouvait derrière le comptoir et les espionnait apparemment depuis le début, comme une sorte de ninja furtif. Mais pourquoi ?

Sebastian poussa de nouveau un soupir, comme si la réponse tenait de l'évidence.

— Pour améliorer ses fonctions cognitives et ses capacités visuo-motrices, enfin ! Quelle question idiote ! Bref, c'est bien vous la fille qui était intéressée par Brocklehurst, non ? Vous êtes tombée sur la tête quand vous étiez bébé ?

— Pas à ma connaissance ! Et pour info, Piers et moi sortons ensemble. Il a été charmant, vous devriez d'ailleurs essayer de l'être vous aussi, de temps en temps. Et puisque nous en sommes aux explications, j'ai un petit compte à régler avec vous !

Là-dessus, Nina sortit de derrière le comptoir et s'avança vers Sebastian, qui parut tout à coup moins maître de la situation que d'ordinaire.

— J'ai téléchargé votre site de rencontres à la con, et tous les types que j'ai pécho étaient des imposteurs. L'un a prétendu qu'il était DJ alors qu'il était poissonnier ! Il n'avait même pas pris de douche avant de se pointer à notre rendez-vous et espérait malgré tout qu'on finirait au pieu !

— Eh bien, euh… quand vous téléchargez notre application, vous acceptez automatiquement nos termes et conditions qui stipulent clairement que nous ne pouvons être tenus pour responsables du calibre des losers avec qui ça va accrocher. Naturellement, mes avocats ont concédé, dans quelques cas litigieux, une indemnisation ou deux pour que le tout reste dans la légalité. À part ça, vous avez conclu avec votre poissonnier ? demanda-t-il, ayant retrouvé tout son aplomb.

— Sebastian, ça ne se fait pas ! s'indigna Posy.

Il se tourna vivement vers elle, arborant une expression faussement abasourdie.

— Pourquoi ? C'est elle qui a abordé le sujet, pas moi. (Il fit de nouveau face à Nina.) Alors ?

— La réponse est « non », répliqua cette dernière avec délectation. Les filles ont certains principes sur lesquels elles ne transigent pas. Il ne s'est rien passé non plus avec le type qui est arrivé une heure en retard, parce qu'il devait conduire le hamster de sa petite sœur chez le véto. Honnêtement, il vous faut de meilleurs filtres pour détecter les têtes de nœud, sur votre fichue application !

— Je me douche toujours après le travail, et je n'ai pas de petite sœur ni de hamster, déclara un des deux porteurs, que Posy avait mentalement baptisé Effronté n° 1.

Une cigarette roulée derrière une oreille et un stylo derrière l'autre, il avait des bras virils, une coupe en brosse et un grand sourire suffisant.

Tout à fait le style de Nina, et nettement mieux que Piers Brocklehurst ! songea-t-elle.

L'intéressée avait dû avoir la même idée, car elle dégaina son portable en même temps que lui. Ils se retrouvèrent alors sur l'affreuse application de

Sebastian, et balayèrent leur écran pendant que ce dernier les observait avec une fierté toute paternelle.

—Je t'envoie un message, OK? demanda Effronté n° 1 à Nina qui affichait un air béat.

—Cool. Il se peut que je te réponde.

Un pli profond barra le front de Posy, si profond qu'elle craignit même d'en garder les stigmates. Où était la romance? Où était l'étincelle magique entre deux inconnus qui échangeaient un coup d'œil dans une pièce bondée et se reconnaissaient instantanément, deux cœurs qui se trouvaient? Il n'avait pas du tout été question d'amour, dans cette petite scène, mais de sexe! Il n'y avait aucune différence entre les rencontres d'aujourd'hui et le shopping en ligne. Et encore! Si vous effectuiez vos courses sur Internet et qu'il manquait un produit de votre liste, on vous le remplaçait par un autre plus cher.

—Bon, Roméo, ça suffit, décréta le collègue d'Effronté n° 1, que Posy avait surnommé Bougon n° 1. Guv, il va falloir qu'on pose la télé le temps que la jeune dame se décide… Bon, maintenant, où voulez-vous qu'on installe le canapé et les fauteuils?

—Mettez-les dans le salon de thé pour l'instant, déclara-t-elle. Ce sera plus facile!

Et elle esquissa un beau sourire, car plus vite ils s'en iraient, plus vite Sebastian disparaîtrait lui aussi.

—Arrête de faire l'idiote, Tignasse! intervint-il. (Et il la bouscula pour passer.) Ils vont descendre ton vieux canapé et tes fauteuils, et les porter dans le salon de thé, puis monter ceux de Lavinia à l'étage. Ils sont bien plus confortables que les tiens. La dernière fois que je me suis assis dans ton salon, j'ai failli me faire sodomiser par un ressort distendu.

Il y avait bel et bien un ressort cassé, et Sam et elle savaient pertinemment où il se trouvait et comment l'éviter, mais cela n'en restait pas moins leur canapé, leurs affaires. Sebastian n'avait pas à s'en mêler et à vouloir tout diriger : son mode de vie, sa librairie et enfin le choix de son sofa.

— C'est très aimable à toi, reprit-elle, mais il vaut mieux laisser le tout en bas. Et puis, l'étage est actuellement bien trop encombré pour qu'on songe à le réagencer…

Elle revint alors vers le comptoir et, comme elle tournait le dos à son tourmenteur, elle en profita pour faire la grimace et lever les yeux au ciel devant Nina – leur différend à propos de Piers était oublié – afin d'exprimer en silence ce qu'elle avait sur le cœur, tout en inspectant l'épaisse couche de poussière accumulée sous le meuble. Sebastian vint se planter juste derrière elle, peu soucieux de son espace vital. Elle lui écrasa lourdement le pied pour se venger.

— Montez ça en haut, les gars ! lança-t-il aux ouvriers. Vous devrez vous frayer un chemin à travers les livres, ça, c'est indépendant de ma volonté.

— Sebastian, tu ne peux pas débarquer chez moi sans crier gare et donner des ordres comme si tu étais le maître des lieux. Ici, c'est moi qui commande, pas toi ! lui rappela Posy.

Elle s'était efforcée de garder son calme et de moduler le volume de sa voix, mais elle ne put s'empêcher de lui agripper férocement le bras de sorte que, sous le fin lainage de sa manche, elle sentit le mouvement convulsif de ses muscles.

—Écoute, nous en avons déjà discuté, commença-t-il patiemment tout en desserrant l'étreinte de ses doigts. Donc, je te le redis pour la dernière fois : ne t'avise plus jamais de toucher à mes costumes !

—Tu es vraiment impossible, répliqua-t-elle.

Pendant ce temps, Effronté n° 1 et Bougon n° 1 étaient arrivés à l'étage, sans pouvoir retenir des « Nom de Dieu ! » et « Il ne plaisantait pas pour les bouquins ».

—Pourquoi traînes-tu toujours par ici, depuis la mort de Lavinia ? poursuivit-elle. Tu n'as personne d'autre à importuner ?

Sebastian lui opposa une moue fort osée.

—Voilà qui est bien grossier de ta part, alors que j'avais décidé, puisque tu es résolue à garder la librairie et même si je désapprouve ce projet, de t'apporter toute la richesse de mon expertise en affaires.

Ce ne fut pas un vertige que Posy éprouva : elle eut tout simplement la sensation qu'un terrible tremblement de terre venait de secouer Londres et que tout son système intérieur s'était emmêlé !

—Oh ! dit-elle en lançant un regard de côté à Nina ; en réalité, l'équivalent d'un S.O.S.

—Et depuis quand êtes-vous spécialisé dans la vente des livres ? s'enquit aussitôt cette dernière auprès

162

de Sebastian d'un ton mielleux. Avez-vous travaillé ici pendant les vacances scolaires ?

— Comme si l'idée avait pu lui traverser l'esprit ! s'esclaffa Posy d'un air méprisant. Il était bien trop occupé à m'enfermer dans la cave à charbon.

— C'est arrivé une seule fois, Tignasse, et si j'ai été réduit à cette extrémité, c'était pour que tu arrêtes de me tourner autour. Elle en pinçait terriblement pour moi, à l'époque, précisa-t-il à l'intention de Nina qui se mit à rire.

— Oui, terrible, c'est le mot, commenta Posy.

Et elle frissonna à l'évocation de cet engouement infantile.

— Peu importe, reprit Sebastian. Si on veut que cette librairie fasse du chiffre, il faut trouver un créneau !

Il parut très fier de son annonce, comme s'il venait d'inventer le concept.

— Tout à fait, et c'est moi qui te l'ai appris, lui rappela Posy. C'est pour ça que je vais relancer *Bookends* comme une librairie spécialisée dans la rom…

— Dans le polar ! trancha rapidement Sebastian en lui lançant un coup d'œil appuyé. Arrête de m'interrompre ! Ce que tu peux être grossière ! Bref, j'ai effectué des recherches, enfin, on m'a aussi donné de bons tuyaux là-dessus, et voilà où est l'argent : dans le crime ! Les polars constituent pour moitié la liste des meilleures ventes. C'est une idée de génie !

Et il considéra Posy, qui hésitait sur l'expression la plus appropriée à arborer, à savoir la fureur ou la froideur la plus totale.

— Qu'est-ce que tu as ? Tu es constipée ou quoi ? Il y a un problème ?

Par où commencer ? se demanda-t-elle, affligée.

— Écoute, sache une bonne chose : je déteste les romans policiers.

— Mais pourquoi ? C'est formidable ! Il y a des meurtres, des intrigues, du suspense, du sexe, des héros et des méchants, des poisons qui ne laissent aucune trace. Je ne vois pas comment on peut ne pas aimer.

Il s'avança vers le comptoir où Nina étouffait un bâillement.

— Et vous, vous aimez les polars, n'est-ce pas ?

Elle secoua la tête.

— Non, ça m'assomme de deviner qui est le coupable. D'ailleurs, il y avait une librairie spécialisée dans le roman noir, à Charing Cross Road, et elle a fermé.

Mais Sebastian ne se laissa pas démonter et enroula avec désinvolture une de ses boucles autour de son doigt.

— Ce devait être de très mauvais libraires, contrairement à nous ! Nous allons faire des prodiges, vous allez voir !

— Franchement, tu ne comprends pas quand les gens ne sont pas d'accord avec toi, ou c'est ton cerveau qui se met de manière automatique en mode « blocage » ? questionna Posy d'un ton faussement curieux. On ne va pas vendre des polars, mais de la romance.

— De la romance, au petit bonheur la chance, fredonna Sebastian en lui prenant la main pour l'entraîner au centre de la librairie, malgré ses protestations. On placera les dernières parutions et les best-sellers ici.

— J'ai une impression de déjà-vu, pas toi ? demanda Nina en regardant Posy.

Celle-ci secoua à nouveau la tête : il n'y avait rien d'autre à faire que d'attendre que la vapeur retombe.

— Ici, ce sera la section des classiques, enchaîna Sebastian en la tirant dans la première petite salle sur la droite. Agatha Christie, Conan Doyle, etc. Et ici, on mettra les auteurs scandinaves, et oh oui, là, les romans graphiques. Sur la gauche, ce sera les thrillers avec de vraies affaires criminelles, car qui n'aime pas les tueurs en série ?

— De nombreuses personnes, figure-toi ! répondit Posy sur un ton sévère. Les familles des victimes, par exemple, et tout citoyen normal qui respecte la loi…

— Ce que tu es rasoir ! Bon, on vendra aussi les produits dérivés : des *tote bags*, des mugs, de la papeterie. Ça ne coûte rien à acheter en gros, et tu ne peux pas imaginer le bénéfice qu'on en tire.

Ça, elle le lui concédait, c'était une bonne idée ! Pour le coup, qui n'aimait pas les *tote bags* ? Il faudrait peut-être envisager aussi des bougies parfumées, des cartes de vœux en rapport avec les romans, du papier cadeau… Mais oui, ils pourraient également proposer de faire des paquets cadeaux, elle devrait juste regarder des vidéos sur Internet, car tous les objets qu'elle emballait semblaient l'avoir été par un enfant de cinq ans sans pouce.

Mais Sebastian continuait à jacasser.

— Il faudra aussi penser à changer le nom de la librairie, disait-il. J'ai effectué un rapide sondage au bureau, pour savoir ce que les gens pensaient de *Bookends*, et je n'ai pas eu un grand succès. On fera une réunion avec ton personnel pour réfléchir à la question, mais que penses-tu de *Poignard sanglant*[1] ?

— Je ferai en sorte de bien le nettoyer avant que la police le trouve à côté de ton cadavre, répliqua Posy d'une voix blanche.

— Génial, tu as enfin compris l'esprit de notre entreprise, conclut Sebastian.

Ce n'est pas un être de chair et de sang, mais un mutant fait de Kevlar, comme les gilets pare-balles, songea Posy, médusée, ce qui rendait impossible toute communication : les mots rebondissaient sur lui, et il ne captait rien !

— Donc, on est bien d'accord, ce sera une librairie spécialisée dans le polar ? insista-t-il.

Il ne s'en ira jamais, se dit-elle, au supplice.

Il resterait jusqu'à ce qu'elle approuve son projet, et qu'ils commandent un stock de romans sinistres et autres thrillers psychologiques qui mettaient les nerfs à vif, sans compter leurs couvertures toutes noires. Bien sûr, elle ne voulait pas généraliser, car elle-même détestait les personnes qui nourrissaient des préjugés sur le roman sentimental, mais tous les polars qu'elle avait lus — certes, elle pouvait les compter sur

---

1. En anglais, *The Bloody Dagger* : jeu de mots sur « bloody » qui signifie à la fois « sanglant » et « foutu ». (*NdT*)

les doigts de la main – recelaient quantité de crimes et d'affreuses menaces. De plus, il y avait toujours un ancien commissaire de police tourmenté par une femme aimée morte entre les mains d'un tueur en série qui en avait pris pour dix ans, avant d'être acquitté en raison d'un vice de procédure. Ça, c'était vraiment rasoir et déprimant, mais comment amener Sebastian à le comprendre ? Il refuserait de l'écouter.

Qu'aurait fait Lavinia en pareil cas ? s'interrogea-t-elle, comme souvent depuis son décès.

La vieille dame lui avait toujours affirmé que personne n'avait jamais dit « non » à Sebastian.

—Sûrement pas Mariana, aucune de ses nounous, et même le prestigieux collège d'Eton n'y est pas parvenu. Perry et moi aurions dû être plus fermes, mais comme il était notre seul petit-fils, nous étions forcément indulgents avec lui, et maintenant il ne sait pas ce que « non » signifie.

Donc, elle ne lui dirait pas « non » !

Posy reporta son attention sur Sebastian, qui attendait une réponse.

—On se spécialise dans le polar, répéta-t-il ; et toi et moi, on travaille main dans la main.

—Bien, puisque tu le dis, marmonna-t-elle d'un ton mal assuré.

Ce n'était ni un « oui » ni un « non », juste un terrain d'entente confus qui ne pourrait pas tenir face à une cour de justice.

—J'en ai plus qu'assez de discuter de ça. Tu as fini ? ajouta-t-elle.

Elle ne lui avait pas cédé, bien au contraire. Et pourtant, il se retourna avec lenteur, son visage capta au passage la lumière du soleil d'hiver, et il lui adressa un sourire rayonnant comme si elle venait de lui crier : « Oui, oui et mille fois oui ! »

Elle l'admettait, Sebastian était plutôt mignon même quand il fronçait les sourcils, mais lorsqu'il souriait, il était de toute beauté, si bien que, malgré elle, elle lui rendit son sourire.

— Ah, je savais bien que tu serais incapable de me résister ! triompha-t-il.

— Détrompe-toi, il est très facile de te résister, riposta-t-elle.

Mais comme il pensait avoir obtenu gain de cause, il la prit dans ses bras avec une folle insouciance et la fit valser autour de la table de la grande salle. Au fond, il était très plaisant d'être tenue par un homme aussi fort et grand que lui, et elle se sentit soudain l'âme d'une jeune femme bien délicate. Et puis une fragrance si agréable émanait de sa personne ! Le moment était presque parfait, jusqu'à ce qu'elle lui marche sur le pied…

— Tu l'as fait exprès ?

À cet instant, un terrible fracas retentit à l'étage, de sorte qu'elle n'eut pas à répondre.

— Tout va bien, mam'selle, y'a rien de cassé, juste quelques livres un peu écornés !

Puis le carillon de la librairie retentit, et Sam entra, suivi de Pantin, son meilleur ami.

— Tout va bien ? grommela-t-il.

Et il aurait traversé la boutique sans s'arrêter, direction l'escalier, si Pantin ne s'y était pas attardé, car Nina se tenait encore derrière le comptoir et que ce dernier raccompagnait Sam de l'école tous les mardis soir juste pour ses beaux yeux. Nina était la lumière de sa vie, son seul et unique amour. Ah, Nina… !

— Comment vas-tu ? lui demanda celle-ci d'un ton bienveillant.

Petit, rondelet et rouquin, le jeune garçon inspirait la gentillesse ; même ses parents lui donnaient le sobriquet de Pantin.

— Oh, j'ai pas à me plaindre, même s'il fait un peu frisquet pour la saison, dit-il en se balançant sur les talons d'avant en arrière.

À l'entendre parler, on avait l'impression qu'il s'agissait d'un homme d'un certain âge coincé dans le corps d'un ado de quinze ans. Il continua à regarder fixement Nina, qui lui souriait de manière charmante, avant d'ajouter :

— Bon, faut que j'y aille. Mes devoirs de maths ne vont pas se faire tout seuls.

— Désolé, marmonna Sam à Nina après son départ. Chaque semaine, il me dit qu'il ne me raccompagnera pas à la maison, puis il change d'avis en cours de géographie.

— Oh, ce n'est pas grave ! Je crois que Pantin est ma relation la plus longue, répondit Nina. (Elle voûta les épaules.) Mais bientôt sa croissance va s'accélérer, et il se mettra en chasse de filles plus jeunes que moi.

— Pas faux, approuva Sam.

Il n'avait pas encore remarqué Sebastian, ce qui n'était pas le cas de ce dernier qui l'observait pour sa part de façon très attentive depuis son entrée dans la librairie, le visage empreint d'une curieuse expression.

— Monte à l'appartement, lui ordonna Posy. Je parie que tu as une tonne de devoirs à faire. Pour info, il y a deux hommes en haut qui nous ont livré un canapé dont nous n'avons absolument pas besoin…

— Mais si ! Chaque fois que je m'assois sur le nôtre, j'oublie le ressort distendu et je me le prends dans le…

— C'est bon ! l'interrompit Posy. Tu n'as qu'à être plus prudent. Et maintenant, monte et vérifie qu'ils n'ont rien cassé.

Sam fit la grimace.

— Ce que tu es autoritaire !

— N'est-ce pas ? intervint alors Sebastian qui ne restait jamais silencieux très longtemps. Je m'appelle Sebastian, et toi qui peux-tu bien être ?

Sam fit un petit pas en arrière, et Posy dut se résoudre aux présentations.

— Sam, voici Sebastian, le petit-fils de Lavinia, tu ne te souviens pas de lui ? Il est vrai qu'en général il vient nous importuner quand tu es à l'école. Il est très grossier, aussi ne fais pas attention à ce qu'il peut dire. (Elle se tourna vers Sebastian.) Je te présente Sam, mon petit frère.

— Pas ton petit frère, Posy, ton jeune frère. Je te signale que je suis plus grand que toi.

Sam et Sebastian se jaugèrent… et Posy se jura que si ce dernier émettait la moindre remarque déplaisante sur les boutons ou le léger duvet de son frère, ou encore sur son pantalon trop court, elle le tuait… et ce, de façon très douloureuse.

Mais il s'en abstint, répliquant en revanche :

— Non, ce n'est pas Sam. Sam est un petit garçon ; la dernière fois que je l'ai vu, il était haut comme ça…

Et il porta la main au niveau de sa pochette.

— J'avais six ans quand je faisais cette taille.

Alors, sous le regard crispé de Posy, ce fut au tour de Sam de dévisager Sebastian de la tête aux pieds, comme s'il s'attendait à le voir se transformer en loup-garou.

— Salut, Sam ! s'écria Sebastian sans en paraître vexé, de sorte que Posy se détendit. Ravi de te rencontrer. Tu ne voudrais pas, par hasard, une Playstation et un home cinéma dernier cri avec écran plasma géant ? Parce que ta sœur prétend que je dois tout remporter chez moi.

— Pourquoi prétendrait-elle une chose pareille ? demanda Sam en décochant un regard noir à Posy. Notre télé est périmée, on ne peut même pas capter les chaînes numériques.

Bonne joueuse, Posy savait reconnaître ses défaites…

— Si nous la gardons, commença-t-elle, et je dis bien si, tu n'auras le droit de la regarder ou de jouer à la Playstation qu'une heure par jour, et deux le week-end. Et tu devras d'abord faire tes devoirs. Promis ?

— Bien, puisque tu le dis.

Sebastian observa de nouveau Sam.

— Dans ce cas, tu aideras les gars à monter le tout à l'étage. Mon costume n'est pas taillé pour ce genre de tâches. À propos, as-tu goûté ? Ta sœur ne m'a pas offert le moindre biscuit, pas plus qu'une tasse de thé, d'ailleurs. Tu devrais lui en toucher deux mots.

— Je parie qu'elle a déjà mangé toute la boîte de gâteaux, lança Sam de manière fort déloyale.

Quel petit crétin ! pesta intérieurement Posy.

Et les deux complices disparurent, comme s'ils avaient deviné ses pensées. Nina lui jeta alors un regard empreint de mépris, et elle se sentit bien misérable.

— Quoi ! Qu'est-ce que j'ai fait ? se récria-t-elle.

— On va devenir une librairie spécialisée dans le polar ?

Si la série *Downton Abbey* avait besoin d'une remplaçante pour la comtesse douairière, Nina pouvait tout à fait jouer le rôle !

— Bien sûr que non !

Ce fut au tour de Verity d'arriver comme un boulet de canon du bureau où elle était restée tapie depuis le début.

— Mais tu lui as dit que c'était ce que nous allions faire, dit-elle d'un ton accusateur en se tournant vers Posy. Je t'ai entendue. C'est vraiment la pire des idées.

— Ce serait horrible, renchérit Nina qui en avait presque les larmes aux yeux. Une librairie spécialisée dans le polar ! On attirerait tous les psychopathes en quête de tuyaux pour devenir tueurs en série, puis ils nous poursuivraient jusque chez nous pour nous massacrer de façon épouvantable et fabriquer des barboteuses avec notre épiderme.

— Arrêtez votre délire, toutes les deux ! protesta Posy. Pour commencer, je ne lui ai pas donné mon accord, j'ai juste marmonné : « Puisque tu le dis », ce qui n'est pas du tout l'équivalent d'un « oui ». Il n'en démordait pas, il fallait bien que je réponde quelque chose, et comme il ne comprend pas ce que « non » signifie… Quoi qu'il en soit, il n'arrive pas à se concentrer plus d'une seconde. Dans une semaine, il aura tout oublié et nous fichera une paix royale, occupé qu'il sera à inventer une de ses nouvelles applications qui poussent les couples à se tromper en toute discrétion.

Verity demeurait sceptique.

— Tu en es bien certaine ?

— Plus que jamais ! Cependant, reconnaissons – et ce sera la première et dernière fois – qu'il a eu une idée de génie concernant les produits dérivés, comme les cartes postales, les mugs et les *tote bags*.

Nina tapa dans ses mains.

— Exact ! Pour ma part, j'adore les *tote bags*. On pourrait les concevoir nous-mêmes et y inscrire des citations de nos romans préférés.

— Mais seulement pour les écrivains qui sont morts depuis plus de soixante-dix ans, afin de ne pas avoir à payer de droits d'auteur, souligna Posy.

Tiens, elle commençait à s'habituer à son nouveau statut de propriétaire ! À la fin de l'année, elle aurait sans doute adhéré à la fédération des petits entrepreneurs, parlerait chiffres avec ses confrères et organiserait des déjeuners de travail.

Finalement, Effronté n° 1 et Bougon n° 1 redescendirent et sortirent de la librairie, non sans avoir renversé au passage une pile de guides sur Londres, que Posy avait placés près de l'entrée pour attirer l'œil de tout éventuel touriste pénétrant dans la boutique. Puis vint l'heure pour Nina et Verity de rentrer chez elles, et Posy s'aperçut que Sebastian était toujours à l'étage, avec Sam.

En montant l'escalier, elle entendit le murmure sourd de leur conversation en provenance du salon et, quand elle ouvrit la porte, elle les vit tous les deux penchés sur l'écran de l'ordinateur.

L'espace d'une seconde, elle redouta que ce ne soit une vidéo porno, mais quand elle s'approcha, elle constata qu'ils étaient concentrés sur l'esquisse du nouveau site de la librairie. Ni l'un ni l'autre ne l'avait entendue arriver, car ils continuaient à parler de bases de données et de feuilles de style, de réglages et d'acronymes bizarroïdes.

Soit, Sebastian était entrepreneur dans le numérique et il avait empoché une fortune grâce à ses applications, ses sites et autres produits de même acabit, mais elle avait toujours imaginé qu'il jetait de vagues idées sur le papier et payait toute une équipe de subalternes pour faire le gros œuvre. Ou le gros codage, en l'occurrence. Mais en l'entendant évoquer avec Sam un mystérieux « CSS », le plus sérieusement du monde et sans prononcer la moindre insulte, les doigts volant sur le clavier, elle fut bien contrainte d'admettre qu'elle s'était peut-être trompée sur son compte.

Et Sam, son petit Sam, son gros bébé qu'elle connaissait par cœur, était en mesure de lui donner la réplique ! Il hochait actuellement la tête, puis reprit les commandes du clavier pour afficher une nouvelle page, tout en discutant avec passion des hyperliens dans les modules de présentation.

Sam avait une personnalité bien affirmée et des intérêts propres, des passions et des ambitions, et bientôt il n'aurait plus besoin de son aide dans aucun domaine. Ce qui était plutôt positif, et lui prouvait qu'elle avait su endosser le rôle de leurs parents et réussi son éducation ; elle pourrait donc enfin respirer et se concentrer sur sa propre existence. Aussi pourquoi se sentait-elle soudain si triste ?

— J'espère que tu n'as pas de devoirs pour demain, déclara-t-elle.

Quelques rappels à l'ordre étaient encore de mise !

Mais elle comprit tout de suite, au regard blessé que lui lança Sam, et au petit rire méprisant de Sebastian, qu'elle avait commis une bourde.

— On peut dire que ta sœur est une vraie rabat-joie ! s'exclama ce dernier. Et si entêtée ! Comment arrives-tu à la supporter ?

— Elle a d'autres qualités, répondit Sam sans grande conviction. Par exemple, elle ne me crie jamais dessus pour que je fasse mon lit. Selon elle, c'est inutile, puisque les draps seront de nouveau froissés le lendemain matin… Donc, tu restes pour dîner, Seb ?

— Ohé ! Je suis là, leur rappela Posy, exaspérée de constater que les compères s'entendaient à merveille.

Elle ne pourrait de toute façon pas supporter la présence de Sebastian à sa table, car nul doute qu'il tiendrait à reparler de son projet pour la librairie qui ne verrait jamais, jamais le jour. Par ailleurs, il n'y avait que des pâtes au pesto pour le dîner, accompagnées d'une salade qu'elle composerait en fonction de ce qui restait dans le réfrigérateur, n'ayant pas eu le temps de passer à l'épicerie. Certes, ils avaient déjà mangé ce plat deux fois cette semaine, mais tant pis, c'était très bon.

— Ç'aurait été avec grand plaisir, Sam, mais les normes d'hygiène de ta sœur laissant à désirer, je ne voudrais pas risquer d'attraper le botulisme, déclara Sebastian en se levant. J'ai été ravi de te rencontrer, tu es un être exquis, toi, le seul de la fratrie Morland à savoir ce qu'il veut. Je demanderai à Rob de t'envoyer un mail concernant le site.

Sam ne semblait pas se rendre compte que Sebastian aspirait tout l'air de la pièce par sa simple présence et qu'il venait d'insulter sa sœur au moins trois fois en deux phrases ; de fait, il était complètement absorbé par l'écran.

— Cool ! On se revoit bientôt.

Sans commentaire, pensa Posy.

Et elle raccompagna Sebastian en bas. Prenant tout à coup une profonde inspiration, elle décida de le flatter un peu ; même s'il était hautain et désagréable, il avait parfois des éclairs de génie.

— Je suis emballée par ton idée de *tote bags*, dit-elle en déverrouillant la porte. Et c'est vraiment aimable à toi d'aider Sam pour le site.

Alors, au lieu d'en franchir le seuil et de se fondre dans la nuit où se seraient également dilués ses rêves d'empire, eu égard aux romans noirs, dès qu'il aurait croisé le chemin d'une créature scintillante, Sebastian s'immobilisa et posa la main sur le front de Posy. Sa paume était toute froide, tandis qu'elle avait la peau brûlante, car elle était épuisée et que le temps commençait sans doute à se réchauffer.

— Je pense que tu dois couver quelque chose, Tignasse, décréta-t-il d'une voix si inquiète qu'elle frisait la parodie. Tu viens de me remercier sans la moindre trace de sarcasme. Je suis très touché, vraiment !

— Savoure bien cette sensation, car ça ne se reproduira pas de sitôt, répliqua Posy.

Et elle le poussa dehors sans ménagement, tandis qu'il protestait à propos de son précieux costume.

— Merci pour tous tes conseils en affaires, et si j'ai encore besoin d'aide, je t'appellerai, ajouta-t-elle.

Elle n'entendit pas ce qu'il rétorqua, car elle referma brusquement la porte, tourna la clé et mit le verrou. Et comme il ne décampait pas, elle lui fit vivement signe de partir, puis baissa le store.

Abusée par un libertin

La pluie commença à tomber alors que Posy Morland traversait d'un pas lourd les terres fangeuses et giboyeuses de Marybone Park.

Elle revenait de la paroisse de Camden où elle avait visité sa chère amie Verity Love, fille de pasteur. Ensemble, elles avaient consacré leur après-midi à des activités caritatives ; elles s'étaient, en effet, rendues au chevet de malades et avaient effectué des lectures pour les enfants défavorisés qui fréquentaient l'école du village.

Mais à présent le jour déclinait, et la lumière faiblissait d'autant plus vite que les nuages qui s'étaient amoncelés au-dessus de sa tête venaient de s'ouvrir. Sa robe en mousseline légère fut bientôt toute trempée, son châle et sa coiffe ne la protégeant en rien des éléments déchaînés.

~~Un peu comme dans *Orgueil et Préjugés*, quand Mrs Bennet refuse à Jane la permission de se rendre en voiture à Netherfield Park, dans l'espoir secret que sa fille se retrouve à la merci de la pluie et se voie contrainte d'en appeler à la clémence de Mr Bingley.~~

À cause des roulements de tonnerre et de la pluie qui tombait à verse, il lui fallut un certain temps pour repérer des bruits de sabots, puis distinguer un cavalier sur sa monture, dans l'obscurité. Elle étouffa un petit cri, espérant que l'ombre des arbres la protégerait, car ces terres étaient notoirement connues pour être sillonnées par les bandits de grand chemin, les criminels et pire encore.

Un éclair zébra soudain la pénombre, et l'étalon, pris de panique, se cabra. Posy reconnut aussitôt le cavalier, qui se mit à jurer et à lutter pour rester en selle. Elle avait nettement aperçu les traits sinistres et menaçants de son visage avant qu'ils ne retombent dans le clair-obscur ; elle se mit donc à courir, en dépit du sol détrempé, les fines semelles de ses bottines n'étant guère adaptées à la boue, et ses jupons déjà souillés.

Hélas, elle perçut bientôt la présence du cheval derrière elle, et crut même sentir le souffle chaud de son baiser dans sa nuque ! Elle tenta d'accélérer l'allure, mais trébucha, les mains en avant pour amortir sa chute.

—Miss Morland ! Vous êtes une petite écervelée ! s'écria une voix familière et sarcastique.

Et le chevalier se pencha autant qu'il le put pour la saisir au sol (N.B. : est-ce physiquement possible ? Peut-être, s'il s'entraîne et que je perds quelques kilos), et elle atterrit ainsi sur la selle avec un bruit disgracieux et un petit cri ; il lui sembla que tous ses os venaient de s'entrechoquer.

—Vous allez attraper la mort, ici, ou rencontrer un homme moins charitable que moi.

Elle était gelée jusqu'à la moelle et tremblait si fort qu'elle en éprouvait des difficultés à parler.

— Je gage qu'il serait ardu de trouver un homme plus insensible que vous dans tout Londres, même dans la taverne la plus malfamée de la ville !

Sebastian Thorndyke émit un rire rauque.

— J'aurais sans doute été plus avisé de vous laisser vous débrouiller seule et de compatir avec le pauvre bougre qui se serait risqué à aborder une mégère de votre espèce.

Néanmoins, il se déplaça légèrement sur la selle tandis que la pauvre bête remuait sous eux, et ouvrit son grand manteau pour attirer Posy contre son torse dur comme le roc. Il l'enveloppa ensuite de son lainage doux et humide, puis ajouta :

— Encore qu'à la réflexion j'ai sans doute eu raison de céder à mon instinct. Car si une histoire fâcheuse vous arrivait, il y aurait peu d'espoir pour que je récupère les cinquante guinées dont vous m'êtes redevable.

— Vous êtes odieux, rétorqua Posy.

Sans répondre, il éperonna son cheval qui partit au galop et, à dire vrai, elle était soulagée de n'avoir pas dû parcourir seule et à pied ces terrains amollis par les pluies pour rentrer à Bloomsbury. Mais elle n'avait nulle intention de l'avouer à Thorndyke, et

sûrement pas au moment où il éclata de rire
et l'étreignit un peu plus étroitement contre
lui.

CHAPITRE 8

Posy vouait une admiration sans bornes à toute personne douée du talent et de la détermination nécessaires à l'écriture d'un roman. Surtout celles capables d'aller jusqu'au dernier chapitre, mais à présent ses propres tentatives, aussi lamentables qu'emphatiques, pour rédiger dans un genre qu'elle affectionnait pourtant tout particulièrement et qui aurait dû lui permettre d'écrire au kilomètre, redoublaient son respect pour les auteurs.

Aussi loin qu'elle s'en souvienne, elle avait toujours rêvé d'écrire des romans. L'été où ses parents… L'été de l'accident fatal, elle avait été admise, dans le cadre de son master, à un cours de création littéraire à l'université d'Est-Anglie, qu'elle devait commencer à la rentrée suivante, en octobre. À part épouser Ryan Gosling, sa plus grande ambition dans la vie avait été d'intégrer ce cours qui avait vu éclore d'aussi prestigieux talents que Tracy Chevalier, Ian McEwan, Kazuo Ishiguro et presque tous les romanciers ayant remporté un prix littéraire. Elle avait d'abord envisagé d'effectuer sa rentrée comme prévu et d'inscrire Sam dans un pensionnat de Norwich (bien que ses grands-parents aient affirmé qu'ils auraient été heureux d'accueillir

Sam chez eux, au pays de Galles, et que Lavinia et Perry aient également proposé de l'héberger le temps qu'elle termine ses études) ; cependant, Sam et elle avaient déjà tant perdu qu'abandonner leur appartement, leur vie familière à Londres et se séparer l'un de l'autre aurait été sans doute plus qu'ils ne pouvaient supporter. Elle avait donc renoncé à son projet.

Pour autant, elle n'avait pas tiré une croix sur ses ambitions littéraires. Son ordinateur n'abritait pas moins de neuf moutures DU grand roman britannique. Malheureusement, aucune n'était satisfaisante, aussi les avait-elle toutes abandonnées en cours de route. L'une d'elles avait pour titre *Le Cri des colchiques*, se rappela-t-elle, dubitative… Comment avait-elle pu croire que c'était une bonne idée d'adopter le flux de conscience pour ce récit, comme si les plantes se tenaient des monologues intérieurs, désespérés de surcroît ?

En revanche, ce nouveau titre, *Abusée par un libertin*, était… profondément troublant. Pas assez pour qu'elle y renonce, encore qu'elle puisse toujours le modifier à la relecture, même si elle confiait cette tâche à une autre personne (Verity, par exemple, si celle-ci jurait de garder le secret absolu), mais assez dérangeant pour qu'elle sauvegarde le fichier sur une clé USB afin que Sam ne tombe pas dessus.

Cependant, fallait-il qu'elle s'étonne d'écrire une « fanfiction » ridicule sur Sebastian, puisqu'il était le seul homme avec qui elle soit régulièrement en contact ? À part Tom, bien sûr, mais lui ne comptait pas, car il était son collègue, ou plus exactement son employé désormais, et, bien qu'il fût relativement attirant avec son apparence classique un rien juvénile, ses cardigans, son épi, son air éternellement distrait et ses manières un peu austères – il vendait des romans d'amour à des femmes d'âge mûr comme s'il s'était agi d'une denrée rare échangée au marché noir au temps du bloc communiste –, Posy pouvait difficilement l'envisager en tant que partenaire sexuel. Non, cette possibilité était décidément à exclure !

En tout cas, elle devait impérativement bannir Sebastian de ses pensées, de son imagination enfiévrée et de son enthousiasme déchaîné. Il lui fallait donc un homme de toute urgence ! Néanmoins, trouver un candidat décent s'apparentait à dénicher un inédit de Stephanie Laurens. Elle n'était pas sortie avec un représentant du sexe opposé depuis des semaines, et les quelques contacts qu'elle avait noués sur des sites de rencontres, cinq au dernier recensement, n'étaient pas à la hauteur de ses critères de sélection.

Dans son profil, elle avait précisé qu'elle aimait faire de longues promenades, visiter les musées, aller au théâtre, mais aussi se blottir sur un canapé avec un verre de vin, devant un bon film. En réalité, seul le dernier intérêt était véridique, mais si elle avait disposé de plus de temps, elle aurait traversé Londres en long et en large et assisté à toutes sortes d'événements culturels.

Le problème, c'était que Posy savait pertinemment qu'elle ne pourrait jamais entamer une relation sérieuse avec un homme qui commençait un message par : « Slt sava ? » Il était au-dessus de ses forces de s'éprendre d'une personne fâchée avec les majuscules ou pratiquant une grammaire rudimentaire. Sans parler des erreurs de casting sur le registre de langue : « Waouh ! Sexy, la photo ! Ça te branche qu'on se rencontre ? » Surtout qu'il n'y avait rien de particulièrement « sexy » dans le cliché noir et blanc de Posy penchée sur un exemplaire de *Jane Eyre*, ni dans celui pris l'année précédente à Noël, où on la voyait assise sur l'escabeau roulant de la librairie, affublée d'un pull orné de rennes et d'un serre-tête surmonté de bois phosphorescents.

Mais à quoi bon ruminer ? Elle devait trouver un homme, et si Internet n'était pas en mesure de lui en fournir un, elle recourrait aux bonnes vieilles méthodes.

Aussi, à peine Nina et Verity eurent-elles franchi le seuil de la librairie, le mercredi matin, et avant même qu'elles n'eurent ôté leur manteau, ou avalé un thé, Posy leur demanda :

— S'il vous plaît, on peut sortir samedi soir ? J'ai besoin de parler à un homme qui ne soit pas Sebastian Thorndyke.

— Et Tom, alors ? rétorqua Verity.

— Tom ne compte pas ! s'exclamèrent les deux autres jeunes femmes à l'unisson.

— Honnêtement, tu pourrais t'imaginer sortir avec lui ? insista Posy.

— Surtout s'il rapplique avec son nœud papillon à pois qu'il réserve pour les grandes occasions, enchaîna Nina. Et puis il est vraiment difficile à cerner. Je suis sortie avec lui un nombre incalculable de fois, et je ne sais toujours pas sur quoi porte sa thèse, ni s'il vit encore chez ses parents, bref, aucune info perso. Selon moi, il fait partie d'un programme de protection des témoins.

— Ou bien il est marié et père de cinq gosses, et il vient de temps en temps en secret à la librairie pour avoir un peu de tranquillité et de calme, suggéra Verity.

Évidemment, la discussion était très divertissante, mais elles s'éloignaient du sujet qui préoccupait Posy.

— Bon, on peut se concentrer ? demanda-t-elle. J'ai besoin de sortir, et de boire l'équivalent de mon poids en alcool pour flirter avec des hommes, vous comprenez ? Peu importe qu'ils soient beaux ou pas, je dois juste oublier la librairie et Sebastian pendant quelques heures. Vous pouvez faire ça pour moi ?

— Oui, c'est dans nos cordes ! décréta Nina avec détermination. La solution tient en une première suite de quatre mots : des Suédois bien chauds. Et en une deuxième : vodka suédoise bien fraîche. Nous venons juste de croiser l'adorable Stefan, de l'épicerie fine, et il nous a invitées à son anniversaire, samedi prochain. Il nous a dit qu'il inviterait des compatriotes. Même Verity a promis de venir.

Cette dernière, qui préparait le thé dans la kitchenette, passa la tête par l'encadrement de la porte.

— Il m'arrive de sortir, reconnut-elle, mais il faudra que je parte plus tôt samedi, pour pouvoir me reposer avant la fête.

— Et moi, je dois faire du shopping avec Sam, annonça Posy.

Raison de plus pour sortir le soir, car lui acheter des vêtements relevait de l'épreuve : elle mériterait ensuite une bonne récompense, et aurait d'autant plus besoin d'alcool.

— Je serai de retour vers 15 heures, si je n'ai pas commis de crime avant. Tu pourras partir dès que je serai rentrée.

En tant que nouvelle propriétaire des lieux, elle aurait peut-être dû se montrer plus stricte et établir des rapports hiérarchiques plus marqués avec son personnel, mais Nina et Verity, ainsi que Tom d'ailleurs, étaient ses amies depuis bien trop longtemps pour qu'elle puisse les considérer comme ses employées. Et elle savait aussi qu'elle pouvait compter sur elles, et leur bonne volonté lui était d'autant plus nécessaire que la relance de la librairie était prévue pour juillet.

— À propos, j'ai épluché les comptes, hier soir, lança Verity.

Ceci ne prouvait-il pas que Posy avait raison ? Qui, à part une amie, gâcherait sa soirée à faire la comptabilité de son employeur, surtout quand *MasterChef* passait à la télévision ?

— Bon, je ne veux pas semer la panique, mais peut-être qu'on devrait quand même s'inquiéter un peu et qu'il serait bon de prendre rendez-vous avec le comptable de Lavinia, poursuivit-elle. Je pense aussi qu'il va falloir avancer notre restructuration. Quelqu'un veut du thé ? Du café ?

— Du thé, s'il te plaît, répondit Posy. L'avancer, pas la retarder ? Fin juillet, ce sera déjà un peu juste, non ?

Visiblement horrifiée, Nina se déroba en marmonnant qu'il faudrait revoir certaines commandes inutiles, comme si le mot «comptable» avait déclenché d'affreuses visions chez elle.

— Pourra-t-on seulement tenir jusque-là ? renchérit Verity. C'est le calme plat, ces derniers temps. Si nous ne réagissons pas au plus vite, nous risquons de tomber dans le rouge, et tu devras demander un découvert exceptionnel à la banque.

Elle posa un mug de thé fumant devant Posy.

— Désolée pour ces mauvaises nouvelles de si bon matin…

— Je t'en prie, tu n'y es pour rien !

Posy soupira, se cramponnant à son mug comme si la chaleur qui en émanait pouvait réchauffer son cœur glacé.

— Donc, je dois vraiment demander une autorisation de découvert à la banque ?

— Il serait préférable de ne pas en arriver là, sauf si tu veux payer des tonnes d'agios.

Et quand Verity, qui n'était pas du genre tactile, la prit dans ses bras et la serra affectueusement contre son cœur, Posy comprit que l'heure était grave et que l'avenir de la librairie était en jeu.

— Je pense qu'il est temps de sortir l'artillerie lourde, Posy, ajouta Verity en prenant son propre mug.

Posy en eut des sueurs froides.

— Tu ne veux pas dire que… ?

— Je crains que si, dit Verity d'un ton solennel. Allez, il nous faut un calendrier mural, des feutres, des stickers et des paquets de biscuits.

— Oh non ! Dis-moi que ce n'est pas catastrophique à ce point !

Elles n'avaient recours à ce genre de matériel que dans des circonstances exceptionnelles, la dernière fois remontant au centenaire de *Bookends*. Le cœur serré, Posy se rappela que ç'avait aussi été la dernière occasion d'accrocher des guirlandes lumineuses aux arbres de la cour. La fête avait été somptueuse, comme au bon vieux temps. Puis ils avaient porté un toast aux amis absents, et Posy s'était retranchée dans la librairie avec ses fantômes : sa mère, son père... Mais Lavinia était encore de ce monde, et la jeune fille l'avait trouvée assise toute seule sur un des canapés.

— Comme Perry me manque, avait murmuré celle-ci, désireuse sans doute de ne pas déranger Posy dans ses pensées. Je ne m'habituerai jamais à son absence.

— Je suis désolée, avait dit Posy d'un ton sincère, espérant que Lavinia comprendrait à quel point elle compatissait. Vous préférez que je vous laisse seule, car je peux sortir si... ?

Lavinia avait secoué la tête.

— Tu peux rester si tu promets d'être très, très discrète.

Elle s'était alors assise près de la vieille dame et lui avait pris la main pour caresser sa peau parcheminée ; aucune n'avait prononcé le moindre mot, ç'aurait été superflu.

Mais avant cette scène, il y avait eu un calendrier mural, des feutres de toutes les couleurs, et de nombreuses discussions assez vives sur la place des stickers correspondant au temps dévolu à chacune des tâches nécessaires à la concrétisation de la fête. Si vives que Lavinia était entrée dans une colère noire, et avait prévenu Posy et Verity (qu'elle avait embauchée le mois précédent à *Bookends*) qu'elle allait en prendre une pour taper sur l'autre si elles ne cessaient pas immédiatement de se chamailler !

Et voici que Verity ressortait des oubliettes son calendrier mural !

— C'est la seule façon d'y voir clair, plaida-t-elle. Allons, tu sais bien que j'ai raison.

Posy lui opposa des arguments de poids, mais rien n'y fit.

Verity l'expédia alors à la papeterie la plus proche pour acheter le matériel requis, puis chez l'adorable Stefan pour quelques douceurs, sous prétexte qu'elles avaient besoin de reprendre des forces et qu'elle-même était incapable de quitter son bureau, étant donné son état.

— J'ai énormément de travail, et je ne suis pas en mesure d'affronter qui que ce soit aujourd'hui, même pas l'adorable Stefan, se justifia-t-elle.

— Comme si c'était exceptionnel ! grommela Posy.

Néanmoins, elle obtempéra, tout en songeant que, pour une personne aussi introvertie, Verity arrivait toujours à ses fins. Une fois à l'extérieur, elle fut néanmoins soulagée de pouvoir se changer les idées avant d'être séquestrée pour le restant de la journée dans le bureau de derrière.

Elles s'attelèrent ensuite au calendrier mural, animées des meilleures intentions, attribuant des stickers de couleurs différentes à chaque domaine : le vert pour le stock, le bleu pour la nouvelle décoration, et ainsi de suite. Verity, dont l'écriture ressemblait à des pattes de mouche, inscrivit chaque tâche sur le tableau, même les plus banales.

La situation commença à s'envenimer lorsque Tom, censé travailler l'après-midi, téléphona pour prévenir qu'il était malade, même s'il devait simplement souffrir d'une gueule de bois. Quand on bossait avec quelqu'un depuis plus de trois ans, on n'était pas dupe de ses petites approximations, mais à part exiger un certificat médical, Posy ne pouvait pas faire grand-chose.

— Ça t'ennuierait de rester pour la pause-déjeuner, au moment où il y a le plus de monde, quitte à partir une heure plus tôt ? demanda Posy à Nina.

— Impossible, j'ai prévu un truc, lui opposa celle-ci d'un ton sec (comme si elle lui demandait souvent ce service !). J'ai une vie en dehors de la librairie, tu sais.

L'explication de ce comportement intransigeant se matérialisa à 12 h 55 en la personne de Piers Brocklehurst, plus audacieux que jamais dans un costume à rayures bien trop flashy et une chemise rose vif (encore plus criarde que celle de Sebastian), qui faisait redondance avec son teint rubicond.

Nina enfila sa veste et saisit son sac à main en un rien de temps afin d'éviter le regard insistant de Posy.

— C'est lui, ton projet pour midi ? s'écria-t-elle alors. Et l'autre type, tu en as fait quoi ? Celui qui était venu avec Sebastian et à qui tu avais donné rendez-vous sur le site de rencontres *À la pêche* ?

— *Pécho*, pas *À la pêche* ! Tu sais bien que j'aime avoir plusieurs cordes à mon arc, je suis trop jeune pour me caser, affirma Nina d'un ton cinglant.

Indifférent à leur échange, Piers inspectait chaque mètre carré de la librairie comme si les lieux lui appartenaient déjà, et qu'il évaluait combien ils lui rapporteraient.

— Comme on se retrouve, Miss Morland, décréta-t-il sans prendre la peine de masquer son dédain. Vous avez eu des nouvelles de Thorndyke, récemment ? Difficile de lui mettre la main dessus.

Si seulement ! pensa Posy.

Elle aurait vraiment préféré que Sebastian soit une créature insaisissable, comme il l'insinuait, plutôt que le casse-pieds qui débarquait presque tous les jours à la librairie !

— Oh ! Il ne vous a donc pas dit que la librairie était classée ? Pas seulement *Bookends*, d'ailleurs, mais les *Mews* dans leur ensemble.

— Ah bon ? Et sur quelle planète, on peut savoir ?

— Ça suffit ! trancha sèchement Nina en sortant de derrière le comptoir, dans un nuage de Chanel N° 5. Je suis certaine qu'on peut trouver des sujets plus palpitants que *Bookends*.

Posy porta la main à son cœur, comme si l'on venait de la poignarder, et en un sens, c'était bien le cas. Mais

Nina secoua vigoureusement la tête, comme pour lui dire : « Pas maintenant. »

—Qu'as-tu envie de manger ? enchaîna Piers. Un plat brûlant et épicé ?

Et Nina gloussa avant de s'éloigner sur des talons vertigineux qu'elle ne portait pas le matin en arrivant.

—Tu n'es qu'un mauvais garçon, le gronda-t-elle d'une voix rauque.

Elle pouffa de nouveau, et Piers lui plaqua la main aux fesses pour l'entraîner vers la sortie.

—Oh, Nina ! s'écria Posy au moment où la porte claquait derrière eux. Tu as les pires goûts que je connaisse en matière d'hommes.

—Pire que pire, renchérit Verity, depuis le bureau où elle attendait devant le calendrier mural. Viens, nous avons du travail !

Mais il n'était pas aisé de se concentrer quand les clients choisissaient précisément la pause-déjeuner pour acheter des livres. Et comme Verity refusait obstinément de se mettre derrière la caisse, Posy dut s'occuper de la librairie pendant au moins deux heures, jusqu'à ce que Nina daigne rentrer peu avant 15 heures, les lèvres barbouillées de rouge et les cheveux, en ce moment couleur lilas, en bataille.

—Désolée, désolée, marmonna-t-elle en avisant la longue file d'attente devant le comptoir.

Puis elle vit que Posy était en train de se battre avec un nouveau rouleau de caisse qui lui donnait du fil à retordre.

— Je te promets que je resterai très tard ce soir, ajouta-t-elle.

— À quoi bon ? rétorqua cette dernière d'une voix tendue.

Elle s'était néanmoins exprimée d'un ton bas, ne souhaitant pas que les clients, déjà agacés par l'attente, assistent en plus à une dispute.

— On ne va pas fermer une heure plus tard ce soir, compléta-t-elle.

— Tu as raison, avoua Nina d'un air penaud. Bon, je vais nous préparer du thé.

Quand elle reprit sa place derrière le comptoir après y avoir déposé un mug fumant et troqué ses improbables escarpins contre ses confortables Converse, Sam rentra de l'école et il avait pour une fois envie de parler. De sorte qu'il était à peu près 17 heures quand Posy fut enfin en mesure de rejoindre Verity dans le bureau du fond.

Et finalement, elle le regretta…

— Very ! s'exclama-t-elle. Mais qu'est-ce que tu as fait ?

La jeune femme s'empoigna les cheveux.

— J'ai sans doute un peu exagéré avec les stickers.

— Tu crois ?

La période de mars à début juillet, date de la réouverture de la librairie sous le nom de *Au bonheur des tendres*, était obscurcie par un océan de stickers… Ils s'accumulaient les uns sur les autres, et arboraient même des couleurs qu'elle était certaine de ne pas avoir achetées.

—Que représentent les mauves ? questionna-t-elle. Et les dorés ?

—Euh… Je ne sais plus, admit Verity. Et je me rends compte que j'aurais dû ajouter les stickers une fois que la tâche précédente avait été remplie, et non avant. J'ai perdu tout un après-midi de travail, en somme.

—Non, pas du tout, il est bon de mesurer l'ampleur de la besogne qui nous attend pour les semaines à venir !

Logiquement, c'était au tour de Posy de remonter le moral de son amie, ce qui n'était pas vraiment son fort.

—Et si on allait s'acheter une bouteille de vin ? proposa Verity en manque d'inspiration.

Mais au fond…

—En voilà une bonne idée ! s'écria Posy.

Trente minutes plus tard, elles avaient vidé la moitié d'une bouteille de cabernet sauvignon pas cher et acide comme du vinaigre quand Nina, qui faisait la fermeture, demanda d'un ton bourru :

—Bon, je passe la serpillière ?

Posy et Verity ne prirent même pas la peine de lui répondre ; après tout, c'était Nina qui n'avait pas voulu se joindre à elles. Elles étaient à présent affairées à retirer les stickers un à un, lesquels se montraient bien plus résistants que prévu. Étaient-ils la métaphore de… de quelque chose ? En tout cas, cela ne laissait pas présager une relance couronnée de succès si elles n'étaient même pas capables d'utiliser un calendrier mural.

—Qu'est-ce qui nous arrive ? Nous avons des diplômes universitaires, tout de même ! se lamenta Posy.

— Ce serait peut-être plus facile si nous utilisions un tableur ? suggéra Verity d'un ton songeur.

Mais Posy fut sauvée par le gong ! La porte de la librairie s'ouvrit en effet à toute volée, craquant sur ses gonds.

Son soulagement fut toutefois de courte durée quand elle se rendit compte qu'une seule personne était capable de faire irruption dans une pièce de façon si fracassante…

— Salut, Toute tatouée, pourquoi fais-tu cette tête ? Bon, ne réponds pas, en fait, ça ne m'intéresse pas. Est-ce que Tignasse est dans les parages ?

Posy pria alors pour que Nina se rachète vraiment de son écart de conduite en mentant pour la couvrir. Mais elle n'eut pas cette chance…

— Tu la trouveras dans le bureau du fond, informa-t-elle Sebastian d'un ton plein d'entrain.

Il était temps qu'elle ait une petite discussion avec cette traîtresse ! Ne pouvait-elle donc pas y mettre du sien ? On voyait bien que ce n'était pas elle qui devrait se colleter avec les tableurs… et les tyrans !

Elle s'efforça néanmoins d'arborer une mine moins renfrognée pour accueillir Sebastian qui débarqua dans le bureau, prenant immédiatement possession du moindre centimètre carré de l'espace, tandis que Verity et elle se reculèrent dans un même mouvement sur les sièges qu'elles avaient placés au centre de la pièce pour mieux examiner, consternées, leur calendrier mural.

— Ah, te voilà ! Mais vous aussi vous boudez ? Qu'est-ce qui vous arrive, les filles ? demanda Sebastian qui avait l'air particulièrement épanoui. C'est hormonal ? Vous avez vos…

— S'il te plaît, ne finis pas cette phrase ! l'interrompit Posy.

Puis elle fit légèrement pivoter son siège.

— Qu'est-ce que tu viens encore faire là ? ajouta-t-elle.

— J'avais besoin de prendre des mesures dans la cour, répondit-il.

Piètre excuse ! pensa Posy, déprimée.

— Je voulais aussi essayer mon nouveau mètre numérique, précisa-t-il. Il fonctionne avec un laser.

Ah, les garçons et leurs joujoux !

— Vraiment ? reprit-elle.

Et elle alla jusqu'à feindre un certain intérêt pour son gadget, même si elle s'en fichait royalement, avant de s'exclamer, outrée :

— Mais enfin, ça va pas ?! Je rêve, ou tu es en train de diriger ce truc vers ma poitrine ?

Sebastian remit en toute hâte l'instrument dans sa poche.

— Bien sûr que non ! Franchement, Tignasse, je ne comprends pas pourquoi tu es persuadée que je suis obnubilé par tes seins.

Il jeta néanmoins un regard en biais dans leur direction, peut-être pour s'assurer qu'ils étaient toujours à leur place, malgré les rayons auxquels il les avait soumis. Posy croisa les bras.

— Bref, comme je suis là, poursuivit-il, j'ai pensé que nous pourrions discuter de notre librairie spécialisée dans le polar. On demande à Toute tatouée de se joindre à nous pour un petit brainstorming ?

— J'ai un nom ! s'indigna Nina, depuis la grande salle.

Verity, pour sa part, se pencha en avant et se cogna la tête contre le mur.

Posy se pinça l'arête du nez.

— Depuis quand est-ce devenu notre librairie ? C'est la mienne, commença-t-elle.

Pitié ! Elle n'avait plus l'énergie d'affronter Sebastian ce soir. Elle ajouta néanmoins d'une voix lasse :

— Et on ne va pas se spécialiser dans le roman noir.

— Ah non ! On ne revient pas sur ce qui a été décidé. Tu sais bien que j'ai raison.

— Certainement pas ! C'était une plaisanterie, tu dois enfin le comprendre.

Elle échangea alors un regard avec Verity : depuis quatre ans qu'elles se côtoyaient chaque jour, elles se transmettaient les messages les plus subtils d'un simple pincement de lèvres, ou d'un léger haussement de sourcils. Et en l'occurrence, ce regard disait clairement : « Je ne suis pas en mesure de discuter avec lui ce soir. » Et la réponse qui brilla dans les yeux de son amie fut la suivante : « Tu veux que je le tue ? Un accident est si vite arrivé. »

Posy secoua la tête et repartit finalement à l'attaque.

— La librairie va se spécialiser dans la romance. Il va falloir te faire à cette idée, Sebastian !

Ce dernier agrippa soudain l'accoudoir du siège sur lequel elle était assise, l'empêchant de se balancer de façon désinvolte de droite à gauche, et plongea son regard dans le sien. Son visage était à présent si proche du sien qu'elle fut contrainte de constater que son teint était absolument impeccable. Pas le plus petit pore dilaté, pas le moindre point noir. D'ailleurs, c'était la première fois qu'elle se tenait assez près de lui pour remarquer aussi que ses yeux n'étaient pas simplement bruns : ses pupilles étaient, en effet, entourées de taches émeraude. Cette proximité la troubla.

— Je ne peux pas te laisser faire une chose pareille, Tignasse ! décréta-t-il. Je ne suis pas insensible à ce point.

Sa plastique avait beau être parfaite, Sebastian n'en était pas moins incroyablement pénible. Il fallait sans doute y voir la main de la nature pour rétablir un équilibre.

— Peux-tu me dire pourquoi tu es penché sur moi ainsi ? demanda-t-elle en le repoussant.

Il allait lui répondre, elle l'aurait juré, quand il aperçut le calendrier mural… Il écarquilla alors les yeux et recula d'un pas, l'air alarmé.

— Qu'est-ce que c'est que ça ? Une usine de stickers aurait-elle explosé ?

— C'est notre planning, expliqua Verity. Pour la relance de la librairie. Tu sais, Posy, je crois que nous allons devoir en acheter un autre et recommencer.

— Je vais tenter de faire un tableur, ce soir, déclara-t-elle. (Et dans un effort surhumain, elle se leva.) Il m'est impossible de me concentrer durant la journée, puisque je dois aider en permanence à la librairie.

— Tu sais faire des tableurs ? s'écrièrent en chœur Verity et Sebastian.

Et l'incrédulité qu'elle devina dans leur voix la vexa terriblement !

— Bien sûr ! affirma-t-elle avec humeur. Et d'ailleurs, il est temps qu'on me laisse tranquille pour que je m'y mette. Vous ne voulez pas rentrer chez vous, tous les deux ?

À une heure avancée de la soirée, avec l'aide de Google et d'un sandwich roboratif au fromage, Posy tenta de maîtriser l'art du tableur, mais l'entreprise se révéla d'autant plus ardue que Sam la surveillait…

Il s'était en effet assis à côté d'elle pour s'assurer qu'elle n'endommagerait pas l'ordinateur, qu'elle avait, soit dit en passant, acheté avec ses deniers, même si son frère semblait penser que l'appareil lui appartenait. Chaque fois qu'elle effectuait un clic droit, il lui demandait :

— Tu veux vraiment faire ça ? Tu sais, si j'étais toi, je ne m'y prendrais pas de cette façon…

Ou encore :

— Posy ! Qu'est-ce que je t'ai dit ? On ne doit pas boire ni manger quand on se sert de l'ordinateur ! Regarde, il y a des miettes partout sur le clavier, maintenant !

Elle fut soulagée de constater qu'elle avait des mails, bien qu'ils proviennent de Sebastian, et pour le coup, Sam ne trouva rien à objecter à sa manière d'utiliser la messagerie.

De: Sebastian@zingermedia.com
À: PosyMorland@bookends.net
Objet: Rencontre avec Pippa, gourou en gestion de projet, à ta disposition pour une courte durée

Chère Tignasse,

J'espère que tu as pu apprécier le plaisir inédit de t'asseoir sur ton nouveau canapé sans que rien ne vienne s'enfoncer dans ton postérieur (je parle du fameux ressort, bien sûr, je préfère préciser avant que tu ne me poursuives pour harcèlement sexuel).

Bref, je suis très excité par notre future collaboration, mais il m'a semblé, en te voyant à l'œuvre, que tu es (et ne te vexe surtout pas, s'il te plaît) plus douée pour exécuter des ordres que pour en donner.

Par chance, je sais donner des ordres comme personne, tout comme j'excelle dans la délégation des tâches, aussi ai-je prié Pippa, la collaboratrice qui me sert de chef de projet, de se joindre à nous. C'est une femme redoutable, mais championne du monde en management : planning, budget, rappel à l'ordre du personnel, elle sait tout faire.

Son seul point faible, c'est qu'elle adore les citations édifiantes et les derniers mots à la mode dans le jargon d'entreprise, mais si je suis capable de les supporter, toi aussi.

Nous passerons tous les deux demain, dans l'après-midi, pour une brève réunion avec ton équipe. Tu pourras fermer un peu plus tôt pour l'occasion, non ? Ce n'est pas comme si des hordes de clients se pressaient désespérément aux portes de la librairie.

N'est-ce pas fantastique que nous travaillions finalement ensemble, au lieu de nous chamailler, Tignasse ?

À plus tard,

Sebastian

Posy nota en passant que, contrairement à tous ses soupirants potentiels sur Internet, Sebastian maîtrisait à la perfection l'utilisation des majuscules et de la grammaire. Mais cette pensée fut balayée par le tsunami de rage qui déferla subitement en elle et qui lui valut de se mordre la langue alors qu'elle croquait furieusement dans son sandwich.

Elle se leva d'un bond du canapé (et regretta amèrement d'avoir avoué à Sam, la veille, que c'était un vrai soulagement de pouvoir s'y asseoir sans redouter de se blesser) puis se mit à arpenter le salon en gesticulant nerveusement. Soudain, elle s'avisa que son petit frère l'observait d'un air inquiet, aussi laissa-t-elle retomber les bras le long de son corps et s'échoua-t-elle de nouveau sur le sofa.

Posy connaissait ses points forts, en l'occurrence vendre des romances. Elle savait aussi créer des vitrines qui attiraient l'œil, et plus récemment elle avait compris l'art de répertorier des objets à offrir, en rapport avec les romans. D'ailleurs, la veille, elle avait découvert un fabricant de bougies, dans le comté de Lancashire, qui possédait notamment une série parfumée, aux noms évocateurs : Amour, Bonheur, Joie… Il lui avait proposé des prix de gros très compétitifs et surtout promis de lui envoyer quelques exemplaires gratuits.

Elle devait par ailleurs admettre qu'elle n'était pas très douée pour les questions d'organisation et de planification, et même si Verity tenait les comptes de façon irréprochable et envoyait systématiquement des lettres de relance à leurs débiteurs, cette dernière avait pâli ce matin en décrétant qu'il serait bon d'avancer la réouverture et de demander un éventuel découvert exceptionnel à la banque. Mais comment aurait-elle pu l'en blâmer ? Elle n'avait jamais restructuré une librairie jusque-là, pas plus que ses trois autres collaborateurs.

S'ils tentaient de s'atteler à cette mission en une durée aussi courte sans aucun budget, l'aventure risquait de finir encore plus mal que dans *Bâtir son rêve*. Dans une de ces émissions de téléréalité, un malheureux couple décide de construire une maison sur une parcelle boueuse en respectant la neutralité carbone, avec un budget total de cinq livres ; Kevin McCloud, l'animateur, leur demande s'ils ont fait appel à un chef de projet, mais les deux infortunés, qui n'ont aucune expérience en la matière et sont visiblement incapables de monter une étagère de chez IKEA, insistent pourtant pour gérer eux-mêmes le chantier.

Alors Kevin McCloud leur rit au nez et, pendant l'heure qui suit, leur reproche de ne pas avoir engagé un chef de projet.

Posy n'avait pas l'intention de diriger une version refaite à la va-vite de l'ancienne librairie, qui ne ressemblerait à rien, avec un budget hors de contrôle, juste parce qu'elle avait refusé l'intervention d'un chef de projet.

Sam avait réquisitionné l'ordinateur pendant qu'elle s'agitait dans le salon, mais elle parvint à le lui arracher des mains et à en reprendre possession afin de répondre au message de Sebastian.

À : Sebastian@zingermedia.com
De : PosyMorland@bookends.net

Combien allons-nous devoir payer cette consultante ? Travaille-t-elle sur une base journalière ? Peut-être pouvons-nous louer ses services pour une demi-journée, si elle ne pratique pas des tarifs trop élevés ? Est-elle aussi redoutable que tu l'affirmes ?
(Tu constateras, j'espère, que je ne relève pas toutes tes insultes et que j'essaie d'instaurer un ton plus professionnel entre nous.)
Posy

Pour un entrepreneur du numérique et un séducteur en série, Sebastian n'était pas très occupé ce soir-là, car il lui répondit presque immédiatement.

De : Sebastian@zingermedia.com
À : PosyMorland@bookends.net

Bon sang, Tignasse, ne fais pas l'idiote ! Je laisserai Pippa à ta disposition autant de temps que nécessaire, même si elle préfère travailler en grande partie hors site, car elle est allergique à la poussière.

Et, oui, elle est vraiment redoutable ! Lors d'une réunion, elle était si furieuse contre moi d'avoir empiété sur le temps de parole qui lui était imparti qu'elle m'a arraché ma pochette et l'a découpée en morceaux sous mon nez avec des ciseaux ! Garde cet épisode en tête, afin que tout se passe bien entre Pippa et toi.

Et cesse de m'ennuyer avec tes questions dénuées d'intérêt. Je suis un homme important, moi !

Sebastian

Pippa paraissait en effet terrifiante, mais elle semblait aussi être la personne dont Posy avait le plus urgent besoin, car elle serait en mesure de trouver des solutions à ses problèmes...

Le premier d'entre eux, c'était que Sebastian, qui se berçait d'illusions, continuait à croire qu'ils allaient se spécialiser dans le roman noir.

Il y avait aussi le grand brainstorming qu'il jugeait nécessaire, mais qui n'était pourtant pas aussi essentiel qu'il l'affirmait. Une réunion similaire à celle qu'ils avaient déjà tenue suffisait et, au cours de celle-ci, ses employés et elle remplaceraient systématiquement le mot « romance » par « polar », voilà tout ! Si c'était le prix à payer pour disposer d'un chef de projet, elle voulait bien jouer la comédie. En croisant les doigts pour que Pippa soit plus absorbée par la logistique et une vision générale du projet que par des questions plus pointues, comme le nombre de romans écrits par Jilly Cooper…

Et puis, franchement, le grand fautif, c'était Sebastian : il n'en faisait qu'à sa tête alors qu'elle s'était évertuée à lui répéter que *Bookends* allait se spécialiser dans la romance.

Il ne pouvait s'en prendre qu'à lui-même, si elle était obligée de recourir à de telles méthodes.

CHAPITRE 9

À : all@bookends.net
De : PosyMorland@bookends.net
Objet : Brainstorming nouvelle formule

Salut à tous,

Je commencerai par une bonne nouvelle : les ventes ont été excellentes cette semaine, je vous en félicite !
Malgré tout, nous devons tenir une nouvelle réunion demain avec l'affreux Sebastian. Signalons toutefois qu'il n'est pas aussi odieux que d'ordinaire en ce moment, car il va mettre à notre disposition la chef de projet de son entreprise qui nous aidera à relancer la nôtre.
Elle s'appelle Pippa, et je compte sur vous pour lui réserver un accueil chaleureux. Nous devons aussi essayer de nous montrer le plus professionnels possible, donc évitons cette fois les *French Fancies* de Mr Kipling. Ou toutes sortes de biscuits ou gâteaux.
Autre précision : comme vous le savez tous, Sebastian semble penser que nous allons nous

spécialiser dans le roman noir (Tom, Nina et Verity te mettront au courant). C'est évidemment hors de question, mais merci de faire comme si c'était le cas. Nous reprendrons pour elle les points essentiels de notre dernière réunion en veillant à ne jamais prononcer le mot «romance». Nous parlerons en revanche avec enthousiasme et spontanéité du livre du mois, du jury de lecteurs, des dédicaces d'auteurs, des *tote bags*, etc.

Votre présence à cette réunion est obligatoire. Ensuite, nous irons tous nous enivrer au *Midnight Bell*. J'ai comme l'impression que nous en aurons bien besoin.

En avant toute!

Votre dévouée amie et raisonnable chef,
Posy xxx

Le lendemain, Posy avait l'intention de fermer la librairie à 17 heures, mais à 16 h 45, un car entier débarqua: les passagères arrivaient de Shepton Mallet pour assister à une représentation des *Misérables* et étaient arrivées bien avant l'heure du spectacle dans l'unique but de visiter *Bookends*.

— J'ai entendu parler de vous sur un forum de discussion. Il paraît que vous êtes la librairie la mieux fournie en romances de tout le Sud-Est, et comme je n'aime pas acheter sur Internet... Vous savez, on a vite fait de se retrouver avec des débits effectués au

Kazakhstan pour l'achat de lance-roquettes, lui confia une des respectables dames.

Et Posy sentit son cœur se gonfler de bonheur, à moins qu'il ne se soit mis à battre plus vite parce qu'elle ne cessait de monter et descendre de l'escabeau à cause des demandes multiples de ces clientes impromptues.

Alors qu'elle exauçait leurs vœux en dénichant les romans tant convoités sur les rayonnages et que Nina tentait d'organiser une file d'attente digne de ce nom, Sebastian entra en trombe dans la librairie, talonné par une femme vêtue d'une élégante robe grise, d'une veste couleur de flamme ajustée et d'un collier turquoise, de sorte qu'on voyait d'emblée que c'était une femme à la fois élégante et intelligente, mais on la devinait aussi dotée d'un caractère bien trempé. Ce ne pouvait s'agir que de Pippa, qui arborait également une chevelure au gonflant le plus parfait et un sourire à la blancheur la plus éclatante que Posy ait jamais vus, à part chez la duchesse de Cambridge. On aurait pu croire qu'elle allait enfiler une blouse blanche et exposer les vertus des dernières technologies en matière de shampoing et de dentifrice, si elle n'avait été chef de projet et n'avait botté les fesses de son employeur.

— Voulez-vous écrire vos coordonnées dans notre registre ? Je pourrai ainsi vous envoyer notre newsletter, proposa machinalement Posy à la cliente qu'elle était en train de servir.

Celle-ci venait d'acheter sept romans dont l'action se déroulait à Paris, où son mari avait refusé de l'emmener, pour leur anniversaire de mariage. Elle baissa d'instinct la voix en voyant que Sebastian la désignait du doigt à l'intention de Pippa, qui lui adressa alors un grand sourire et un petit signe amical.

—Nous allons nous spécialiser dans la romance d'ici quelques mois, confia-t-elle subrepticement à sa cliente. Nous aurons encore plus de choix à l'avenir.

Puis elle vit que Sebastian entraînait Pippa vers la gauche de la librairie, d'où elle l'entendit dire, une main posée sur son épaule :

—Désolée, Pip, cet endroit est un véritable nid à poussière. J'espère que ça ne va pas réveiller tes allergies.

C'était la première fois qu'elle le surprenait en flagrant délit d'amabilité depuis la mort de Lavinia, songea-t-elle tout en saluant une autre cliente qui avait dissimulé six romans érotiques sous un exemplaire des *Grandes Espérances*.

—Les livres sont un terrain de prédilection pour les germes en tout genre, répondit Pippa avec un fort accent du Yorkshire.

Et instantanément, elle lui parut moins intimidante : elle trouvait en effet cet accent rassurant, car sa prof préférée à Queen Mary était originaire de ce comté.

—Un peu comme les cacahuètes qu'on sert dans les bars et qui comportent au moins cinquante traces d'urine différentes si on les analyse, poursuivit-elle.

Finalement, elle n'était plus aussi certaine de son jugement…

—Je pense que ça vient moins des livres que de Posy, tu vois, la mégère qui tient la caisse, avec deux crayons dans la chevelure, renchérit Sebastian. Une vraie souillon. Si tu voyais son appartement, à l'étage : un cauchemar !

Cette fois, elle allait le tuer. Elle s'arrangerait pour qu'il rende son dernier souffle dans d'atroces souffrances. Mais auparavant, il fallait qu'il leur présente Pippa en bonne et due forme, laquelle ne se départit pas de son sourire en serrant la main de tout le personnel, quelques instants plus tard, ni d'ailleurs de son regard intransigeant. Elle leur tint ensuite un bref discours.

— Je ne saurais vous dire combien je me réjouis de collaborer à ce projet. Nous allons former une bonne équipe, ensemble, car c'est à cette seule condition qu'on réalise ses rêves.

Posy n'osa pas jeter un coup d'œil à Nina ni à Tom, et elle constata que la figure de Verity avait presque disparu dans son col roulé, de sorte qu'elle ressemblait à une tortue confuse et triste. Elle n'avait toujours pas relevé la tête une demi-heure plus tard, quand les lectrices de romances partirent enfin pour assister à leur spectacle, les misérables !

Une fois la porte refermée et verrouillée, ils prirent place sur les canapés, à l'exception de Sebastian, qui préféra s'adosser à l'escabeau, sans doute pour exhiber son dernier costume ridicule et ses accessoires vert mousse. Pippa sortit une tablette sur laquelle elle ne cessa de pianoter, pendant que Posy se débattait avec son tableau de conférences et prononçait systématiquement le mot « polar » du bout des lèvres.

— Donc je propose que l'on baptise notre librairie *Au malheur du serial killer*, qu'en pensez-vous ?

— Non, je pense toujours que *Poignard sanglant* est le nom idéal, intervint Sebastian.

Comme si elle allait tenir compte de son avis ! Sûrement pas après avoir été traitée de « souillon ». Par ailleurs, il lui avait fallu des années pour maîtriser l'art d'un chignon lâche retenu par deux crayons, un peu à la façon des Japonaises.

— D'autres propositions ? reprit Posy en dévisageant Tom d'un air insistant.

Mais ce dernier évitait son regard… Nul doute qu'il préférait travailler dans une librairie spécialisée dans le roman noir plutôt que le rose, en conclut-elle. C'était sûrement plus viril à ses yeux qu'une boutique qui vendait du bonheur entre les pages.

— Nina ?

Elle, au moins, ne la laisserait pas tomber… Mais son amie affichant une mine dubitative, elle tourna la tête vers Verity, cherchant à la sonder, mais celle-ci haussa les épaules.

— Eh bien… Pourquoi pas *Crime, écrivit-elle* ? suggéra finalement Nina. Même si je suppose que tous les auteurs de polars ne sont pas des femmes.

Tom leva alors la tête et regarda Posy droit dans les yeux.

— Et que pensez-vous de *Lecteur, je l'ai tué* ? demanda-t-il d'un ton provocateur qui ne lui ressemblait pas du tout.

Verity réprima un petit rire, et Nina pouffa. Même Sam, qui assistait à la réunion contraint et forcé, car il estimait que Posy avait tort de tromper Sebastian, elle qui le grondait toujours quand il lui mentait sur ses devoirs, ne put retenir un sourire narquois, derrière la mèche de cheveux qui lui barrait le visage.

— Ce n'est pas drôle, Tom, décréta Posy d'un air sévère.

Sebastian décochait à ce dernier un regard légèrement dédaigneux.

— C'est une blague entre vous ? questionna-t-il en fronçant les sourcils. Je ne comprends pas.

— Normal, intervint Pippa, qui était demeurée silencieuse jusque-là. C'est une citation de *Jane Eyre*, un roman écrit par une femme du XVIIIe siècle, Sebastian. Il n'y a aucun risque pour que tu l'aies lu, donc revenons à nos moutons, si vous le voulez bien.

Décidément, cette Pippa lui plaisait, pensa Posy, aux anges.

— Continuez, ajouta-t-elle, votre projet m'intéresse vraiment.

— Entendu, reprit Posy. Gardons *Poignard sanglant* pour aujourd'hui, concéda-t-elle sans enthousiasme.

En réalité, cette comédie commençait déjà à lui peser.

— Je suis certaine que nous trouverons mieux dans quelques jours. Nous pourrons ainsi prendre contact avec le tatoueur de Nina qui doit créer notre logo et commander nos nouveaux stocks. D'accord ?

Un murmure d'approbation parcourut la petite assemblée, mais Pippa releva la tête de sa tablette et posa sur Posy un regard dubitatif.

—Vous allez confier le logo que vous utiliserez pour toute votre publicité à un tatoueur ? s'enquit-elle avec hauteur.

Ou plus exactement à la façon dont lady Bracknell dans *De l'importance d'être constant* aurait posé une question au sujet d'un sac à main, songea Posy.

—Êtes-vous certaine que ce soit une idée judicieuse ? ajouta-t-elle.

Nina haussa les épaules avec ostentation.

—Naturellement ! C'est un artiste formidable.

Et elle brandit d'abord son bras portant le tatouage des *Hauts de Hurlevent*, puis celui d'*Alice au pays des merveilles* à l'intention de Pippa.

—En plus, il nous le fera gratuitement, précisa-t-elle. Bon, on continue, sinon on n'aura toujours pas abordé les questions importantes dans une heure ? Donc je pense que ce serait bien d'avoir un club de lecture qui se retrouverait à la librairie une fois par mois et voterait pour le meilleur polar.

Posy acquiesça d'un hochement de tête.

—C'est une très bonne idée, en effet, enchaîna-t-elle d'un ton faussement enjoué (et qui frôlait en réalité l'hystérie). Et le choix du jury figurerait sur la page d'accueil de notre site.

—Es-tu en train de dire que nous allons relancer le site en même temps que la librairie ? demanda Nina.

Bravo! Elle semblait enfin avoir saisi l'esprit de la réunion!

—Ce n'est pas trop tôt! poursuivit-elle. Évidemment, on ne pourra pas mettre en ligne tout le catalogue, mais peut-être nos cinquante meilleurs titres?

—J'aime beaucoup cette idée, intervint Pippa. Parlons un peu de ce site.

—Sam, tu veux bien nous faire part des projets exaltants que tu as pour le site? demanda Posy.

Et elle se rendit compte que sa voix donnait l'impression qu'elle frisait la crise de nerfs. Or, si elle-même le percevait…

—Quoi! Tu veux dire qu'il faudrait que je vous explique tout depuis le début? Écoute, Posy, ne t'inquiète pas pour le site, je gère.

Et Sam poussa un soupir si profond que sa frange fit un looping, tandis que le silence retombait dans la pièce…

—OK, concéda-t-il d'un ton contrarié. Sophie va créer les comptes Twitter et Instagram de la librairie, peut-être aussi un compte Tumblr, et d'ailleurs je ne sais pas pourquoi elle ne participe pas à la réunion. Elle aussi fait partie du personnel!

—Elle a un contrôle d'histoire demain, expliqua Posy. (Sam détourna immédiatement la tête.) Et d'ailleurs, cela signifie que toi aussi, non?

—Ça aussi, je gère, lui assura-t-il, les yeux rivés au plafond.

Posy prit alors son air le plus sévère, et Nina ricana de nouveau.

— Tu en es bien certain ?

Cette fois, leurs regards se croisèrent, et chacun soutint celui de l'autre jusqu'à ce que Pippa tape dans ses mains.

— Passons au point suivant ! conseilla-t-elle. Pas d'énergie négative, s'il vous plaît les enfants, nous avons besoin de pensées positives concernant les actions à entreprendre, OK ? Tom, tu as quelque chose à proposer ?

Posy lâcha Sam des yeux, tout en lui faisant comprendre en silence qu'elle n'en avait pas fini avec lui, et concentra son attention sur Tom qui, absorbé lui aussi par la contemplation du plafond, cillait et bougeait les lèvres comme s'il tentait de se rappeler un scénario.

— Oui, dit-il enfin sur le ton de qui reprend une conversation interrompue indépendamment de sa volonté. Nous aurons donc un jury de lecteurs, des dédicaces d'auteurs, et quoi d'autre encore ? (Il ne fournissait aucun effort pour paraître spontané et enthousiaste.) Ah oui, j'y suis ! Des sacs en toile.

— J'adore ! s'exclama Pippa. Et vous, Verity, qu'en pensez-vous ? On ne vous a pas encore entendue.

Celle-ci haussa les épaules si haut qu'elles en touchèrent presque la pointe de ses lobes, et Posy sentit son cœur se serrer pour elle. Ce brainstorming représentait le pire cauchemar de son amie !

La jeune femme déglutit plusieurs fois de façon frénétique, puis commença d'une voix aiguë :

— *Bookends*...

Après quoi, elle se laissa retomber contre le dossier du canapé et tenta de se faire la plus petite possible.

Posy estima qu'il était temps de conclure avant de perdre non seulement la volonté de concrétiser le projet, mais aussi celle de vivre !

Sebastian ne s'était pas encore manifesté jusqu'alors, mais à en juger par les regards sinistres qu'il décochait à l'assemblée et les mots qu'il marmonnait dans sa barbe, il prévoyait d'intervenir sous peu. C'était d'ailleurs un miracle qu'il ait tenu sa langue si longtemps… Pippa l'avait peut-être menacé de taillader son costume avec des ciseaux !

— Je pense que nous pouvons lever la séance, déclara hâtivement Posy. Pippa, je vous adresserai par mail le planning de notre projet afin, si ça ne vous dérange pas trop, que vous y jetiez un coup d'œil et vous assuriez que nous n'avons rien oublié. Je ne voudrais pas abuser davantage de votre temps, pour ce soir.

— Il est vrai que le temps est une des ressources les plus précieuses de la vie, commenta l'intéressée, mais j'ai beaucoup d'estime pour vous, Posy, tout comme pour votre travail, et je suis heureuse de vous accorder un peu du mien.

Ne sachant trop que répondre, ni ce que ces paroles signifiaient exactement, elle se contenta d'ânonner un vague merci, tandis que l'on s'agitait brusquement sur le canapé, là où, pendant une bonne heure, une bien troublante assemblée de paresseux avait siégé : Tom, Nina et Verity avaient en effet bondi sur leurs pieds, enfilé leur manteau, et ils se dirigeaient vers la sortie à une vitesse supersonique.

— On se retrouve là-bas, lança Nina par-dessus son épaule, tout en se chamaillant avec Tom pour sortir la première.

Puis les pas des trois compères résonnèrent dans la cour qu'ils traversèrent en courant, comme s'ils redoutaient que Posy ne les rattrape pour qu'ils discutent plus en détail des sacs en toile.

— Est-ce que je peux aller « là-bas », moi aussi ? demanda Sam. Parce que j'ai déjà révisé pour le contrôle d'histoire, il suffira que je relise la leçon demain au petit déjeuner. Et puis je m'y connais en sport.

Cela créerait un précédent bien fâcheux, si elle acceptait que Sam les accompagne au pub la veille d'un contrôle qu'il n'avait sans doute pas aussi bien révisé qu'il le prétendait, mais en même temps, il venait de lui opposer un argument massue : combien de fois n'avaient-ils pas pris une déculottée au quiz du *Midnight Bell* parce qu'ils avaient des lacunes en sport ? Décidément, il était au-dessus de ses forces de se disputer avec son frère, ce soir.

— Oui, entendu, vas-y, concéda-t-elle du bout des lèvres.

Mais ce dernier avait déjà regagné le seuil de la librairie avec son habituel boitillement dû à ses chaussures trop petites. Elle devait absolument le rassurer à ce sujet : ils iraient faire du shopping, le samedi suivant.

Il ne restait donc plus que trois personnes : Pippa penchée, sourcils froncés, sur sa tablette, Sebastian dont l'expression était en train de passer de la raillerie à la mauvaise humeur, et elle-même. Elle ferma les yeux pour compter jusqu'à cinq, mais n'eut pas le temps d'atteindre deux…

— Vire-les ! tonna Sebastian. Vire-les tous ! Où as-tu trouvé cette bande de pieds nickelés ? Dans le cadre d'un programme de soutien aux inadaptés ? Dis-moi, tu leur verses vraiment un salaire ?

Il fit mine de brasser de l'air avec ses mains, puis leva les yeux au ciel avant de s'éponger le front à l'aide de sa pochette.

— Franchement, je ne pensais jamais dire ça un jour, mais il est grand temps qu'on rétablisse le service militaire dans ce pays !

— Oh, pauvre Sebastian ! s'exclama alors Pippa d'une voix dénuée de la moindre compassion. Et tu gardes ça sur l'estomac depuis une heure ?

— Et je ne fais que commencer ! s'écria-t-il.

En trois enjambées, il fut à la hauteur de Posy et la saisit par les bras.

— Il faut absolument que tu te débarrasses d'eux, poursuivit-il. Ils n'ont aucune déontologie !

Posy se dégagea vivement de son étreinte.

— Bien sûr que si ! *(Évidemment, ils ne se sont pas montrés sous leur meilleur jour lors de la réunion.)* Seulement, ils ne sont pas très inspirés par un brainstorming concernant une librairie qui va se spécialiser dans le polar, puisque aucun d'eux n'en lit. Je te rappelle que le projet initial concernait la romance, précisa-t-elle à l'intention de Pippa.

Celle-ci regardait avec consternation un papier de bonbon oublié sur le sol.

— Désolée, ajouta Posy, mais je n'ai pas eu le temps de balayer avant votre arrivée.

— Comme si tu savais manier un balai, ironisa Sebastian.

— Je vois au moins deux façons de l'utiliser, répliqua-t-elle d'un ton cinglant. Donc, mes employés sont très motivés, si tant est qu'on ne les entraîne pas de force dans un projet qui ne les intéresse pas.

— De force ? répéta Pippa. Donc ils n'approuvent pas le projet de Sebastian de transformer la librairie en une centrale du crime ?

— Pas vraiment…

— Notre projet, rectifia Sebastian d'un ton blessé. Tu as reconnu toi-même, Tignasse, que c'était une idée fantastique. Qu'il existait un immense marché pour le roman noir, que c'était une aventure palpitante et que tu adorais l'idée des sacs en toile.

— Ça, c'est vrai, j'approuve totalement les *tote bags* ! dit Posy.

D'ailleurs, elle aurait aimé en avoir un à portée de main pour enfouir la tête dedans et fuir le regard sérieux de Sebastian, car sa chemise vert mousse opérait des merveilles sur ses yeux bruns pailletés d'émeraude !

— Et l'idée d'une librairie spécialisée dans le polar t'emballait aussi, il me semble, insista-t-il.

Posy s'apprêta alors à prononcer le mot « non » et à tout lui avouer. Mais au moment où le « n » se formait sur son palais, elle se rappela que Sebastian ne saisissait pas la signification de cet adverbe de négation, tout comme il ignorait superbement le prêt-à-porter ou le café instantané. En outre, même si elle n'y connaissait rien en gestion de projet, Pippa lui semblait très douée dans sa partie, et elle avait besoin d'une femme de sa trempe, en ce moment crucial de son existence. Et puis la journée avait été longue, elle était lasse et avait envie d'un bon verre de vin au *Midnight Bell*, avec son nom écrit dessus, comme c'était le cas pour les habitués. Elle n'avait donc pas le temps de dire « non », préférant recourir à la formule qui avait si bien fonctionné la fois précédente.

— Bien, puisque tu le dis, éluda-t-elle.

— J'ai besoin que vous vous engagiez à cent pour cent, Posy, reprit Pippa. Comme l'a affirmé la philosophe Ayn Rand : « La question n'est pas de savoir qui va me laisser faire, mais qui va m'arrêter. »

Elle avait renfilé sa veste orange et se trouvait à présent près de la porte, visiblement désireuse de s'en aller, elle aussi. Sebastian avait raison, elle aimait les citations édifiantes, mais il était préférable de ne pas la contredire, surtout si elle détenait le pouvoir de le mater ; peut-être lui dévoilerait-elle son secret un jour.

— Je suis tout à fait partante pour la restructuration de la librairie, décréta Posy d'un ton ferme (ce qui n'était nullement un mensonge dès l'instant où elle n'en précisait pas la nature). Pourrons-nous nous revoir en début de semaine prochaine, quand vous aurez pris connaissance de notre planning ? D'après Verity, il faut que nous soyons prêts pour fin juin, mais je trouve ça un peu prématuré.

—Nous en reparlerons effectivement la semaine prochaine, promit Pippa avec un calme impressionnant.

La date qu'elle venait de lui donner ne paraissait pas inquiéter sa future collaboratrice, de sorte qu'elle espérait que celle-ci lui apprendrait aussi à conserver son flegme en toutes circonstances.

—Bon, ne devez-vous pas maintenant rejoindre les autres « là-bas » ? ajouta-t-elle.

—Oui, bien sûr !

—C'est où, « là-bas » ? Je peux me joindre à vous ? questionna Sebastian.

—Ah non alors ! trancha Posy d'un ton horrifié.

Et elle éteignit les lumières, se promettant de ramasser le papier de bonbon plus tard.

—De toute façon, c'est un événement réservé aux libraires, tu t'ennuierais à mourir, précisa-t-elle. Tu n'as donc nulle part où passer la soirée ?

—Et me priver de ta charmante compagnie, Tignasse ?

Il baissa la tête... et ne bougea pas d'un centimètre !

—Bon, moi, j'y vais ! annonça Pippa. Sebastian, pousse-toi de là !

Et par un miracle incroyable, aussi prodigieux que la multiplication des pains, Sebastian consentit enfin à se diriger vers la sortie.

— Comment se fait-il que Sam soit autorisé à assister à un événement rasoir «réservé aux libraires» et moi non? s'insurgea-t-il néanmoins. Et quel rapport avec ses connaissances en sport?

— Je pourrais te fournir des explications, mais c'est un peu compliqué. Oui, assommant et compliqué, répéta Posy (en fermant enfin la librairie à double tour). Mais qu'est-ce qui te prend, Sebastian? On pourrait croire que tu recherches ma compagnie.

— Je ne vois pas du tout qui pourrait penser ça, riposta-t-il d'un ton hautain.

Posy aurait aimé échanger encore quelques reparties bien senties avec lui, mais il était presque 19 heures, et elle risquait de manquer le début du quiz.

— Je vais être en retard, vraiment très en retard, je dois filer, déclara-t-elle. J'ai été ravie de vous rencontrer, Pippa.

Et sur ces mots, elle traversa la cour à toute vitesse, tourna à l'angle de la rue sans ralentir et, quelque cent mètres plus loin, s'engouffra en trombe dans le *Midnight Bell*, pour échapper à toute éventuelle poursuite de Sebastian.

Abusée par un libertin

Alors que Posy gravissait en toute hâte l'imposant escalier de Thornfield House, la demeure londonienne de lord Thorndyke, elle sentit la peur l'envahir comme une fine bruine vous pénètre.

La gouvernante de celui-ci l'introduisit dans la bibliothèque : c'était une maîtresse femme, qui donnait l'impression que sa robe noire sans apprêt était à la dernière mode à Paris et qui répondait au nom de Pippa (note à moi-même : trouver le nom de famille de Pippa). Posy eut la subite sensation d'être à l'étroit dans le corsage de sa modeste robe grise, et redouta un instant de s'évanouir.

Mais Posy Morland, orpheline et tutrice de son jeune frère Sam, âgé de quinze ans, et héritière d'une série de dettes fâcheuses, n'avait jamais eu un tel malaise, et ne nourrissait par ailleurs nulle intention stratégique d'y recourir lors de cette démarche cruciale.

Elle inspira donc deux profondes bouffées d'air, remarqua qu'une légère odeur de cigare flottait dans l'atmosphère puis, avisant une bibliothèque, se dirigea, reconnaissante, vers celle-ci.

Elle ne ressentait ni peur ni solitude dans une pièce pleine de livres. Du bout de ses doigts fins, elle caressa leur tranche en cuir légèrement abîmé. Qui aurait pu imaginer qu'un roué, un vaurien, un voyou de la trempe de Thorndyke possédât une collection si bien fournie ?

À peine eut-elle formulé cette question silencieuse que la porte s'ouvrit brusquement et qu'il se matérialisa devant elle, tout de noir vêtu, semblable à un ange déchu.

— Miss Morland, dit-il de sa voix au timbre aussi sombre que retentissant. Quel plaisir inattendu !

— Lord Thorndyke, répondit-elle d'un ton posé (en dépit de son cœur qui s'affolait, et de sa poitrine qui se soulevait et s'abaissait de façon visible). Pardonnez-moi de vous déranger, mais je suis venue vous proposer un marché.

— Vraiment ?

Aspirant tout l'air de la pièce à chacune de ses enjambées, il vint se planter sous son nez, de sorte qu'elle se retrouva prisonnière entre son hôte et les livres alignés sur l'étagère ; ceux-ci ne lui parurent subitement plus des amis, mais les témoins de son abjecte humiliation. De sa haute stature, Thorndyke plongea son regard hautain dans le sien, et elle se fit l'effet d'une biche piégée.

— Un marché, dites-vous ? Vous m'intriguez, ma chère !

— Cela n'a pourtant rien d'une intrigue, répliqua-t-elle.

225

Adossée à la bibliothèque, elle eut tout juste la place d'ouvrir son réticule pour en sortir son trésor.

— J'ai pensé, enfin, j'espère que vous serez assez accommodant pour accepter ces objets en gage des cinquante guinées dont je vous suis redevable, et que vous me réclamez si désespérément, même si cela représente une somme dérisoire pour vous. Une goutte d'eau dans l'océan de votre fortune, conclut-elle dans un souffle furieux.

— Allons, allons, ma chère Miss Morland, si vous misez sur ma souplesse, il convient d'employer des façons plus conciliantes, renchérit-il d'un ton traînant, en haussant un sourcil diabolique.

Puis il donna une chiquenaude au petit paquet enveloppé de mousseline qu'elle serrait dans ses mains.

— Je vous suggère donc de me montrer ce que vous cachez là.

Capitulant dans un soupir las, Posy lui révéla alors une fine alliance en or, un médaillon et une broche ornée de grenats.

— Ces bijoux appartenaient à ma défunte mère, l'informa-t-elle. Ce sont les seuls objets de valeur que je possède, aussi je vous implore – non, je vous conjure – de les accepter comme signe de ma bonne foi et de la preuve que j'honorerai les dettes de mon père. Si je n'y suis pas parvenue d'ici à douze mois, considérez-les comme vôtres et disposez-en à votre guise.

Et que le diable vous emporte! ajouta-t-elle en silence.

— Que voulez-vous que je fasse de ces bagatelles, ces colifichets quand vous détenez de bien plus grandes richesses à troquer? répliqua-t-il.

Et, avant qu'elle ne lui intime de s'expliquer, n'ayant pas la moindre connaissance des richesses qu'elle aurait supposément possédées, il pencha la tête si près de sa joue qu'elle sentit la caresse de son haleine tiède sur sa peau.

— Je vous propose, mon adorable Miss Morland, de venir réchauffer mon lit, de vous réfugier dans mes bras chaque fois que, durant ces douze mois, j'aurai besoin de vous; vous pourrez ensuite estimer votre dette réglée.

Sur ces mots, et alors que Posy scrutait, médusée, ses traits à l'expression aussi cruelle qu'amusée, il l'attira contre lui et pilla sans vergogne sa bouche, qu'elle venait précisément d'ouvrir pour protester contre son ignoble requête.

Chapitre 10

P osy put à peine fermer l'œil le reste de la semaine : comment aurait-elle pu trouver le sommeil alors qu'elle était tenaillée par l'horreur que sa propre personne lui inspirait, eu égard à la sordide histoire qui se déversait d'elle chaque fois qu'elle avait un quart d'heure de libre et qu'elle s'installait devant son ordinateur ?

Et si elle parvenait à s'accorder une petite sieste, elle devait affronter des rêves où Sebastian et elle s'enlaçaient passionnément, équipés d'atours Régence. Elle s'en éveillait paniquée, en suffoquant, le corps brûlant comme si elle subissait les assauts d'une ménopause précoce, et déplorait déjà de passer la nuit suivante à chercher en vain le repos… et à étouffer cette voix intérieure et insistante qui se demandait si Sebastian embrassait aussi merveilleusement bien dans la vraie vie.

Le samedi matin, épuisée et affreusement honteuse de ses pensées intimes, elle n'était pas du tout d'humeur à faire les boutiques à Oxford Street. Elle aurait encore préféré qu'on lui dévitalise des dents sans anesthésie ! Cependant, en tant que tutrice légale de Sam, elle se devait de lui acheter au plus vite de nouvelles chaussures dans lesquelles il pourrait marcher correctement, sous peine de voir les services sociaux s'en mêler.

Forte de ses expériences amères et de ses grossières erreurs passées, elle avait compris qu'il était préférable de ne pas aviser Sam à l'avance d'une éventuelle séance de shopping qui ne concernait ni la nourriture ni les jeux vidéo, sans quoi il prétendait, le jour venu, être grippé, ou bien s'inscrivait à une activité scolaire pendant le week-end et, de manière générale, mettait tout en œuvre pour échapper à une telle expédition. Il fallait donc le prendre par surprise.

Aussi, le samedi matin, quand tout le personnel fut arrivé, le saisit-elle par le bras au moment où, posté nonchalamment au bas des marches, il commença à lancer des regards langoureux à Petite Sophie, tout en empestant l'atmosphère avec le spray déodorant infect dont il s'aspergeait pour séduire les filles.

—Voici ton manteau! lui dit-elle en lui tendant son anorak. On va faire du shopping.

—À *Sainsbury's*? questionna-t-il. (Et il plissa les yeux d'un air suspicieux.) On va acheter de la nourriture?

—Oui, sur le chemin du retour, quand on aura trouvé des chaussures et un pantalon. À propos, tu as besoin de nouveaux sous-vêtements?

Sam poussa un gémissement comme s'il venait de se coincer les doigts dans la porte.

Posy balaya la librairie du regard pour découvrir que Sophie était juste derrière elle, en train de réapprovisionner les étagères abritant les dernières parutions.

— Ce n'est rien, lui assura celle-ci d'un ton apaisant. Je n'ai absolument rien entendu au sujet des sous-vêtements de Sam.

— Ce que tu es pénible! marmonna ce dernier entre ses dents. Je n'irai nulle part avec toi. Et certainement pas après ce qui s'est passé la dernière fois.

— C'était ta faute, pas la mienne!

Lors de leur précédente sortie shopping qui remontait aux soldes de janvier, ils en étaient presque venus aux mains concernant la définition d'un pantalon convenable pour aller à l'école. Sam avait ensuite refusé d'entrer chez *Gap*, et elle avait été contrainte de lui montrer sa sélection à travers la vitrine et de brandir les vêtements les uns après les autres pour qu'il les inspecte. Elle avait alors malencontreusement déclenché le système d'alarme et avait été accusée de vol à l'étalage. Toutefois, quand elle eut plaidé sa cause, le responsable de la sécurité s'était montré très sympathique – il avait lui-même un fils adolescent – et avait conduit Sam d'un pas énergique vers les cabines d'essayage, puis monté la garde jusqu'à ce que celui-ci choisisse enfin un pantalon. Ce fiasco avait coûté dix ans d'espérance de vie à Posy.

— Ton pantalon est trop court, reprit-elle, tu ne peux plus marcher dans tes chaussures, donc nous allons faire du shopping! Fin de la discussion.

Mais ils se querellaient déjà alors qu'ils n'étaient pas sortis de la librairie, ce qui n'augurait rien de bon.

— Je peux tout à fait marcher dans ces chaussures, affirma de nouveau Sam en effectuant quelques pas hachés. Regarde !

— Non, tu ne marches pas, tu sautilles ! rétorqua-t-elle.

Puis, estimant qu'il convenait d'essayer une autre approche, elle poursuivit :

— Voici ce que je te propose : je t'autorise à aller chez Pantin pour une soirée pyjama, ce soir, donc dis-toi que c'est une sorte d'épreuve obligatoire qui te permettra en compensation de jouer toute la nuit à *Grand Theft Auto*.

Même sous sa mèche, elle le vit rouler des yeux. Il avait autant besoin de vêtements neufs que d'une coupe et d'une visite chez le barbier, mais lui imposer tout cela en une seule journée serait un peu exagéré !

— Tu m'autorises à dormir chez Pantin juste parce que tu veux sortir et boire, riposta Sam d'un ton hautain. Et ce n'est pas une soirée pyjama, nous n'avons plus dix ans ! On se défoule un peu, puis on se pieute.

— Tralalalala ! se mit-elle à chanter d'une voix aiguë pour couvrir ses propos.

Le carillon de la librairie venait en effet de résonner, même si elle n'ouvrait que dans dix minutes.

— Tiens, Sam ! Comment comptes-tu échapper à ton dictateur en jupons ? demanda une voix qui fit immédiatement rougir Posy, comme si mille soleils brûlants s'étaient levés.

— Sebastian ! s'écria-t-il d'un ton jubilatoire.

231

Et il se dégagea en se tortillant de la poigne de Posy qui fut contrainte de se retourner, même si elle aurait préféré continuer à lui montrer le dos. Seulement, elle était une adulte, à présent, et les adultes devaient parfois surmonter leurs réticences. De fait, cela lui arrivait bien plus souvent qu'elle n'aurait voulu.

Sebastian était tout de noir vêtu, comme dans le dernier épisode de son roman (si tant était que l'on pouvait nommer ainsi les divagations d'une femme qui avait sacrément besoin de se changer les idées!). Et comme c'était le week-end, il avait sacrifié ses richelieus à des Converse aussi noires que son costume.

— Tu as vu quelque chose qui te plaisait, Tignasse?

Était-elle en train de baver d'admiration devant lui? Euh… Elle craignait fort que oui, avec ses joues toutes roses et sa bouche ouverte.

— Pas du tout! se défendit-elle avant de se souvenir de sa pique et de riposter : Et il ne s'agit pas d'une dictature en jupons, mais d'une démocratie!

— Non, ça s'appelle un État totalitaire! argua Sam.

— Eh bien, tu devras l'accepter jusqu'à tes dix-huit ans, tu n'as pas vraiment le choix!

— Ça alors, ai-je surpris une dispute de vieux couple? On dirait en tout cas que je suis arrivé à point nommé pour te sauver, Sam.

Et sur ces mots, il fit jaillir deux billets de sa poche.

— J'ai des invitations pour tester des jeux sous le parrainage de Q&A, à l'ICA[1], ce matin. Ça te tente?

1. ICA : Institute of Contemporary Arts

Sam était déchiré, Posy le constata, tout en sentant bien que ses projets ne pesaient pas lourd face à son nouveau dieu qui brandissait un sésame pour un colloque sur les jeux vidéo.

Il la regarda avec un air de chien battu.

—S'il te plaît, Posy, parvint-il à articuler. C'est une opportunité éducative, tu sais. Et je te promets de faire du shopping demain avec toi, si tu n'as pas la gueule de bois. J'entrerai dans toutes les boutiques de ton choix et je ne ferai pas l'impertinent.

—S'il te plaît, Posy, plaida à son tour Sebastian, autorise Sam à venir avec moi. Je te promets que je le ramène avant la nuit.

Bien obligée de reconnaître ta défaite, Posy! pensa-t-elle, avant de concéder :

—Très bien, tu peux y aller. Je vais te donner de l'argent.

—Arrête tes histoires, Posy! s'impatienta Sebastian en enlaçant Sam par l'épaule pour l'entraîner vers la porte. Je prendrai bien soin de lui, et toi de notre librairie.

Posy passa les heures suivantes à se ronger les sangs, redoutant que Sebastian n'ait oublié Sam à l'arrière d'un taxi, ou l'ait abandonné si leur chemin avait par malheur croisé celui d'une séduisante blonde. Dans cet état d'esprit, elle parvint malgré tout à cocher au moins dix tâches sur sa liste, même s'il en restait encore une centaine, mais le « notre librairie » claironné par

Sebastian, alors que c'était sa librairie à elle, l'avait incitée à passer à l'action.

Quand elle eut fini d'écrire un texte pour le nouveau site Internet, il était 16 heures et son petit frère n'avait toujours pas donné signe de vie ! Dans quel bouge le personnage le plus grossier et le plus irresponsable de Londres l'avait-il emmené ? Elle finit par lui envoyer un texto en allant précipitamment s'acheter une paire de collants, après s'être souvenue qu'elle sortait le soir même et qu'elle devait se laver les cheveux.

Où es-tu ?

J'vais pas tarder.

Telle fut la réponse de Sam, accompagnée d'une série d'émojis, qui auraient tout aussi bien pu être du martien, puisqu'ils lui étaient parfaitement inintelligibles.

Dix-huit heures approchaient, et Posy était sur le point d'appeler la police pour signaler la disparition de Sam, quand ce dernier et Sebastian déboulèrent par la porte de derrière.

Posy, qui venait juste de se doucher – elle portait une élégante robe noire et avait encore des rouleaux dans les cheveux –, vint se planter en haut des marches, les mains sur les hanches.

— Tu crois que c'est une heure pour le ramener ?

— J'avais dit avant la nuit. En théorie, le soleil se couche à 18 h 03, donc nous avons même un peu d'avance, l'informa Sebastian tandis que Sam montait l'escalier.

Elle aurait eu beaucoup à redire, mais en apercevant la mine réjouie de son frère, elle jugea que ses doléances pouvaient attendre : il y avait en effet si longtemps qu'elle ne l'avait pas vu aussi heureux. Un large sourire fendait son visage d'une oreille à l'autre.

— Tu t'es bien amusé ? demanda-t-elle.

— Posy, c'était le meilleur jour de ma vie ! Le plus génial !

Sebastian, qui lui avait emboîté le pas, passa à son tour devant elle, et quand sa manche effleura son bras, elle piqua un fard. Mais il s'était déjà affalé sur le canapé, après avoir soigneusement posé sa veste sur une chaise.

— Mets l'eau à bouillir, Tignasse ! Je veux vérifier si ton thé est aussi imbuvable que ton café.

— Pourquoi ne vas-tu pas en boire un chez toi ? marmonna Posy.

Sam lui adressa de nouveau un grand sourire et elle remarqua alors que son visage n'était plus obscurci par un rideau de cheveux.

Elle cligna des yeux. Non, elle ne rêvait pas… Son menton n'était plus recouvert d'un affreux duvet ! Sam subit son inspection sans piper mot, puis se mordit la lèvre quand elle laissa glisser son regard un peu plus bas, sur son jean et sa paire de baskets flambant neufs, ainsi que sur les sacs jaunes de chez *Selfridges*, à ses pieds.

À présent, elle était cramoisie pour des raisons bien différentes.

— Je ne comprends pas, reprit-elle d'un ton tendu. Tu gémis comme un agonisant quand je veux t'emmener faire du shopping et tu vas dévaliser *Selfridges* en compagnie de Sebastian. *Selfridges*! Combien d'argent a-t-il dépensé pour toi?

— Posy, commença Sam à voix basse, allons dans la cuisine, s'il te plaît.

Une fois qu'ils en eurent fermé la porte, et que les sacs furent posés sur la table, Sam lui en montra le contenu: un costume noir dernier cri, des chemises, des cardigans, une paire de chaussures de marche à semelles épaisses avec encore leurs étiquettes. Il y avait aussi des produits de toilette, comme un déodorant, un gel douche, un kit de rasage et un flacon de parfum Tom Ford, ce qui donna à Posy l'envie d'éclater en sanglots.

— Sebastian m'a conseillé de ne pas en mettre trop, parce que les filles n'aiment pas quand on s'en asperge, et il m'a aussi dit que je devais cultiver mon côté geek, car…

— Assez! l'interrompit-elle en secouant la tête. Tu vas tout lui rendre! Tout, tu m'entends bien? J'espère que vous avez gardé les tickets de caisse. Comment as-tu pu accepter qu'il dépense autant d'argent pour toi?

— Mais je ne voulais pas, seulement il est impossible de lui dire non!

Là, son frère ne lui apprenait rien!

— Il a décrété que, comme je n'avais pas de parents ni de fortune, je n'avais pas eu tous les cadeaux qui me revenaient pour mon anniversaire et à Noël, donc qu'il rétablissait l'équilibre. Il m'a aussi emmené chez un barbier qui m'a appris à me raser. Tu sais, Posy, ce n'est pas contre toi, tu es géniale, mais je n'osais pas te questionner à ce sujet, et puis tu te coupes toujours quand tu te rases les jambes, or le visage, c'est bien plus compliqué ! Mais pourquoi tu es toute rouge ? Oh, tu ne pleures pas quand même ?

—Bien sûr que non ! se défendit-elle en reniflant, les yeux embués de larmes.

Lorsqu'elle avait eu ses règles pour la première fois à quatorze ans, alors qu'elle se changeait après un cours d'éducation physique, elle avait couru à la maison pour en informer sa mère. Elles en avaient parlé toute la journée, les produits hygiéniques nécessaires ayant déjà été achetés à son intention depuis longtemps par sa mère, mais elle n'arrivait toutefois pas à se remettre du choc. Elle était terrifiée, comme si elle venait subitement de quitter le monde douillet de l'enfance pour pénétrer dans celui des adultes, car elle n'était absolument pas prête pour ce bouleversement.

Elle avait pleuré comme la petite fille qu'elle était toujours dans les bras de sa mère, et le samedi suivant, celle-ci avait confié Sam, qui ne tenait pas encore debout tout seul, à la garde de Lavinia et de Perry, pour passer la journée avec elle. Toutes les deux étaient allées chez *TopShop* acheter du maquillage, chez *Marks & Spencer* choisir de la lingerie, et elles avaient fini à la *Pâtisserie Valérie* à l'heure du thé. À leur retour, son père avait organisé une petite fête, à laquelle il avait convié Lavinia, Perry et les employées de la librairie, et elle avait eu droit de boire sa première coupe de champagne.

Sa mère avait su transformer un événement nouveau et terrifiant en un souvenir agréable.

Alors qu'elles revenaient à *Bookends*, après s'être bien régalées de gâteaux, elle lui avait dit :

— Je suis impatiente de découvrir la femme que tu vas devenir. Je suis convaincue qu'elle sera aussi intelligente et drôle que tu l'es déjà. Je sais aussi que tu deviendras exactement celle que tu as envie d'être, et sache que je serai toujours là pour toi, Posy. Même les plus accomplies des femmes sont parfois effrayées et indécises, et ont besoin que leurs mamans les embrassent et les câlinent.

Si ses parents avaient encore été en vie, nul doute que Sam et son père auraient passé une journée similaire, ensemble. Ils auraient sans doute négligé le sujet des avantages du tampon sur la serviette hygiénique au profit d'une leçon sur la façon de se raser de près, mais ils auraient eu une discussion sur l'homme qu'il allait devenir et les transformations qui l'attendaient. Même si Posy était prête à tout pour son frère, certains domaines ne relevaient absolument pas de sa compétence, et voilà que, parmi toutes leurs connaissances, il avait fallu que ce soit Sebastian qui entre en scène.

Aussi ravala-t-elle sa fureur et adressa-t-elle un sourire à Sam.

— Tu as donc passé une bonne journée ?

— Oh oui, et je ne t'ai pas encore parlé des tests de jeux vidéo ! s'exclama-t-il.

Et il fourra tous les vêtements de designers dans leurs sacs, sans se préoccuper de les plier soigneusement.

— Mais bon, poursuivit-il, tu ne comprendrais pas la moitié de ce que je pourrais te raconter, alors que Pantin… À propos, je peux toujours aller chez lui, ce soir ?

— Bien sûr ! répondit-elle.

D'une part, elle comptait plus que jamais sortir et boire de la vodka suédoise toute fraîche en compagnie de Suédois bien chauds, et d'autre part, à cet instant, Sam aurait pu lui demander tout ce qu'il voulait… mais elle se garderait bien de le lui avouer !

— Et je vais te donner des petites choses à grignoter de chez *Sainsbury's*, à partager avec Pantin.

Ce n'était pas un en-cas conçu par le dernier chef en vogue, mais des sachets de chips, une tablette de chocolat et un paquet de bonbons Haribo que Sam saisit avec empressement, lui donnant même un bref baiser sur la joue au passage. Alors Posy fit enfin bouillir l'eau du thé.

Elle prépara avec une attention toute particulière le thé de Sebastian, s'assurant que le sachet infusait suffisamment, puis elle ajouta du lait frais, et non celui qui était entamé et traînait au frigo depuis une semaine. Mais ses efforts ne furent pas appréciés à leur juste valeur…

— Bon sang, j'ai cru que tu étais allée en Inde acheter le thé ! gémit son « invité » quand elle revint au salon avec leurs deux tasses.

Elle lui en tendit une.

— Ce n'est pas de l'Earl Grey, ajouta-t-il.

— Si, de la marque Tetley, précisa-t-elle d'une voix égale. (Elle lui tendit vingt-cinq livres.) C'est ce que je prévoyais de dépenser pour Sam, je sais que ça ne couvre pas du tout ce que…

— Oh, Tignasse, ne sois pas si lourde ! l'interrompit Sebastian en repoussant l'argent.

Elle posa malgré tout les billets sur la table, en face de lui, mais il n'y prit pas garde et, se radossant à son siège, croisa ses longues jambes, suprêmement à l'aise dans son salon, dans sa vie, avec son petit frère…

— Sam m'a dit que tu ne serais pas capable de faire du shopping avec lui demain, car tu aurais sans doute la gueule de bois. Il paraît que, dans ce cas, tu passes presque toute la journée sur le canapé à regarder des films insipides, et que tu lui demandes de temps à autre de te préparer du thé et des toasts au fromage. Il fallait donc que j'intervienne, puisqu'il n'arrivait plus à marcher avec ses chaussures.

Sam avait vraiment dressé un tableau noir de son état, les lendemains de fête, ce n'était pas si catastrophique, mais bref, là n'était pas la question. Elle avala une gorgée de thé.

— En tout cas, merci de t'être occupé de lui aujourd'hui et de lui avoir acheté tant de choses… Même si tu aurais dû me demander la permission avant.

—Évidemment, tu ne pouvais pas t'en tenir aux remerciements, il fallait que tu me fasses des reproches, répliqua Sebastian.

Et il lui adressa un sourire narquois, par-dessus le rebord de son mug.

Son attitude permit alors à Posy de lui annoncer bien plus facilement le reste de ce qu'elle avait sur le cœur, puisqu'il venait de redevenir le grossier personnage qu'il était habituellement.

—J'aime Sam. Tu peux me priver de la librairie, brûler mes livres, détruire tout ce que je possède, je m'en remettrai, mais si tu fais du mal à mon frère, je serai impitoyable avec toi, Sebastian. Oui, tu le paieras cher, crois-moi, je pratiquerai sur ta petite personne les tortures les plus raffinées, et ferai en sorte que tu souffres le martyre pour le restant de tes jours. Tu comprends ça ?

Sebastian redevint soudain sérieux.

—À vrai dire, je ne saisis pas très bien comment nous sommes passés des remerciements aux menaces de tortures auxquelles tu serais susceptible de soumettre mon pauvre corps sans défense, répondit-il.

—C'est un simple avertissement amical, précisa-t-elle. Tu ne peux pas t'amuser avec Sam quand l'envie t'en prend et le laisser ensuite tomber lorsque ça te lasse. Tu dois avoir conscience que tu ne peux pas le traiter comme une de tes conquêtes féminines.

Visiblement, Sebastian n'apprécia pas son ultime remarque, car il abandonna sa posture détendue et se raidit brusquement ; un curieux éclair passa aussi dans ses prunelles, une lueur qu'elle n'y avait jamais vue.

— Et que sais-tu de mes conquêtes, au juste ? demanda-t-il d'un ton dégagé.

— La moitié de Londres est au courant de tes multiples aventures, puisque tu figures régulièrement à la une du *Evening Standard*, lui rappela-t-elle. Le dernier scandale en date étant cette blonde dont le mari t'a nommé dans la procédure de divorce.

— Oh, celui-là ! Depuis le temps qu'il se tapait sa secrétaire…

— Et cette autre nana, le mannequin, qui a vendu son histoire aux journaux et dévoilé tes jeux sexuels préférés.

Posy marqua une pause – Sebastian affichait de nouveau son expression narquoise – et se souvint alors des propos du top-model sur les manières de ce dernier. Ou plutôt leur absence. « Nous avons fait l'amour cinq fois de suite cette nuit-là, mais il m'a interdit de prononcer le moindre mot. »

Aucun fond de teint n'aurait pu masquer la rougeur qui empourpra ses joues quand elle se remémora cette phrase, et si ç'avait été une scène de ce roman Régence aussi sordide que ridicule qu'elle était en train d'écrire, ç'aurait été celle où Sebastian la prenait dans ses bras et déclarait d'un ton rauque : « Pas un mot de plus, Miss Morland. »

Il était impossible de ne pas voir qu'elle était écarlate, et pourtant Sebastian ne parut pas s'en apercevoir, car il se pencha vers elle, sa tasse sur les genoux, et lui dit avec le plus grand sérieux :

— Cette femme était un vrai moulin à paroles, et je craignais pour ma santé mentale. (Il secoua la tête, comme pour chasser un souvenir.) Bon, peu importe, c'était de Sam dont nous parlions : sache donc que j'ai beaucoup d'affection pour lui. J'ignorais jusque-là qu'un ado de quinze ans ne se réduisait pas à de l'acné et à une masturbation compulsive.

Cette fois, Posy enfouit son visage dans ses mains. Pourquoi n'y avait-il pas dans sa vie un autre candidat pour servir de figure masculine positive à Sam ? Ou même de figure masculine tout court. Elle devrait peut-être réessayer avec Tom, même si la dernière fois qu'elle lui avait demandé d'avoir une discussion amicale avec Sam, ils étaient allés au Starbucks, d'où ils étaient rentrés au bout d'une demi-heure, arborant tous deux des têtes d'enterrement.

— Plus jamais ça, avait décrété Tom d'un air sombre.

— Il n'a parlé que de verrues génitales et de comment s'y prendre pour qu'une fille ne tombe pas enceinte ! s'était plaint Sam de son côté. Je te préviens, je ne veux plus jamais me retrouver en tête-à-tête avec lui !

Il se pouvait que Tom ne soit finalement pas l'homme de la situation, mais pourquoi pas l'adorable Stefan de l'épicerie fine ? Elle lui en toucherait un mot, ce soir, car à la réflexion, c'était un candidat bien plus convenable.

—Ne compte pas détourner Sam du droit chemin, déclara-t-elle d'un air sévère. Il est à un âge où l'on est très influençable.

—Dommage, car j'avais prévu une visite dans une fumerie d'opium pour notre prochaine sortie, mais ça peut sans doute attendre jusqu'à ses seize ans ! (Sebastian haussa un sourcil et l'étudia avec curiosité.) C'est quoi, les trucs que tu as dans les cheveux ?

Et zut ! Elle avait encore ses bigoudis rose fluo alors qu'elle tentait d'imposer sa loi… Comment pouvait-elle être crédible ?

—C'est pour qu'ils ondulent, répondit-elle d'un ton dégagé. Je sors ce soir et je sens que je vais consommer de la vodka à gogo, car tu me pousses vraiment à boire !

—J'ai poussé des femmes à des choses bien pires que s'enivrer ! commenta Sebastian.

Et il croisa de nouveau les jambes, puis se mit à balancer légèrement un pied.

—Un soir, j'ai emmené une femme dans un bouge d'Amsterdam, poursuivit-il. Tu n'as pas idée des horreurs qu'on y a vues.

Il la dévisagea de la tête aux pieds et ajouta :

—C'est ta tenue de sortie ?

Elle portait une robe droite de couleur noire qui masquait ses rondeurs, mais était fendue sur le côté, dévoilant un peu ses cuisses. Elle fut immédiatement sur la défensive.

—Pourquoi ? Elle a quelque chose qui cloche ?

—Pas du tout ! Seulement… (Il prit un air tatillon.) Elle n'est pas un peu trop courte ?

— Tu sous-entends que j'ai de trop grosses cuisses ? questionna-t-elle promptement en baissant les yeux vers ses jambes.

Elles lui semblaient pourtant tout à fait normales, sans doute un peu blanches, mais son collant opaque noir résoudrait le problème.

— Je t'ai dit que ta robe était un peu courte, je n'ai pas parlé de tes jambes, souligna-t-il, même s'il les scrutait à présent attentivement.

Comparées à celles des créatures fines et élancées qu'il fréquentait, les siennes devaient s'apparenter à des troncs d'arbre !

— Tu ne veux pas donner aux gens, enfin aux hommes, une fausse idée de toi ?

— Fausse ? C'est-à-dire ?

— Leur faire croire que tu es partante, alors que tu ne l'es pas. Ou que tu ne devrais pas l'être. Quel exemple pour Sam, si tu te jettes au cou du premier venu après avoir avalé des litres de vodka ! Heureusement que le décolleté n'est pas trop indécent.

— Partante ? Me jeter au cou du premier venu ? Indécent ? balbutia-t-elle, aussi choquée qu'incrédule.

— Difficile de discuter avec toi, si tu te contentes de répéter ce que je te dis, déclara Sebastian en se penchant vers elle. Tu es certaine que tu n'as pas déjà bu un peu de vodka ?

Ses propos lui coupèrent le souffle, mais elle finit par s'écrier d'un ton saccadé :

— Sors de chez moi ! Et plus vite que ça !

— Pourquoi ? Qu'est-ce que j'ai dit ?

— Qu'est-ce que tu as dit ? Qu'est-ce que tu as dit ? Va-t'en ! hurla-t-elle.

Et, bondissant sur ses pieds, elle le saisit par le poignet pour le forcer à se lever ; mais il lui résista et enlaça ses doigts autour des siens de sorte que, durant un bref instant fort délicat, ils se tinrent presque la main. Elle se dégagea d'une secousse.

— Allez, ouste ! Je n'ai pas que ça à faire, j'ai de nombreux hommes à rencontrer, apparemment. En espérant qu'ils ne seront pas trop dégoûtés par mes énormes cuisses, bien sûr !

— Tu perds la tête, Tignasse ! décréta Sebastian.

Toutefois, il se leva enfin de son siège.

— Tu déformes le moindre de mes propos ! Tu aurais vraiment besoin de t'envoyer en l'air, car tu es à cran. Mais avec un seul homme…

À cet instant, elle poussa un puissant cri de rage, dont elle ne se serait pas crue capable.

— Un seul homme, insista-t-il, et…

— Espèce de rustre ! hurla-t-elle.

Et elle s'empara sans ménagement de sa veste pour la lui jeter au visage.

— Tu es vraiment l'homme le plus grossier que je connaisse !

— Ce n'est pas une raison pour froisser ma veste, riposta-t-il.

Peut-être, mais au moins il allait partir, même s'il affichait un air de martyr.

— Bon, je suppose que ce n'est pas le meilleur moment pour parler de la librairie et…

— Non, effectivement ! Et ce ne sera d'ailleurs jamais le bon moment, le prévint-elle d'une voix rauque en le poursuivant dans l'escalier qu'il dévala rapidement. Mais puisque tu insistes, sache que ma librairie ne vendra jamais le moindre p…

À cet instant, elle entendit la porte claquer si violemment qu'elle craignit que la vitre ne se brise ; mais Sebastian était désormais hors de portée et il ne put entendre le reste de sa tirade passionnée, à savoir que tant qu'elle vivrait, elle ne tiendrait jamais une librairie spécialisée dans le polar.

Abusée par un libertin

Aucun homme n'avait posé les mains sur son corps. De fait, Posy n'avait jamais imaginé qu'on puisse porter atteinte de façon si passionnée à sa personne. Que diable ! Elle était une femme célibataire et vertueuse de vingt-huit ans, issue d'une famille certes ruinée, mais néanmoins respectable.

À présent que Sebastian Thorndyke plaquait ses lèvres sur les siennes pour lui voler un baiser impérieux, qu'il refermait les doigts sur ses hanches d'une minceur enviable, Posy Morland crut qu'elle allait défaillir. Il lui sembla soudain que ses seins se mettaient à gonfler, comme désireux de se libérer de la modeste robe en mousseline… Quand elle ouvrit la bouche pour protester, reprendre son souffle, Sebastian en profita pour introduire sa langue dans la brèche humide (N.B. : il faudrait peut-être revoir l'expression « brèche humide »). Posy émit un gémissement en réaction à la dernière perversion qu'il venait de lui infliger.

— Bon sang, très chère, embrasse-moi correctement ! ordonna-t-il d'une voix râpeuse, après avoir tracé un sillage brûlant avec ses lèvres jusqu'à son oreille.

Elle poussa de nouveau une exclamation de jeune fille outragée, mais il reprit sa bouche pour lui donner un baiser encore plus possessif,

248

sa langue semblable à une arme conquérante tandis que, de son bras plaqué autour de sa taille, il la maintenait étroitement pressée contre lui.

— Non, non et non ! s'écria-t-elle.

Et, avec une force qu'elle ne soupçonnait pas, Posy parvint à se soustraire à l'étreinte infâme de Thorndyke.

Elle plaça ensuite une paume tremblante sur sa poitrine, comme si ce geste allait suffire pour calmer les battements frénétiques de son cœur.

— Vous m'avez causé du tort, sire. Je ne suis pas une femme que l'on peut traiter à la légère.

Les paupières mi-closes, Thorndyke la scruta attentivement.

— Il se trouve que je suis las des serveuses de taverne, des courtisanes et des épouses des autres.

Puis il posa un index sur ses lèvres qui venaient si cruellement d'abuser des siennes et ajouta, l'air pensif :

— Mais je gage que je ne me fatiguerai jamais de toi, Miss Morland, même si nous passons de nombreuses nuits ensemble, et c'est bien pour cela que j'ai l'intention de te posséder.

Chapitre 11

Certaines femmes pratiquaient le kick boxing, le yoga ashtanga, couraient le marathon, ou encore se jetaient à corps perdu dans le tricot graffiti, la pâtisserie, voire la vannerie. D'autres trouvaient des solutions bien différentes pour gérer leur stress, mais la seule qui semblait marcher pour Posy, et lui permettait de conjurer le casse-pieds patenté qu'était Sebastian, c'était de déverser sa frustration dans son roman.

Elle éprouvait une profonde satisfaction à le transformer en affreux vaurien, en le pire voyou imaginable, le séducteur le plus… euh… vil d'innocentes ladies de bonne famille et, alors même qu'elle tentait de traverser Tottenham Court Road, elle esquissait déjà en pensée le chapitre suivant d'*Abusée par un libertin*.

Elle n'avait même pas eu le temps de se changer et d'enlever la robe noire qu'elle avait désormais en horreur. Littéralement harcelée par plusieurs textos impatients de Verity et de Nina qui s'inquiétaient de savoir où elle se trouvait, elle avait juste appliqué grossièrement, à toute vitesse et sans enthousiasme, un soupçon de fond de teint, de mascara et de gloss sur son visage. Elle avait même oublié un bigoudi dans ses cheveux, et c'était un passant qui l'avait arrêtée dans la rue pour le lui signaler ; elle avait bien vite fourré le rouleau au fond de son sac à main, ne sachant au final si sa chevelure était ondulée, ou bien toujours aussi emmêlée.

Depuis son échange éprouvant avec Sebastian, elle n'était plus sûre de rien, sauf qu'elle aurait préféré rester prostrée sur son canapé en compagnie d'une bouteille de vin. Au lieu de quoi, elle se rendait à une fête où elle se devrait d'être spirituelle et conviviale pour attirer l'attention d'un homme plaisant au regard, capable de soutenir une conversation, et qu'elle devrait revoir plusieurs fois, avant d'entamer une réelle relation avec lui ; ainsi, ils pourraient rester tranquillement chez eux le week-end et déguster du vin sans que personne (et notamment Nina) n'y trouve à redire. Une fois que l'on était en couple, ne pas sortir le samedi soir devenait soudain un choix de vie acceptable.

Il ne viendrait jamais à l'idée de Sebastian de rester chez lui cette soirée-là, songea tout à coup Posy en regardant d'un air mauvais le feu qui avait l'audace de rester vert alors qu'elle voulait traverser la rue. Il était assurément allé retrouver une de ses conquêtes, en sortant de chez elle, ou bien nourrissait-il l'intention de dénicher une nouvelle blonde élancée, ce soir, à qui il ordonnerait de rester muette, afin de pouvoir s'adonner à toutes sortes de jeux dépravés avec elle, jusqu'à ce qu'une créature encore plus désirable suscite un intérêt plus vif chez lui.

— Maudit Sebastian, tu vas me sortir de la tête, oui, marmonna-t-elle.

Et elle se précipita vers la porte du café suédois, sur Great Titchfield Street, où l'adorable Stefan qui tenait l'épicerie fine fêtait son anniversaire.

— Posy ! Enfin ! s'écria-t-il dès qu'elle franchit le seuil.

Sourcils froncés, elle chercha aussitôt du regard Nina et Verity.

— Viens m'embrasser pour mon anniversaire, tout de même, ajouta-t-il.

Sa contrariété se dissipa instantanément quand un mètre quatre-vingts de muscles suédois l'enlaça avec chaleur. Elle n'eut d'autre choix que de l'étreindre à son tour, encore que ce ne soit pas une corvée : Stefan était parmi son top 5 des hommes qui savaient le mieux serrer une femme dans leurs bras.

— Bon anniversaire, dit-elle.

Et elle se sentit bien désemparée quand il la relâcha.

— Désolée d'être en retard. Et navrée aussi de n'avoir pas eu le temps d'envelopper ton cadeau.

Stefan s'envolant bientôt pour New York afin d'y fêter, le temps d'un long week-end, ses trente ans en bonne et due forme avec Annika, sa petite amie, Posy lui avait offert un guide qui répertoriait les meilleures adresses où boire et manger à la Grosse Pomme.

— Les filles sont là-bas, dit Stefan en désignant une table d'angle.

Nina était encadrée par deux grands Scandinaves et visiblement aux anges, comme si c'était à la fois son propre anniversaire, Noël et Pâques réunis. Même

Verity, sans doute ragaillardie par un petit somme et le contenu de son verre, semblait joyeuse.

— Mais je tiens d'abord à te présenter mon ami Jens ! ajouta-t-il. Il y a si longtemps que je voulais que vous vous rencontriez. Eh, Jens, viens un peu par ici !

Et Posy eut à peine le temps de cacher sa mauvaise humeur derrière un masque de convivialité qu'un homme se détacha du petit groupe juste à côté d'eux et les rejoignit, un sourire amical aux lèvres.

— Jens, je te présente Posy, qui tient la librairie tout près de mon épicerie. Posy, voici Jens qui est originaire d'Upsal, en Suède, et enseigne l'anglais à Londres.

Ils échangèrent une poignée de main. Jens n'était pas aussi impressionnant que les autres amis de Stefan : ceux-ci corroboraient en effet le mythe selon lequel tous les Suédois étaient blonds et ressemblaient à des Vikings. Qui plus est des Vikings très sexy. Mais Jens n'en était pas moins charmant et, détail non négligeable, elle n'avait pas besoin de se tordre le cou pour le regarder dans les yeux. Ses iris, elle le reconnaissait, évoquaient les eaux limpides et calmes d'un fjord. Ses cheveux étaient châtain clair, et il ne cessait de passer nerveusement ses doigts dedans ; son sourire était moins brûlant que chaleureux, si bien qu'elle en oublia d'être spirituelle et séduisante pour être tout simplement elle-même.

— Stefan et Annika m'ont beaucoup parlé de toi, lui avoua-t-il. Est-ce vrai que tu peux réciter *Orgueil et Préjugés* par cœur ?

Il y avait tant de secrets bien pires que ces deux-là auraient pu révéler à Jens, comme sa nette préférence pour les fromages onctueux et bien coulants au détriment des délicieuses brioches à la cannelle que vendait Stefan.

— Peut-être pas le roman dans son intégralité, mais au moins quelques chapitres, admit-elle. J'y puise toujours des passages adaptés à de nombreuses situations.

— Vraiment ? Tu peux me citer un exemple ?

Et Jens inclina la tête, pas de façon arrogante pour la dévisager et la mettre au défi, mais plutôt pour l'encourager.

— Eh bien, quand je découvre que quelqu'un a collé son vieux chewing-gum sur une étagère de la librairie, ce qui arrive assez souvent, j'ai l'habitude de dire : « Pourquoi vouloir souiller les ombrages de Pemberley ? »

Jens éclata de rire. Ce fut alors que Nina l'aperçut et lui adressa un petit signe de la main ; mais elle trouva tout naturel de se laisser entraîner par Jens au milieu du bar bondé, de s'asseoir sur la chaise qu'il lui présentait et d'accepter le verre qu'il lui offrait.

Jens était adorable. Absolument adorable. Et cela n'avait rien à voir avec le nombre d'aquavits à la fleur de sureau qu'elle fut capable de siffler ce soir-là ! Il enseignait l'anglais dans un établissement du secondaire, à Portobello, et d'ailleurs, même s'il était suédois, il parlait un anglais bien meilleur que la plupart des Britanniques. Ils discutèrent longuement de *Hamlet*, et des lacunes évidentes de Shakespeare concernant le Danemark, puis Jens voulut lui apprendre quelques chansons festives en suédois, car lui aussi avait bu une grande quantité d'alcool.

Posy éprouva toutefois de grosses difficultés à prononcer correctement les sons plutôt durs de la langue, aussi se rabattirent-ils sur les paroles de leurs titres préférés d'Abba. À la fin de la soirée, quand toute la joyeuse assemblée se retrouva à l'extérieur du café, Jens lui demanda son numéro de téléphone.

— Et je compte bien t'appeler, précisa-t-il, car je ne comprends pas la réserve anglaise. Tu me plais, et j'ai envie de mieux te connaître, sans que l'aquavit ne brouille les ondes entre nous. Et moi, est-ce que je te plais ?

Posy était Anglaise et donc réservée, mais elle avait bu tant de petits verres d'eau-de-vie qu'elle fut capable de répondre sans rougir :

— Oui, je serais ravie de te revoir.

Jens hocha la tête et lui adressa son fameux sourire chaleureux.

— Dans ce cas, on ressortira ensemble en bonne et due forme.

Puis il enregistra son numéro de portable dans ses contacts et l'appela immédiatement pour vérifier qu'il ne s'était pas trompé ; après quoi, il l'embrassa sur la joue avant de rejoindre ses amis et de prendre un taxi qui les ramènerait à Hackney.

De son côté, Posy avait insisté pour que Nina et Verity passent la nuit chez elle, car dès que cette dernière avait un peu bu, elle n'était plus elle-même et ne cessait de rire ; quant à Nina, elle habitait à Southfields, c'est-à-dire aussi loin du centre que possible, tout en résidant à Londres.

— Et quand Sam reviendra de chez Pantin demain, on fera du forcing pour qu'il nous prépare du thé et des toasts, avait ajouté Posy.

Mais ses amies n'avaient nullement besoin d'être convaincues, les dix minutes à pied qui les séparaient de *Bookends* étant bien plus alléchantes que la perspective de prendre le bus de nuit.

— C'était une soirée très réussie, les filles, décréta Nina.

Puis Posy et elle prirent chacune Verity par un bras afin qu'elle cesse de zigzaguer.

— Verity, tu as bien discuté avec les autres, bravo ! Et toi, Posy, tu as obtenu un numéro de téléphone ! Tu vois. Il ne faut pas attendre que l'homme idéal se matérialise brusquement sur le pas de ta porte, il est nécessaire de se lancer dans l'inconnu pour le traquer.

— C'est précisément à quoi sert Internet, lui rappela Posy.

Même s'il était bien moins terrifiant d'avoir rendez-vous avec un homme qu'on avait déjà rencontré dans la vraie vie plutôt que de se retrouver subitement face à un étranger qui semblait avoir dix ans de plus et dix centimètres de moins que sur la photo de son profil.

En tout cas, c'était la première semaine de mars, et elle avait déjà décroché un rendez-vous, donc elle n'aurait pas à se tracasser pour trouver, sur un site de rencontres, un « prétendant » avec qui boire un verre, ce mois-ci. Et Nina avait bien sûr eu du succès, ce soir, car elle en avait toujours, tout comme elle avait le chic pour dénicher le type au physique le plus improbable et lui mettre le grappin dessus. En l'occurrence, il s'agissait de l'ami d'un ami, couvert de tatouages de death metal, et à l'air sinistre. Le seul de la fête qui ne donnait pas l'impression de se sustenter sainement d'airelles et de harengs marinés, ni de nager dans les fjords, ni de pratiquer la bicyclette dans les rues non polluées de Stockholm.

Et quand Verity critiqua son aspect revêche, Nina se récria :

— Moi, ça me plaît ! Tu sais que j'adore les renfrognés. Et toi, on t'a demandé ton numéro, Very ?

— Tout à fait, plusieurs fois même, mais je crois que mon petit ami aurait désapprouvé, répondit-elle en pouffant. Peter Hardy, océanographe de son état, est très possessif.

— Est-ce qu'on va finir par le rencontrer un jour ? s'enquit Posy.

Mais comme toujours quand il était question de son petit ami, Verity haussa les épaules.

— Oui, bien sûr, marmonna-t-elle. Quand il ne sera pas à l'autre bout du monde en train de sonder les fonds marins. À propos, Nina, tu ne vois plus Piers ? Je croyais que tu prenais ton pied avec lui au *Shard*.

Nina lui adressa un regard choqué.

— Verity ! Toi, une fille de vicaire, t'exprimer de façon si grossière. Tu devrais avoir honte.

— Tu le vois toujours ? renchérit Posy en s'efforçant d'adopter une voix neutre. Je ne pensais pas que tu le kiffais à ce point.

— Décidément, l'aquavit a noyé vos bonnes manières, répliqua l'intéressée en sortant son portable. Je n'aurais pas pris le numéro de tant de types ce soir, si c'était sérieux avec lui… Seulement, il a promis de m'emmener à Oxo Tower. Et puis vous savez bien que j'ai un faible pour les *bad boys*, même si je le soupçonne d'être plus diabolique que mauvais garçon.

— Comment ça, diabolique ? reprit Posy d'une voix qui n'avait plus rien de neutre. Pour ma part, il me donne la chair de poule. Au sens négatif du terme.

— Eh bien, lors de notre premier rendez-vous, il n'a pas arrêté de reluquer mes seins, ce qui est compréhensible, mais il m'a aussi dressé la liste de toutes les personnes qu'il avait arnaquées pour conclure des affaires et m'a harcelée de questions sur *Bookends*. Tout ça, quand il ne m'étouffait pas en m'embrassant, bien sûr. (Et elle agita les épaules, comme si elle tendait d'échapper à l'étreinte de Piers.) Il m'a aussi confié que Donald Trump était son modèle.

— Pas question que tu le revoies ! décréta vivement Posy. Et je me fiche que vous baisiez au *Shard*, à Oxo Tower, ou dans les toilettes du *Burger King* ! C'est un sale type, Nina, et si tu continues à le fréquenter, on risque d'avoir de sérieux problèmes. Il est indigne de toi.

— OK, maman, répondit-elle d'un ton conciliant.

Curieux ! En général, elle se montrait féroce quand ses amies critiquaient ses conquêtes.

— Bon, ne gâchons pas l'ambiance avec Piers, s'empressa-t-elle d'ajouter. Parlons plutôt de Jens. Il a l'air bien, ce mec. Et puis vous avez pas mal de goûts en commun.

— Oui, il est sympa. Son seul défaut, c'est peut-être qu'il l'est un peu trop. Il acquiesçait à tout ce que je disais. Je me demande si ce n'est pas rasoir, au bout d'un certain temps… D'ailleurs, ne dit-on pas que les contraires s'attirent ? Il doit bien y avoir une raison à ça.

— Ah bon ? Il acquiesçait à tout ce que tu disais ? Putain, quel sale type ! ironisa Nina.

— Et ça, de la part d'une fille qui adore les sales types ! lui rappela Verity. En tout cas, Posy a raison, je n'ai vu ce Piers que de loin, et moi aussi il m'a donné la chair de poule. Tu devrais mettre la pédale douce avec lui, Nina.

— Ce n'est pas un sale type, juste un incompris, nuança celle-ci.

Et elle était encore en train d'énumérer les incompris avec qui elle était sortie (« Ce n'était pas du vol à l'étalage, c'est tombé dans sa poche… ») quand elles atteignirent *Bookends*.

Elle ne cessa de parler de ses petits amis peu recommandables qu'après avoir posé la tête sur l'oreiller, car elle s'endormit tout de suite et se mit à ronfler gentiment.

Et, le lendemain de cette soirée mémorable, alors que, enveloppée dans une couverture et calée au fond d'un fauteuil, Posy suppliait Sam de lui préparer une tasse de thé, elle découvrit que Sebastian n'avait pas pris les billets qu'elle lui avait pourtant remis d'autorité.

CHAPITRE 12

Depuis que Posy l'avait mis à la porte, Sebastian avait apparemment compris qu'il était préférable de ne pas venir obscurcir de sa présence le seuil de *Bookends* dans un futur proche, et pourtant il jetait toujours sa longue ombre sur la librairie.

Son estomac se contractait chaque fois qu'elle voyait son nom en copie dans les mails qu'elle échangeait avec Verity et Pippa, cette dernière ayant estimé qu'il n'y avait aucune bonne raison pour que la relance, prévue pour fin juin, ne soit pas avancée au premier week-end de mai. Lorsque Pippa avait pour la première fois suggéré cette folle idée, Posy s'était précipitée aux toilettes, par crainte de vomir. Et elle avait eu beau ensuite lui répéter que c'était impossible, Pippa lui avait systématiquement envoyé la même réponse fort courtoise : « Ceux qui baissent les bras ne gagnent jamais, et ceux qui gagnent ne baissent jamais les bras. »

Et pendant ce temps, Sebastian restait muet, même s'il devait enrager. Posy était pour sa part sur des charbons ardents, car elle redoutait à chaque instant de le voir débarquer à la librairie dans un costume tapageur de chez *Savile Row* avec accessoires coordonnés ; plus les jours défilaient, plus elle était nerveuse, comme si l'anticipation de sa venue était pire que la réalité.

Un point positif était tout de même à signaler : Sebastian ne s'était toujours pas lassé de Sam. Ils avaient de nouveau passé une journée ensemble – ils étaient allés voir en avant-première des épisodes de *Doctor Who* au cinéma IMAX –, et Sebastian avait même proposé à Sam de l'accueillir une semaine pour qu'il fasse son stage d'observation en entreprise à *Zinger Media*, dans ses bureaux de Clerkenwell. Évidemment, son influence n'était pas négligeable…

Quand Posy avait enfin pris son courage à deux mains, après trois rendez-vous avec Jens, pour annoncer à Sam qu'elle voyait quelqu'un tout en précisant que ce n'était pas sérieux, absolument pas, celui-ci n'avait pas vraiment paru intéressé. Mais après qu'elle lui eut indiqué le métier de Jens, il avait levé les yeux au ciel.

— Un enseignant ? Que c'est rasoir ! avait-il répondu d'un ton familier.

Jens n'était pas du tout assommant, il était super. Génial, même. Pas autant sans doute que l'océanographe de Verity, ce Peter Hardy qui était un vrai parangon de petit ami ; néanmoins, quand Posy avait appris à Jens qu'elle était la tutrice de son frère âgé de quinze ans, il n'avait pas cillé. Il embrassait à merveille, et n'insistait pas pour coucher avec elle, même si, selon Nina, la norme en la matière voulait qu'on passe à l'acte après le troisième rendez-vous, ce qui était précisément la raison pour laquelle elle avait jeté Piers avant, car, outre son esprit diabolique, il était également moite au toucher, et elle n'avait aucune envie d'avoir un rapport sexuel avec lui.

— Tout le monde connaît la règle des trois rendez-vous. Cinq au grand maximum s'il y a des circonstances atténuantes, avait-elle nuancé devant l'expression paniquée de Posy.

Quand on n'avait couché avec personne depuis deux ans (enfin, pas loin de trois pour être honnête), il fallait plus de trois rendez-vous, même si l'homme en question était génial, pour envisager de se déshabiller devant lui. Jens avait montré, là encore, une grande compréhension.

Lorsqu'elle avait abordé le sujet en balbutiant, sans vraiment aller droit au but, il avait décrété :

— Toi seule sauras quand ce sera le bon moment.

— C'est juste que la réorganisation de la librairie me prend actuellement beaucoup de temps, et que je ne suis pas sortie avec un homme depuis des lustres, avait-elle tenu à se justifier.

Et Jens s'était penché au-dessus de la table du restaurant italien où ils dînaient, pendant que Sam était à son entraînement de foot, et l'avait bâillonnée avec sa bouche.

Il était arrivé dès l'ouverture, grand sourire aux lèvres, le premier samedi d'avril, pour l'opération « Tout doit disparaître » organisée par *Bookends*, Posy espérant écouler le stock qu'elle ne pouvait renvoyer aux éditeurs : Verity lui avait en effet expliqué qu'il était impératif de renflouer les caisses. Celle-ci lui avait montré un comparatif des dépenses, notamment les salaires et les charges, ainsi que les nouveaux frais liés à l'acquisition des sacs en toile, et des recettes, dont le chiffre était bien peu élevé. Posy avait senti une remontée d'acidité lui brûler la gorge et avait accepté à contrecœur cette vente exceptionnelle.

Pour la première fois de l'année, les températures étaient douces. C'était une de ces journées qui vous donnaient envie de remiser votre manteau d'hiver au placard jusqu'à octobre, de découvrir vos jambes et de tourner le visage vers le soleil qui brillait vaillamment afin de faire le plein de vitamine D.

— La vente aura lieu dehors, annonça Posy à ses troupes.

Celles-ci consistaient en son personnel, Jens, deux enseignantes d'une école primaire où elle effectuait des lectures à voix haute un matin par semaine devant un public réticent, ainsi que Pantin et ses parents, Yvonne et Gary.

Un grognement collectif s'éleva alors, mais Posy n'y prêta pas attention. Ainsi que Pippa le lui répétait sans arrêt, si on voulait accomplir de grandes choses, il fallait cesser de demander la permission.

Pour atteindre ses ambitions, il était également nécessaire de déléguer, de sorte que sa main-d'œuvre, légèrement mécontente, dut installer des tables à tréteaux dans la cour, puis étiqueter le vieux stock et disposer un assortiment de gâteaux qui serviraient de test pour le salon de thé, lequel serait restauré et rouvert un jour lointain, quand Posy trouverait un candidat assez téméraire pour le reprendre. Elle agissait sur les conseils de Pippa, qui était littéralement obsédée par le salon de thé, tout en ayant conscience qu'il resterait fermé tant qu'elle n'aurait pas accepté l'idée qu'une autre personne que sa mère puisse investir cet espace, et ce n'était pas demain la veille.

Verity avait envoyé une newsletter pour prévenir tous les abonnés des soldes exceptionnels qui auraient lieu à *Bookends*. Sam et Pantin avaient distribué des flyers dans le quartier, et Sophie avait relayé l'information sur les réseaux sociaux. Des affiches avaient également été placardées sur les murs de Rochester Street, et, même si Posy s'inquiétait comme une hôtesse qui redoute qu'aucun invité ne vienne à sa fête, un lent mais continuel flot de visiteurs commença à se déverser dans la cour, vers 10 heures.

Une heure plus tard, de nombreuses personnes furetaient dans les cartons de livres disposés sur les tables, et à midi, la cour était noire de monde. Même Piers Brocklehurst les avait « honorés » de sa présence, moins pour dénicher des trésors littéraires que pour surveiller Nina. Il la tenait par la taille, le nez dans son cou, comme s'il ne se rappelait pas qu'elle l'avait jeté et ne remarquait pas les regards agacés qu'elle lui lançait ; toutefois, quand il releva la tête quelques secondes et qu'il vit Posy faire signe à Nina de lui trancher la gorge, il ne replongea pas le visage dans la nuque de la femme convoitée, mais se mit à observer fixement l'empêcheuse de tourner en rond.

Elle n'allait tout de même pas laisser un parasite de son espèce gâcher l'ambiance ! La foule des badauds grossissait, ce qui laissait présager d'un bel avenir. Et son cœur se gonfla plus particulièrement d'espoir quand deux petites filles s'élancèrent l'air ravi vers leurs parents, en brandissant la série complète de *Malory School*, d'Enid Blyton…

— Posy, Posy !

Celle-ci cligna des yeux, et les plaisantes images d'une cour embellie de lampions et ouverte tard le mardi soir pendant l'été, à l'instar des boutiques de Rochester Street, avec des clients s'y déversant et s'y asseyant sur les bancs, se dissipèrent brusquement pour céder la place à la réalité, en l'occurrence Pippa qui agitait les bras devant elle.

— La pleine conscience, Posy, tu connais ? Il faut concentrer ton esprit sur le moment présent, enfin !

— Oh, bonjour, Pippa ! la salua-t-elle un rien confuse.

Elle ne s'était pas attendue à la voir aujourd'hui, surtout que tout le stock de romans policiers était soldé, deux livres sterling les poches, cinq les grands formats.

— Quelle surprise ! ajouta-t-elle.

— Je t'ai pourtant apporté tout mon soutien pour cette initiative, reprit Pippa qui était rapidement passée du vouvoiement au tutoiement, avec elle. Tout semble se dérouler à merveille.

— N'est-ce pas ? renchérit Posy. Tom a distribué des flyers à la fac, et de nombreux étudiants sont venus acheter des classiques dont je ne pensais jamais me débarrasser.

Mais Pippa ne paraissait pas vraiment intéressée par l'aspect concret de son bavardage, sans doute parce que son travail consistait à lancer des idées créatives.

— En fait, je suis venue pour une raison précise, l'informa-t-elle alors, regard insistant à l'appui.

Posy redouta le pire, à savoir que Pippa avait appris ses véritables projets pour la librairie et déduit qu'elle jouait la comédie de la spécialisation dans le roman noir pour s'assurer les conseils d'une professionnelle. Bref, qu'elle la dupait depuis le début et que l'heure était venue de rendre des comptes. Il n'était pas non plus impossible que Pippa la soupçonne d'avoir mangé quelques cupcakes confectionnés par la mère de Pantin sans mettre de pièces dans la cagnotte.

— C'est un peu délicat, précisa sa visiteuse.

— C'est-à-dire ? demanda-t-elle d'une voix aiguë.

Et il lui revint en mémoire la fois où elle avait été surprise en flagrant délit de vol à l'étalage chez le vieux *Woolworths* de Camden Town, car elle se sentait aussi mal à l'aise.

— Le salon de thé, commença Pippa. (Et elle adressa un signe de la main à quelqu'un situé à l'autre bout de la cour.) J'espère que je ne sors pas de mon domaine de compétences, mais… Mattie, viens par ici !

Une jeune femme toute menue, vêtue d'un pantalon cigarette noir, d'un col roulé et de ballerines, se détacha d'un groupe de personnes rassemblées autour d'une des tables et s'avança d'un pas leste vers elles, des livres de cuisine sous le bras.

— Mattie, je te présente Posy, dont je t'ai parlé, déclara Pippa (et cela ne sonnait pas vraiment comme une chaleureuse recommandation). Posy, voici Matilda, l'une de mes plus vieilles amies, récemment rentrée de Paris, et qui recherche justement un local pour ouvrir un café littéraire. Tu y verras peut-être une coïncidence, mais j'appelle ça une opportunité, et tu sais ce que cela représente pour moi.

— Oui, on le sait, entonna Mattie en décochant un regard aussi fasciné qu'exaspéré à Pippa. Si on laisse passer une opportunité, autant se coller un écriteau sur le postérieur proclamant : « Bottez-moi les fesses » !

De toute évidence, c'était l'un des leitmotivs de Pippa. Mattie se tourna vers Posy.

— Désolée de ne pas pouvoir vous serrer la main, mais je ne veux pas poser mes livres. Je viens de me disputer avec un homme qui voulait m'arracher le Florence Greenberg que je venais à peine de dénicher.

— Bonjour, salua Posy, avant de rectifier : Le salon de thé, car c'est bien d'un salon de thé et non d'un café qu'il s'agit, n'est pas encore prêt pour qu'on puisse le reprendre. Il requiert une rénovation complète, oui, des tonnes de travaux en fait.

— La seule chose qui te retienne, c'est toi-même, murmura alors Pippa. Et je ne vois pas trop la différence entre un salon de thé et un café littéraire. Mattie a travaillé comme chef pâtissier à Paris, n'est-ce pas ?

Cette dernière approuva.

— Je prévois aussi de servir des mets salés et des sandwichs, enchaîna-t-elle, et je connais des gens, à Paris, qui ont des fournisseurs de café exceptionnel que je compte moi aussi importer. Mais, bien sûr, l'offre de thés sera bien plus grande. Je carbure moi-même à la théine toute la journée.

Mattie avait de longs cheveux bruns noués en queue-de-cheval. Sous une frange irrégulière, ses yeux étaient sertis de cils alourdis de mascara et soulignés par un trait d'eye-liner approximatif. Il était aisé d'imaginer Mattie déambuler sur les boulevards parisiens ou faire de la bicyclette sur les berges de Seine, juchée sur un vélo hollandais, un petit chien niché dans son panier, fixé sur le devant.

— Désolée, mais je n'ai pas eu le temps de réfléchir à ce que je compte faire de ce local, s'excusa Posy.

— Mais vous n'avez pas touché au mobilier ni à la vaisselle ? s'enquit vivement Mattie.

— Ça ne peut pas faire de mal d'y jeter un coup d'œil, insista Pippa.

Elle n'eut donc pas d'autre choix que de leur montrer son cher salon de thé.

Encore qu'il n'y ait pas grand-chose à voir. Juste des piles de cartons de vieux livres, la plupart remontés de la cave par Tom, et qui devaient être revendus au kilo à un bouquiniste de Birmingham. Mais si l'on arrivait à en faire abstraction, alors on pouvait se forger une petite idée de ce que le local avait été autrefois.

— Ça, c'est le comptoir d'origine. Je crois qu'il date des années 1920. Nous avons gardé toutes les tables et les chaises qui sont un mélange de styles d'époques différentes, expliqua Posy tandis que Mattie découvrait lentement les lieux.

Au premier coup d'œil, on aurait dit Audrey Hepburn dans *Drôle de frimousse*, mais à la réflexion, elle n'avait pas la joie de vivre de cette dernière. L'aurait-elle laissée à Paris ?

— Est-ce qu'il y a une cuisine ? s'enquit Mattie après avoir fait trois fois de tour de la pièce.

— Derrière le comptoir, on y accède par cette porte, indiqua Posy.

Et elle fit la grimace, car, là encore, s'entassaient des cartons de publicité promotionnelle pour des livres qui prenaient la poussière depuis plus d'une décennie.

— Cela fait longtemps qu'elle n'a pas été utilisée, précisa-t-elle, et je ne suis pas certaine que les appareils fonctionnent encore. En tout cas, il faudrait s'assurer que rien n'est dangereux et, en plus, une licence est requise pour vendre de la nourriture et des boissons, vous savez…

Mais surtout, elle ne voulait voir personne se faufiler entre les tables, servir du thé et des parts de gâteaux, car elle redoutait plus que tout que le souvenir de sa mère finisse par disparaître.

Mattie passa la tête par l'entrebâillement de la porte et balaya la cuisine du regard, avant de se retourner vers Posy.

— J'aime bien cet endroit, dit-elle. L'atmosphère qui s'en dégage me plaît beaucoup. Seulement, il faut que je vous avoue une chose…

Posy se figea : quelle nouvelle épée de Damoclès pesait au-dessus de sa tête ?

— Oui, de quoi s'agit-il ? s'enquit-elle d'un air détaché.

Mattie arbora une expression sérieuse.

— Je ne fais pas de cupcakes. Je n'en ai jamais fait et n'en ferai jamais, décréta-t-elle sur le ton du défi.

Posy ne s'était pas vraiment attendue à une telle déclaration, qui de fait lui paraissait bien hasardeuse et absolument déraisonnable.

— En quoi les cupcakes vous posent-ils un problème ? demanda-t-elle.

À une certaine époque, les *Red Velvet* de la pâtisserie *Hummingbird* sur Wardour Street avaient été ses meilleurs amis.

— Ils incarnent les stéréotypes féminins. Ce sont les équivalents culinaires d'une paire de stilettos rose fluo, expliqua Mattie d'un ton cinglant. C'est le triomphe de la crème au beurre sur la substance. Si vous tenez aux cupcakes, alors je renonce tout de suite au projet.

Mais y avait-il seulement projet ? s'interrogea Posy en son for intérieur.

— Eh bien, moi, j'aime les cupcakes et je n'ai pas une position tranchée sur ce qu'ils symbolisent, avança-t-elle.

— Ne nous attardons pas sur ce sujet, Mattie confectionne de nombreuses autres spécialités, intervint Pippa, en tant que bonne médiatrice. Elle ajoute toujours une note moderne aux bonnes vieilles recettes. Son cake au glaçage mandarine est unique au monde, et elle propose même la version sans gluten, et quant à ses brownies au chocolat blanc et aux fruits de la passion… Miam, un vrai délice!

Mattie hocha la tête.

— Je pourrai vous les faire goûter, si vous voulez.

Posy n'était toujours pas prête à rouvrir le salon, mais Pippa semblait vraiment y tenir, aussi ne pouvait-elle pas s'opposer d'emblée au projet.

— Excellente idée, répondit-elle sans en penser un traître mot.

— Parfait! s'exclama Mattie. Et maintenant, parlons de votre restructuration. Vous allez vendre uniquement des polars? Pour être honnête avec vous, je me bats contre ce genre de littérature que l'on nous impose à tout bout de champ. (Elle fronça les sourcils.) Et vous voulez rebaptiser la librairie *Poignard sanglant*, c'est bien ça? Je ne suis pas certaine que les poignards sanglants et les gâteaux fassent bon ménage.

— Nous ne sommes pas encore sûrs du nom à cent pourcent, éluda Posy, traversée par un élan de panique.

Elle ne pourrait pas continuer bien longtemps cette petite comédie à propos de leur prétendue spécialisation dans le roman noir… D'ailleurs, le moment n'était-il pas venu de fendre l'armure? Oh non, par pitié! La réaction de Sebastian serait redoutable, il jetterait tout de suite l'éponge, et Pippa et Mattie la considéreraient comme une odieuse mégère. Pire encore, Pippa se retirerait du projet, et Posy ne pourrait plus bénéficier dès lors de ses talents de manager hors pair. Elle et son personnel seraient livrés à eux-mêmes, si bien que la librairie irait à vau-l'eau et ne serait plus spécialisée dans rien.

—Nous y réfléchissons encore, ajouta-t-elle alors.

—Ah bon? (Pippa haussa les sourcils.) J'étais certaine que le nom était arrêté. D'ailleurs, Sebastian m'a dit que, comme Sam serait en vacances la semaine prochaine, nous pourrions nous atteler au site Web. Et je pensais aussi que tu avais passé commande auprès des imprimeurs pour…

—Oh, je ne suis pas persuadée que ces détails intéressent Mattie! l'interrompit Posy en se hâtant de regagner la porte. Et je dois vraiment y aller, car il faut que je vende mes stocks. J'ai été ravie de vous rencontrer, Mattie. On se revoit bientôt. Bon, je file.

Et elle rejoignit à toute vitesse l'autre côté de la cour, pour pouvoir se cacher derrière Jens et Tom, qu'elle avait placés au même stand afin qu'ils vendent des livres de sport et puissent sympathiser.

—Salut, toi! lança Jens.

Puis il lui sourit et l'enlaça par la taille.

Cette familiarité lui parut étrange, surtout en public. Décidément, elle était restée célibataire trop longtemps.

—Comment ça se passe? Vous avez bien vendu? s'enquit-elle en posant la tête sur l'épaule de Jens.

Elle regretta immédiatement son geste, car son cou se retrouvait à présent dans une position bien inconfortable.

—On a vendu tous les almanachs *Wisden Cricketers*, annonça Tom.

Et il pencha lui aussi la tête de manière curieuse pour la regarder, comme s'il n'arrivait pas à croire qu'elle ait un petit ami. Il était vrai que ces derniers temps aucune de ses rencontres Internet n'avait perduré au-delà du premier rendez-vous.

—Jens a convaincu quelques gus qu'ils pourraient revendre une fortune sur eBay les éditions originales de l'autobiographie de Kenny Dalglish, poursuivit-il.

—Non, tu es sérieux ? Parce qu'on en avait cinq exemplaires.

Jens lui adressa un sourire modeste.

—Ils les ont achetés tous les cinq.

Elle devait sans doute l'embrasser pour cet exploit, car c'était ce qu'aurait fait toute autre petite amie, non ? Mais voilà qu'elle fut immobilisée dans son élan par une voix bien trop familière, qui s'éleva brusquement tout près de son oreille :

—Tignasse, il faut qu'on parle !

CHAPITRE 13

C'était du Sebastian tout craché que de donner à Posy une impression de fausse tranquillité, de l'endormir en ne se manifestant pas pendant deux semaines entières, et de resurgir subitement tel un esprit malveillant qui refuse d'être exorcisé.

Elle adressa un regard affligé à Jens qui la considéra d'un air confus, tandis que Tom affichait un petit sourire entendu, puis elle pivota sur elle-même... Sebastian portait un costume gris clair assorti à une chemise blanche, et des lunettes de soleil si foncées que, pour une fois, elle ne pouvait pas voir ses yeux. Peu importait, puisque devait de toute façon y briller un éclat diabolique.

— Qu'est-ce que tu veux, Thorndyke ? demanda-t-elle, agacée par ce surnom qu'il lui donnait toujours.

Il pinça la bouche, puis posa la main sur son épaule.

— Je veux te montrer quelque chose, annonça-t-il.

Puis il resserra son étreinte pour l'entraîner dans son sillage. Mais elle planta résolument ses talons dans le sol.

— Ça devra attendre, décréta-t-elle d'un ton ferme. Je suis en train de discuter avec mon petit ami.

Jens ouvrit de grands yeux, car être direct et ne pas jouer au plus fin avec une fille ne faisait pas de vous son petit ami officiel après trois chastes rendez-vous. Il ne s'en montra pas moins cordial et tendit la main à Sebastian.

— Bonjour, je m'appelle Jens.

— OK, pas de temps à perdre en politesses, trancha Sebastian d'un ton las, dédaignant la main tendue, tant il était mal élevé. Quand tu en auras fini avec tes enfantillages, viens me rejoindre, Tignasse, s'il te plaît.

Et il s'éloigna d'un pas déterminé. Évidemment, ça n'avait pas le même effet que lorsqu'il claquait la porte de la librairie, mais on devinait néanmoins son impatience.

— Il a dit « s'il te plaît », fit remarquer Tom. Je crois qu'il commence à évoluer.

— Qui est-ce ? questionna Jens. Et quel est son problème ?

— C'est l'homme le plus grossier de Londres ! expliqua Posy. Il a été bien trop gâté par ses parents… Oui, je crois que ça résume tout à fait le personnage.

En réalité, cet éclaircissement omettait de préciser les ravages que Sebastian causait partout où il passait.

Posy resta alors près de Tom et de Jens, non pour éviter Sebastian, mais parce que son « petit ami » ne connaissait personne et qu'elle aurait vraiment été sans cœur si elle l'avait abandonné. D'autant qu'il venait de subir les rebuffades de Tom, lorsqu'il avait tenté de parler football avec lui, celui-ci lui ayant en effet répondu :

—Tu n'es pas vraiment dans le coup, mon vieux.

—Personne ne sait réellement ce qui intéresse Tom, avait rétorqué Posy à l'intention de Jens. Nous ignorons jusqu'au sujet exact de sa thèse !

—C'est trop assommant pour que j'en parle, s'était justifié ce dernier.

Mais, par un heureux hasard, Jens avait quelques amis qui étudiaient à l'université de Londres et que Tom connaissait : ils avaient enfin trouvé un sujet de conversation ! avait-elle pensé, soulagée.

Pendant qu'ils discutaient, elle surveillait Sebastian du coin de l'œil, pour s'assurer qu'il ne nuisait à personne. Mais pour l'instant, il semblait se comporter à peu près convenablement, mis à part le fait qu'il allait de table en table et accostait des gens en train de feuilleter des livres… Il s'arrêta tout à coup devant un couple avec qui il échangea brièvement quelques mots, avant de chercher à leur vendre tout un carton de bouquins. Nina, qui tenait la table concernée, jeta un regard impuissant vers elle et haussa les épaules.

—Je reviens dans une minute, murmura Posy.

Mais Jens et Tom étaient si absorbés par leur discussion à propos d'un ami commun qui avait choisi de devenir végétalien de manière radicale, au point que c'était un vrai cauchemar de l'avoir à dîner, qu'elle s'esquiva sans qu'ils le remarquent.

Elle fit le tour du stand où Sebastian était en train d'importuner des clients potentiels.

—Personnellement, j'ai abandonné dès la première page, le style était trop compliqué, disait ce dernier, mais si vous êtes intéressé par Winston Churchill, sachez que c'est la meilleure biographie qui existe. Et ça (il venait de prendre un nouveau livre), c'est un excellent rapport sur la campagne de Rommel, dans le désert : la bataille d'El-Alamein, et tout le toutim. On a encore des ouvrages sur les services secrets, Toute tatouée ?

Sebastian s'improvisait libraire, maintenant ? Et il vendait des manuels d'histoire militaire ? À croire qu'il avait reçu un sérieux coup sur la tête en venant jusqu'ici !

— Un de mes beaux-pères était obsédé par cette période, poursuivait-il. Il pouvait vous casser les oreilles pendant des heures avec ça. Il possédait aussi toute une collection de bouquins sur les nazis. Quel soulagement quand ma mère a divorcé, après l'avoir surpris en train de sauter ma nourrice !

L'homme avait alors plus de livres sur les bras qu'il ne pouvait en tenir, tandis que la femme jetait un regard suspicieux à son mari, se demandant sans doute si le fait de s'intéresser à la Seconde Guerre mondiale conduisait systématiquement à l'adultère et à un divorce. Mais Posy se garda bien d'intervenir, d'autant que l'homme tendait à présent sa carte de crédit.

Elle voulut se retirer discrètement, mais trop tard…

— Ah, te voilà enfin ! s'écria Sebastian.

Et il se précipita derrière le stand à grands pas, de sorte qu'elle renonça à lui échapper. Elle n'allait tout de même pas jouer à cache-cache avec lui dans la cour, surtout que celle-ci était encombrée de tables et de clients. Elle croisa donc les bras et l'attendit de pied ferme.

— J'ai besoin que tu m'expliques quelque chose ! annonça-t-il.

— Vraiment ? dit-elle, intriguée malgré elle. En général, tu fonces et tu fais toutes sortes de suppositions quand tu veux une explication.

— Tignasse, il te faut tellement de temps pour en venir au cœur du sujet que, si j'attendais tes éclaircissements, je deviendrais tout vieux et flétri.

Puis il l'entraîna vers la table voisine du stand des pâtisseries, et ajouta, grand moulinet du bras à l'appui :

— Tu peux me dire ce que tout ça signifie ?

— Eh bien, comme tu le vois, ce sont des livres : nous les vendons, et les gens les achètent. C'est de cette façon que fonctionnent nos affaires.

— Ce ne sont pas juste des livres, reprit-il d'un ton insidieux, ce sont des polars. (Il s'empara d'un Agatha Christie qu'il lui brandit sous le nez.) Pourquoi brades-tu aussi des romans policiers dans le cadre de ton opération « Tout doit disparaître » ? Ils doivent rester dans les rayonnages !

Posy cilla. Elle déplorait son manque de repartie.

— En voilà une question pertinente, commença-t-elle avec lenteur.

— Dis-moi pourquoi ! Et plus vite que ça !

— Euh…

Posy vit que Pantin et son père se tenaient derrière la table, et qu'ils avaient l'air très intéressés par la façon dont elle allait justifier la liquidation de romans noirs à des prix défiant toute concurrence, alors qu'elle aurait pu les vendre plein tarif dans une librairie spécialisée dans le polar… mais qui n'existait que dans l'imagination de Sebastian. Elle baissa tout à coup les yeux vers le livre de poche écorné d'Agatha Christie, et l'inspiration lui vint.

— Oh, c'est un vieil exemplaire! Vraiment très vieux. Tout abîmé et froissé. Nous voulons vendre des romans flambant neufs, en accord avec l'image de notre nouvelle librairie.

— Mais celui-là n'est ni abîmé ni froissé, rétorqua Sebastian en s'emparant d'un roman de Martina Cole.

— En effet, mais il s'agit d'une vieille édition. La dernière a une couverture radicalement différente, renchérit Posy.

Elle avait le vent en poupe maintenant, consciente aussi de jouer son va-tout.

— Écoute, Sebastian, j'apprécie beaucoup ton aide, toi et Pippa m'avez réellement bien épaulée en coulisses, mais avoue que tu n'y connais rien en matière de vente de livres, que tu n'as aucune idée des dernières parutions et des attentes des clients, ni du retour des invendus, donc…

— Ce ne doit pas être très compliqué, si on étudie un peu le sujet, lui assura Sebastian. D'ailleurs, je me suis abonné au *Bookseller*.

— Dans ce cas, tu dois déjà être un expert, répliqua-t-elle sèchement.

La panique aurait dû saisir de nouveau tout son être, des sueurs froides lui couler dans le dos, mais rien : Sebastian ne lui avait jamais fait peur, sauf quand il l'avait enfermée dans la cave à charbon. Quand elle se retrouvait face à lui, ce n'était pas la peur qui l'envahissait, mais des impressions rimant avec contrariété, irritation et frustration !

Naturellement, elle n'avait pas hâte qu'il découvre ses manœuvres, ni de gérer l'inévitable colère qu'il piquerait alors… et encore moins devant tous ces gens rassemblés dans la cour.

Résolue à retarder encore un peu la scène, elle s'efforça de chercher des paroles conciliatrices pour calmer le jeu, mais comme il lui portait vraiment sur les nerfs, elle finit par s'exclamer :

— Sebastian, tu ne sais absolument pas de quoi tu parles !

Il poussa un soupir indigné, et elle balaya vivement la cour du regard, en quête d'une bouée de sauvetage… Et, de nouveau, elle eut une inspiration géniale.

— Tiens, tu ne voudrais pas une petite part de gâteau ? Quelle est ta pâtisserie préférée ?

— Je les aime toutes, mais n'essaie pas de changer de sujet en… Oh, c'est au café et aux noisettes ?

Et Sebastian retira ses lunettes de soleil pour mieux examiner le gâteau qui avait retenu son attention, tandis que la mère de Pantin, en charge du stand, posait la main sur son cœur à la vue des yeux noirs de Sebastian. Sans doute son air de convoitise l'avait-il fait battre plus fort.

— Je présume qu'une petite part ne peut pas faire de mal, ajouta-t-il.

Yvonne en coupa une deux fois plus grosse que la normale et la lui tendit.

— Vous pouvez vous le permettre, dit-elle d'un ton flatteur.

— Je peux manger tout ce que je veux, je ne prends jamais un gramme, pérora-t-il en se rengorgeant. J'ai de la chance, non ?

Posy et Yvonne hochèrent la tête de concert.

— Effectivement. Il suffit que je regarde une barre chocolatée, et elle vient directement se coller sur mes hanches, déclara tristement cette dernière.

— À votre place, je ne m'inquiéterai pas pour ça, la rassura Sebastian. Les hommes aiment avoir de quoi empoigner, vous savez.

Posy fit la grimace, mais Yvonne ne s'offensa nullement de sa franchise et commença à raconter à Sebastian la fois où elle avait mis toute sa famille au régime légumes vapeur, quand une petite voix voilée s'éleva derrière eux :

— Je sais que tu m'as dit de t'attendre dans la voiture, mais ça fait longtemps que tu es parti, et je commence à m'ennuyer.

Tiens, une fillette, pensa Posy avant de se retourner. Peut-être une filleule qu'elle ne connaissait pas, même s'il était curieux que des parents aient demandé à Sebastian d'être le parrain de leur progéniture, car ce rôle impliquait tout de même de renoncer à Satan. Puis elle pivota sur ses talons et constata que la voix n'appartenait pas à une enfant, mais à une déesse ! Une créature éthérée constituée de rayons de soleil, de sucre filé et de poudre féerique qui se pressait à présent contre Sebastian, laissant serpenter ses membres délicats autour de lui avant de poser sa tête, couronnée d'un halo de cheveux dorés, sur l'épaule de ce dernier. Et, pendant tout ce temps, l'objet des convoitises se tortillait et manifestait des signes d'impatience, comme si cet être céleste était une sorte de manteau mal ajusté et encombrant maintenant que le soleil brillait haut dans le ciel.

Posy était littéralement hypnotisée par l'apparition, par cette nymphe aussi gracieuse qu'une gazelle, à la peau fraîche et lumineuse, à la blondeur soyeuse, et à l'allure semblable à celle d'un top-model de *Victoria's Secret*.

Posy, dont le seul geste de beauté consistait à se tartiner le visage des crèmes hydratantes en promotion chez *Superdrug* et à laisser ses cheveux sécher à l'air libre avant de les assembler en un chignon maintenu par deux crayons, ne pouvait en aucun cas rivaliser avec cette femme qui semblait venir d'une autre planète, et qui n'était d'ailleurs peut-être même pas humaine.

— Tignasse, je te présente Yasmin, ma petite amie, déclara Sebastian d'un ton suffisant, conscient d'avoir tiré le gros lot. Elle est mannequin.

Dotée de bien meilleures manières que Sebastian, Posy tendit la main à Yasmin, qui la lui serra avec une langueur surprenante, de sorte qu'elle eut un peu la sensation de saisir un blanc-manger.

— Ravie de vous rencontrer, dit-elle.

— Oh, salut ! répondit Yasmin de sa voix rauque, départie cette fois de sa note enfantine.

Elle soupira, haussa les épaules, et ce furent là toutes les marques d'attention qu'elle accorda à Posy, comme si sa beauté la plaçait d'emblée à part, l'élever à un niveau si supérieur de l'existence qu'elle jugeait impossible d'interagir avec des gens normaux. À moins que la vue de Posy en jean, avec son cardigan sans doute troué et son vieux tee-shirt Harry Potter, ne représentait pour elle une réalité ingérable, ce qui la poussait à porter son regard sur Sebastian.

— Bébé, on peut y aller, maintenant ?

— On ne va pas tarder, éluda-t-il en tentant de se soustraire à l'étreinte de sa petite amie, comme s'il luttait pour s'extirper d'un bleu de travail.

Il lui tapota alors gentiment la main, puis ajouta :

— Va donc faire un tour dans la cour pour regarder les bouquins.

— Franchement, Sebastian, tu peux y aller, intervint Posy.

La situation commençait sérieusement à l'agacer, car à présent plus personne ne s'intéressait aux livres, mais toutes les têtes étaient tournées vers Yasmin, comme vers la huitième merveille du monde. Quel effet cela pouvait-il faire de traverser l'existence sous le regard fasciné de gens qui cessaient toute activité à votre passage afin d'admirer votre beauté renversante ? La seule fois où tout le monde s'était arrêté pour observer Posy, c'était quand elle était ressortie des toilettes d'une discothèque avec la jupe coincée dans ses collants, au temps de la faculté.

— Je t'assure, nous pourrons nous débrouiller sans toi, Sebastian, insista-t-elle.

— Permets-moi d'en douter, rétorqua-t-il en remettant ses lunettes de soleil.

Il désigna tout à coup la table au fond de la cour et ajouta sans transition :

— Donc, c'est sérieux avec ton petit ami ? À propos, c'est quoi ce prénom, Jens ?

— C'est suédois, car il est originaire de Suède, et il est vraiment super, oui, c'est un homme formidable, mais nous ne voulons pas aller trop vite en besogne… Bref, ça ne te regarde pas, précisa-t-elle.

Sebastian venait en effet d'arborer un sourire moqueur en l'entendant dire qu'elle ne voulait pas précipiter le cours des événements. Il n'avait probablement pas connaissance de la règle des trois rendez-vous obligatoires avant de coucher avec une personne. Encore que Yasmin donnât l'impression qu'elle allait se briser en mille morceaux si on la soumettait à une activité plus vigoureuse que celle de glisser avec indolence sur le sol, comme elle le faisait actuellement.

— Il m'a l'air bien rasoir, ce type, conclut Sebastian. Mais s'il te plaît, je vous souhaite une longue vie bien barbante.

— On est sortis trois fois ensemble, on n'en est pas encore au mariage ! s'écria Posy, furieuse.

Mais elle parlait dans le vide, car Sebastian avait rattrapé Yasmin et venait de lui susurrer une plaisanterie à l'oreille, car cette dernière riait, à présent. Ou plus exactement minaudait! Allons, s'admonesta Posy, elle n'allait tout de même pas imiter ces femmes qui racontaient des horreurs sur les autres, pour la simple raison qu'elles étaient absolument parfaites.

Surtout que Yasmin n'était peut-être pas aussi accomplie qu'elle en avait l'air au premier abord, car vingt minutes plus tard, alors qu'elle transportait un carton de la librairie afin de réapprovisionner les stands, la petite amie de Sebastian lui tira sur la manche.

— J'aimerais régler ces livres, lui murmura-t-elle.

Et elle indiqua les cinq ouvrages qu'elle tenait sous le bras, et sous le poids desquels elle semblait ployer.

— Venez à l'intérieur, lui dit Posy.

Une fois rentrée, Yasmin s'écroula sur un canapé tandis qu'elle plaçait les romans dans un sac: le malheureux exemplaire des *Hommes viennent de Mars, les femmes viennent de Vénus* que, selon Lavinia, elles ne vendraient jamais et quatre guides pratiques dont l'un portait un titre des plus éloquents: *Cinquante nuances de Yeah! ou Comment exciter votre mari sous la couette*.

De toute évidence, les personnes qui incarnaient la perfection physique doutaient tout autant d'elles-mêmes que celles à l'apparence moins admirable, en conclut Posy en encaissant l'argent que lui tendait Yasmin.

— Prenez soin de vous, lui lança-t-elle au moment où celle-ci allait sortir de la librairie.

Elle se sentait en effet coupable d'avoir porté un jugement hâtif sur Yasmin, d'autant qu'il se dégageait de sa personne une vulnérabilité qui donnait envie de l'envelopper dans du coton afin qu'elle ne se blesse pas. En outre, elle aurait aussi aimé la mettre en garde contre Sebastian.

— J'ai été ravie de vous rencontrer, j'espère qu'on se reverra, ajouta-t-elle.

Yasmin agita les doigts et lui rendit son sourire.

— J'aime beaucoup votre librairie, elle est cosy, on s'y sent bien. C'est vraiment dommage que vous vous spécialisiez dans le polar. Quelle horreur ! Je suis incapable de regarder un épisode de *New York, police judiciaire* sans faire des cauchemars.

Posy la regarda ensuite dériver vers Sebastian, tel un frêle esquif emporté par le vent, avant de sursauter brusquement : quelqu'un était en train de descendre l'escalier !

— Qui est là ? s'écria-t-elle d'une voix sévère, le cœur battant à tout rompre.

À cet instant, Piers Brocklehurst se matérialisa devant elle.

— Que faisiez-vous là-haut ? C'est un appartement privé ! Vous ne savez pas lire ?

Et elle désigna l'écriteau qui l'indiquait, sur la porte de séparation.

— C'est bon, calmez-vous, ma chère, rétorqua-t-il avec mépris, ce qui ne l'apaisa nullement.

La colère qu'il lui inspirait n'avait rien à voir avec celle que Sebastian éveillait chez elle, car, même si elle refusait de l'admettre, leurs querelles l'amusaient, la plupart du temps. Remettre Sebastian à sa place constituait l'un des grands plaisirs de sa vie, mais ce Piers... Non, elle se méfiait viscéralement de lui. D'ailleurs, Nina elle-même n'avait-elle pas reconnu qu'il était foncièrement mauvais? Des frissons lui parcoururent la peau...

—Je cherchais les toilettes, précisa-t-il. Ce n'est pas le crime du siècle!

Elle le lui concédait volontiers, le problème étant qu'elle n'en croyait pas un traître mot. Elle se retint toutefois de lui demander de retourner ses poches, car il lui aurait ri au nez.

—Elles se trouvent sur la gauche, juste à côté du salon de thé, l'informa-t-elle d'un ton caustique. C'est indiqué très clairement, mais elles sont réservées à la clientèle.

—Dans ce cas, je vais acheter un livre, répliqua-t-il.

Et il prit tout son temps pour scruter les étagères. Elle rongeait son frein, sachant pertinemment qu'il furetait en haut pour de vils motifs. Si quoi que ce soit manquait...

—J'ai trouvé! s'exclama-t-il.

Et il brandit *Le Prince*, de Machiavel. Cette plaie de Piers était décidément un cliché ambulant, tout comme son jean rouge ringard et ses mocassins qu'il portait sans chaussettes.

Furieuse, les lèvres pincées, Posy encaissa son achat.

—Onze livres et quatre-vingt-dix pence, énonça-t-elle sèchement.

Contre tous ses principes, elle n'ajouta pas « s'il vous plaît », car les fouineurs de son espèce ne méritaient pas le moindre égard.

— Gardez la monnaie, chérie, dit-il en posant un billet de vingt livres sur le comptoir.

Et elle serra les poings jusqu'à ce qu'il disparaisse.

Yasmin et Sebastian s'en allèrent peu après.

— À plus, Tignasse ! lança ce dernier par-dessus son épaule.

Et elle fut soulagée de le voir partir, même si elle avait conscience qu'elle devrait réfléchir longuement à la façon de lui annoncer que *Poignard sanglant* ne verrait jamais le jour.

Cette pensée lui occupa l'esprit jusqu'à la fin de la journée, tandis qu'elle vendait le maximum de livres, surveillait Sam et Pantin du coin de l'œil afin qu'ils ne dévorent pas toutes les pâtisseries, et venait voir Jens de temps à autre.

À 18 heures, le jour commença à décliner, clients et visiteurs avaient déserté la cour, et son personnel et elle-même s'affairaient à ranger. Jens était toujours là. Elle avait cru qu'il se serait lassé et serait rentré chez lui, mais il transportait pour l'heure avec obligeance les tables dans le salon de thé et se montrait d'une manière générale très efficace.

Il était vraiment affable et d'une sociabilité à toute épreuve ; le courant passait même avec Verity. Après tout, il n'y avait rien de répréhensible à mener une longue vie rasoir avec quelqu'un, songea Posy. En outre, même si l'existence de Jens n'était pas remplie de cabriolets et de blondes à tomber par terre, cela ne signifiait en rien qu'il était ennuyeux.

Elle posait son dernier carton par terre avec un soupir de soulagement, quand Tom proposa :

— On va au pub ? Qui est partant ? Very ?

— Ç'aurait été avec plaisir, seulement… Je vois Peter ce soir, répondit Verity en s'absorbant soudain dans l'examen d'un exemplaire écorné de *Moby Dick*.

— Dis-lui de venir avec nous ! On a tous envie de le connaître, déclara Posy.

Car Peter Hardy, océanographe, était un homme encore plus mystérieux que Tom ; au moins, ce dernier était toujours disposé à aller au pub.

— J'aurais adoré, mais nous passons si peu de temps ensemble, et il doit repartir pour Belize demain matin à la première heure, précisa Verity. La prochaine fois, peut-être.

Pantin et ses parents déclinèrent eux aussi l'invitation et rentrèrent chez eux en emmenant Sam, de sorte qu'il ne resta plus que Tom, Nina, Jens et Posy.

— Très bien, dans ce cas, on se retrouve au pub, décréta Jens d'un ton décidé. Je vais attendre que Posy ferme.

— Oh, c'est inutile ! s'écria-t-elle. Je vous rejoins tous dans un quart d'heure, car j'ai une ou deux choses à faire. Dans une demi-heure au maximum.

Jens parut complètement déconfit… ce qui était tout à fait compréhensible, se dit Posy en montant à l'étage où elle alluma son ordinateur.

Abusée par un libertin

Il y avait tant de monde à *L'Almack* que Posy craignait à tout instant de s'évanouir.

Non seulement la piste de danse était bondée, mais les salles du haut étaient elles aussi pleines à craquer de débutantes accompagnées de mères toutes fières de leur descendance, de chaperons plus vigilants que jamais et des membres les plus posés de la meilleure société londonienne, qui avaient choisi de passer la soirée dans cet établissement réputé, au lieu de se rendre dans des lieux plus animés comme les jardins d'agrément de Vauxhall.

Posy se félicitait d'avoir obtenu une invitation grâce à l'intervention de lady Jersey, qui n'avait pas oublié les nombreuses attentions que Mrs Morland avait eues jadis pour son mari souffrant.

— Il est entendu que vous ne faites pas partie de la haute, ma chère Posy, mais vous savez assurément vous tenir en honorable compagnie, avait décrété lady Jersey quand Posy avait requis son concours. D'ailleurs, même si vous avez attendu un peu plus que ne le veut l'étiquette, il n'est pas exclu que vous trouviez un riche mari.

Cependant, son carnet de bal était complet, et elle avait dansé deux fois avec le séduisant comte suédois qui avait tant monopolisé son attention ; à tel point que l'empressement de ce dernier lui avait valu une petite remontrance de la part de lady Jersey. Posy estimait désormais que la chance pouvait tout à fait tourner en sa faveur.

Après tout, pourquoi l'infortune aurait-elle été sa plus fidèle compagne ? Non qu'elle ait à tout prix envie d'un mari – grands dieux, elle était parfaitement satisfaite de n'avoir pas subi jusque-là le joug conjugal ! –, mais les femmes mal dotées n'étaient pas toujours en mesure de décider. En outre, si elle pouvait se trouver un gentil époux, plus soucieux du bien-être de sa conjointe que de lui rendre la vie infernale, alors le mariage ne s'apparenterait peut-être pas à une rude épreuve.

— Miss Morland, je crois que la prochaine danse m'est réservée.

Le comte suédois venait de nouveau de se présenter à sa table.

Posy céda son verre de ratafia à Mme Pantin (N.B. : changer son nom ! Pourquoi ne pas l'appeler Mme Pantalon, une aristocrate française qui aurait fui à Londres pour échapper à la guillotine), son chaperon pour la soirée, et adressa un sourire gracieux au comte.

Ils venaient de prendre place sur la piste, lorsqu'une voix sombre et lourde de sous-entendus s'infiltra dans son oreille, couvrant les premières notes de la danse folklorique qu'ils s'apprêtaient à entamer.

—Il me semble que Miss Morland m'avait promis cette danse, grogna lord Sebastian Thorndyke.

Le comte suédois n'eut d'autre choix que de s'effacer de bonne grâce, et elle de sourire à Sebastian, alors qu'elle mourait d'envie de faire disparaître, d'un bon coup d'éventail, l'air méprisant qu'arborait ce dernier. Mais, hélas, ce geste aurait signé sa mise au ban de la haute société.

—Qui diable est ce pleutre ? demanda Thorndyke d'un ton moqueur tandis qu'ils se lançaient dans une danse collective aux pas très compliqués.

—Le comte Jens d'Upsal n'est en rien pleutre, il s'entraîne tous les jours à l'escrime, répliqua-t-elle au moment où elle passait devant lui comme l'exigeait la danse à ce moment-là.

—Un « poltrâche », si vous préférez, si tant est que ce mot existe. Je gage qu'il serait moins enclin à vous courtiser s'il avait connaissance qu'un autre homme vous gratifie de ses attentions.

—Je dois plutôt les endurer, lui répondit-elle d'une voix tremblante.

Car elle était toute fébrile quand elle se remémorait la façon dont Thorndyke lui avait volé d'impérieux et cruels baisers.

—Endurer, vraiment ? Dois-je vous rappeler que vous étiez tout émue quand je vous ai rejetée ?

demanda-t-il d'un ton railleur lorsqu'il croisa de nouveau son chemin, avant de s'incliner devant la dame située à sa gauche.

—Espèce de butor sans cœur ! marmonna Posy.

Puis elle pinça les lèvres et évita le regard de Thorndyke jusqu'à la fin de la danse ; dès qu'elle fut terminée, elle esquissa une brève révérence et quitta la piste.

Relevant les jupons de sa robe en soie bleu clair et un rien démodée, elle s'engagea dans un corridor désert, puis s'arrêta, le souffle court : devait-elle tourner à droite ou à gauche ? Ce fut alors qu'elle entendit le bruit d'un pas léger, mais décidé, derrière elle.

—Oh, j'adore vous pourchasser, Miss Morland ! Cela me fouette le sang.

Posy poussa une exclamation aiguë, puis tourna à droite, tentant d'ouvrir la première porte qui se présentait. Et zut, elle était fermée ! Tout comme la suivante, et celle d'après.

Les battements frénétiques de son cœur ne pouvaient étouffer les bruits de pas qui se rapprochaient. Elle posa ses doigts fiévreux sur la poignée suivante qui, par chance, pivota ; elle s'engouffra sans hésiter dans la pièce, bien résolue à refermer la porte derrière elle, mais Thorndyke l'en empêcha et la contraignit à la rouvrir.

—Je suis las de vos petits jeux, Miss Morland, dit-il. Je ne souffrirai pas davantage que vous fassiez les yeux doux à d'autres hommes. Tous des chiffes molles ! Je vous veux pour moi seul.

De sa main inerte, elle lâcha la porte, et Thorndyke s'avança vers elle. Son visage demeurait dans l'ombre, aussi sombre que son âme ; il la saisit et l'attira à lui sans le moindre effort, comme si elle était aussi légère qu'une plume, une sylphide semblable à Yasmin Fairface, l'héritière d'une fortune construite sur l'importation d'œufs de mouette, avec qui il avait déjà dansé quatre fois ce soir, jusqu'à ce que sa mère vienne l'arracher à ses griffes.

Mais, quand Thorndyke captura ses lèvres et pressa contre ses souples courbes son corps dur et inflexible, elle oublia soudain Yasmin et le comte Jens d'Upsal…

Il l'embrassa avec une telle ardeur que toute raison la déserta ; alors, bien malgré elle, elle enfouit les doigts dans ses boucles noires et lui rendit son baiser…

Lorsqu'il détacha sa bouche de la sienne pour la faire glisser sur le renflement de sa poitrine, au-dessus du chaste décolleté de sa robe, Posy retrouva enfin ses esprits et eut la force de le repousser.

— Je ne serai jamais à vous, jamais ! lui assura-t-elle d'une voix haletante.

Et sur ces mots, elle s'enfuit bien vite, jetant un ultime coup d'œil par-dessus son épaule, comme poursuivie par le rire moqueur de Thorndyke.

Chapitre 14

Tout bien considéré, ce ne fut pas une grande surprise quand Jens proposa à Posy de rester amis, après l'avoir raccompagnée à *Bookends* à la sortie du *Midnight Bell*, tard dans la soirée.

Pour tout avouer, elle éprouva même du soulagement à l'idée de ne pas avoir à se déshabiller devant lui, corvée qu'elle pourrait donc pour l'instant rayer de sa liste. Néanmoins, elle devrait bien finir par se dévêtir devant un homme… Encore faudrait-il qu'elle découvre ce qui avait fait fuir son dernier prétendant en date.

— C'est parce que je t'ai présenté trop tôt comme mon petit ami ? demanda-t-elle.

Jens posa la main sur son bras.

— Non, pas du tout, ça n'a rien à voir, lui assura-t-il.

Puis il cala gentiment derrière son oreille une mèche de cheveux échappée de son chignon, ce qui ressemblait fort au geste familier d'un petit ami alors qu'il était en train de rompre en douceur.

— Pour être honnête, poursuivit-il, je ne pense pas que tu sois disponible pour une relation. Tu as beaucoup à faire, tu es très prise, et ce n'est pas le bon moment.

— Nous pourrons peut-être tenter de nouveau notre chance après la relance de la librairie ? suggéra-t-elle, sans vraiment le souhaiter.

Elle aimait beaucoup Jens, mais les sentiments qu'elle nourrissait à son égard ne la pousseraient jamais à se jeter sur lui pour l'embrasser avec fougue. De fait, il lui était difficile d'imaginer un homme qui allumerait une telle fièvre en elle, qu'elle lui en arracherait ses vêtements. Cela dit, il ne lui aurait pas déplu de faire de longues balades avec Jens, ni de se blottir contre lui sur le canapé, en buvant du vin. Mais sans la moindre étincelle de passion, on ne pouvait pas parler de relation entre un homme et une femme. Et si elle n'était pas capable, après trois rendez-vous, d'en nouer une avec Jens, qui était vraiment adorable, la perle des hommes en somme, elle était donc condamnée à rester vieille fille !

Il fallait qu'elle se procure un chat, même si elle n'en raffolait pas.

Mais elle n'eut pas le temps de ruminer les errements de sa vie amoureuse le reste du week-end, puisque Sam estima le moment opportun pour se lancer dans une crise existentielle. Ou du moins, une crise concernant sa garde-robe.

Dès que Posy ouvrit la porte de sa chambre, le dimanche matin, pour savoir s'il comptait sortir du lit et venir prendre son petit déjeuner, il commença à se plaindre.

—Je n'ai plus rien à me mettre. Qu'est-ce que je vais bien pouvoir porter demain, pour le premier jour de mon stage en entreprise ?

—Pourquoi pas le nouveau pantalon et la veste toute neuve que Sebastian t'a achetés la semaine dernière ? demanda-t-elle.

Et elle s'assit sur le rebord de son lit, tandis qu'il sortait toutes ses affaires des tiroirs et les jetait par terre. S'il espérait qu'elle les range ensuite, il risquait d'être amèrement déçu, songea-t-elle alors.

Sam se tourna vers elle, l'air incrédule.

—Mais je ne peux pas porter un costume ! C'est une entreprise numérique, à Clerkenwell. Personne ne met de costume dans ce genre d'endroits.

—Sebastian en porte bien, lui, souligna-t-elle.

—Ça n'a rien à voir ! Il est chef d'entreprise, et puis les costumes, c'est son truc.

Sam agita une poignée de vêtements sous son nez.

—Regarde ! Tous mes tee-shirts ont des personnages de dessin animé sur le devant, ou tu les as distendus avec ta poitrine, en me les empruntant. Et ne me force pas à parler de mes jeans.

Il l'avait pourtant mise en garde, mais ce fut plus fort qu'elle.

—Qu'est-ce qu'ils ont, tes jeans ? Sebastian t'en a bien acheté un, non ?

—Encore heureux, car tous les autres sont trop grands et, à part un, ils ont tous des tailles élastiques ! se récria Sam.

Il s'empoigna subitement les cheveux, et elle crut qu'il allait pleurer.

— Il faut que l'on aille m'acheter de nouveaux habits, poursuivit-il. Maintenant. S'il te plaît. Oh, Posy, ne fais pas cette tête ! Ta remise de 30 % chez *Gap* est toujours valable ?

Elle acquiesça. Et elle avait même un coupon de réduction pour aller manger chez *Pizza Express*, lui précisa-t-elle.

Après l'acquisition d'un nouveau jean très moulant, dans lequel ses cuisses paraissaient si menues que Posy en eut les larmes aux yeux, et de tee-shirts à manches longues dans des tons neutres sans le moindre imprimé dessus, et qu'elle dut jurer de ne jamais lui emprunter, ils fêtèrent leur première virée shopping sans dispute autour d'une pizza et de beignets au Nutella.

Posy osa espérer que cela marquait le début d'un nouveau chapitre dans leur relation, et qu'ils pourraient désormais faire des courses ensemble sans que Sam se mette à bouder ou à déclencher des alarmes.

Elle ne pensa pas une seule seconde que Sam, son petit frère chéri, avait cherché à lui passer de la pommade. Pas même quand, de retour à la maison, il lui ordonna de s'installer sur le canapé avec le dernier Sophie Kinsella et proposa de préparer du thé.

Après quoi, il vint s'asseoir sur la table basse, plongea ses yeux dans les siens et déclara :

— Tu te rends bien compte, Posy, que je vais devoir dire à Sebastian que *Poignard sanglant* s'appellera en réalité *Au bonheur des tendres* ?

Le choc fut tel, qu'elle en renversa du thé sur son tee-shirt.

— Mais non, c'est inutile ! Pourquoi devrais-tu faire ça ?

— Parce qu'il faudra inévitablement que la vérité éclate quand on commencera le site, expliqua Sam. Sinon, tu vas te retrouver avec un site pour une librairie imaginaire dédiée aux polars.

— Mais l'aspect technique ne change pas, non ? J'écrirai des textes factices pour *Poignard sanglant* et…

— « Oh, quel écheveau emmêlé nous tissons lorsque nous commençons par des tromperies » ! déclama Sam avec tristesse. C'est du Shakespeare, tu sais.

— Pas du tout, c'est un poème de sir Walter Scott, *Marmion*, ce que tu saurais si tu étais plus attentif pendant les cours d'anglais, répliqua-t-elle d'un ton amer (car ses notes dans cette discipline étaient catastrophiques). Bon, ce n'est pas si grave, Sam. Laisse-les construire le site, et ensuite on fera des copier-coller avec les textes destinés à *Au bonheur des tendres*.

— Des copier-coller ? On voit bien que tu n'y connais rien en matière de conception sur le Web ! On va juste perdre du temps, et en plus je ne veux pas trahir Sebastian alors qu'il a été si cool avec moi. Et puis tu dis toujours que ce n'est pas bien de mentir.

Il était incontestable qu'elle n'avait aucune idée de la marche à suivre pour créer un site, aussi glissa-t-elle sur ce point de détail, pour en arriver au fait :

—Cela ne s'appelle pas mentir, Sam, mais ménager l'adversaire. Tu vas t'introduire en territoire ennemi, tu les renverseras de l'intérieur et…

Mais Sam se leva et toisa sa sœur d'un air désapprobateur.

—Cela s'appelle mentir, Posy… Ne compte pas sur mon soutien !

Il allait franchir le seuil de la porte quand elle le rattrapa et le serra très fort contre elle, résolue à employer la pire arme de son arsenal pour qu'il lui obéisse. Elle n'en était pas très fière, mais en cas de situation désespérée, la fin justifiait les moyens.

—Sam, mon gentil petit frère, commença-t-elle doucement sur l'air de *Ben*, de Michael Jackson, comme lorsqu'il était enfant. Ce que j'aime te regarder grandir.

—Tu es vraiment diabolique ! se récria-t-il en s'efforçant de lui échapper. Tu devrais avoir honte de toi, Posy. Et je t'ai déjà dit des milliers de fois que ta version idiote ne rimait même pas.

—Tant que je serai là, tu ne seras jamais seul, et tu verras, mon petit frère, ce que ta grande sœur fera pour toi, poursuivit-elle sur le même air, tout en l'étreignant un peu plus.

Peu importait qu'il l'agace au plus haut point ou qu'il adule désormais Sebastian, son cœur ployait sous l'amour qu'elle lui portait. Ce qui ne signifiait pas pour autant qu'elle le laisserait lui couper l'herbe sous le pied.

—Tu veux que je continue ? Tu peux m'accompagner, si tu en as envie.

— Non ! hurla-t-il.

Et, dans un effort surhumain, il parvint à se dégager.

— Très bien, capitula-t-il, je ne dirai rien, mais tu me donnes vraiment un très mauvais exemple, en tant que tutrice légale.

— Je sais, répondit-elle en se laissant retomber sur le canapé. À propos, si tu vas à la cuisine, tu peux me rapporter des spéculoos ?

Sam ne restait jamais très longtemps fâché contre Posy ; en outre, la perspective de son stage l'excitait tellement que, le lendemain matin, il sortit de la librairie en lui adressant un gentil signe de la main et en lançant d'un ton joyeux : « Oui, j'ai ma carte de transport, ne t'inquiète pas. »

Posy passa la matinée à nettoyer à fond les murs et les étagères désormais vides des trois petites pièces, en vue de les repeindre.

Puis, à l'heure du déjeuner, l'une de leurs clientes se révéla être une journaliste de *The Bookseller* intéressée par les projets de Posy pour la librairie, et désireuse d'écrire un article sur sa future restructuration.

Dans l'après-midi, elle rencontra les représentants d'un gros éditeur de littérature sentimentale, très favorables à des événements avec des auteurs organisés par *Au Bonheur des tendres* et disposés à en parler à leur service marketing pour discuter de la meilleure façon de concrétiser cette nouvelle relation. Ils lui promirent aussi des produits dérivés en promotion pour leurs dernières parutions, notamment des fourre-tout. Le monde entier adorait les fourre-tout en toile, même si Verity avait dû réduire leurs commandes de moitié, après réception d'une lettre de la banque les enjoignant de prendre rendez-vous sans délai avec leurs conseillers au sujet de leur trésorerie. Elle n'avait jamais reçu de courrier de la banque auparavant, sauf des lettres d'information ou des invitations à retirer des cartes de crédit.

En revenant à la librairie après ce rendez-vous, Posy éprouva un regain d'espoir, qui contrastait fortement avec la panique qui l'habitait en permanence, depuis deux semaines.

Elle avait des projets – ce qui en soi n'était pas vraiment nouveau, ses carnets de notes en étant remplis, tout comme de rêves et d'idées –, mais ils allaient enfin se concrétiser. Pour une fois, elle s'inscrivait dans un avenir bien balisé, au lieu de vivre au jour le jour.

Quand Sam rentra de sa première journée de stage, il avait l'air bien songeur et ailleurs. Posy, qui était un peu redescendue sur terre après une journée passée à décaper les murs à la lessive alcaline, lui demanda d'un ton anxieux :

— Tu as passé une bonne journée ? Si ça ne te plaît pas, tu n'es pas obligé d'y retourner de…

— Mais non, Posy, c'était formidable ! lui assura-t-il en tournant autour de son seau d'eau sale. Tout le monde travaille avec deux écrans et dispose des derniers logiciels du marché, et même de certains dont j'ignorais l'existence. Et puis, dans la salle de pause, il y a une table de ping-pong, un flipper, et des tonnes de nourriture en libre-service. Ils ont même des KitKat au caramel salé que l'on ne trouve qu'au Japon. Je t'en ai rapporté un paquet.

—Merci, je le mangerai en dessert, dit Posy.

Elle se redressa, car elle venait de nettoyer les plinthes, et s'étira.

—Les gens ont été sympas avec toi? s'enquit-elle alors.

—Ils sont tous géniaux! s'exclama-t-il avec un enthousiasme proche de la transe.

De fait, on aurait cru qu'il venait de passer six mois dans une secte qui l'avait bourré de psychotropes, et non une journée dans une entreprise numérique rasoir, à accomplir des tâches qui l'étaient tout autant.

—Si tu promets de ne pas me faire honte, tu pourras venir avec moi, demain, si tu veux.

—C'est gentil de ta part, renchérit Posy, touchée que son petit frère veuille lui montrer son nouvel environnement, mais j'ai beaucoup de boulot ici et je ne comprends vraiment rien à l'informatique.

—Tu sais qu'ils donnent aussi des cours, et proposent des ateliers de codage, l'informa Sam. Tu devrais t'y inscrire, comme ça tu ne me demanderais plus de t'aider toutes les cinq minutes.

—Je pourrais parfaitement me débrouiller seule si tu ne changeais pas constamment le mot de passe du wi-fi sans me prévenir, répondit-elle sans s'énerver, car c'était une discussion qu'ils avaient déjà eue à de nombreuses reprises.

— Il est nécessaire de le modifier une fois par semaine, Tignasse, déclara soudain une voix familière, du seuil de la porte. Ainsi, les gens ne peuvent pas le hacker et voler toutes tes données personnelles.

Décidément, Sebastian ne cessait de jaillir à tout moment, comme un diable de sa boîte. Elle prit une profonde inspiration, bien résolue cette fois à demeurer calme et sereine face à ses provocations.

— Je ne pense pas que mes données intéressent les hackers, affirma-t-elle d'une voix neutre.

— Tu vois ce que je dois endurer ? demanda Sam en adressant un sourire entendu à Sebastian.

Il se retourna alors vers Posy.

— Sebastian m'a ramené à la maison parce que, et ne t'énerve pas, j'ai perdu ma carte de métro.

Oh, elle n'était ni furieuse, ni surprise, juste résignée !

— Encore ! Tu en es sûr ?

Il haussa les épaules.

— Elle traîne peut-être quelque part au bureau, à moins que je ne l'aie laissée tomber dans la rue.

— Je vais le signaler à la mairie, décréta Posy. C'est la troisième fois que tu l'égares depuis la rentrée.

— Quel sale garnement ! ironisa Sebastian. Tu seras condamné au pain et à l'eau tant que tu n'auras pas remboursé ta sœur.

— Il peut prendre le bus gratuitement, mais c'est une question de principe, expliqua Posy.

Sam baissa la tête.

—Je suis désolé, je te promets que ça n'arrivera plus. Qu'est-ce qu'on mange, ce soir ?

Posy désigna son seau et son éponge.

—Je n'ai pas eu le temps de penser au dîner. Est-ce que des sandwichs au fromage te conviendront ?

Sam parut atterré par la proposition.

Parfois, il lui arrivait d'envier Verity et Nina quand celles-ci lui racontaient qu'elles s'étaient contentées de grignoter des tartines de beurre de cacahuètes ou du pain aux olives, car elles n'avaient eu aucune envie de cuisiner, la veille. Mais lorsqu'on vivait avec un garçon de quinze ans qui grandissait à vue d'œil, une telle solution était tout simplement inenvisageable.

Posy remit donc un billet de dix livres à Sam afin qu'il puisse aller s'acheter une portion de fish and chips chez *No Plaice Like Home*, à l'angle de la rue.

—Et n'oublie pas de prendre une boîte de petits pois à l'épicerie, il faut également que tu manges des légumes, lui rappela-t-elle.

Elle crut que Sebastian allait lui aussi s'en aller, mais il furetait autour des sacs d'accessoires de décoration qu'on lui avait livrés le matin même.

—Merci de l'avoir ramené à la maison, lui dit-elle.

Elle lui devait au moins ça, et bien plus, en réalité. Aussi ajouta-t-elle :

—Et pour lui donner l'opportunité de travailler en entreprise. Et puis aussi pour veiller sur lui.

Sebastian lui sourit.

—Mais… Car je sais qu'un « mais » va suivre.

306

—En fait, non, avoua-t-elle aussi surprise que lui.
Je te remercie sincèrement, du fond du cœur. Et tant
que j'y suis, je te remercie également de m'avoir adressé
Pippa.

—Et tu ne vas pas terminer par quelques remarques
perfides sur ma vie sexuelle ou mes défaillances en tant
qu'être humain ?

Posy réfléchit quelques instants, puis secoua la tête.

—Non, pas ce soir… Mais ne t'habitue pas à ces
louanges, car je suis certaine que tu trouveras bientôt
de quoi attiser ma colère.

—J'y compte bien, rétorqua Sebastian. (Du bout
de son richelieu extrêmement bien ciré, il toucha avec
précaution le seau.) Pourquoi lessives-tu les étagères ?
Quel intérêt, puisqu'elles vont être repeintes ?

—C'est nécessaire, vu la couche de poussière s'y
est accumulée depuis des décennies.

—Je n'ai pas envie de compromettre notre entente
cordiale, mais je ne crois pas que le ménage soit ton
fort, Tignasse, déclara prudemment Sebastian, ce qui
était une première.

Posy n'imaginait pas qu'il fût capable d'une telle
circonspection.

—Je ne peux pas le nier, concéda-t-elle. Mais cela
dit, moi-même, je me lave régulièrement, deux fois par
jour, si tu veux tout savoir.

—Pourquoi ne demandes-tu pas aux peintres de
s'en charger ?

—Notre budget ne nous permet pas d'en employer,
lui avoua-t-elle.

En dépit de tous ses défauts, Sebastian était d'une grande générosité, et, à la façon dont il fronça les sourcils et porta la main à sa poche, elle devina ce qu'il allait lui proposer. Aussi secoua-t-elle la tête.

— Ça m'est égal de le faire moi-même. Je serai si satisfaite, une fois la tâche accomplie. Je me serai cassé le dos et les ongles, mais au moins, mon rêve sera devenu réalité. (Elle fit la grimace.) Je commence à comprendre ce que veulent dire les gens quand ils affirment que le travail physique comporte sa propre récompense.

Sebastian la regarda, perplexe.

— Pourquoi ton petit ami ne vient-il pas t'aider ? Ce n'est pas très galant de sa part de te laisser porter ces choses lourdes.

— Et toi, est-ce que tu assistes en permanence Yasmin quand elle doit porter des charges trop importantes pour ses frêles épaules ? rétorqua-t-elle.

Et elle imaginait aisément que le seul fait de soulever une cuillère à café devait représenter un effort presque surhumain pour la jeune femme.

— Tu sembles t'intéresser de près à ma petite amie, commenta-t-il.

— C'est toi qui, le premier, as parlé de mon petit ami, répliqua-t-elle.

Et ils se défièrent du regard pendant quelques instants, attitude qui leur était bien plus naturelle que d'être courtois l'un envers l'autre…

Ce fut un réel soulagement quand Sam déboula dans la librairie avec ses provisions, et exprima son étonnement de voir Sebastian encombrer encore les lieux (même s'il ne le formula pas en ces termes!).

— J'allais justement partir, décréta ce dernier. J'espère que ton seau et toi allez passer une soirée excitante, Tignasse. Et quant à toi, junior, je te dis à demain.

Puis il s'attarda encore une bonne poignée de secondes, avant de tourner les talons.

Abusée par un libertin

Ce matin-là, le *Times* annonça le mariage du comte Jens d'Upsal avec une jolie débutante qui s'affichait dans les bals depuis peu.

Le regret étreignit alors Posy Morland. Elle était en train de boire son thé et s'efforçait de bien en savourer l'arôme, car elle n'avait plus d'argent pour renouveler son stock et continuer à jouir de ce modeste luxe. La jolie débutante possédait une coquette dot, et le comte Jens détenait lui-même une importante propriété à Upsal, qui tombait en ruine.

Dix mille livres de rente annuelle auraient été susceptibles d'acheter les affections du plus intègre des hommes, songea Posy en ajustant son fichu en dentelle, lequel cachait les marques qui parsemaient son cou.

Des marques laissées par Sebastian Thorndyke, quand il s'était délecté de sa chair tendre !

D'une main tremblante, Posy reposa sa tasse (N.B. : rechercher combien de fois j'ai déjà utilisé le verbe trembler), se remémorant sa dernière soirée, à *L'Almack*, ainsi que l'odieuse façon dont Thorndyke l'avait de nouveau piégée dans une pièce située un peu à l'écart. Puis, lorsqu'elle avait tenté de s'enfuir, il l'avait soulevée dans ses bras, comme si elle était aussi légère qu'une plume, et l'avait jetée sur une méridienne.

— Non, vous n'avez pas le droit, s'était-elle indignée d'une voix chevrotante.

— Il le faut, sans quoi je ne trouverai pas de paix intérieure, avait-il rétorqué en s'allongeant sur son corps sans défense. Vous n'avez cessé de hanter mes pensées, et je n'ai désormais qu'une obsession : vous faire mienne.

Sur cette déclaration, il l'avait embrassée, plus tendrement qu'elle ne l'en aurait cru capable, et elle devait avoir elle aussi perdu la tête, car elle lui avait rendu son baiser, leurs langues se battant en duel pour dominer l'autre, avant de danser au même rythme, cependant que, de ses mains, Sebastian s'affairait à délacer le corset de sa robe.

Posy n'avait émis aucune protestation quand Thorndyke avait dénudé sa poitrine haletante pour l'exposer au clair de lune et à son regard brillant de convoitise.

— Grands dieux, ce que vous êtes belle ! avait-il déclaré d'une voix rauque avant de plonger la tête pour capturer dans sa bouche un morceau de choix, aussi succulent que tremblant (et merde, encore ce mot !).

Une fois qu'il eut achevé son œuvre, elle se sentit fébrile ! Sa chair était marbrée de rouge, et elle éprouvait un tourment fort ambigu, car, si Sebastian s'en était donné à cœur joie avec sa poitrine mutine, il n'était pas allé jusqu'au bout du processus nécessaire à une satisfaction mutuelle, de sorte qu'elle était en proie à la plus grande confusion.

Las, il avait ruiné sa réputation auprès des autres hommes, avait-elle songé en se débattant pour se rasseoir et rajuster son corsage que Sebastian, dans son élan passionné, avait déchiré.

Les joues cramoisies, elle avait baissé les yeux, incapable de soutenir son regard, à présent que d'autres feux avaient cessé de brûler en elle. Mais Thorndyke lui avait relevé le menton afin de plonger ses prunelles dans les siennes.

—Je soustrais cinq guinées de votre dette, Miss Morland, avait-il annoncé d'un ton cruel. Il ne vous en reste plus que quarante-cinq.

Juste ciel ! Même sans les stigmates qui, en raison de l'ardeur possessive de Sebastian, maculaient sa peau d'ordinaire couleur d'albâtre, comment aurait-elle pu oublier pareil affront ? Elle reposa sa tasse de thé puis, enfouissant le visage dans ses mains, laissa ses larmes couler.

CHAPITRE 15

L e lendemain, Posy passa encore la journée les bras plongés jusqu'aux coudes dans la lessive alcaline et l'eau sale, de sorte qu'elle bénit l'arrivée impromptue de Pippa dans la salle la plus reculée de la librairie, sur la gauche, pièce que Verity et Nina avaient consciencieusement évitée, au cas où elle leur aurait ordonné de prendre une éponge et de l'aider.

— Nous avions rendez-vous ? s'enquit-elle d'un ton dégagé.

Pippa s'accroupit.

— Non, non, répondit-elle.

Posy se mit alors à récurer un endroit bien précis sur une étagère, où la poussière s'était accumulée en un magma noir infâme.

— J'ai relancé les fournisseurs de sacs en toile et de mugs, et ils ont fini par promettre que si les commandes n'étaient pas arrivées lundi matin, ils nous feraient une remise de 10 %, annonça-t-elle à sa visiteuse.

— Très bien, mais ce n'est pas pour cette raison que je suis venue, la prévint Pippa. Soit dit en passant, tu m'as vraiment l'air obsédée par ces *tote bags*.

Curieusement, Pippa n'avait pas encore dégainé un de ses appareils électroniques, songea Posy, car elle n'entendait aucun clic. Celle-ci avait sans doute les yeux rivés sur le haut de son crâne, qui la grattait à cause de pellicules disgracieuses. Elle n'osa pas se retourner.

— Posy, peux-tu me regarder, s'il te plaît ? Je vais te poser une question et je voudrais que tu y répondes avec la plus grande honnêteté.

Mue par une subite intuition, Posy n'était guère motivée pour poser son éponge et s'exécuter…

— Vas-y, je t'écoute, éluda-t-elle sans bouger.

— Posy Morland, retourne-toi immédiatement !

Et elle obéit sans plus discuter, car le ton de Pippa ne souffrait aucune contestation. (Tiens, pensa-t-elle, elle devrait se rappeler cette expression « ne souffrir aucune contestation » pour la placer dans le prochain épisode d'*Abusée par un libertin* ; non qu'elle ait l'intention de poursuivre son écriture, c'était juste au cas où…).

— J'ai besoin de toute ton attention, insista Pippa d'une voix toujours aussi ferme.

— Mais tu l'as, lui dit-elle.

Et elle remarqua que, visiblement à court de citations inspirées ou d'assertions positives, Pippa était sur le point de jurer.

— Quel est le problème ? hasarda-t-elle.

— De toute évidence, tu projettes une relance de *Bookends*, cela, c'est indéniable. Mais, en toute sincérité, vas-tu vraiment rouvrir la librairie sous le nom de *Poignard sanglant*, et te spécialiser dans le polar ?

À présent, ce n'étaient pas juste ses pellicules qui la démangeaient, mais tout son corps que Posy avait envie de gratter…

— Euh… Et pourquoi crois-tu que ce ne serait pas le cas ?

Répondre à une question par une autre constituait une tactique bien connue pour se dérober. Et les deux femmes le savaient pertinemment ! D'ailleurs, Pippa plissa les yeux, aspira une large bouffée d'air, et entoura autour de son doigt à la manucure impeccable une mèche de cheveux incroyablement souple et brillante.

— De nombreux indices me conduisent à le penser, répondit-elle enfin. Chaque fois qu'un collègue réclame à Sam les textes ou illustrations du nouveau site Web, il devient rouge écarlate et marmonne que c'est toi qui les as. Par ailleurs, tu as affirmé à Mattie que le nom de la librairie n'était pas encore définitif, alors que nous avons tous approuvé le choix de *Poignard sanglant* il y a quelques semaines. En outre, quand je t'envoie des liens en rapport avec des festivals de roman policier pour que ça t'inspire dans l'organisation des dédicaces d'auteurs, mes messages restent sans réponse. Et il y a encore un instant, quand j'ai demandé à Nina si nous avions assez de livres en stock pour consacrer une salle aux polars scandinaves, elle m'a répondu, je cite : « Plutôt crever ! »

— Oh, tu connais Nina ! bredouilla Posy d'une voix mal assurée. Elle a un sens de l'humour un peu particulier.

— Personne dans cette librairie, toi y compris, ne semble manifester le moindre intérêt pour la littérature noire. De plus, Sebastian m'a raconté que tu avais vendu

315

des polars, lors de l'opération «Tout doit disparaître», samedi dernier.

— Oui, c'est vrai… Et je lui ai aussi expliqué pourquoi. Il s'agissait de vieilles éditions sans valeur, et les lecteurs préfèrent les nouvelles. De toute façon, il n'a aucune idée de…

— Posy, je possède un master en communication non verbale et j'ai repéré que tu clignes des yeux, que tu te touches les cheveux et que tu regardes de côté chaque fois que tu me parles. Ce sont des indices classiques, quand une personne ment. Aussi peux-tu répondre clairement à cette question : est-ce que *Bookends* va devenir une librairie dédiée aux romans noirs dans trois semaines ?

Posy laissa retomber les mains le long de son corps et baissa la tête.

— Non, admit-elle.

Et elle eut l'impression d'ouvrir une boîte de Pandore… Mais elle devait désormais aller jusqu'au bout.

— Nous allons rouvrir sous le nom de *Au bonheur des tendres*, une librairie unique, spécialisée dans la romance, qui comblera tous les besoins des lectrices en la matière.

— Je vois.

Pippa croisa les doigts et les plaça sous son menton.

— Non, en fait, je ne vois pas du tout ! s'écria-t-elle. Tu peux m'expliquer les grandes lignes de ce projet ?

Alors les mots sortirent de sa bouche de façon gauche et désordonnée, mais il était bon de confesser enfin tous ces mensonges, même si Pippa demeurait impassible et impénétrable.

— Sebastian était censé s'être déjà désintéressé de toute l'affaire, à présent, conclut-elle sur une note plus virulente (car, en réalité, tout cela était sa faute). Je suis désolée de t'avoir menti et d'avoir profité de tes compétences en gestion de projet, sans te dévoiler mes véritables intentions, mais la spirale de non-dits a fini par m'échapper.

— Je dois en informer Sebastian, décréta Pippa.

— Oh, s'il te plaît, non ! l'en conjura aussitôt Posy.

Elle n'était plus à cela près ; d'ailleurs, elle n'éprouvait aucune gêne à la supplier.

— Donne-moi une bonne raison de ne pas le faire.

— Euh… Par solidarité féminine ?

Pippa aspira une profonde bouffée d'air.

— Posy, c'est lui qui me rémunère.

— Oui, je sais, mais toi, tu es passée maître dans l'art de lui dire « non » et de le forcer à t'écouter, alors que si n'importe qui d'autre lui oppose un refus, il devient sourd. J'ai tenté, à de nombreuses reprises *(et c'est un euphémisme)*, de lui expliquer mon projet. La dernière fois, c'était au cours d'une dispute, et il s'est enfui avant que j'aie eu le temps de lui livrer l'information essentielle.

Là-dessus, il ne lui resta plus qu'à entraîner Pippa dans le bureau pour lui montrer le calendrier mural avec les dédicaces d'auteurs prévues, l'iconographie qu'elle avait approuvée des semaines auparavant, les pots à crayons, les marque-pages et les sacs qui étaient

317

arrivés le vendredi. Et pendant tout ce temps, Verity la regardait, comme frappée d'horreur.

— Tout va bien ? s'aventura-t-elle à demander quand elle ne put plus supporter la tension palpable entre Pippa et Posy.

— Je ne sais pas, marmonna cette dernière.

Puis elle reprit à l'intention de Pippa :

— Tu es furieuse contre moi, n'est-ce pas ? Écoute, je ne voulais pas te faire perdre ton temps, et d'ailleurs, ça n'a pas été le cas, car tes conseils concernant le planning ont été précieux, et le plan de circulation entre les rayonnages que tu as suggéré était très judicieux. Nous allons juste nous spécialiser dans un autre genre de littérature. Ce n'est pas si grave, non ? Ce sont toujours des romans, des accessoires, mais au lieu de glorifier le meurtre, nous rendrons hommage à Cupidon. C'est positif, l'amour. C'est le sel de l'existence. L'amour est partout.

— Il faut que tu l'annonces à Sebastian, déclara Pippa d'un ton ferme. Sans quoi, c'est moi qui m'en chargerai.

Bien sûr, elle allait avouer à Sebastian son double jeu. Révéler la profondeur de sa duperie. Confesser ses méfaits. Reconnaître tous ses mensonges éhontés. Au pire, qu'arriverait-il ? Il pourrait lui facturer les services de Pippa et le site, ce qui n'était pas non plus la fin du monde. À moins qu'en tant qu'exécuteur légal de la succession de Lavinia il puisse lui reprendre la librairie avant le délai des deux ans prévus… Parmi les nombreux formulaires et documents qu'elle avait signés, se cachait-il une clause octroyant tout pouvoir à Sebastian sur *Bookends*, au cas où elle se rendrait coupable de subterfuge ?

Elle l'ignorait. En revanche, elle imaginait aisément sa colère… Il lui tiendrait des propos haineux, ce qu'elle pourrait supporter, car elle était habituée depuis toujours à les entendre ; cependant, s'il cessait de venir à la librairie, Sam ne s'en remettrait pas, et elle ne pourrait s'en prendre qu'à elle-même.

Sam et sir Walter Scott avaient finalement raison sur le tissu inextricable qu'engendraient les mensonges.

— Très bien, je vais lui parler, marmonna Posy. Mais il faut que tu me laisses choisir le moment opportun.

— Hélas, tu ne peux plus te permettre ce luxe ! se récria Pippa, l'air angoissé. Comme le dit Paulo Coelho : « Un jour, tu te réveilleras et tu n'auras plus de temps pour réaliser les projets que tu as toujours portés en toi. Agis maintenant. »

— Tu as vraiment une citation appropriée pour chaque situation, commenta alors Posy. Comment arrives-tu à te les rappeler ?

— Sans doute parce que c'est un puissant outil de motivation, expliqua Pippa.

Puis elle plongea son regard insistant dans celui de Posy, autre formidable instrument de motivation.

— Tu ne peux pas continuer à profiter ainsi de la bonne nature de Sebastian ! ajouta-t-elle.

À ces mots, Verity leva les yeux au ciel avec une telle emphase que Posy crut un instant qu'elle allait faire une attaque.

— Et depuis quand Sebastian a-t-il une bonne nature ? s'étrangla-t-elle à la place.

— Il est absolument impossible de lui dire quelque chose qu'il ne veut pas entendre, renchérit aussitôt Posy.

— Moi, je n'ai aucun problème pour communiquer avec lui, décréta Pippa. Il faut se montrer ferme, c'est tout. Ne pas lui donner la possibilité de récriminer. Aller droit au but, lui laisser le temps d'assimiler, puis passer à autre chose. Droit au but, assimilation, résolution, répéta-t-elle. D.A.R.

— Droit au but, assimilation, résolution, récitèrent Posy et Verity en chœur.

— Bravo, je vois que vous avez compris ! Applique-lui la méthode D.A.R. dès lundi, Posy, ou bien je m'en charge, mais tu sais comme moi qu'il serait préférable que l'information vienne de toi. D'accord ?

— Oui, mais…

Pippa était déjà sortie du bureau, et Posy dut la poursuivre jusque dans la librairie.

— Pippa, attends !

— Je ne peux pas. Je viens d'utiliser la méthode D.A.R. avec toi, lança Pippa, la main déjà posée sur la poignée de la porte.

— Une seconde, s'il te plaît, je voulais te parler de ton amie Mattie, hurla alors Posy depuis le seuil.

À cet instant, un homme d'âge moyen en anorak et bonnet à pompon qui scrutait, l'œil avide, ce qui restait des manuels pratiques invendus lui adressa un regard consterné. Par chance, Pippa s'immobilisa et se retourna.

320

— Elle m'a adressé quelques mails ; enfin, pour tout t'avouer, elle m'en envoie un chaque matin depuis deux semaines ! Seulement, je n'ai pas encore pris de décision au sujet du salon de thé…

— Posy, pourrais-tu arrêter de me prendre pour ton confesseur ? Comment ça, tu n'as pas encore pris de décision ?

Cette fois, Pippa paraissait vraiment furieuse.

— Tu dois le faire très rapidement, enchaîna Verity comme dans un chœur grec. Et la réponse doit être « oui ». Le salon de thé est un espace mort, qui ne rapporte pas le moindre centime. Or, il faut que nous fassions rentrer de l'argent dans les caisses, au lieu de toujours en dépenser.

Posy eut tout à coup l'impression que, quelle que soit la somme de travail qu'elle fournissait, les pressions pleuvaient de toutes parts et augmentaient chaque jour, de sorte qu'elle en éprouvait presque des difficultés à respirer.

— OK, dit-elle en levant les mains comme pour parer à toute nouvelle critique. Je vais réfléchir sérieusement au sort du salon de thé.

Pippa poussa un profond soupir, comme si cette déclaration ne la satisfaisait pas.

— Comme disait Walt Disney : « La meilleure manière de se lancer, c'est d'arrêter de parler et commencer à agir. »

Et lorsque Pippa dégainait ses citations inspirées, Posy se savait battue d'avance…

— Très bien, oui! s'exclama-t-elle alors. Je vais le rouvrir, ce salon de thé! Selon toi, Mattie estimera-t-elle que les gâteaux et la fiction romantique s'accordent mieux que le crime et la pâtisserie? Peux-tu lui soumettre l'idée? S'il te plaît!

— Bon, c'est tout à fait envisageable, concéda Pippa. Je vais lui donner le feu vert pour passer à la librairie.

— Tu pourras aussi lui demander d'apporter un assortiment? intervint Nina du haut de l'escabeau.

— Assez! s'écria Pippa en ouvrant grand la porte. Je vous ai appliqué à toutes la méthode D.A.R. Tenez-vous-le pour dit!

Abusée par un libertin

Ainsi que Posy le redoutait, il vint la trouver au beau milieu de la nuit. Le sommeil l'avait désertée ces dernières heures ; aussi, quand elle entendit une poignée de cailloux crépiter contre sa fenêtre, ne tressauta-t-elle pas, car elle était éveillée.

Les graviers ricochèrent de nouveau contre les carreaux, et, craignant que Thorndyke (car ce ne pouvait être que lui) ne brise la vitre, elle se leva prestement de son lit et alla ouvrir la fenêtre ; elle lui lança alors un regard interrogateur.

— Que voulez-vous, sire ? siffla-t-elle entre ses dents.

Mais Thorndyke s'était déjà hissé en haut du pommier qui jouxtait la maison et dont les branches en touchaient presque les murs, Posy ayant été contrainte de renvoyer le jardinier, à la Saint-Michel.

— Êtes-vous devenu fou ?

— Je viens vous voir au clair de lune, ma chère Miss Morland, déclara-t-il d'une voix posée, en dépit des efforts qu'il fournissait. Vous êtes ravissante. Si adorablement ébouriffée.

Posy était certaine de n'être ni adorable, ni ravissante dans son ample chemise de nuit en coton rêche, avec ses nattes à moitié défaites.

— Vous avez complètement perdu l'esprit si vous imaginez que je vais vous laisser entrer, lui dit-elle d'un ton sévère.

L'après-midi même, elle avait mis sa chère Verity au courant des infamies que lui avait fait subir Thorndyke. Bien que celle-ci fût fille de pasteur, elle ne l'avait ni jugée ni condamnée, mais l'avait mise en garde et l'avait sommée de se montrer plus ferme avec lord Thorndyke.

— Ne laissez aucun homme acheter votre réputation ou votre cœur, lui avait dit Verity. Encore que je suspecte que ce ne sont pas tant les cinquante guinées qu'il convoite que votre amour, car celui-ci représente un trésor inestimable.

Que Verity était naïve ! Posy se refusait à croire que Thorndyke pût ou pourrait un jour l'aimer. Un si noble sentiment requérait un cœur pur, et celui du comte était aussi noir qu'une poignée de ces misérables charbons qu'elle pouvait tout juste acheter pour allumer le feu, le soir.

— Vous allez me laisser entrer, Posy, insista Thorndyke. Et une fois dans votre chambre, vous me donnerez accès à ce nid si doux et tentant qui se trouve entre vos cuisses soyeuses. Grands dieux, écartez-vous de cette fenêtre, petite entêtée !

— Certainement pas !

Et elle retira bien vite la tête de l'encadrement de la fenêtre dans l'espoir qu'il cesse de hurler comme un marchand des quatre-saisons. (N.B. : vérifier si les marchands des quatre-saisons hurlent.)

— Vous ne pouvez pas jouer avec moi, avec mes sentiments, plaida-t-elle alors. Je n'ai pas les moyens financiers de rembourser la dette de ma famille, mais, Dieu m'en garde, je ne me laisserai pas avilir plus longtemps. Mettez-nous à la porte, Sam et moi, s'il le faut ! Je préfère encore prendre le risque de finir en prison pour dettes que dans vos bras. Et maintenant, disparaissez !

Mais quand elle voulut refermer la fenêtre, pour l'empêcher d'entrer, il se pencha vers elle et lui vola un baiser.

Un ~~tremblement~~ (Non ! Change de vocabulaire !) frémissement convulsif la parcourut, et Thorndyke tira parti de cette distraction momentanée pour bondir sur le rebord de la fenêtre.

— Me laisserez-vous me rompre le cou, Miss Morland ? s'enquit-il d'une voix rauque. En concevrez-vous de la joie ?

— Je ne veux pas avoir la mort d'un homme sur la conscience, pas même la vôtre, renchérit Posy. Et elle s'écarta de façon qu'il puisse sauter prestement dans sa chambre à coucher. Il se planta devant elle, élancé, fort, et d'une virilité terriblement choquante dans ses hauts-de-chausses moulants en peau de baudet et sa veste ajustée de manière exquise, d'un tissu aussi noir que délicat.

— Vous ne m'aurez pas, je ne serai pas votre catin, sire. Pas même pour cinquante guinées.

— C'est absurde ! répliqua-t-il avec mépris.

Et il l'agrippa par sa chemise de nuit pour l'attirer contre lui.

— Vous ne nous rendez guère service à tous les deux quand des mots aussi durs se déversent de votre jolie bouche, ajouta-t-il.

— Vous devez me laisser tranquille, monsieur, insista-t-elle d'un ton désespéré.

Elle sentait en effet la chaleur de son corps se communiquer au sien, à travers leurs vêtements, et il avait par ailleurs plaqué la main sur ses reins.

— Pourquoi seriez-vous tranquille alors que je suis au supplice ? rétorqua-t-il.

Et le désespoir qu'elle percevait dans sa voix faisait écho au sien…

Elle ne leva pas le petit doigt pour l'arrêter, ni n'émit la moindre protestation quand il déchira sa chemise de nuit aussi aisément que si celle-ci avait été en papier, et qu'elle se retrouva en tenue d'Ève, tremblante et vulnérable devant lui.

— Venez vous allonger près de moi, douce Posy, et consentez que je vous aime. Laissez-moi vous montrer que, derrière ma cruelle et insouciante armure, je peux être… indulgent… complaisant avec vous.

À chaque promesse, il lui volait un nouveau baiser, modelait ses formes pour qu'elles épousent son corps aussi dur qu'un roc. Et quand Posy enfouit les mains dans ses boucles noires comme la nuit, il la souleva de terre et l'emmena vers le lit.

CHAPITRE 16

P osy devait absolument écrire un mail à Sebastian. Ou bien remettre un mot à Sam sur son nouveau papier à l'en-tête d'*Au bonheur des tendres*, afin qu'il le lui transmette.

Mais Sebastian effacerait probablement son message dès qu'il verrait le nom de son envoyeur, puis nierait l'avoir jamais reçu ; par ailleurs, Sam n'était pas un messager très fiable, étant donné qu'il égarait constamment ses clés, ses cahiers et ses cartes de transport.

Posy devrait donc attendre la prochaine «descente» de Sebastian à la librairie, qui aurait donc vraisemblablement lieu la semaine suivante, et lui appliquer la méthode D.A.R. Il ne lui restait plus qu'à croiser les doigts pour avoir plus de succès que dans ses tentatives auprès du Sebastian fictif. Car ce dernier l'aurait allongée sur la table des dernières parutions avant même qu'elle n'ait le temps d'aller droit au but.

— Soit ! Eh bien, moi aussi je serai direct, Miss Morland, aurait rétorqué le comte Thorndyke.

Et sa propre imagination la fit rougir ! Elle sentit ses mains trembler légèrement lorsqu'elle posa son éponge sur une nouvelle étagère. Quand elle aurait terminé et que la librairie serait lessivée et repeinte, elle ne voulait plus jamais revoir un seau ou une éponge de sa vie !

Mais elle fut sauvée par le gong… en l'occurrence les gâteaux. Ou plus exactement l'arrivée de Mattie qui pénétra dans la librairie, chargée de grandes boîtes Tupperware.

—J'avais envie de vous rendre une petite visite, déclara-t-elle en plaçant un de ses trésors sur une étagère. Pippa m'a assuré que vous et la jeune femme aux cheveux bleus seriez dans les environs.

—Vous voulez parler de Nina, précisa Posy. Je vous présenterai à tout le monde tout à l'heure. (Elle se rongea un ongle.) Mais je crois que nous devons d'abord discuter du salon de thé, car, pour être franche, je ne suis pas entièrement sûre que… Voyez-vous, j'ai tant d'autres choses à faire, et le problème, c'est que Pippa tenait vraiment à ce que je prenne une décision, là, tout de suite !

Mattie hocha la tête.

—Je sais. J'adore Pip, mais tu imagines l'angoisse quand on va au resto avec elle ?… On peut se tutoyer, n'est-ce pas ?

Et elle enchaîna sans attendre la réponse :

—Il faut choisir le menu en cinq minutes chrono !

Mattie portait une salopette en jean avec un polo noir à manches longues et des tennis pas très propres, et pourtant, elle avait l'air charmant et mutin.

—Mais sache que j'ai vraiment très envie de reprendre le salon de thé, si ça peut t'aider à te décider. Le lieu est parfait, du moins ce que j'en ai vu… C'était juste la nouvelle librairie que je sentais mal. Les lecteurs de thrillers ne sont sans doute pas de grands amateurs de pâtisserie.

—Selon moi, les fans d'Agatha Christie et de Dorothy L. Sayers doivent apprécier les gâteaux, objecta Posy, encore qu'elle n'ait pas vraiment réfléchi à la question. Tout le monde adore ça, non ? Nous sommes tous égaux face à une pâtisserie.

—Mais la librairie ne va pas se spécialiser dans le polar, n'est-ce pas ? s'enquit vivement Mattie.

—Ah non alors ! s'écria Posy avec ferveur.

Son eau était toute noire à présent, et elle était ravie du divertissement que lui apportait Mattie. Elle lui fit visiter les lieux et lui expliqua à quoi les salles ressembleraient, dans deux semaines, quand elles seraient repeintes en gris taupe, et que l'on pourrait y circuler de manière plus fluide, grâce aux futures vitrines vintage et aux panneaux fuchsia permettant de distinguer les différents rayons.

Puis elles s'installèrent dans le bureau du fond, et Verity prépara le thé pendant que Mattie sortait de ses boîtes Tupperware des cakes au glaçage mandarine, différentes variétés de brownies, ainsi que des sablés aux éclats de caramel salé, noix de pécan, chocolat blanc et même aux fruits de la passion ! Mais elle ne s'était pas contentée de gâteries sucrées, elle avait aussi apporté du salé comme des scones au fromage et à l'oignon rouge, des cakes au chou et à la ciboulette, un crumble aux légumes, des…

—Quand vas-tu ouvrir le café ? s'enquit Nina, la bouche pleine d'un brownie saveur lavande.

Elle était censée tenir la librairie, mais ne cessait de faire des incursions dans le bureau pour goûter aux exquises spécialités de Mattie.

—Tu ne pourrais pas commencer demain ? poursuivit-elle.

—Demain, c'est un peu prématuré, avança Posy.

Et Mattie acquiesça.

—Pourrais-je inspecter un peu plus longuement le salon de thé ? demanda-t-elle.

De bonne grâce, Posy la conduisit vers la double porte qui y menait, l'ouvrit et la laissa explorer le local. Elle revint juste à temps dans la librairie pour entendre la porte d'entrée se refermer… et voir Piers Brocklehurst s'éloigner à grandes enjambées ! Ça alors ! Que faisait-il là, celui-ci ?

Et Nina qui avait disparu. À propos, la jeune femme n'était-elle pas censée avoir rompu avec lui ? Elle perçut tout à coup une conversation chuchotée mais animée, près de la porte de derrière. Elle s'en approcha à pas de loup…

—Tu crois que tu dois le dire à Posy ? questionnait Verity.

Nina émit discrètement un soupir affligé.

—Je ne veux pas l'inquiéter avec ça. Elle a tant à faire en ce moment, mais sa question était un peu louche, tu ne trouves pas ?

—Absolument! Il a du toupet, tout de même, de te demander si tu n'aurais pas des ragots sur Posy! s'indigna Verity.

Elle sursauta. Mais que se passait-il, bon sang?

—Quoi qu'il en soit, Posy n'a jamais trempé dans de sales affaires, poursuivit son amie. À part la saleté qui règne à l'étage, elle mène une vie irréprochable.

—Ce n'est pas ce genre de saleté qui semblait de toute façon l'intéresser, commenta Nina. Il a vraiment insisté pour savoir si elle n'avait pas des arriérés d'impôts, ou si elle n'aurait pas par hasard transgressé les règles en matière de sécurité et d'hygiène. Je n'aurais jamais dû lui dire que Posy trouvait qu'on n'était pas faits l'un pour l'autre, quand je l'ai jeté, mais c'était plus facile que de lui avouer qu'il me fichait la frousse.

Elle marqua une pause et ajouta d'un air songeur:

—J'aurais peut-être dû baiser avec lui. Me sacrifier pour les autres, en quelque sorte.

Ces propos horrifièrent Posy. Toutefois, elle ignorait ce qui la terrifiait le plus. Piers, qui semblait résolu à se venger d'elle parce qu'elle l'avait empêché d'épingler Nina à son tableau de chasse? Encore que ce ne doive pas être la première fois qu'une amie d'une de ses victimes intervenait pour éviter une telle hérésie! Ou bien Nina qui, même si elle avait reconnu la nature odieuse et vile de Piers, n'avait pas complètement exclu l'idée de coucher avec lui?

—Ne t'envoie pas en l'air avec lui, conseilla Verity. Mais ne mettons pas Posy au courant pour l'instant. Et la prochaine fois que cet affreux individu rapplique…

eh bien… Oh, comme j'aimerais dire que c'est à moi qu'il aura affaire, mais je ne peux pas, Nina! C'est au-dessus de mes forces. Peut-être qu'on devrait lâcher Tom sur lui.

Un silence s'ensuivit, bientôt brisé par les gloussements hystériques de ses deux amies, à l'idée que Tom soit mêlé à une bagarre pour défendre Nina.

Mais Posy, elle, ne riait pas du tout. Une affaire stressante à gérer, c'était bien la dernière chose dont elle avait besoin. Aussi, au lieu de se montrer et d'annoncer que c'était elle qui se chargerait la prochaine fois de Piers, se réfugia-t-elle dans sa douillette cachette d'autrefois… Mais Nina ne tarda pas à revenir de la librairie et, avisant les pieds de Posy qui dépassaient du petit coin lecture de son enfance, s'interrogea sur la raison de sa présence. Ce fut alors que cette dernière s'aperçut qu'elle en avait oublié Mattie dans le salon de thé…

Lorsqu'elle l'y rejoignit, elle la découvrit dans la cuisine, agenouillée par terre, la tête enfoncée dans le four.

Durant quelques affreuses secondes, elle redouta le pire, mais se rappela bien vite que l'appareil ne fonctionnait plus depuis des années, et Mattie en émergea alors, son carnet de notes à la main.

—C'est vraiment un très grand espace, décréta celle-ci, en fronçant légèrement les sourcils. Y a-t-il une raison précise qui t'ait poussée à fermer le salon de thé? Tu manquais de clientèle? J'ai vu qu'il y avait un traiteur, à deux pas. Il te faisait beaucoup de concurrence ?

— Non, le salon de thé était très fréquenté. Et pas simplement par les clients de la librairie. C'était toujours plein à craquer, et Stefan, le traiteur dont tu parles, ne sert pas sur place, car, selon lui, ça requiert trop de travail, même s'il prépare des sandwichs, à midi, des sandwichs scandinaves, à base de pain de seigle. Et il confectionne aussi d'exquises brioches à la cannelle.

Elle sentit sa gorge se nouer, et ses yeux la piquer ! Et pourtant, elle venait juste d'évoquer l'adorable Stefan…

Quand surmonterait-elle son deuil, et pourrait-elle enfin dire de façon désinvolte : « Oh ! Mes parents sont décédés il y a sept ans. Bien sûr, ils me manquent encore parfois, mais le temps guérit les blessures » ?

Mais c'était loin d'être le cas. Le temps rendait au contraire leur absence chaque jour plus cruelle, et elle s'accrochait à sa douleur, car, si elle commençait à aller mieux, s'ils se mettaient à moins lui manquer, alors leurs souvenirs – le son du rire de sa mère, son parfum aux notes de chèvrefeuille, la sensation du bras de son père autour de sa taille, des boutons de sa veste s'enfonçant dans ses joues – s'effaceraient peu à peu et finiraient par disparaître pour toujours.

— S'il rapportait tant que ça, pourquoi l'as-tu fermé ? questionna Mattie. C'est curieux. On dirait que les stores ont été baissés du jour au lendemain. Il y avait encore un livre de recettes ouvert sur le plan de travail, des couverts dans l'évier, et j'ai vu que, dans la réserve…

—Ma mère…, commença Posy.

Mais les mots restèrent coincés dans sa gorge.

Elle prit une profonde inspiration, puis expira.

—Mon père gérait la librairie et ma mère… s'occupait du salon de thé. Ils étaient… Ils ont eu un accident de la route et… Après, Lavinia, qui était propriétaire de la librairie, l'a reprise, et le salon…

Posy déglutit avec difficulté.

—Tout s'est passé si vite, de façon si douloureuse, que c'est resté en l'état, même si, à terme, Lavinia envisageait de rouvrir le salon de thé.

Mattie, qui était restée adossée au plan de travail pendant qu'elle s'exprimait, ne chercha pas à prendre Posy dans ses bras, ce dont elle lui sut gré, car elle se serait alors effondrée et mise à sangloter, ce qui n'aurait pas été très professionnel.

—Je suis désolée, dit-elle avec douceur. J'ai perdu mon père quand j'avais douze ans, et je crois qu'on ne se remet jamais de ces choses-là.

—Exact.

—Je comprends mieux maintenant. Ça te fait bizarre de voir quelqu'un d'autre occuper cet espace, commenta Mattie.

Et elle parcourut de nouveau le salon de thé.

Ce serait étrange, en effet, de voir une nouvelle personne là où elle ne pouvait envisager que sa mère, songea Posy. Mais ce ne serait peut-être pas si affreux que ça, au fond…

—Je sais qu'il est grand temps de tourner la page, mais entre le fait de savoir et celui d'agir, il y a de la marge… Cependant, il est stupide de laisser la poussière s'accumuler dans un lieu destiné à être accueillant, et où les gens auraient plaisir à se retrouver pour déguster des pâtisseries tout en débattant de littérature.

Oui, vu sous cet angle, la réouverture du salon de thé lui parut subitement une perspective plausible…

—Néanmoins, poursuivit-elle, si tu tiens vraiment à reprendre le salon de thé, il faudra que tu acceptes ma présence qui risque d'être envahissante, tout comme mes laïus sur la façon dont on s'y prenait au bon vieux temps. Tu crois que tu pourras me supporter?

—Je tâcherai de te guérir avec mes gâteaux, renchérit Mattie. C'est ma méthode pour consoler les gens tristes.

Et sur ces mots, elle inspecta encore une fois la pièce du regard.

—C'est de loin le plus chouette local que j'aie jamais vu, enchaîna-t-elle. Il est vraiment convivial et lumineux, et en même temps très cosy. Mais de nombreuses questions devront être réglées, comme le montant du loyer, ou bien les différentes licences, et de toute façon, il serait impossible de le rouvrir en même temps que la librairie. Cela dit, si tu es d'accord sur le principe, j'adorerais reprendre ce salon de thé.

Elle s'était exprimée d'une voix rauque, car elle venait visiblement de franchir un pas, elle aussi.

—Pour tout te dire… Je ne sais pas si j'aurai un jour l'impression d'avoir pris la bonne décision, mais j'ai le sentiment que tu es la bonne personne, si tant est que ce que je dis ait un sens, décréta Posy avec un sourire. Néanmoins, je suis certaine que ma mère aurait approuvé, et t'aurait déjà demandé ta recette de scones. Alors, marché conclu ?

Mais, juste avant qu'elles échangent une poignée de main, Mattie marqua une pause, et cette légère hésitation déstabilisa quelque peu Posy : elle qui pensait être la seule à nourrir des réticences !

— Il faut tout de même qu'un point soit bien clair entre nous : il est hors de question que je fasse des cupcakes, annonça alors Mattie d'un ton sans appel.

— Très bien, je m'en remettrai, mentit Posy, résolue à tout mettre en œuvre pour qu'elle change d'avis.

— Et, pour ne rien te cacher, je ne crois pas non plus aux histoires d'amour qui finissent bien, mais je préfère ne pas m'étendre sur le sujet, précisa encore Mattie.

Alors elles se serrèrent la main, puis s'enlacèrent brièvement mais avec sincérité, et il sembla à Posy qu'en plus d'avoir trouvé une gérante, elle avait aussi trouvé une amie.

La perspective réconfortante d'une nouvelle amitié potentielle, tout comme l'élan que lui procura la dégustation des savoureuses pâtisseries, fournit à Posy l'énergie et la motivation nécessaires pour terminer son grand lessivage.

Puis le moment arriva d'ouvrir le premier pot de peinture, ce qui représentait pour elle une étape déterminante : désormais, il n'était plus possible de faire machine arrière. Toutefois… Était-elle capable de peindre quoi que ce soit correctement, après avoir ingéré tant de sucre, sans compter sa conversation avec Mattie qui l'avait profondément secouée ?

Il lui parut tout à coup plus raisonnable, avant d'attaquer la peinture des étagères, d'aller solliciter le soutien moral de Nina, qui était très forte en matière d'encouragement. Mais avant qu'elle ne se mette à sa recherche, le carillon tinta, et Sebastian pénétra comme un ouragan dans la librairie, son portable vissé à l'oreille. Un puissant trouble, désormais familier, la saisit, et sa peau se marbra de rouge. Puis elle fut prise d'un léger vertige en se rappelant le Sebastian fictif qui, la nuit précédente, avait sauté dans sa chambre par la fenêtre et était arrivé à ses fins diaboliques avec elle.

— Bon Dieu, Brocklehurst, pourquoi est-ce que nous discutons encore de ça ? demandait-il sèchement au téléphone.

Décidément, le caractère nuisible de Piers s'apparentait à une déferlante : même Sebastian en était victime, c'était dire !

— Je t'ai déjà prévenu que le site était classé, poursuivit ce dernier, et même si ce n'était pas le cas, je n'ai aucun intérêt à m'associer avec toi. C'est tout le contraire.

Posy s'effaça discrètement. Pendant qu'il était occupé, elle avait le temps de revenir s'enfermer dans le salon de thé, et quand il la rechercherait, elle pourrait lui crier à travers la porte ce qu'elle avait à lui avouer.

Oui, c'était vraiment un très bon plan.

—Arrête de te plaindre, Brocklehurst! Personne n'aime les geignards. À plus… Eh, Tignasse, pas si vite! Où vas-tu, comme ça?

Posy n'eut pas d'autre choix que de se retourner et de l'affronter, un grand sourire hypocrite aux lèvres.

—Tiens, Sebastian, je ne t'avais pas entendu arriver, déclara-t-elle d'un ton innocent.

Il avait apporté des renforts en les personnes d'Effronté n° 1 et de Bougon n° 1, ce qui était très opportun, car Posy aurait ainsi des témoins.

—De fait, je suis ravie de te voir, car j'avais besoin de te parler.

—C'est vrai? répliqua-t-il sans paraître pour autant très intéressé.

Il scruta la salle principale, tous les espaces vides sur les étagères, jusqu'à ce que son regard tombe sur Nina qui était sortie du bureau et se tenait derrière le comptoir, ignorant de façon ostensible Effronté n° 1, qui n'avait visiblement pas utilisé la vile application de Sebastian pour la draguer.

—Salut, Toute tatouée, tu es très en beauté aujourd'hui!

Nina lissa sa robe moulante rouge à froufrous comme si elle brossait quelques miettes, puis leva vers lui un visage souriant.

—Oui, je sais. Dommage que tout le monde n'ait pas capté le message, commenta-t-elle.

Et elle fusilla du regard Effronté n° 1 qui éprouva soudain le besoin de se dissimuler derrière son collègue, plus âgé et plus charpenté.

— Bref, éluda Posy, désireuse d'abréger son agonie, peut-on aller discuter quelque part, Sebastian ? Dans le bureau, peut-être.

— De quoi veux-tu parler, au juste ? Du salon de thé ? De l'amie de Pippa qui refuse de faire des cupcakes ? J'espère que tu l'as envoyée sur les roses, répondit-il.

Il plissa alors les yeux et pinça la bouche qui se transforma en une ligne toute mince.

— Je ne peux pas me figurer un salon de thé sans cupcakes, ajouta-t-il, même si je préfère des pâtisseries plus roboratives.

— Je dois dire que j'ai pour ma part un faible pour les bons vieux cakes aux fruits confits, intervint Bougon n° 1.

Posy lui adressa un vague sourire, puis tourna de nouveau la tête vers Sebastian.

— À part son veto concernant les cupcakes, Mattie est la personne idéale pour gérer le salon de thé, lui déclara-t-elle avec une certaine satisfaction (même si elle s'était juré de ne plus rechercher la confrontation). L'affaire est déjà conclue entre nous.

— Franchement, Tignasse, je ne peux pas te laisser une minute sans que tu ne prennes des décisions inconsidérées. Il va falloir revenir sur ce marché.

— Il n'en est pas question ! s'écria Posy.

Mais Sebastian était déjà parti inspecter les salles qu'elle avait lessivées en vue de les repeindre. Elle fit alors signe à Effronté n° 1 et Bougon n° 1 de la suivre et rejoignit Sebastian.

—J'étais en train de te parler, lui fit-elle remarquer.

—Je n'ai pas entendu ce que tu me disais, d'où je me trouve, rétorqua-t-il, accroupi pour mieux examiner les pots alignés contre le mur. Tu aurais dû me prévenir que tu voulais repeindre, tu ne peux pas prendre en charge toutes les dépenses. Et puis, peux-tu m'expliquer pourquoi tu as choisi du fuchsia ? Où est le rouge ? Et le noir ? Tu ne peux pas peindre en rose vif une librairie spécialisée dans le polar et qui va s'appeler *Poignard sanglant*.

—Dit l'homme qui se lamente sur l'absence de cupcakes, ironisa-t-elle. Bref, le rose est notre couleur de base.

Sauf que ce n'était pas tout à fait exact. Bien sûr, ce serait juste un rehaut, mais néanmoins très présent.

—Vous n'allez pas peindre en rose, quand même ! s'indigna Bougon n° 1.

—Ce sera une vraie cata, si vous faites ça, commenta à son tour Effronté n° 1.

Posy leur jeta un regard noir.

—Merci pour votre avis. Bon, Sebastian, j'ai quelque chose à te dire.

Elle pouvait le faire, elle le devait, même s'il aurait été préférable que Pippa s'en soit chargée, car elle aurait enrobé le tout dans quelques citations inspirées, ce qui aurait adouci la déception de Sebastian. Elle retint un soupir. De toute façon, ce dernier aurait débarqué immédiatement après pour lui crier dessus, alors autant se passer d'intermédiaire…

— Donc, la raison pour laquelle j'ai acheté des pots de peinture rose, c'est parce que c'est ma librairie, mon salon de thé, et sans doute aurais-je dû être plus ferme à ce sujet depuis le début, mais voilà : je ne vais pas me spécialiser dans le roman noir. Il y aura bel et bien une restructuration, et l'endroit sera dédié aux lecteurs de fiction romantique et…

— Pitié ! s'écria Sebastian en s'écroulant par terre, sans penser pour une fois à son précieux costume. Ne remets pas ça sur le tapis ! Ou que quelqu'un m'achève.

— Je peux me porter volontaire, tu sais, répliqua Posy en se campant devant lui, poings sur les hanches.

Et dans la foulée, elle manqua de poser le pied sur son torse, pour qu'il demeure à sa merci, étendu sur le ventre, mais c'était sans doute excessif et cela n'aurait rien engendré de bon… à part de nouveaux chapitres enfiévrés pour *Abusée par un libertin*.

— J'ai bien conscience que j'aurais dû te prévenir plus tôt, enchaîna-t-elle, mais ma nouvelle librairie verra le jour, que tu le veuilles ou non, et elle s'appellera *Au bonheur des tendres*. C'est pourquoi j'ai vendu tout mon stock de romans policiers et que…

— Tu te rends compte que je vois sous ta jupe, Tignasse ? Et même si la vue est fascinante, en dépit de tes collants en laine tue-l'amour, je préfère t'en informer avant que tu ne poursuives ton petit laïus.

Et sur ces mots, il s'allongea de tout son long, doigts croisés derrière la nuque, apparemment déterminé à rester dans cette position pour un bon bout de temps.

Posy s'écarta vivement de lui, comme si elle venait de s'ébouillanter.

—Ce que tu peux être grossier, incroyablement grossier! s'exclama-t-elle en tapant dans ses mains, par frustration. Discuter avec toi, c'est comme… comme se frapper la tête contre les murs.

—Dans ce cas, cesse de parler, avança-t-il avec obligeance. J'espère que tu ne joueras pas aux mégères avec Greg et Dave pendant qu'ils trimeront.

—Qui sont Greg et Dave? questionna Posy tandis que Bougon n° 1 s'approchait d'elle.

—C'est moi, Greg, expliqua ce dernier. (Il fit signe à son comparse de venir le rejoindre.) Et lui, c'est Dave. Je vois que vous avez déjà tout lessivé.

—Euh… oui, confirma Posy sans très bien saisir ce qui se passait. Pourquoi?

—Eh bien, ça veut dire que l'on peut commencer tout de suite à poncer le parquet. Il vaut mieux le faire avant de repeindre. Vous n'imaginez pas la poussière que ça cause, déclara Greg en prenant un air de circonstance. Ça vole partout. D'ailleurs, vous n'auriez pas des bâches pour protéger?

—À vrai dire, je n'avais pas pensé en avoir besoin, répondit Posy.

Puis elle ferma les yeux et secoua la tête, s'efforçant d'y voir plus clair.

—Quelque chose m'échappe, reprit-elle alors. Vous comptez poncer? Peindre?

—Ne te tracasse pas pour ça, Tignasse, grommela Sebastian, toujours étendu sur le sol. Soit dit en passant, il est vraiment dommage que, dans ta fièvre de lessivage, tu aies négligé le plafond. Tu sais qu'il y a encore d'affreuses toiles d'araignée, dans les coins?

—Vraiment? s'étonna-t-elle d'un air ingénu.

Elle les trouvait plutôt jolis, ces fils qui pendaient dans la lumière en se balançant un peu. Elle n'avait effectivement pas lessivé jusque-là, n'imaginant pas que quelqu'un les verrait, ou émettrait un commentaire désagréable, le cas échéant.

—Sebastian, dit-elle un rien agacée, je refais la déco moi-même, je n'ai pas de budget pour louer les services d'une société de nettoyage.

—Oublie ton budget! Greg et Dave travaillent pour moi, et je les mets à ta disposition pendant une mission spéciale d'une semaine ou deux. Et crois-moi, ils préfèrent largement effectuer des travaux de peinture que de réparer des robinets qui fuient.

—N'ont-ils pas leur mot à dire? questionna-t-elle en se tournant vers les deux intéressés qui inspectaient son matériel d'un œil presque critique. Tu crois qu'ils ont envie de s'occuper des toiles d'araignée?

—Moi, ça m'est égal, décréta Greg. Au moins, je suis certain que vous ne mettrez pas de la musique à fond toute la journée. Chez certains clients, je ne peux pas m'entendre penser.

—Dans ce cas, c'est réglé, trancha Sebastian. Et inutile de me remercier, Tignasse, c'est avec plaisir.

—J'apprécie ta proposition, Sebastian, seulement je ne peux pas accepter plus d'aide de ta part, si je ne suis pas certaine que tu as bien compris la nature de mon projet : je vais ouvrir une librairie spécialisée dans la romance, et cela fait des semaines que je te mens.

Elle darda alors sur lui un regard aussi affligé que fasciné pour guetter sa réaction, mais Sebastian demeura immobile, les yeux fermés, avant d'émettre un léger ronflement.

— Que quelqu'un me réveille quand Tignasse aura terminé sa diatribe ! marmonna-t-il.

— Ce n'est pas une façon de parler à une jeune femme ! s'insurgea Greg.

Quant à Dave, il pouffa de rire, ce qui lui valut un regard courroucé de Posy qui se jura de tout mettre en œuvre pour que Nina ne lui accorde jamais le moindre rendez-vous.

— Surtout quand elle essaie de vous dire quelque chose, poursuivit Greg.

— J'ai entendu le mot « romance », et cela m'a plongé dans un état catatonique, rétorqua Sebastian.

— Tu parles beaucoup pour un mutique, riposta Posy d'une voix sèche.

Et Dave s'esclaffa de nouveau : finalement, il n'était peut-être pas aussi mauvais garçon qu'il en avait l'air.

— Cette librairie n'existera jamais sous le nom de *Poignard sanglant*, ajouta-t-elle, et maintenant que tu es au courant, Sebastian, je me fiche pas mal que tu me retires les services de Greg et Dave. Je peux repeindre moi-même.

— Ne sois pas ridicule, protesta Sebastian.

Et il se leva d'un mouvement si fluide que Posy sentit ses genoux se dérober.

— Bon, pour commencer, enchaîna-t-il, nous allons nous débarrasser de cette couleur grise. Ainsi que du rose, d'ailleurs. Franchement, tu te crois où, Tignasse ?

Posy serra les poings, les mâchoires et même les fesses, puis rejeta la tête en arrière.

— Dieu, donnez-moi du courage ! énonça-t-elle d'un ton solennel.

— Qu'est-ce que Dieu a à voir là-dedans ? Allez, activons, car il faut vraiment que je décampe d'ici.

Et, un sourire dédaigneux aux lèvres, il s'éclipsa dans la salle principale.

— Ne vous dérangez pas pour moi, dit-il aux personnes qui s'y trouvaient.

Encore une fois, Posy fut contrainte de trottiner derrière lui.

— Sebastian, s'il te plaît, écoute-moi !

Il pivota alors sur ses talons et darda sur elle un regard soucieux qui ne seyait guère à un visage d'ordinaire si enclin à la moquerie.

— Je comprends, tu as la frousse, des hésitations, un tas d'angoisses, mais ça va aller, je t'assure. Nous organiserons une réception délirante pour l'ouverture de *Poignard sanglant*, l'argent coulera à flots dans les caisses, et tu pourras alors me témoigner ta reconnaissance éternelle. Je te prédis que nous fêterons ce succès dans trois mois. Tiens, à propos, ça se passe très bien avec Sam, et je suis d'ailleurs surpris que tu ne m'aies pas encore interrogé à ce sujet. Tout le monde l'apprécie au bureau, il fait un travail formidable pour ton site sans qu'il soit réellement nécessaire de le superviser.

— Vraiment ? Et il mange équilibré, j'espère, à midi. Pas que des graisses saturées, mais aussi des légumes et…

— Tiens, j'allais oublier… Attrape !

Et Sebastian lança un projectile à Posy, qui le laissa tomber à ses pieds, sans fournir d'effort pour s'en saisir au vol : il s'agissait en l'occurrence d'un caramel.

— Raté, commenta-t-il. (Il se tourna vers la grande salle qu'il considéra de nouveau d'un air songeur.) On va repeindre en noir, avec des touches de rouge pour un effet plus spectaculaire… Dommage qu'il y ait tant de bouquins sur ces étagères. Je me demande où on va accrocher notre affiche.

Posy faillit s'étrangler.

— Une affiche ?

— Tout à fait, confirma Sebastian en pivotant vers Dave : Où est-elle ?

— Ici ! répondit aussitôt ce dernier.

Et Effronté n° 1, qui portait un rouleau en papier, se mit à le déplier avec cérémonie avant de le lisser.

Qu'est-ce que cela pouvait bien représenter ? se demanda Posy. Une sorte de…

— C'est un poignard sanglant ! annonça Sebastian avec délectation. On pourrait peut-être le placarder sur le mur derrière le comptoir, oui, ce serait l'endroit idéal, qu'en penses-tu, Tignasse ? On est censés collaborer, non ? Mais tu préfères peut-être qu'on le pose tout simplement par terre, à l'entrée ? Ainsi, les gens seraient d'emblée confrontés avec l'arme du crime.

— Non, marmonna Posy comme pour elle-même. Non, non et non ! Sûrement pas.

— Pardon ? dit distraitement Sebastian tout en disposant l'affiche plastifiée sur le sol. Il faudrait en fait qu'elle soit plus grande. Tu as une photocopieuse ?

— Il faudra me passer sur le corps !

— Eh là, pas besoin de crier !

Sebastian parut soudain vexé.

— Simple question, précisa-t-il.

Et il balaya l'assistance du regard : personnel, ouvriers et clients, y compris une jeune fille qui fouillait dans un carton de livres soldés et qui devait sans doute trouver que Sebastian représentait un bien meilleur divertissement.

— Quelqu'un aurait-il l'obligeance de me faire une copie de ce document ?

— Non ! Personne ne te fera de photocopie ! hurla Posy.

Elle avait crié si fort que sa gorge se révolta contre le mauvais traitement qu'elle venait de lui infliger, et qu'elle se mit à tousser. Sans y prêter attention, elle se rua vers l'endroit où Sebastian était agenouillé, s'empara de l'affiche et la déchira en deux. Cela fit un bruit affreux, mais elle n'allait pas s'arrêter en si beau chemin : elle la lacéra en quatre, puis en huit, et jeta le tout par terre d'un air dégoûté.

— Il n'y aura jamais aucun poignard ensanglanté chez moi ! Nous allons ouvrir, dans moins de trois semaines, une librairie spécialisée dans la romance qui s'appellera *Au bonheur des tendres*, et je me fous carrément de ce que tu peux en penser. Tu m'entends, Sebastian ? Est-ce que tu m'entends bien, cette fois ?

Mais comment aurait-il pu en être autrement, étant donné qu'elle s'époumonait ? En fait, elle ressentait une véritable libération, elle s'était tant tourmentée à ce sujet ! Elle s'était répété la scène des centaines de fois, avait préparé un discours à la fois passionné et paniqué, dans lequel elle défendait son projet à l'aide de solides arguments, et jamais elle ne s'était imaginé qu'elle se donnerait en spectacle de la sorte, et endosserait le rôle d'une harpie démente pour faire entendre raison à Sebastian. Hélas ! Il l'avait forcée à en arriver là, et à présent, elle regrettait presque déjà ce qui venait de se passer… Oh, pas ses propos, naturellement ! Mais ses cris, la façon dont elle avait déchiré l'affiche. Peut-être même l'avait-elle piétinée avant.

Leurs clients potentiels s'étaient enfuis. Nina la regardait avec horreur, et Verity était sortie du bureau, la mine déconfite ; Greg et Dave scrutaient le bout de leurs chaussures, le sol, les murs, tout sauf Posy et Sebastian, ce dernier incarnant de manière très convaincante un personnage de dessin animé qui venait de recevoir une enclume sur la tête.

Brusquement, il bondit sur ses pieds, ayant tout à coup perdu son élégance naturelle.

—Tignasse…, grommela-t-il d'un ton essoufflé.

Puis il croisa les bras et baissa le menton contre son torse, de manière très théâtrale.

— Tignasse, reprit-il sans avoir retrouvé sa respiration, tu veux dire que, pendant tout ce temps, tu… Je n'arrive pas à le croire… tu m'as trahi?

Posy commençait à recouvrer ses esprits, et sa rage refluait au fur et à mesure que la honte la submergeait. Il l'avait forcée à être cruelle, et le volume de ses cris avait finalement réussi là où la raison avait échoué; toutefois, elle n'avait pas pensé le blesser.

— Trahison me semble un peu fort, Sebastian, nuança-t-elle avec prudence.

Il la dévisagea, visiblement en proie à la confusion.

— C'est le seul mot qui résume ce que je ressens.

Alors tout revint d'un coup à Posy: la façon dont son entourage cédait au moindre de ses caprices, quand il était enfant, que ce soient ses diverses nounous, Lavinia, Mariana et elle aussi d'ailleurs, quand elle était plus jeune, en raison de cette tristesse qui se reflétait dans son regard, sa moue boudeuse, ses mains qu'il frottait nerveusement l'une contre l'autre comme s'il priait pour qu'on lui accorde grâce dès qu'on le contrariait. De sorte qu'on était prêt à tout lui pardonner et à le laisser agir à sa guise.

Seulement, elle n'était plus une petite fille! En outre, ils n'auraient jamais eu cette affreuse et délicate discussion si Sebastian n'avait pas une fois de plus insisté pour n'en faire qu'à sa tête, méprisant les sentiments ou intérêts des autres.

— J'ai tenté de te prévenir à de nombreuses reprises, déclara Posy d'un ton pas franchement conciliant.

Mais, comme toujours, tu n'entends que ce qui t'arrange.

— Tu n'as pas essayé très fort, rétorqua froidement Sebastian.

Après cette annonce estampillée D.A.R., elle l'avait imaginé hurler et gesticuler avec impatience, ainsi qu'à l'accoutumée, saisir des livres sur les étagères et les brandir comme autant de preuves de sa prétendue trahison, mais il se contentait de demeurer immobile et de la regarder. À croire qu'elle lui avait confessé qu'elle torturait des chiots juste pour le fun.

— Et qu'en est-il de notre librairie spécialisée dans le polar ? finit-il par demander.

Posy lança un regard désespéré à Nina et Verity qui, pour seul soutien, haussèrent les épaules à l'unisson.

— C'était toi qui voulais transformer *Bookends* en une librairie dédiée au roman noir, c'était ton idée extravagante. Je n'ai jamais été partante pour ce projet.

— Ce n'est pas vrai ! s'insurgea Sebastian d'une voix indignée et cinglante à présent. Tu étais d'accord.

— Certainement pas ! démentit-elle sur un ton encore plus coupant. J'ai toujours dit : « Très bien, puisque tu le dis », ce qui ne signifie pas donner son approbation, mais plutôt : « Par pitié, ferme-la ! »

— Pendant toutes ces semaines, tu as profité de moi, Tignasse, et tu m'as berné. On a même eu une réunion !

Posy fit la grimace et elle aurait voulu se boucher les oreilles quand il poursuivit avec amertume :

—Ton personnel était de mèche? Sam et Pippa étaient également au courant? Je suis donc la dernière personne de tout Londres à le découvrir.

—N'exagérons rien! Sam et les autres ont été des complices réticents…

—Oui, très réticents! renchérit subitement Nina.

Estomaquée, Posy lui lança un regard du type: «Toi aussi, Nina, tu m'as trahie», avant de diriger de nouveau les yeux vers Sebastian qui était devenu rouge de colère. Tiens, c'était la première fois qu'elle le voyait furieux, se dit-elle. Or, elle n'avait pas du tout envie de gérer son irritation.

—Pippa n'en savait rien, précisa-t-elle alors, mais elle a conçu des soupçons et m'a forcée à lui avouer la vérité, puis m'a conseillé de t'appliquer la méthode D.A.R. Ce que je viens de faire. Je t'ai dit ce qu'il en était réellement, tu as enregistré, on peut avancer à présent? s'enquit-elle d'une voix soudain pleine d'espoir. Et de toi à moi, cette situation me met très mal à l'aise. Honnêtement. Je suis désolée.

—Tu as une bien curieuse façon de le montrer, articula-t-il d'un ton glacial.

—Je suis navrée, Sebastian, répéta-t-elle.

Elle ne mentait pas, elle ne supportait pas de recourir à des subterfuges pour arriver à ses fins; elle s'était doutée qu'il serait furieux, mais elle n'avait pas imaginé qu'il serait autant affecté. Évidemment, elle avait conscience qu'il serait blessé dans son orgueil, mais pas un instant elle n'avait songé le voir devenir bêtement sentimental.

—S'il te plaît, Sebastian, repenses-y à tête reposée. Depuis le début, je t'ai dit de façon très claire que je comptais ouvrir une librairie dédiée à la romance, mais tu n'as pas daigné m'écouter. Je reconnais qu'ensuite j'ai eu tort de faire mine d'être d'accord avec tes plans, car j'avais terriblement besoin d'un chef de projet et que je n'avais pas les moyens de m'en…

—Non, non, non et non! vociféra Sebastian en tournant sur lui-même à trois cent soixante degrés et en battant l'air avec le doigt. Tu es allée trop loin, cette fois, Posy. Tu m'as vraiment pris pour un imbécile. Et Lavinia a été plus folle encore de te léguer sa librairie.

—Laisse Lavinia en dehors de tout ça!

C'était au tour de Posy de hurler, index pointé vers lui.

—Et ne t'avise plus jamais de reparler d'elle en ces termes, ajouta-t-elle.

—Mais tu n'as aucune idée de la façon dont on gère une entreprise. Sérieusement, tu ne te rends pas compte à quel point ton projet est ridicule? Et que c'est pour cette raison que je n'y ai pas accordé la moindre attention. De la romance! Franchement, c'est risible. Quand vas-tu te décider à vivre dans le monde réel, Posy? Il est grand temps que tu te réveilles.

À présent, Sebastian était vraiment en colère, et c'était horrible. Pire qu'horrible, car il ne fulminait plus, ni ne gesticulait. Poings serrés dans les poches, il avait repris la bonne vieille méthode dans laquelle il excellait: proférer des paroles blessantes d'un ton cinglant, et qui l'étaient d'autant plus qu'elles n'étaient pas très éloignées de la réalité et faisaient écho aux doutes qu'elle entretenait en son for intérieur.

— C'est la dernière fois que j'essaie de t'aider, annonça-t-il alors.

— M'aider ? Tu appelles ça de l'aide ? Mais tu te berces d'illusions, mon vieux ! grogna-t-elle, complètement frustrée. Rien de tout cela ne serait arrivé si tu m'avais écoutée. Seulement, le tout-puissant Sebastian Thorndyke pense qu'il connaît tout, et qu'il a le droit de piétiner ce qui se dresse en travers de son chemin, en l'occurrence mes sentiments, mes projets, ma librairie. Ma librairie, pas la tienne. Quand le comprendras-tu ?

Elle ressemblait soudain à une enfant irascible, et ce fut sans doute d'ailleurs pour cette raison que Sebastian reprit d'un air méprisant :

— Je suis l'exécuteur testamentaire, je dispose donc d'un pouvoir de veto…

— C'est faux ! lui opposa Posy.

Néanmoins, elle s'aventurait là en terrain inconnu… Elle avait en effet signé de nombreux papiers, et le notaire de Lavinia lui avait d'ailleurs demandé si elle ne souhaitait pas que son propre notaire en prenne connaissance, mais elle avait décliné la proposition, certaine que Lavinia, sa chère et douce Lavinia, n'aurait jamais cherché à lui causer du tort ! Elle avait fourni de gros efforts pour lire tout ce qu'elle était censée parapher ; toutefois, il y avait eu tant et tant de feuilles qu'à la fin elle avait été bien moins vigilante dans sa lecture, d'autant qu'elle n'avait pas pris de petit déjeuner, ce matin-là, et que midi approchait.

— Tu bluffes, ajouta-t-elle.

— Pas du tout, répondit calmement Sebastian. Si j'estime que tu compromets la survie de la librairie, je peux en reprendre le contrôle.

— Mais tu ne connais rien au métier de libraire ! Cela n'a rien à voir avec la création d'applications sordides. Tu n'es pas à même d'estimer si la librairie est en danger ou non, tu n'es pas qualifié pour rendre un tel jugement, protesta-t-elle avec véhémence.

Et elle sentit un frisson glacé lui remonter l'échine.

— Toi non plus ! riposta Sebastian.

Ils se tenaient face à face dans la grande salle à présent désertée. Nina et Verity avaient en effet trouvé refuge dans le bureau, tandis que Greg et Dave s'étaient retirés dans les pièces les plus reculées pour discuter apprêt à voix chuchotée.

À part ce murmure, le plus grand calme régnait dans la librairie de sorte que Posy pouvait entendre les battements de son cœur, et la respiration saccadée de Sebastian, alors que chacun soutenait le regard de l'autre ; ils étaient si proches que leurs nez se touchaient presque.

— Tu ne peux pas faire ça, Sebastian. Pour une fois dans ta vie, sois raisonnable.

Elle avait parlé trop vite, et à tort, songea-t-elle, car dans les yeux de Sebastian brillait à présent un éclat froid et cruel qui n'avait rien à voir avec la lueur rieuse qui les animait d'habitude lorsqu'ils échangeaient des piques et se chamaillaient.

Il recula d'un pas.

— Mon avocat prendra contact avec toi, déclara-t-il.

Et sur ces propos menaçants, il sortit avec raideur de la librairie.

Abusée par un libertin

Thorndyke resta auprès d'elle jusqu'à l'aube. Il lui avait ravi sa vertu, sa dignité, et pris tout ce qu'elle lui avait donné ; en retour, elle était passée du statut de vieille fille anxieuse à celui d'une femme accomplie, prête à être possédée, encore et encore…

Ils étaient allongés l'un à côté de l'autre, son somptueux corps semblable à un marbre sculpté par les mains de Michel-Ange en personne, quand ils entendirent des bruits dans la maison. Les domestiques commençaient à s'activer, en bas.

—Je dois vous quitter, Miss Morland, déclara Thorndyke d'une voix rauque, empreinte de passion. J'espère que mes attentions vous ont satisfaite.

Posy lui sourit, mais en toute honnêteté, la situation était grave. Elle, une femme célibataire sur les épaules de qui reposaient de lourdes responsabilités, avait accueilli dans son lit le plus scandaleux vaurien de tout Londres ! Car, en définitive, elle s'était bel et bien offerte à lui corps et âme, soupirs d'extase et gémissements d'encouragements à l'appui. Sa réputation était pourtant son seul trésor, et à présent, même de cela elle ne pouvait se prévaloir.

Mais, malgré tout, elle lui souriait.

— Sire, depuis quand vous souciez-vous de ce qui peut me satisfaire ?

— Bien vu, Miss Morland, répliqua Thorndyke, les yeux lourds et somnolents. (N.B. : Des yeux peuvent-ils être à la fois lourds et somnolents ? Cela ne donne-t-il pas l'impression qu'il s'est battu ?) Mais je ne suis pas un voyou qui ne songe qu'à son propre plaisir. J'ose espérer avoir été à la hauteur et ne pas vous avoir déçue.

De fait, il l'avait initiée avec la plus grande douceur et obligeance aux délices de l'amour, mais au fur et à mesure que le soleil filtrait à travers les rideaux que Posy avait tirés en toute hâte la veille, lorsque Thorndyke avait commencé à la dévêtir, la magie qu'ils avaient connue à la lueur des bougies n'était déjà plus qu'un fugace souvenir.

— Pour une fois, vous ne m'avez pas déçue, et je pense d'ailleurs ne rien vous apprendre. Toutefois, la bonne société londonienne sait que vous prenez votre plaisir là où vous le trouvez et qu'ensuite vous passez votre chemin, en quête d'une nouvelle proie, déclara Posy avec tristesse.

Elle avait parfaitement conscience qu'elle aurait été folle d'attendre davantage de Thorndyke. Et certainement pas son cœur.

— Mais tes charmes valent-ils cinquante guinées ? demanda tout à coup Thorndyke.

Et à cet instant, ses yeux devinrent aussi froids et durs que les diamants qu'il possédait assurément en abondance.

— Je ne le crois pas, ajouta-t-il.

— Sire, que voulez-vous dire ? se récria Posy.

Et elle s'efforça de tirer sur les couvertures afin de s'en recouvrir le corps, de cacher cette chair dont il s'était délecté pendant des heures. Mais il la saisit par les poignets.

— N'étais-je donc qu'un jeu pour vous ? questionna-t-elle encore.

— Exactement ! répondit-il avec un rire cruel. Et un jeu dont je viens de me lasser. J'ai parié dix guinées avec sir Piers Brocklehurst que je te séduirais. Allez, épargne-moi ta petite mine froissée ! Je ne suis pas non plus un monstre féroce, je déduirai cette somme de ta dette.

Alors, la relâchant brutalement, il se leva du lit tandis qu'elle se recroquevillait sous le drap de lin qui avait été le témoin de sa ruine.

— Piers serait peut-être disposé à payer le reste, en remerciement de tes faveurs, poursuivit-il. Seulement, je le connais, il préfère les fleurs fraîches.

— Comment pouvez-vous m'injurier de la sorte après l'intimité que nous venons de partager et les promesses que vous m'avez faites ? s'indigna-t-elle.

— Je ne vous ai rien promis, Miss Morland, rétorqua-t-il.

Et il ricana méchamment. Il prenait tout son temps pour se rhabiller, parfaitement à l'aise.

— Le seul engagement que j'aie pris envers moi-même remonte à des années, à savoir que je ne permettrai jamais à une femme de me traiter comme vous l'avez fait, avec mépris, avec une hauteur condamnable comme si c'était moi qui sortais du caniveau, quand c'est le contraire. Si vous étiez un homme, je vous aurais provoquée en duel pour votre insolence et votre dédain, mais il se trouve que vous êtes une femme, aussi ai-je pris ma revanche du mieux que je le pouvais.

— Espèce de fripouille ! De canaille ! Si j'étais un homme, je vous aurais arraché les yeux de mes propres mains.

Sur ces mots, Posy s'agenouilla sur le lit et, détournant son regard du rictus impitoyable de Thorndyke, avisa le bougeoir posé sur le chevet et le lui lança au visage.

Thorndyke le rattrapa au vol.

— Est-ce vraiment le mieux que vous puissiez faire ? Quelle réaction ridicule, de la part d'une femme comme vous ! (Il émit un rire sans joie.) Je dois partir, à présent. Réintégrer des contrées plus pures.

— Disparaissez ! hurla Posy. Et que Satan vous poursuive jusqu'en enfer !

Thorndyke, qui était en train de nouer sa cravate, s'immobilisa dans son geste ; que n'eût-ce été un garrot, déplora Posy.

— Ce n'est pas moi, mais toi qui grilleras aux enfers, car n'oublie pas que tu finiras en prison pour dettes, si tu ne paies pas les tiennes.

Il esquissa alors une révérence moqueuse.

— Je vous présente mes adieux, madame, salua-t-il.

Et il s'éclipsa par la fenêtre au moment où Petite Sophie toquait à la porte.

Chapitre 17

Le lendemain de leur spectaculaire dispute, Posy s'était presque attendue à voir Sebastian entrer en trombe dans la librairie et faire comme si de rien n'était.

—Oh, Tignasse, ne fais pas cette tête! On pourrait croire que j'ai déclenché toute une bataille juridique contre toi, aurait-il grommelé.

Oui, elle aurait encore préféré qu'il vitupère et cause un esclandre au sujet de *Poignard sanglant* plutôt que ce silence assourdissant pour lequel il avait opté, cette absence palpable. Il était venu si souvent ces derniers temps, de fait presque chaque jour! Et à présent, plus la moindre trace de lui… Sans doute était-il en train de rassembler une armée d'avocats onéreux pour reprendre le contrôle de la librairie, et l'en expulser, ainsi que Sam. Cette pensée lui était insupportable.

Non que ce dernier fût un tantinet soucieux des incertitudes qui se profilaient. Nina avait raconté, dans les détails, la querelle à Petite Sophie quand celle-ci était passée prendre sa paie, et la jeune fille s'était empressée de rapporter la conversation à Sam, qui s'était alors plus inquiété de son stage, auquel il redoutait que Sebastian ne mette un terme, que du sort de la librairie.

—Sebastian est de très mauvaise humeur, avait-il indiqué le lendemain. Il s'est enfermé dans son bureau une bonne partie de la journée, et quand il en est sorti, rien ne lui convenait, du café à la dernière application qu'il a développée. Je t'avais bien dit que tu avais tort de le duper.

Il avait proféré cette ultime phrase d'un ton sentencieux, ce qui était tout de même un peu fort, venant de lui, qui mentait régulièrement sur ses devoirs, même si en l'occurrence elle devait admettre qu'il avait raison.

Elle avait envoyé le message suivant à Pippa :

J'ai appliqué la méthode D.A.R. à Sebastian, mais cela s'est très, très mal passé. Il était furieux, bouleversé, et a également déploré que j'aie laissé les choses aller si loin. J'ai bien conscience de t'avoir placée dans une situation délicate, mais pourrais-tu tenter de plaider ma cause ?

La requête fut vaine, car elle reçut une réponse automatique l'informant que Pippa ne pouvait momentanément pas répondre à ses mails, car elle se trouvait à Vancouver, où elle assistait, en immersion totale, à un think tank sur les think tanks.

Toutefois, Posy n'avait guère le temps de penser au cas « Sebastian », dans la mesure où elle-même était complètement happée par son travail, enchaînant chaque jour des rendez-vous avec des représentants des ventes, des professionnels de la publicité, des commerciaux et des éditeurs. Elle aurait dû être très excitée par cette situation tout à fait inédite, mais ce n'était absolument pas le cas, surtout en ce qui concernait sa rencontre avec le conseiller clientèle de la banque, qui avait étudié d'un œil très critique les prévisions de Verity liées à leur trésorerie, pour décréter qu'en l'état la librairie ne survivrait pas six mois de plus. Après quoi, il lui avait demandé si elle souhaitait augmenter leur autorisation de découvert.

C'était à présent la mi-avril. Un ciel bleu lagon brillait au-dessus de Bloomsbury, et des bourgeons roses et blancs avaient éclos dans les arbres qui bornaient les squares, mais pour Posy, le monde était gris et morne, comme après le décès de Lavinia.

Elle avait l'impression qu'un échec imminent la guettait, qu'une menace couvait, que tous ses efforts avaient été vains. Sam était tout juste revenu d'un séjour dans le pays de Galles : il avait en effet passé les vacances de Pâques chez leurs grands-parents qu'il avait rendus fous en commençant toutes ses phrases par : « Sebastian dit que… » Posy avait cru qu'en son absence elle pourrait avancer plus facilement dans son travail, puisqu'elle n'aurait plus à cuisiner ni à s'occuper de lui. Mais elle n'était pas parvenue à réaliser la moitié des tâches prévues.

Elle essayait de réduire au silence la petite voix intérieure qui lui soufflait, en des termes très nets, que la librairie ne serait jamais prête pour rouvrir sous le nom de *Au bonheur des tendres* dans deux semaines. Puis il ne resta plus qu'une semaine, six jours… Le compte à rebours était enclenché, on entendait son tic-tac, et il y avait encore tant à faire. Elle n'avait même pas commencé à peindre !

À la suite de la conversation qu'elle avait surprise entre Greg et Dave, elle avait effectué de judicieuses recherches sur Google, qui lui avaient confirmé la nécessité d'appliquer un apprêt sur les étagères avant de les peindre. Elle n'avait jamais réellement compté combien la librairie en comportait, et n'avait par conséquent aucune idée de la quantité requise pour les en recouvrir. Après de savants calculs, elle s'en procura, puis dut attendre que chaque étagère sèche pour pouvoir se lancer dans les travaux de peinture. Et évidemment, elle n'avait pas eu la présence d'esprit d'acheter un produit qui séchait vite. Sebastian avait raison : elle était une incapable et faisait tout de travers.

Et puis il y avait aussi l'histoire des vitrines de seconde main achetées sur eBay – bien que Verity ait affirmé qu'ils n'avaient pas les moyens de se les offrir – et qu'ils n'avaient toujours pas reçues, à croire qu'elles avaient disparu de la surface de la terre !

La façade devait également être repeinte pour que la nouvelle enseigne puisse être accrochée, sans compter l'océan de cartons remplis de livres qui attendaient d'être disposés sur les étagères… toujours en train de sécher.

Nina et Verity faisaient de leur mieux pour l'aider ; la situation était si critique que cette dernière avait même accepté de répondre au téléphone et que Nina avait troqué ses robes à froufrous contre un jean et un tee-shirt (« Comme le commun des mortels », avait-elle constaté avec mélancolie) pour aider Posy quand celle-ci put enfin ouvrir son premier pot de peinture gris taupe.

— Je ne sais même pas pourquoi on se donne tout ce mal, déclara-t-elle. (Nina et elle venaient de s'attaquer aux étagères de la salle la plus reculée, sur la droite.) Sebastian peut débarquer à tout moment avec un avis d'expulsion, et nous flanquer dehors.

— Allons, il ne ferait pas une chose pareille, répliqua Nina d'un ton qui manquait de conviction. À quoi cela lui servirait-il d'avoir cette librairie sur les bras ?

— De toute façon, on ne sera jamais prêtes pour l'ouverture.

Et ces paroles, prononcées à voix haute, lui parurent bien plus terribles que le fait de les ressasser à longueur de journée.

— Je ne vois pas du tout comment on pourra finir à temps, insista-t-elle. On a déjà une semaine de retard par rapport à notre planning.

— Ça va aller, on travaillera tard le soir, je dormirai sur ton canapé s'il le faut, et d'ailleurs, qui a besoin de sommeil ?

Nina leva son rouleau, éclaboussant son entourage de peinture grise.

— Dormir, c'est bon pour les perdants ! ajouta-t-elle.

Le lendemain, l'interview que Posy avait accordée au Bookseller se retrouva dans les kiosques, et tout prit une dimension bien plus réelle. Plus terrifiante aussi. Ils avaient atteint le point de non-retour quelques semaines auparavant, et depuis, c'était la fuite en avant, si bien que voir leurs projets et leurs rêves imprimés noir sur blanc donna à Posy l'impression de flotter dans l'espace, sans avoir rien à quoi se raccrocher.

LA LIBRAIRIE ICONIQUE DE LONDRES RETROUVE UN SECOND SOUFFLE GRÂCE À L'AMOUR

Il y a de la romance dans l'air à *Bookends*, la librairie de Bloomsbury fréquentée par les bibliophiles de la capitale.

À partir du 7 mai, l'établissement fondé en 1912 par lady Agatha Drysdale, suffragette et hôtesse littéraire, s'appellera désormais *Au bonheur des tendres*, « un lieu unique qui répondra à tous les besoins des lecteurs de romance », selon Posy Morland, à qui la librairie a été léguée, après la disparition en février dernier de Lavinia Thorndyke, fille d'Agatha et propriétaire charismatique de *Bookends*.

Grande amatrice de romances Régence, et en particulier de Georgette Heyer, Posy a complètement réorganisé la librairie ; ainsi, la fameuse caverne offrira une meilleure circulation aux clients qui pourront y trouver plus facilement leur « obsession » romantique, qu'il s'agisse de Jane Austen, Jackie Collins, des romans Young Adult ou érotiques. *Au bonheur des tendres* développera également son offre en ligne, tout comme elle proposera une grande collection de produits dérivés, tels que des sacs en toile, de la papeterie et des bougies aux senteurs personnalisées. L'inauguration de la librairie aura lieu lors du Festival de la romance, un week-end qui réunira de nombreux auteurs ainsi que des blogueurs, le tout arrosé de champagne. Le salon de thé attenant à la librairie, fermé depuis des années, rouvrira ses portes à la fin de l'été.

« La plus grande littérature, tout comme l'art le plus raffiné, est inspirée par l'amour, et je pense, quand les temps sont durs, qu'il n'y a pas de meilleure thérapie que la lecture d'un roman qui se termine par un happy end », affirme Posy. « Bien que la librairie ait désormais un nouveau nom et une offre différente, il s'agit toujours pour moi d'une affaire familiale. C'est pourquoi je suis heureuse que Sebastian, le petit-fils de Lavinia – Sebastian Thorndyke, entrepreneur dans le numérique et créateur de l'application *Pécho* (*Ndlr*) –, se soit impliqué dans la restructuration de la librairie, et notamment dans le développement en ligne de notre affaire, aidé par mon jeune frère, Sam. Avec *Au bonheur des tendres*, l'esprit de *Bookends* continuera de vivre, à savoir que nous trouvons nos meilleurs amis et le meilleur de nous-mêmes entre les pages des romans que nous aimons le plus. »

C'était un article très positif, même si Posy aurait finalement souhaité qu'il soit coupé ou n'ait pas paru. Elle aurait aussi pu se passer de la photo qui la montrait, tout sourires, dans un tee-shirt arborant l'inscription *Au bonheur des tendres*, uniforme que le personnel serait d'ailleurs censé porter par la suite, y compris Nina que cette idée n'enchantait guère, car elle redoutait les impacts désastreux qu'il produirait sur son look des années 1950.

Dès la mise en ligne de l'article, Posy reçut une avalanche de mails et de coups de téléphone d'éditeurs, de blogueurs et d'amis qui travaillaient dur à la survie d'autres librairies, et même de sommités littéraires croisées de loin en loin dans des salons du livre. Pas une seule personne ne lui reprocha d'avoir profané la mémoire de *Bookends* avec ses romances bon marché. « Lavinia serait extrêmement fière de vous, ma chère, lui avait écrit par mail une intime de cette dernière, qui occupait un poste important dans le monde de l'édition. Je suis vraiment impatiente de me rendre à *Au bonheur des tendres* pour offrir à ma petite-fille son premier Georgette Heyer. »

Tous ces compliments auraient dû encourager Posy et éveiller la Pippa qui sommeillait en elle, lui rappeler que « ceux qui baissaient les bras ne gagnaient jamais, et que ceux qui gagnaient ne baissaient jamais les bras », et qu'elle en était arrivée là grâce à l'esprit de *Bookends*, la mémoire de Lavinia et celle de ses parents. Mais rien n'y faisait.

Il était en effet trop tard pour se vautrer dans un tel réconfort, alors que la réalité frappait à sa porte. Posy sortit du bureau, se dirigea vers l'entrée, la verrouilla d'une main glacée, puis afficha l'écriteau « Fermé ».

—Il n'est que 15 h 30, constata Tom qui se trouvait derrière le comptoir. Même si, bien sûr, nous ne sommes guère occupés et qu'il n'y a pas grand-chose à vendre sur nos étagères. Tu veux que je prenne un rouleau de peinture ?

Posy secoua la tête. Elle était tellement à cran que cette aimable suggestion faillit lui arracher quelques larmes ! Et zut ! Incapable de les retenir, elle se tourna légèrement pour que Tom ne la surprenne pas en flagrant délit de vulnérabilité.

—Non, répondit-elle. Nous avons une réunion dans cinq minutes.

Quelques instants plus tard, tout le monde prenait place sur les canapés, l'air grave, et Posy eut tout juste le temps de s'essuyer les yeux avec un mouchoir en papier.

—Qu'y a-t-il, chef ? s'enquit Nina. Si tu veux que l'on fasse des heures sup, pas de problème. J'ai un rancard avec un type, mais je peux tout à fait lui poser un lapin. Ça ne me gêne pas du tout.

Posy secoua à nouveau la tête, bien résolue cette fois à ne pas pleurer.

— Non, inutile de travailler tard, car en dépit de toute notre bonne volonté, nous ne serons jamais prêts. Nous ne pouvons pas… Je ne peux pas réouvrir à temps.

L'émotion la fit balbutier, tandis que son cœur et sa tête cognaient à l'unisson. Ses yeux la piquaient, et elle n'était, hélas, pas loin des larmes. Dans un ultime effort, elle conclut :

— La réouverture sous le nom d'*Au bonheur des tendres* n'aura pas lieu lundi.

Et sa voix se brisa sur le dernier mot.

— Mais il le faut! protesta Verity. On a prévu des événements littéraires pendant toute la semaine, et l'état de nos finances était déjà si tendu qu'on est proches du point de rupture, donc…

— Je sais, mais nous sommes vendredi après-midi, trancha Posy. Et même si nous travaillons d'arrache-pied tout le week-end, la librairie ne sera pas prête! Et ce n'est pas juste une question de peinture! Nous n'avons même pas encore commencé la réfection de la façade, j'ai dû repousser plusieurs fois la pose de l'enseigne, nous n'avons pas inventorié le nouveau stock, sans parler de le placer sur les étagères. Les vitrines sont toujours portées disparues… C'est une vraie catastrophe. La pagaille générale. Mais pourquoi se casser la tête, puisque Sebastian le Maudit peut débarquer à tout instant et reprendre la boutique?

— Tu ne pourrais pas consulter un avocat ? s'enquit Tom.

Comme si elle n'y avait pas déjà pensé ! Le problème, c'était que celui qu'elle pourrait s'offrir ne serait jamais à la hauteur de la légion de juristes que Sebastian s'apprêtait à dégainer.

— On pourrait au moins finir la salle principale et terminer le reste petit à petit, suggéra timidement Nina, car tous savaient que c'était une solution bâtarde à un problème explosif.

— Je suis désolée, déclara alors Posy. Je suis une chef lamentable, je vous ai tous laissés tomber…

Et elle ne put poursuivre, non parce que la tristesse lui nouait la gorge, mais parce qu'on l'étreignait de toutes parts. Elle était quasiment écrasée par les seins de Nina qui devaient être tout trempés, en raison des larmes qui coulaient à flots de ses yeux ; elle avait posé la tête sur l'épaule de Tom, et Verity, qui n'appréciait guère en général ce genre d'effusions, lui frottait le haut du dos.

— Ça va aller, ça va aller, murmurait-elle.

Ils rentrèrent chez eux peu de temps après, à la demande pressante de Posy. Il n'y avait de toute façon plus rien à sauver… Sam, quant à lui, traînait dans le quartier de Camden avec sa bande d'amis et ne reviendrait à la maison que lorsqu'il n'aurait plus d'argent et serait affamé, de sorte qu'elle se retrouva seule dans la librairie désertée.

Bookends… Elle y avait connu ses plus grands bonheurs. Ç'avait été son havre. Mais tout avait changé, y compris l'odeur si familière et tant aimée du papier, éradiquée par celle plus puissante de la peinture fraîche qui prenait littéralement à la gorge. Les étagères étaient vides, et toutes les niches et les moindres recoins envahis par des cartons de livres et de papeterie.

Tu détruis toujours ce que tu aimes.

Posy avait lu cette phrase quelque part, et celle-ci s'appliquait tout à fait à elle. En voulant transformer *Bookends*, elle en avait détruit l'esprit, cette sensation particulière et unique qu'elle avait toujours éprouvée quand elle en franchissait le seuil, en d'autres termes l'impression d'être à la maison.

Et ce n'était pas la seule chose qu'elle avait perdue ! Elle n'arrivait pas à croire combien une certaine personne, pourtant source d'irritation constante pour elle, lui manquait, en l'occurrence Sebastian. Et il lui paraissait inimaginable de ne s'en rendre compte que maintenant…

Posy tressaillit soudain violemment : on venait de frapper à la porte. Tournant la tête, elle vit une grande silhouette se profiler derrière la vitre. Son cœur fit un bond dans sa poitrine… avant de reprendre sa place normale : ce n'était que Piers Brocklehurst. La dernière personne au monde qu'elle avait envie de voir.

Elle déverrouilla la porte.

— Nina n'est pas là, dit-elle en guise de bonjour. Et d'ailleurs, il me semble bien qu'elle vous a laissé tomber.

Piers lui adressa un sourire méfiant, mais il était vrai qu'il était toujours sur ses gardes.

Elle le jaugea, et son regard s'attarda sur ses mocassins Gucci. Un homme qui ne portait pas de chaussettes l'émouvait toujours, mais les paroles de Piers l'arrachèrent brutalement à ses chimères.

— Je ne suis pas venu voir Nina, l'informa-t-il. Il s'agit d'une visite à caractère professionnel.

— Je pensais que Sebastian et vous ne faisiez plus affaire ensemble, rétorqua-t-elle, confuse.

L'expression de Piers se teinta alors d'une nuance plus sévère, comme un parent qui s'apprête à délivrer un avertissement.

— Oh, ce n'est pas tout à fait exact ! De fait, si je suis ici, c'est à cause de lui.

Elle tombait des nues…

— C'est Sebastian qui vous envoie ? Je rêve !

Elle s'était attendue à un avis d'expulsion de la part des avocats de Sebastian. Ou pire : une armée de malabars qui les auraient jetés dehors, Sam et elle, avant de changer les serrures et de condamner la librairie à l'aide de planches.

Parfois, elle s'était même surprise à imaginer que Sebastian viendrait et qu'elle pourrait le raisonner. Mais ce dernier était dénué de bon sens, comme le prouvait le fait qu'il ait mandaté Piers pour exécuter la sale besogne.

— Cet homme est incroyable ! s'exclama-t-elle. Il ne peut même pas annoncer les mauvaises nouvelles en personne.

Piers parut un instant déconcerté avant de hausser les épaules.

— Thorndyke a toujours été un type suspect.

— J'espérais mieux de lui, renchérit-elle.

Au fond d'elle-même, elle avait toujours cru qu'il finirait par se laisser fléchir et reconnaîtrait ses erreurs. Elle ne pouvait décidément pas se fier à ses intuitions !

— Écoutez, je sais que ça peut paraître bizarre, mais puis-je entrer ? Je voudrais prendre quelques mesures. (Et sans attendre sa permission, il pénétra dans la librairie.) Je serai très discret, vous ne vous apercevrez même pas de ma présence.

Elle cligna des yeux, stupéfaite : voilà qu'il s'était faufilé derrière le comptoir et avait déjà atteint le bureau !

— Eh ! commença-t-elle, prête à hurler.

Et soudain, elle se ravisa. Qu'il prenne ses mesures, que le pire advienne, puisque Sebastian et lui avaient décidé de se liguer contre elle et d'anéantir tout ce qu'elle avait voulu construire.

Cependant... La librairie était bien classée, non ? Pourquoi acceptait-elle comme une fatalité le fait de perdre sa maison, son gagne-pain, le lieu qui abritait tous ses souvenirs liés à ses parents et à Lavinia ?

Cette dernière n'aurait jamais toléré une telle situation, pensa-t-elle en jetant un coup d'œil à la photo de sa protectrice et de Perry, trônant sur la table centrale. Ni ses parents. Et si elle ne s'opposait pas à ces requins, si elle ne bougeait pas le petit doigt pour les empêcher de la déloger, alors elle trahissait tous les êtres qui lui étaient chers. Elle profanait leur mémoire. Comme ils auraient honte d'elle, s'ils la voyaient. Qu'ils seraient déçus qu'elle ait baissé les bras pour un motif aussi futile que des étagères non peintes !

Elle avait broyé du noir pendant si longtemps qu'il lui semblait tout à coup bien curieux de ressentir comme une flamme au creux de l'estomac. Elle serra les poings… Elle pouvait parfaitement ouvrir la librairie lundi. Si elle et son personnel travaillaient comme des forçats tout le week-end, ils seraient en mesure de finir la salle principale et peut-être les plus petites sur la droite ; il suffirait d'accrocher des rideaux pour dissimuler la partie gauche, encore en chantier, qui menait au salon de thé.

Ce ne serait pas la réouverture en grande pompe dont elle avait rêvé, mais la librairie serait relancée. Et quant à Sebastian le Maudit, il ne lui reprendrait pas sa chère boutique, elle en répondait, se dit-elle en tapant du pied. Et pour faire bonne mesure, elle accorderait un autre entretien au *Bookseller*, dans lequel elle dénoncerait les procédés de Sebastian. Elle ferait adhérer tout le Londres littéraire à sa cause, lancerait une pétition, une levée de fonds, une campagne pour que la librairie reste entre les mains d'une femme qui l'appréciait.

Et si le pire arrivait, alors elle emboîterait le pas à la première propriétaire de *Bookends*, l'honorable Agatha, et s'enchaînerait à la porte d'entrée, à la façon des suffragettes.

Mais avant tout, elle devait prendre le taureau par les cornes et rouvrir le lundi suivant.

— Piers ?

Dès qu'il entendit son prénom, il surgit sous une des voûtes.

—Oui ? (Il fronça les sourcils.) Vous êtes toute rouge. Vous avez eu un choc ? Il est temps que vous preniez conscience des manigances de Thorndyke.

Quelle mauvaise langue ! pensa-t-elle.

Elle savait parfaitement que, sous ses fanfaronnades, Sebastian n'était pas aussi exécrable qu'il en avait l'air, juste très agaçant. Ce qu'elle n'aurait pas affirmé de lui. D'ailleurs, Nina n'avait-elle pas décrété qu'il était plus diabolique que mauvais ? La description cinglante que son amie avait faite de cet homme avec qui elle n'était sortie que deux fois lui revint tout à coup en mémoire, et il lui sembla subitement que le sourire de Piers avait quelque chose de reptilien, et ses yeux mornes, tout comme ses cheveux gominés, lui évoquèrent le personnage du méchant, dans un dessin animé. Un frisson la parcourut. Puis elle se souvint qu'il avait cherché à soutirer des informations à Nina sur son compte, espérant découvrir de troubles activités qu'il aurait pu utiliser contre elle…

Elle repoussa vivement son accès de peur ; Verity aurait sans doute été incapable d'affronter Piers, mais pas elle.

—Sortez de ma librairie ! ordonna-t-elle d'un ton ferme. Je me fiche de ce qu'a dit Sebastian, je ne changerai pas ma position d'un pouce. *Bookends* rouvrira sous le nom d'*Au bonheur des tendres* dès lundi matin, même si je dois y laisser ma peau !

—Ne le prenez pas mal, mais vous n'avez pas du tout l'air prête pour rouvrir lundi, dit-il d'une voix onctueuse.

Posy agita les mains comme pour chasser ces paroles.

—Pfft! Bien sûr que nous le serons! (Elle plaqua les poings sur ses hanches.) Et maintenant, sans vouloir être grossière, sachez que j'ai du pain sur la planche, aussi vais-je devoir vous mettre dehors.

Et elle espérait que son sourire forcé tempérerait un peu ses propos, encore qu'elle s'en fichât.

Puis elle se dirigea vers la porte, et Piers lui emboîta le pas.

—Je comprends, dit-il. Vraiment. Vous êtes bien avisée de tenir tête à Thorndyke. Il est temps que quelqu'un s'oppose à ses projets.

—Je sais, acquiesça-t-elle, surprise que Piers puisse la considérer comme une alliée.

Néanmoins, elle le raccompagna jusqu'au seuil pour être bien certaine qu'il poursuivait son petit bonhomme de chemin.

—C'est un tel tyran! enchaîna-t-elle malgré elle. Il débarque toujours énervé, aboie des ordres, n'écoute personne. Pour qui se prend-il?

—Et ces costumes ridicules dont il s'affuble! renchérit Piers en ricanant. Je ne vois vraiment pas ce que les femmes lui trouvent.

—Moi, je ne fais pas partie de ses admiratrices.

— Oui, vous, vous avez de la classe, Posy. Pas comme Nina. Celle-là, elle n'a que son cul à montrer. Rien dans la cervelle.

Posy le foudroya du regard.

— Je vous interdis de parler en ces termes d'une de mes meilleures…

— Tiens, qu'est-ce qu'il y a, en bas ? demanda soudain Piers.

Son cœur se serra, car cette façon d'interrompre son interlocuteur lui rappela une autre personne… Piers désigna une porte aux battants en bois battus par les vents et bloqués par deux solides barres de fer.

— Cela conduit à une cave ?

— Pardon ? dit Posy. Oh, c'est la cave à charbon ! Non ! N'ouvrez pas ces portes. Il n'y a rien à voir. S'il vous plaît, Piers ! Je vous le défends. Vous m'entendez ? Mais enfin, pourquoi vous, les hommes, n'écoutez jamais rien ?

Piers avait en effet enlevé les barres de fer et sondait l'abysse noir de la cave à charbon.

— Il y a quelque chose, là-dedans, décréta-t-il d'un ton véhément.

Posy haussa les épaules.

— Oui, des araignées. Allez, refermez-moi ça.

— Mais je vous assure qu'un truc brille, dans le coin, là !

Consciente de commettre une erreur, Posy s'avança pourtant vers l'entrée de la cave.

— C'est sans doute une vieille étagère. Mais… Oh !

379

On venait de la pousser dans le dos, et, déséquilibrée, elle tomba sur les mains, dans l'obscurité de la cave. Dans la poussière et les toiles d'araignée. Elle se mit à tousser, se redressa tant bien que mal et se retourna, juste à temps pour apercevoir le visage jubilatoire et machiavélique de Piers avant qu'il ne referme les portes sur elle.

— Laissez-moi sortir ! hurla-t-elle. Ce n'est pas drôle !

Mais ces mots résonnèrent dans le vide, et seul le silence lui répondit.

La dernière fois qu'elle s'était retrouvée enfermée dans cette fichue cave – ou plus exactement ce trou – qui n'ouvrait que de l'extérieur, elle était assez petite pour pouvoir tenir debout sans baisser la tête. L'air y était humide et moite, si tant était qu'on puisse parler d'air. Désemparée, elle s'assit par terre et étendit les jambes. Elle n'y voyait rien, mais devinait qu'elle s'était écorché les paumes et les genoux, et que son jean était déchiré. Aurait-elle assez d'oxygène pour survivre le temps qu'on la libère ?

Soudain, elle sentit quelque chose lui effleurer la main… Retenant un cri d'horreur, elle tendit l'oreille. C'était un rat, elle en était certaine, elle reconnaissait le cliquetis de ses griffes. Alors, cette fois, elle se mit à hurler de toutes ses forces, du moins celles qui lui restaient.

Et tant pis pour l'oxygène qui manquait ! Car de toute façon, si elle ne mourait pas par suffocation, elle finirait dévorée vivante par les bestioles grouillant dans cette cave. On retrouverait son corps ensanglanté dans quelques jours. Dans le meilleur des cas… Car peut-être serait-on obligé d'analyser ses dents pour l'identifier… Elle ferma les yeux si fort que des étoiles dansèrent sous ses paupières, bientôt suivies par le spectacle déchirant qui s'offrirait à ceux qui ouvriraient les portes de cette maudite cave…

Quelle découverte macabre ! La police scientifique viendrait sur place pour récupérer les os et les désinfecter avant d'examiner ce qui subsistait de la personne qui avait été connue sous le nom de Posy Morland. Pantin et Petite Sophie devraient retenir Sam de s'élancer vers ses ossements et d'enlacer les vestiges de sa sœur bien-aimée. Nina et Verity s'étreindraient mutuellement, en sanglotant. Tom serait brisé, et se balancerait d'avant en arrière, impuissant. Sebastian, tout de noir vêtu, arborerait un visage dur et impitoyable, se jurant de venger la mort de Tignasse…

Elle secoua la tête pour conjurer ces visions épouvantables. Qu'est-ce qui clochait, chez elle ? L'écriture d'*Abusée par un libertin* l'avait perdue, elle sombrait complètement dans le mélo. Personne ne la vengerait, et encore moins Sebastian.

Tout simplement parce qu'elle avait choisi de vivre ! Ce ne serait pas aujourd'hui qu'elle mourrait d'asphyxie ni qu'elle servirait de festin aux rats. Elle avait bien trop à faire !

Elle s'était accoutumée à l'obscurité et distinguait désormais quelques formes ; elle repéra notamment une vieille chaise métallique. Cela devrait faire l'affaire.

Prenant son courage à deux mains pour aller la récupérer sans rencontrer un rat, elle s'en empara et la cogna de toutes ses forces contre les portes. Mais il n'y avait aucun signe de vie, à l'extérieur, pas même l'écho moqueur du rire de Piers.

—Laissez-moi sortir ! cria-t-elle de nouveau.

Mais l'affreux individu n'était plus là, ou bien faisait Dieu sait quoi dans la librairie. Tom lui avait raconté qu'un pub classé comme monument historique avait été incendié par un promoteur immobilier qui comptait construire à la place un lot d'immeubles, mais le projet n'avait pas été approuvé par la municipalité.

—Ouvrez-moi tout de suite !

Tout ce bois ! Tous ces livres ! La librairie brûlerait en quelques secondes.

Elle prit une profonde inspiration et, insensible à la douleur de ses paumes et genoux meurtris, heurta la chaise contre les portes aussi vivement qu'elle le put.

Hélas, celles-ci restaient désespérément fermées. Découragée, elle finit par reposer le siège et tenta de reprendre son souffle… Elle était en train d'étirer ses membres contusionnés quand les battants s'ouvrirent brusquement en grand… Elle cligna des yeux, la lumière du jour l'éblouissant, et distingua bientôt un visage familier qui la toisait de haut.

—Tignasse ! Dieu soit loué, tu es vivante !

CHAPITRE 18

— S ebastian ! s'exclama à son tour Posy. Mais qu'est-ce que tu fabriques ici ?

— À ton avis, qu'est-ce que j'ai l'air de faire ? rétorqua-t-il en lui tendant une main impérieuse. Allez, viens, j'ai d'autres chats à fouetter !

Pourquoi fallait-il que ce soit précisément lui qui vienne à sa rescousse ? D'ailleurs, elle aurait parfaitement pu se sortir elle-même de ce trou ! Elle s'agrippa néanmoins à sa main, et il la hissa hors de la cave à charbon : elle aspira alors une grande bouffée d'air et émit simultanément un grognement peu flatteur, digne de Dumbo.

— Comment as-tu pu ? s'indigna-t-elle dès qu'elle retrouva les pavés bénis de *Rochester Mews*. Comment as-tu osé m'envoyer cet infâme individu ?

— Je ne t'ai envoyé personne, se défendit-il.

— Dans ce cas, tu peux m'expliquer pourquoi Piers est venu rôder par ici ?

Brusquement, un claquement retentit dans la librairie ; tous deux se retournèrent en même temps… pour voir un tsunami de peinture grise éclabousser la vitrine, telle une mer déchaînée, puis se mettre à couler et leur obscurcir complètement la vue.

—Mais c'est quoi, ce bazar? hurlèrent-ils à l'unisson.

Posy ferma les yeux, c'était plus qu'elle ne pouvait en supporter... Quand elle les rouvrit, elle se rendit compte que le cauchemar n'était pas le fruit de son imagination, mais était réellement en train de se produire. Horrifiée, elle enfouit la tête dans ses paumes.

—Ma librairie! Elle est fichue. Pourquoi a-t-il fait ça?

—J'ai ma petite idée, déclara-t-il, le teint aussi gris que le liquide qui dégoulinait le long des vitres et devait former une mare sombre par terre. Ne t'inquiète pas, Tignasse, je vais lui régler son compte.

Et sur ces mots, Sebastian se précipita à l'intérieur de la boutique, sous le regard médusé de Posy, qui finit par lui emboîter le pas, telle une somnambule... C'était encore pire que ce qu'elle redoutait. Il y avait de la peinture partout. Sur le sol, le comptoir, les cartons de livres, la table de présentation... Même la photo de Lavinia et Perry avait disparu sous un voile taupe, ce qui était pire que tout: Posy éclata en sanglots.

Seul Sebastian se détachait de la grisaille environnante quand il revint vers elle, tenant fermement Piers par l'épaule.

—J'ai rattrapé ce voyou alors qu'il tentait de s'enfuir par la porte de derrière, déclara-t-il d'un ton haletant tandis que l'affreux lascar se débattait comme un beau diable pour échapper à sa poigne. Typique du pitoyable lâche qu'il est!

Piers voulut prendre la parole, mais Sebastian lui passa le bras autour du cou.

— Regardez ce que vous avez fait ! s'insurgea Posy d'une voix brisée. Mais pourquoi m'en voulez-vous à ce point ?

— Lâche-moi, Thorndyke !

Parvenant à se libérer, Piers se redressa de toute sa stature devant eux, détestable, ruisselant de sueur.

— Ce n'est pas contre vous, Posy, poursuivit-il. Même si vous avez interdit à Nina de me fréquenter après que je l'ai invitée deux fois à dîner dans des restaurants hors de prix, et que cela ne m'a même pas valu une pipe !

— Vous êtes le plus répugnant des hommes !

Piers se rengorgea, comme si elle venait de lui adresser un compliment, et décréta :

— Et toi, Thorndyke, tu es toujours le misérable faux jeton que j'ai connu autrefois et à cause de qui on a failli m'exclure d'Eton. J'étais pourtant disposé à oublier le passé, à être plus généreux que…

— Tu n'as aucune idée de ce que ce mot signifie, l'interrompit Sebastian. (Il se tourna vers Posy.) Sais-tu qu'il torturait littéralement les plus jeunes pour les avoir sous son contrôle ?

Et, de nouveau, il passa son bras autour de la gorge de Piers.

Posy leva les yeux au plafond : la peinture avait volé jusqu'ici !

— Écoutez, je ne comprends rien à vos histoires, commença-t-elle. Je croyais que vous aviez enterré la hache de guerre, tous les deux, et que vous comptiez démolir *Rochester Mews* pour le transformer en un luxueux complexe immobilier.

— Telle n'avait jamais été mon intention ! se récria Sebastian, comme offensé par cette simple suggestion. Je suis en train d'étudier plusieurs projets pour les *Mews*, et j'étais curieux de voir si Brocklehurst avait changé, quand il a repris contact avec moi. Mais, de toute évidence, cet odieux personnage est resté fidèle à lui-même.

— Arrête ! protesta Piers. Je t'ai montré les plans, je t'ai indiqué qui soudoyer au conseil municipal.

Et il jeta à Sebastian un regard si haineux qu'elle sentit son estomac se retourner.

— Un membre de la famille royale d'Arabie saoudite est prêt à acquérir un appartement à cinq millions de livres. Tu te rends compte de l'énergie que j'ai dû déployer pour l'amener à se décider ? Et toi, tu décrètes soudain que ce lieu est classé monument historique ? Tu n'es qu'un sale crétin ! Depuis quand défends-tu les faibles qui ne sont pas fichus de faire valoir leurs droits ?

Piers bomba le torse, et elle fut presque surprise que des cornes rouges ne lui sortent pas subitement du crâne.

— Tu n'as jamais entendu parler de la théorie de Darwin ? Celui qui survit, c'est celui qui sait s'adapter, ajouta-t-il encore. Je ne comprends pas pourquoi tu tiens tant à protéger Posy, comme un prince charmant fanfaronnant sur son cheval blanc. Même toi, Thorndyke, tu es capable de mieux, tout de même !

Sebastian en resta quelques secondes le bec cloué.

Quant à Posy, elle n'en croyait pas ses oreilles : comme si elle avait besoin de protection et entrait dans la catégorie des femmes que ce dernier affectionnait !

— Tout dépend de ce que tu entends par là ! reprit Sebastian. Mais je connais Posy depuis toujours, c'est ma Posy, et cette histoire de cave à charbon nous appartient et est complètement dépassée, je te signale. De plus, tu as détruit une librairie qu'elle adore ! Eh bien, tu peux compter sur moi pour ruiner ta carrière.

— Je voudrais bien voir…

Mais Piers ne put terminer sa phrase, car Sebastian fonça sur lui tel un taureau furieux, et les deux hommes roulèrent bientôt sur les pavés de la cour, avant de se remettre promptement debout.

— En garde ! hurla Piers.

Et chacun s'élança vers l'autre, bras tendus.

Posy soupira. De fait, comme tous deux étaient des fils de la haute et que ce n'était pas à Eton qu'on apprenait à se bagarrer, ils se mirent à tournoyer dans la cour, se menaçant des poings avant de reculer bien vite. Il y avait peu de risque que l'un blesse l'autre, et pourtant, Piers aurait mérité une bonne correction.

— Pathétique, murmura-t-elle. Et cela ne va aider personne.

Par un pur hasard, Piers parvint à plaquer Sebastian contre la vitre de la librairie et se retrouva alors dans une position idéale pour le rouer de coups sans merci, tandis que sa victime hurlait des sons inintelligibles et se débattait pour lui échapper.

Soudain, son adversaire l'attrapa par le revers de sa veste, et les cris de Sebastian devinrent plus compréhensibles.

— Pas mon costume ! N'abîme pas mon costume !

Elle en avait assez vu et ne souhaitait pas que, en outre, ils brisent sa vitrine. Fonçant dans le bureau de Verity, elle s'empara du plus gros dictionnaire que cette dernière consultait quand elle écrivait des lettres de réclamation, avant de se ruer de nouveau à l'extérieur, où Piers maintenait toujours Sebastian contre la devanture, et s'apprêtait à lui décocher des coups de poing en pleine figure. Ah non ! Elle ne le laisserait pas abîmer son beau visage. Et elle lança le dictionnaire de toutes ses forces dans le dos de Piers, et de la puissance, elle en possédait, depuis qu'elle déplaçait des cartons de livres !

Elle avait parfaitement bien visé, et s'en félicita.

— Ça, c'est pour ma librairie, annonça-t-elle.

Ramassant son dictionnaire, elle le lui relança de face, cette fois, car il venait de se retourner et de lâcher Sebastian.

— Et ça, pour avoir voulu bastonner mon Sebastian, avoir failli déchirer son costume… (Elle relança le dictionnaire.) Et celui-là, c'est pour Nina et de nouveau pour ma librairie, et celui-ci…

— Assez ! s'écria Piers. Qu'on éloigne cette salope de moi !

Et il leva les mains pour se protéger.

— Et celui-ci pour m'avoir traitée de salope, ajouta Posy, déchaînée en frappant violemment les épaules de Piers avec son dictionnaire.

Ce fut alors que Sebastian s'interposa.

— Je suis venu en paix, Posy, commença-t-il prudemment, craignant sans doute qu'elle ne s'en prenne à lui au moindre faux pas. Je suis désolé d'intervenir, mais je crois qu'il est préférable que tu arrêtes de le cogner, maintenant.

Posy donna un dernier coup à Piers en marmonnant : « Ça, c'est pour la cave à charbon », puis s'immobilisa, haletante et recouverte de peinture. Elle avait par ailleurs l'impression d'avoir mis la tête dans le four tant ses joues la brûlaient. Pour sûr, elle n'avait jamais été aussi rouge de toute sa vie.

Piers recula d'un pas. Il soufflait bruyamment et, quand il se redressa, il fit la grimace. Écarlate, il fusilla Posy du regard.

— Je vais porter plainte pour agression.

— Faites, faites ! déclara Posy en plaquant les poings sur les hanches. Je vous poursuivrai pour séquestration et dégradations volontaires.

— Les coups et blessures l'emportent toujours sur les dégâts matériels, décréta Piers en sortant déjà son portable de la poche de son ridicule jean rouge.

Elle eut soudain peur. Terriblement peur.

— Peut-être, dit Sebastian, en lissant les pans de sa veste.

Elle ignorait par quel miracle ce dernier n'avait pas une seule goutte de peinture sur ses vêtements, et semblait plus frais et dispos que jamais.

— Mais le temps que tu appelles la police, je peux faire vider tes comptes en banque et envoyer à ta mère toutes les photos cochonnes stockées sur ton ordinateur, enchaîna-t-il. Un de mes meilleurs amis est un hacker, il habite à Mumbai, c'est un type adorable, mais mieux vaut ne pas l'avoir comme ennemi. À propos, comment va ta mère ? Vit-elle toujours à Cheam ?

Piers s'immobilisa, puis remit son téléphone dans sa poche.

— Salaud ! s'écria-t-il en s'éloignant à grands pas. Sale petite garce !

Posy eut vraiment mal au cœur de lui laisser le dernier mot, mais toutes les insultes qui lui venaient à l'esprit étaient grossières et liées aux différentes parties de son anatomie, aussi préféra-t-elle se taire, et le regarder prendre ses jambes à son cou dès qu'il tourna à l'angle de la cour.

— Tu sais, j'aurais pu maîtriser Brocklehurst sans ton intervention, Tignasse, mais j'ignorais que tu avais une telle force. Je ne prendrai plus le risque de te mettre en colère à l'avenir.

— Tu peux me le consigner par écrit ?

— Je ne signe rien sans la présence de mon avocat.

Piers parti, Posy n'avait plus que le problème Sebastian à régler. Comme elle regrettait les jours insouciants où ce dernier était certes un visiteur importun, mais rare. Depuis le décès de Lavinia, il était toujours dans ses pattes et l'empêchait systématiquement de retomber dans sa bonne vieille inertie. Même absent, il continuait d'être à l'avant-scène de sa vie, dans son roman *Abusée par un libertin*, si bien qu'elle était constamment en train de penser à lui. À eux deux, dans toutes sortes de positions compromettantes, corps emmêlés et en sueur, bouches unies et essoufflées… Elle se félicitait qu'il fasse à présent assez sombre pour que les ombres masquent les rougeurs de son visage, mais pas suffisamment néanmoins pour lui cacher le vandalisme commis contre *Bookends*…

— Je ne sais pas par où commencer, déclara-t-elle à haute voix, plus pour elle-même qu'à l'adresse de Sebastian, d'ailleurs.

Celui-ci restait étonnamment muet, sans doute parce que toute son attention était focalisée sur son portable.

— Peut-être est-ce l'univers qui vient me dire à sa façon de renoncer, poursuivit-elle dans un soupir. Tu as gagné, la librairie est à toi.

Le silence le plus total lui répondit, jusqu'à ce que Sebastian relève la tête et regarde autour de lui.

— C'est sournois, Tignasse, d'essayer de me refiler tout ce chaos, mais ça ne marche pas. Est-ce que tu as de l'essuie-tout ?

Comme toujours, elle avait quelques difficultés à le suivre…

— Pardon ?

— Du papier absorbant, des chiffons, bref, ce genre de choses. Regarde, je viens de chercher sur Google. (Il lui brandit alors son téléphone sous le nez.) Ils disent qu'il est impératif d'enlever autant de peinture que possible avant qu'elle sèche. Allez, Tignasse, le temps presse.

Et il avait raison. Elle n'éclata même pas de rire lorsque Sebastian enfila le bleu de travail que Nina avait tenu à porter afin de ne pas tacher son jean et son tee-shirt ; la combinaison était bien trop courte pour lui, de sorte que dix centimètres de son pantalon en dépassaient.

Mais elle ne se laissa pas distraire et, rassemblant le matériel nécessaire, elle se mit à nettoyer. C'était incroyable les miracles que pouvaient produire de l'eau chaude, de la lessive et tout son stock de serviettes en éponge !

Bien sûr, il y eut des dommages collatéraux à déplorer : les ouvrages qui se trouvaient en présentation sur la table centrale, une des lampes, qui ne semblait plus fonctionner. Et un carton entier de livres était abîmé, mais c'était le seul : le désastre aurait pu être bien pire ! Toutefois, en raison des travaux, des bâches avaient déjà été tendues sur les canapés et le sol, après la survenue d'un malheureux incident : en allant servir un client, Posy avait en effet répandu dans son sillage des traces de peinture grise jusque dans la grande salle.

Ils travaillèrent avec ardeur pendant plus d'une heure, et durant tout ce temps, Posy serra les dents, s'apprêtant à encaisser les inévitables remarques de Sebastian : comment était-il possible qu'elle fasse toujours tout de travers ? Comment pouvait-elle avoir été assez stupide pour se laisser attirer dans la cave à charbon ? Mais rien ne vint. Seul un silence assourdissant, intense, rythmait leurs gestes.

Au bout d'un moment, elle finit par lui demander :

—Est-il vrai que les *Mews* sont classés ?

—Absolument pas. Mais il fallait bien que je trouve un prétexte pour me débarrasser de Brocklehurst.

Soudain, il parut extrêmement absorbé par une tache de peinture qu'il tentait d'ôter du comptoir et ajouta :

—C'était aussi pour apaiser tes craintes et que tu cesses de croire que j'allais les transformer en un parking ou je ne sais quoi, puisque tu es toujours prompte à m'accuser des pires horreurs.

—Oui, mais… Non, c'est faux, je ne pense pas toujours ça de toi.

Sebastian refusa alors la surenchère verbale, ce qui la déstabilisa.

Tout en retirant la dernière trace de peinture sur une étagère fort heureusement vide, elle jeta un coup d'œil à Sebastian qui s'efforçait d'enlever celle qui recouvrait le portrait de Lavinia et de Perry. Il ne semblait pas dans son assiette avec ses cheveux en désordre, boudiné dans un bleu de travail de chez *B&Q*, ce qui représentait un sacré défi vestimentaire pour lui.

—Je crois que nous avons terminé, déclara-t-elle enfin. Quelle ironie du sort, n'est-ce pas ? Nous venons juste d'enlever de la peinture d'étagères qui ont précisément besoin d'être repeintes.

Sebastian ne répliqua pas, ce qui encore une fois était sans précédent. Néanmoins, ce fut son air qui alarma définitivement Posy. Sourcils froncés, bouche résolument fermée, comme s'il était soudain à court de mots.

— Tout va bien ? lui demanda-t-elle, soucieuse. Tu veux un verre d'eau ? Une tasse de thé ? T'asseoir ?

— Non, je ne vais pas bien, marmonna-t-il alors en se laissant glisser le long d'une bibliothèque jusqu'à ce que son postérieur touche le sol qu'elle venait de laver. Je suis loin de me sentir bien.

Il ne devait tout de même pas être à l'agonie puisqu'il était encore capable de faire son cinéma, pensa Posy en se juchant sur l'accoudoir du canapé, juste en face de l'endroit où il s'était écroulé de manière calculée.

— Bon, qu'est-ce qui ne va pas ?

— Je crois que tu connais déjà la réponse, non ?

Sebastian croisa les bras et pencha la tête en avant, si bien que son menton effleura son torse.

— Je suis désorienté, précisa-t-il.

— Vraiment ? Cela ne te ressemble pourtant pas. Tu es un homme d'action, qui sait prendre des décisions. J'ai du mal à voir en toi une personne « désorientée ».

Il leva les yeux vers elle.

— C'est le seul mot qui résume mon état d'esprit après la lecture de l'article paru dans *The Bookseller* et…

— Tu lis ce magazine, toi ? demanda-t-elle, incrédule.

— Je t'ai déjà signalé que je m'y suis abonné, répondit-il en se pinçant l'arête du nez. J'ai parfois l'impression que tu n'écoutes pas un traître mot de ce que je te raconte, Tignasse. C'est vraiment démoralisant.

Elle roula des yeux.

— La réciproque est vraie.

Prenant une profonde inspiration, elle quitta l'accoudoir pour s'agenouiller devant lui.

—Je ne veux plus me disputer avec toi, je ne veux plus que l'on reste des jours et des jours sans se parler, c'était affreux, il ne faut pas que ça se reproduise, enchaîna-t-elle. Mais j'ai vraiment tenté plus d'une fois de t'expliquer que j'allais ouvrir une librairie spécialisée dans la romance. J'ai été claire là-dessus. Je suis désolée d'avoir ensuite dû te mentir et faire mine d'accepter ton projet afin de profiter des conseils de Pippa. Il faut que tu me croies quand je te dis que je regrette, car je ne supporte pas ce terrible silence entre nous.

—Moi aussi, cette brouille m'est intolérable, et il est possible que j'en aie trop fait quand tu m'as avoué la vérité, mais je n'aurais jamais imaginé que tu étais…

Il secoua la tête comme si à nouveau il ne trouvait pas les mots adéquats.

—Que tu étais…

—Une si grande menteuse? suggéra-t-elle.

—Machiavélique, dit-il enfin, avec un léger sourire. Fourbe, sournoise. Je t'ai sous-estimée, Tignasse, mais reconnais tout de même que *Poignard sanglant*, c'était une fameuse idée.

Il n'allait pas abandonner de sitôt, c'était clair.

—Je déteste les romans policiers, Sebastian. Je les déteste! répéta-t-elle.

Et tout à coup, elle se surprit en train de prendre la main de Sebastian et de mêler ses doigts aux siens afin d'adoucir la rudesse de ses propos; il n'était visiblement pas lui-même, ce soir-là, pris de court, car il la laissait faire, tout en dardant sur elle un regard circonspect, comme s'il doutait de ses intentions.

—Ils commencent toujours par un meurtre, un cadavre, un événement épouvantable, et il y a eu bien trop de tragédies dans ma vie pour que j'aie en plus envie d'en lire, quand j'ai du temps libre. Est-ce que tu comprends ?

—Oui, lui assura-t-il d'un ton calme.

Et il se pencha en avant de sorte que leurs fronts se touchèrent, et qu'ils respirèrent, lui sembla-t-il, exactement au même rythme. Elle n'aurait su dire combien de temps ils restèrent ainsi, mais Sebastian rompit soudain le charme.

—Ah, la romance, Tignasse ! Ces livres sont ridicules.

Toutefois, il continuait à lui caresser le dos de la main avec son pouce, ce qui était extrêmement apaisant.

—Ils donnent aux femmes le faux espoir qu'un jour elles rencontreront le prince charmant dans une armure dorée, mais ça n'existe pas. C'est un idéal impossible, et tu seras forcément déçue si tu cherches un homme qui ressemble à tes héros romantiques.

—Je sais parfaitement que la vie n'a rien à voir avec les romances, répondit Posy. (Et elle sentit les doigts de Sebastian se refermer autour des siens.) Oh, oui, ça, j'en suis bien consciente ! Mais croire à ces contes de fées m'aide à me lever chaque matin. Cela me fait sans doute frissonner de vivre par procuration l'histoire de deux individus qui surmontent tous les obstacles qui se dressent entre eux, et qu'ils se sont d'ailleurs bien souvent créés eux-mêmes, pour vivre heureux ensemble pour toujours. Je sais que je devrais sortir de cet univers et rencontrer des hommes, mais depuis la mort de mes parents, je suis coincée.

Et soudain, des larmes lui roulèrent sur les joues. Sebastian glissa bien vite la main sous sa combinaison de travail et en ressortit sa pochette. Puis, avec une gentillesse dont elle ne l'aurait pas cru capable, il se mit à lui essuyer les yeux.

— Mouche-toi, maintenant, ordonna-t-il.

— Non, je ne veux pas salir ton mouchoir, dit-elle (car il avait raison, la vie, ce n'était pas comme dans les romans à l'eau de rose). J'ai peur de le tacher avec la suie qui a dû se coller sur mes narines pendant les heures que je suis restée enfermée dans la cave à charbon.

— Je préfère le sacrifier plutôt que de voir ton nez couler, répliqua-t-il. Je t'assure que c'est un spectacle peu ragoûtant. Tu n'es pas une belle pleureuse, Tignasse, donc je te conseille d'arrêter tout de suite. Et soit dit en passant, tu n'es pas restée des heures dans la cave à charbon, puisque j'ai vu Brocklehurst t'y pousser en arrivant dans la cour. Tu y es restée à peine une minute, et encore !

— Tu dois te tromper, mon calvaire a duré une éternité, en tout cas de mon point de vue. J'ai cru que j'allais mourir.

Ils venaient de réintégrer un terrain familier.

Elle darda des yeux furieux sur Sebastian, qui soutint son regard sans manifester le moindre repentir ;

alors elle lui arracha son mouchoir des mains et se moucha bruyamment dedans, s'efforçant de faire abstraction de son expression horrifiée quand il aperçut les traces noires qui maculaient sa belle pochette d'un blanc virginal.

— Merci, marmonna-t-elle.

C'était vraiment le plus agaçant des hommes, mais sa personnalité était toutefois très complexe.

— Comme je te le disais, reprit-elle, je me suis sentie coincée pendant de longues années, mais ces derniers mois, j'ai éprouvé un sentiment de libération, l'envie d'aller de l'avant, et en fait, c'est en grande partie à toi que je dois cette énergie.

— À moi ?

— Mais oui ! (Elle désigna la librairie.) Tu ne voulais pas croire à la réussite d'*Au bonheur des tendres*…

— Rien que le nom me donne des haut-le-cœur…

— Oh, assez, Sebastian ! Sans toi, je n'aurais pas pu accomplir tout ça.

Il haussa les épaules, comme s'il demeurait indifférent à son aveu.

— Si tu n'avais pas été constamment sur mon dos, à me harceler, poursuivit-elle, je ne serais pas allée jusqu'au bout. J'aurais continué à faire des listes inutiles et à paniquer dès que Verity m'annonçait que nous étions dans le rouge.

Elle finit par s'asseoir près de lui, car la position agenouillée n'était guère confortable.

— J'ai l'impression d'avoir hiberné pendant des années, alors que toi… Eh bien, tu as été un vrai réveil pour moi : «Allez, Tignasse, debout, espèce de malpropre paresseuse !»

— Tu exagères, et puis je n'ai jamais employé ce vocabulaire avec toi !

— Tu m'as traitée de souillon, lui rappela-t-elle. C'est la même chose.

— Non, pas du tout ! Cela signifie juste que tes capacités à tenir une maison sont quasiment inexistantes, et que tu devrais employer les services d'une femme de ménage. Je t'assure que ce n'est bon ni pour toi ni pour Sam de respirer de la poussière en permanence. Pourquoi est-ce que tu souris ? Ce n'est pas drôle. (Il lui donna un coup de coude.) Je suis extrêmement sérieux.

— Je souris parce que je viens de voir clair dans ton jeu, dit-elle.

— Alors là, ça m'étonnerait ! Je suis une énigme, un puzzle, un mystère, un paradoxe, une…

— Une chose est certaine, tu adores t'écouter parler, l'interrompit-elle. Et tu as raison, tu es un vrai paradoxe. Tu tiens des propos mesquins, grossiers, blessants, mais j'ai compris que tu ne les pensais pas, puisque tu as par ailleurs des attentions si gentilles.

— Si tu tombes dans les clichés et que tu prétends à présent que les actes comptent plus que les paroles, je vais soit m'en aller, soit fondre en larmes, j'hésite encore.

Pourtant, les actions parlaient plus fort que les mots, quoi qu'il en dise, et d'ailleurs, comme il ne partit pas, elle estima qu'il était temps pour eux de prendre un verre.

Elle alla donc chercher la bouteille de pinot gris réservée aux urgences, dans le minibar du bureau. Sebastian en avala un bon trait quand elle lui tendit la bouteille, sans râler sur la qualité du breuvage qu'elle lui proposait, lui qui était pourtant si pointilleux en la matière et détestait le vin qui n'était pas bouché.

Revigorée par quelques gorgées, Posy déclara :

— Depuis la mort de Lavinia, abstraction faite des insultes que tu as proférées à mon encontre, au sujet de ma coiffure ou de mes goûts littéraires, tu as toujours été là pour moi. Tu m'as aidée, tu m'as prêté ton personnel, tu as noué une amitié virile avec Sam, tu lui as proposé un stage en entreprise, tu lui as refait sa garde-robe, même si je t'en veux toujours encore un peu pour ça. Et, dans ta grande gentillesse, tu m'as même donné le canapé de Lavinia, bien qu'au départ je ne l'aie pas vu sous cet angle-là.

— Non, Tignasse, je ne suis pas gentil, je suis l'homme le plus grossier de Londres, répliqua Sebastian, sur la défensive. Mais l'idée que tu risques à tout moment de te blesser un organe interne en t'asseyant sur ton vieux canapé m'était intolérable.

— Ce qui nous conduit à ces entourloupes à propos de la librairie, enchaîna-t-elle, imperturbable. J'ai bien compris que tu voulais m'aider, et que tu estimais qu'une librairie spécialisée dans le roman noir rapporterait plus d'argent qu'un établissement dédié à la romance… Seulement, Sebastian, si je sais une chose, c'est que l'on ne peut pas miser sur le succès d'une entreprise si l'on n'y met pas de la passion. Or, je suis passionnée par les romans d'amour. Je connais le marché, les lecteurs. Et même si tout va de travers, comme c'est d'ailleurs déjà le cas, au moins, j'aurai cru en mon projet. J'aurai échoué, mais en me battant.

— Pourquoi dis-tu que c'est « déjà le cas » ? releva-t-il. (Et il reprit la bouteille qu'elle lui tendait.) Je veillerai à ce que tes affaires marchent ! Même si je dois à cet effet acheter le dernier roman larmoyant de la librairie.

— Et voilà que tu recommences ! souligna Posy. Grossier et charmant dans une même phrase. Je ne sais pas comment tu fais.

— Des années de pratique, rétorqua Sebastian en balayant sa personne du regard. Bref, je ne suis pas charmant, je suis grossier. Vil. Horrible. Séducteur de vierges et d'épouses comblées. Architecte du déclin moral de notre société : ça, c'était dans le dernier *Spectator*.

— Ah, tais-toi, Sebastian ! Sinon, mon nouveau challenge consistera à redorer ton blason pour qu'on te rebaptise l'homme le plus adorable de Londres.

— Ne sois pas si gentille avec moi, Tignasse, grommela-t-il alors.

Elle sentit soudain ses yeux se brouiller.

Bien qu'il eût le don de la rendre folle, elle l'aimait en réalité beaucoup. Et plus encore après quelques nouvelles gorgées de pinot gris. De fait, elle ne l'avait jamais tant aimé qu'en cet instant, et elle fut soulagée quand il l'arracha à ses pensées en s'efforçant de se relever.

— Et à présent, fais-moi visiter ta librairie! déclarat-il une fois debout, en lui tendant la main.

Elle accepta son aide — elle le vit grimacer en raison de l'effort qu'il fournit pour la hisser sur ses pieds, et il prétendit que c'était le contrecoup de sa bagarre avec Piers — et lui fit visiter les lieux.

L'obscurité étant tombée, elle alluma la lumière, puis l'entraîna dans la petite salle la plus reculée sur la droite afin de lui montrer ce que donnaient les étagères peintes en gris, et non «éclaboussées de gris» comme ce qu'il avait pu voir après les ravages causés par Piers, ainsi que les écriteaux fuchsia permettant de distinguer les différents rayons. Il put aussi découvrir les innombrables cartons de livres qui attendaient d'être rangés sur les étagères, les photos des vitrines toujours portées disparues, et le stock de produits dérivés : des bougies, des cartes, des carnets, des mugs. Elle lui présenta également les marque-pages qui seraient glissés dans chaque roman vendu, les sacs en toile, bien sûr, et les fameux tee-shirts. Elle n'oublia pas de lui indiquer la minuscule bibliothèque réservée à quelques auteurs de romans noirs triés sur le volet, à savoir Dorothy L. Sayers, Peter Wimsey et Harriet Vane, ainsi qu'une poignée de Margery Allingham et Ngaio Marsh, et quelques autres encore. Enfin, elle lui précisa que la table centrale serait toujours dédiée aux livres préférés de Lavinia avant de le conduire vers le salon de thé, qui avait été vidé et nettoyé en vue d'être repeint.

Sebastian était resté en grande partie silencieux pendant qu'elle parlait, même s'il n'avait pas pu résister à l'envie de la taquiner à propos de son obsession concernant les fourre-tout. À présent, il contemplait la librairie sans mot dire…

— Pas mal, Tignasse, pas mal du tout! déclara-t-il tout à coup. J'aurais aimé pouvoir me vanter d'avoir davantage participé à la réalisation de ce projet, mais tu es la seule à qui revient le mérite. Il reflète ta vision des choses, d'où les vitrines vintage alors que tu aurais pu en acheter de flambant neuves, mais ça confère un certain charme à l'ensemble.

Venant de Sebastian, c'était un sacré compliment! Elle en fut presque déstabilisée.

— Le problème, commença-t-elle (et elle baissa la tête), c'est que ce ne sera jamais fini à temps pour lundi, le jour de l'ouverture. Mais j'en ai pris mon parti et j'ai décidé néanmoins de travailler tout le week-end, et même d'y passer la nuit s'il le faut, pour que les salles principales soient prêtes. Le reste attendra.

Sebastian acquiesça, et elle fut soulagée qu'il n'émette aucun commentaire désagréable sur son incapacité à gérer quoi que ce soit dès qu'il n'était pas dans les parages pour lui porter secours. Sans quoi, elle n'aurait pas hésité à l'assommer avec la bouteille de vin, ce qui aurait été regrettable, juste au moment où ils venaient d'établir une trêve.

Il regarda tout à coup à travers la double porte vitrée qui menait au salon de thé.

— Et pour ça, qu'est-ce qui est prévu?

Elle fit la grimace.

—Mattie espère rouvrir d'ici la fin des vacances scolaires, mais il faut d'abord que nous rénovions le local avant de spéculer sur…

—Je n'y ai pas remis les pieds depuis… Eh bien, depuis qu'il a fermé, dit-il.

Et il lui reprit subitement la main, alors qu'il n'avait pas recherché le moindre contact physique avec elle depuis qu'il l'avait aidée à se relever.

—J'ai l'impression que je vais voir Angharad, ta mère, jaillir des cuisines avec un plateau de crêpes.

D'instinct, tous deux se mirent à scruter la double porte, mais elle resta définitivement fermée.

—Moi aussi, avoua-t-elle dans un soupir. Mais, même si je le souhaite très fort, cela n'arrivera jamais.

Sebastian lui étreignit la main.

—Comme tu l'as dit, tu ne peux pas hiberner pour le restant de tes jours. Lavinia m'a toujours affirmé que tu avais juste besoin d'un peu plus de temps que les autres. Mais cela a assez duré, Tignasse, il est l'heure de te réveiller.

—C'est fait, répondit-elle, et je peux t'assurer que j'ai les yeux grands ouverts.

—À propos, je ne t'ai même pas dit pourquoi je suis venu te voir, aujourd'hui, reprit Sebastian d'une voix subitement rauque (comme s'il était enrhumé, à moins qu'il n'ait inhalé trop d'effluves de peinture fraîche). C'est à cause de l'article du *Bookseller*. Même si on ne se parlait plus, tu m'as remercié. Tu as déclaré que je faisais partie de ta famille. Je suppose que tu me considères comme un frère aîné dominateur.

—Dominateur, indéniablement, marmonna Posy.

Et encore une fois, elle se réjouit d'être dans la pénombre pour qu'il ne remarque pas l'inévitable fard qu'elle venait de piquer. Car elle ne le considérait absolument pas comme un grand frère ! On n'écrivait pas de telles cochonneries sur un homme à qui on vouait un amour fraternel. Tout cela n'allait pas du tout, du tout, du tout ! Mais alors pas du tout.

Posy s'arma de courage pour lever les yeux vers Sebastian qui baissait à cet instant les siens vers elle. De nouveau, il était silencieux, ce qui était particulièrement troublant, et de son côté, elle avait beau chercher, elle ne trouvait rien à dire… Ils se tenaient toujours la main, et la situation devenait vraiment très délicate. Enfin, plus exactement tendue, chargée d'émotions… Elle eut soudain pleinement conscience du contact de sa peau contre la sienne, et au moment où elle s'apprêtait à se dégager d'un coup sec, il la relâcha.

Sans transition, il prit son visage en coupe et, tandis que son cœur se mettait à battre la chamade, comme une héroïne Régence de bonne famille qu'aucun homme n'aurait jamais touchée, il lui baisa le front.

—C'est ridicule, grommela-t-il.

Un inexplicable sentiment de timidité la submergea.

—Tout à fait, approuva-t-elle. Je n'aurais jamais cru que tu… Que je… Bon sang, c'est ridicule, oui. Presque risible, même.

Alors Sebastian lui ébouriffa les cheveux d'un geste fraternel, avant de reculer d'un pas, et elle ressentit une pointe de déception.

— Oui, reprit-il, maintenant que nous sommes de nouveau amis, frère et sœur de cœur, et tout le toutim, cela n'a aucun sens que tu ouvres si ton site n'est pas tout à fait prêt et ta librairie à moitié finie. Je n'arrêtais pas de réclamer les textes définitifs à Sam, pas étonnant qu'il ait eu l'air si évasif, dit-il en lui jetant un regard désapprobateur. Je n'arrive pas à croire que tu l'aies entraîné dans ce mensonge.

La tension avait disparu, d'ailleurs, Posy avait sans doute été la seule à la percevoir, aussi n'avait-elle aucune raison d'être dépitée : tel était Sebastian, il n'était pas du genre sentimental ! Il était homme à consommer les femmes et à les abandonner. Et puis, de toute façon, c'était Sebastian ! Et elle était Posy, c'est-à-dire l'huile et l'eau, ou encore les rayures et les pois, bref deux éléments incapables de fusionner. Sans compter qu'il était extrêmement grossier ! Il venait en effet de faire claquer ses doigts à un centimètre à peine de son visage.

— Eh, reste avec moi, Tignasse ! lança-t-il. Tu ne vas quand même pas te rendormir.

— Arrête ! Tu vas finir par m'arracher un œil ! se récria-t-elle. Et sache que Sam était consterné par mon mensonge. J'ai dû recourir à un chantage affectif pour l'empêcher de tout moucharder.

— Voilà qui me fait plaisir ! L'idée qu'il se soit allié contre moi, lui aussi, m'était insupportable. (Il claqua dans ses mains, cette fois.) Eh bien, ces textes, tu vas finir par me les donner avant la prochaine guerre froide ?

— Ils sont à l'étage, sur une clé USB. Je vais la chercher.

— Alors vas-y vite ! Vu l'état de ton appartement, tu risques de mettre au moins dix minutes à la trouver.

— Je sais exactement où elle est, répliqua Posy.

Et pour cause : Sam avait tapé du poing sur la table et exigé que tous les câbles et clés USB, ainsi que les appareils périphériques, aient un tiroir qui leur soit exclusivement dédié.

— Si tu n'es pas de retour dans une demi-heure, j'envoie une équipe de secours, la prévint Sebastian.

Comment avaient-ils pu passer si rapidement de quelque chose à… rien du tout ? s'interrogea-t-elle alors en grimpant l'escalier quatre à quatre.

CHAPITRE 19

Après une recherche frénétique pour dénicher la clé dans le tiroir réservé au bric-à-brac informatique, elle la remit à Sebastian qui s'en empara et partit en lançant d'un ton peu amène :

— Et ne t'avise pas de te rendormir, Tignasse !

Comme si elle en avait envie ! Comment aurait-elle pu trouver le sommeil après toutes les émotions qu'il venait d'éveiller en elle ? Des sentiments qu'elle aurait tant aimé éprouver pour d'autres que lui, Jens par exemple, qui les aurait sans aucun doute partagés. Mais il était impératif qu'elle les étouffe, comme les braises d'un feu de joie, qu'elle les recouvre de terre pour qu'ils cessent de couver. C'était la façon la plus prudente de se comporter.

En outre, comment aurait-elle pu se mettre au lit, alors que Sam traînait dans le quartier de Camden, où se retrouvaient tous les toxicomanes, les gothiques et les damnés de la terre ? Elle aurait l'esprit plus tranquille une fois qu'il serait rentré, sain et sauf.

Elle fut tentée d'allumer l'ordinateur et de pondre un nouveau chapitre d'*Abusée par un libertin*, mais cette soirée ne lui avait-elle pas prouvé, sans l'ombre d'un doute, que rien de positif ne sortirait jamais de tout cela ? Même si elle donnait à son personnage de romance la fin heureuse qu'elle méritait, elle savait pertinemment que, dans la vraie vie, il lui faudrait inévitablement composer avec la souffrance et la tristesse du réel, même après que le héros et l'héroïne se furent embrassés, juré amour éternel et eurent contemplé ensemble un coucher de soleil.

Aussi, en montant l'escalier qui menait à son appartement, abandonna-t-elle tout espoir de trouver du réconfort entre les pages d'un livre. Ce soir, aucun roman ne pourrait lui procurer l'énergie consolatrice qu'elle y puisait habituellement. Au lieu de quoi, elle prit la clé suspendue à un petit crochet, dans la cuisine, et ouvrit la porte de la chambre à coucher de ses parents…

Elle n'avait pas menti à Sebastian en affirmant qu'elle y revenait régulièrement depuis leur décès. Mais c'était juste pour passer l'aspirateur et remettre en ordre certaines affaires qui n'avaient toutefois nul besoin d'être rangées, car personne ne venait les déranger ; elle ne s'y attardait jamais.

La pièce était telle que ses parents l'avaient laissée : s'ils étaient revenus, ils auraient pu reprendre leur place comme s'ils n'étaient jamais partis. La brosse à cheveux de sa mère, son maquillage, les photos de famille encadrées se trouvaient toujours sur la commode. Le livre que son père lisait avant l'accident, avec une vieille carte postale en guise de marque-page, était resté sur la table de chevet.

Posy avait éteint le radiateur dès l'arrivée du printemps, aussi l'air de la chambre était-il frais et humide, même si la journée avait été douce. Elle ne pouvait plus y humer la suave odeur de chèvrefeuille propre au parfum de sa mère, ni la senteur poudrée de la gomina de son père.

Elle regarda pendant de longues minutes autour d'elle, puis prit une profonde inspiration, redressa les épaules. Oui, elle avait enfin le courage d'entreprendre ce qu'elle avait toujours remis à plus tard…

Sur le dessus de l'armoire s'amoncelaient des boîtes remplies de photos, de cartes d'anniversaire ou de vœux, de bulletins scolaires ou encore de lettres de remerciement. S'y entassait aussi le vieux cahier d'écolier dans lequel son père écrivait ses poèmes. Bref, des centaines de feuilles et de documents, des milliers de mots qui avaient constitué deux vies.

Elle les avait relégués là-haut, hors de sa vue, et s'était bien gardée de lever les yeux quand elle entrait dans la chambre, s'efforçant de ne plus y penser…

Mais quand Sam rentra, cinq minutes avant l'heure de son couvre-feu, il la trouva assise par terre, entourée de ses souvenirs et pleurant si fort que tout son corps était secoué de sanglots.

—Posy! Qu'est-ce que tu fais là? s'écria-t-il.

Elle l'entendit d'abord à peine, mais il répéta sa question sur un ton paniqué et aigu, presque enfantin. Un ton qui la transperça. Elle tenta immédiatement de se ressaisir, s'essuyant les joues d'une main tremblante, furieuse contre elle-même.

—Oh, s'il te plaît, ne pleure pas ! l'implora-t-il.

Sam était son petit frère, c'était elle qui prenait soin de lui, qui veillait à son bien-être ; son bonheur et sa santé étaient ses priorités. Mais ce soir, c'était lui qui était agenouillé devant elle et la tenait contre son torse, la berçait doucement en lui caressant les cheveux.

Il fallut un bon moment pour que ses sanglots s'apaisent vraiment. Sam s'était assis à côté d'elle, un bras enlacé autour de ses épaules.

—Ça va mieux, maintenant ? demanda-t-il d'un air anxieux.

Elle renifla puis hocha la tête.

—Ouais. Oh, Sam, je suis tellement désolée ! Tu n'aurais jamais dû me voir dans cet état.

—Ce n'est pas grave, dit-il d'une voix mal assurée. Mais que s'est-il passé ?

Il avisa alors la bouteille à moitié vide de pinot gris.

—Tu es soûle ? demanda-t-il d'un ton accusateur.

—Non, j'ai à peine bu. C'est Sebastian qui l'a vidée. Je n'ai pris qu'un verre, deux peut-être.

Posy se sentait bien mieux à présent, comme si cette crise de larmes avait été nécessaire pour rompre les derniers fils qui la retenaient prisonnière du passé.

—A-t-il dit quelque chose qui t'a bouleversée ? s'enquit encore Sam. Car tu ne viens jamais dans cette chambre…

—Si, ça m'arrive…

—Oui, pour y passer l'aspirateur à toute vitesse. Mais ce soir, tu as ouvert toutes ces boîtes…

Et il toucha délicatement le rebord d'une photo avant de la repousser, comme s'il s'était brûlé.

—Et tu ne l'avais jamais fait auparavant, poursuivit-il.

De nouveau, il effleura la photo du bout des doigts.

—Quand a-t-elle été prise ? demanda-t-il.

Posy s'en empara afin de l'observer de plus près.

—C'était le bal d'été, lors de leur dernière année à Oxford, donc ce devait être… euh, laisse-moi réfléchir… en 1986.

Tous deux paraissaient si jeunes, guère plus âgés que Sam. Son père portait un costume de seconde main et un chapeau de feutre, tandis que sa mère était vêtue d'une robe de bal style années 1950, ornée de coquelicots.

—Ils avaient tous les deux vingt et un ans, ils n'avaient qu'un mois d'écart, tu le savais ? Maman était de novembre, et papa de décembre.

Un souvenir lointain flotta à la limite de sa conscience, et elle s'efforça de s'y accrocher.

—Pendant un mois, tous les ans, papa taquinait maman sur le fait qu'elle était bien plus âgée que lui, ce qui la rendait furieuse. « Ian, disait-elle, c'est juste un tout petit mois par an ! »

Elle jeta un regard en coin à Sam.

—Tu crois que tu pourrais aller à Oxford ? enchaîna-t-elle. Je ne te mets aucune pression, mais ce serait génial que tu suives leur exemple.

Sam se mordit la langue. Peu importait si quelques instants auparavant leurs rôles avaient été inversés, il semblait à présent très jeune et incertain quand il lui reprit le cliché des mains.

— Parfois, j'ai peur d'oublier leurs visages, lui avoua-t-il d'une voix calme. Il n'y a aucune photo d'eux, dans l'appartement. Bien sûr, je sais que ça te bouleverserait, mais par moments j'ai du mal à me rappeler leurs traits.

Cette fois, ce fut elle qui enlaça son frère chéri par les épaules puis, repoussant les mèches brunes qui barraient son visage, lui donna un baiser sur la joue. De toute évidence, il n'était pas dans son assiette, légèrement détaché de la réalité : la preuve, il laissait sa sœur le toucher et l'embrasser.

— Je suis désolée, dit-elle. Leur disparition a été si douloureuse pour moi… C'est la première fois que j'ouvre ces boîtes depuis. J'avais cru qu'en rangeant dedans leurs souvenirs ils me manqueraient moins, que je pourrais faire comme s'ils n'étaient pas vraiment partis, mais je n'ai jamais pensé à ce que toi tu ressentais. Est-ce que tu m'en veux ?

— Bien sûr que non ! lui assura-t-il vivement. Et puis, de toute façon, j'avais trouvé des vidéos de papa sur YouTube, en train de lire de la poésie. Dans l'une d'elles, j'ai même reconnu maman sur la scène, à côté de lui… Mais je ne les regarde pas très souvent, car ça me rend triste. Je comprends pourquoi tu n'aimes pas parler d'eux.

Elle fronça les sourcils.

— Mais ça m'arrive quand même, non ?

— Non, Posy, jamais.

— C'est curieux, parce que je pense tout le temps à eux. (Elle lui donna de nouveau un baiser sur la joue.) Je suis désolée, Sam. J'ai fait de mon mieux, mais visiblement j'ai juste balayé sous le tapis pour continuer à vivre… Tu sais, si tu veux parler de papa et maman, s'il y a des questions qui te taraudent à leur sujet, tu peux t'en ouvrir librement à moi.

Il posa la tête sur son épaule.

— D'accord, mais il faut me promettre de ne pas pleurer, car je ne supporte pas te voir ainsi. Évidemment, une petite larme ou deux quand tu as ton truc de filles, ça va, je peux gérer.

Et ils se sourirent mutuellement, car la dernière fois que Posy avait eu «son truc de filles», elle avait pleuré parce que le four s'était mis à fumer et avait déclenché l'alarme incendie, qu'elle avait dû déloger du plafond à coups de balai pour que cesse l'infernal sifflement. Elle baissa les yeux vers les photos qu'elle éparpilla légèrement devant elle.

— J'ai enfoui ces souvenirs pendant trop longtemps, et ce n'est pas très sain, ni pour toi, ni pour moi. Il faudrait que l'on prenne le temps, un dimanche après-midi, de toutes les regarder et de choisir nos préférées pour les encadrer. Et chaque fois que tu auras envie de les voir, en attendant, tu sais où est la clé.

Elle se rendit alors compte que ce qu'elle venait de dire était complètement stupide et reprit aussitôt :

— En fait, il n'y a aucune raison de fermer la porte. C'est idiot.

— Et leurs affaires ? Leurs vêtements et leurs objets personnels ? questionna Sam en repoussant sa frange de ses yeux. Tu crois que le moment est aussi venu de les trier ?

Posy s'attendit alors à être submergée par une terrible douleur, mais elle ne ressentit qu'une profonde mélancolie. Si elle supportait la présence d'une étrangère, en l'occurrence Mattie, dans le salon de thé, elle pouvait tout à fait ranger une chambre dont les occupants étaient depuis longtemps partis et qui ne reviendraient jamais pour porter de nouveau leurs vêtements ou finir les livres qu'ils avaient commencés. Sebastian avait raison : elle avait fait de la chambre de ses parents un sanctuaire. Elle avait craint de les oublier, mais si elle avait rempli l'appartement de leurs photos, raconté à Sam des anecdotes les concernant, ils auraient continué à vivre, d'une certaine façon.

— C'est une chambre vraiment spacieuse, déclara-t-elle en regardant autour d'elle.

Et l'endroit l'était d'autant plus à ses yeux qu'elle le considérait désormais comme une pièce normale, et non comme un lieu hanté par ceux qui l'habitaient autrefois.

— C'est vrai, reconnut Sam, mais ça ne devrait pas non plus nous prendre trop de temps pour la vider.

— Elle est plus grande que nos chambres, insista Posy en se levant.

Et elle fit la grimace, car elle était restée assise dans la même position depuis un sacré moment.

—Dans la tienne, on peut à peine mettre un lit pour une personne et une commode, poursuivit-elle. Tu n'as même pas de bureau, pour faire tes devoirs.

—Ça m'est égal, tu sais. J'aime bien aller m'installer en bas, dans la librairie.

Mais une nouvelle idée venait de germer dans son esprit, et elle n'en ressentait ni tristesse ni douleur.

—Tu vas emménager ici! décréta-t-elle tout à coup. On mettra une table sous la fenêtre. On achètera aussi un lit plus grand, car tes pieds vont bientôt dépasser au bout du tien, et tu auras de l'espace pour installer toutes les étagères voulues. Et puis tu pourras inviter des copains, au lieu de toujours aller chez eux. Qu'est-ce que tu en penses?

—À condition que ça ne te rende pas triste et que tu viennes toujours me dire bonne nuit le soir, commença Sam en examinant la chambre de plus près. C'est vrai que c'est spacieux, ici. Est-ce que je pourrai repeindre les murs en noir?

—Ah non! s'écria-t-elle, atterrée. Tu ne pourrais pas être un peu plus délicat, franchement? Et puis je ne fais pas ça par pure bonté. Ton ancienne chambre me permettra de stocker mon trop-plein de livres. J'en ferai peut-être un petit salon de lecture.

—Je suis surpris que tu ne préfères pas transformer cette pièce en un gigantesque salon de lecture, marmonna Sam. Et d'ailleurs, c'est bizarre que tu ne me mettes pas à la porte pour pouvoir avoir encore plus d'espace pour tes bouquins.

Posy posa le doigt sur son menton.

— Tiens, en voilà une bonne idée ! Combien de temps te faudra-t-il pour vider les lieux ?

Sam parut soudain vexé et leva les yeux au ciel, et quand elle l'attrapa par la manche pour l'étreindre très fort contre elle en guise de punition, il se débattit pour se dégager.

— Je t'aime, lui dit-elle avec véhémence. Je t'aime tant. J'essaierai toujours d'agir pour ton bien, même si je me trompe atrocement, parfois.

— Attention, tu deviens sentimentale, la prévint Sam.

Mais, pendant quelques instants, il la serra lui aussi, puis murmura, avec la même ardeur qu'elle :

— Moi aussi, je t'aime, Posy. Je ne sais pas à quoi ressemblerait ma vie si tu ne t'étais pas occupée de moi. Il m'arrive d'être pénible, mais je t'assure que j'apprécie tout ce que tu fais pour moi. Et maintenant, lâche-moi !

Fut-ce grâce au pinot gris, ou à sa crise de larmes, ou encore parce qu'elle avait enfin surmonté sa douleur, ou bien tout simplement car elle était épuisée, mais à peine la tête posée sur l'oreiller, elle s'endormit.

Des bruits en bas la tirèrent du sommeil… Aussi descendit-elle l'escalier, et fut-elle surprise de découvrir une foule de personnes, dans la librairie.

Quelque chose clochait. Ce n'était pas le jour de l'inauguration. C'était encore le milieu de la nuit, et elle était en pyjama et…

— Maman ? Papa ?

Ses parents, bien plus jeunes qu'elle se les rappelait et vêtus des habits qu'ils avaient portés au bal d'Oxford, se dressaient devant elle.

—Ah, Posy! Te voilà!

Cette fois, c'était Lavinia et Perry, plus jeunes eux aussi, qui étaient sortis du cadre posé sur la table de présentation.

Ils étaient en compagnie d'une autre femme arborant une robe démodée et sanglée d'une écharpe qui proclamait : « Droit de vote pour les femmes ».

Elle poussa une exclamation.

—Agatha?

—L'honorable Agatha Cavanagh en personne, l'informa celle-ci d'un ton glacial. Qu'avez-vous donc fait de ma librairie?

—Oui, Posy, qu'as-tu fait de notre librairie? demanda Lavinia. Quel gâchis!

À ses côtés, Perry acquiesçait en hochant la tête, et elle s'aperçut alors que tous les visiteurs étaient recouverts de peinture grise.

—Ce que j'ai pu me tromper sur ton compte! poursuivit Lavinia.

—Tu avais si bien commencé dans la vie, mais tu es devenue une adulte lamentable, renchérit son père. C'est un miracle que Sam soit encore vivant.

Sa mère soupira.

—Ce qui n'est pas le cas de *Bookends*. Je t'ai pourtant toujours dit que si tu estimais qu'un projet en valait la peine, il fallait le mener à bien. Et voilà que tu t'apprêtes à inaugurer une librairie à moitié finie et encore !

C'était tellement bon de les voir tous rassemblés ici, pensa Posy, indifférente à leurs reproches. Elle avait envie de les serrer dans ses bras, à part peut-être Agatha, dont l'allure était si imposante. Toutefois, ils la regardaient d'un air si consterné, si déçu…

— Oui, je sais que la librairie a connu des jours meilleurs, mais…

— Tu aurais dû la léguer à Sebastian, Lavinia, intervint Perry en reniflant. Il a toujours des idées formidables. C'est un homme d'action, pas un indécis. Toi, tu hésites toujours, Posy.

— Je sais, dit-elle, mais j'ai justement essayé d'agir.

— Il m'est intolérable de voir ma librairie dans un tel désordre, ainsi que des livres si creux dans les rayonnages ! décréta Agatha.

Et elle brandit soudain devant Posy un écriteau portant lui aussi l'inscription : « Droit de vote pour les femmes » et qui venait de se matérialiser dans sa paume.

— Il faudra me passer sur le corps pour que *Bookends* devienne *Au bonheur des tendres*, ajouta-t-elle.

— Sans vouloir vous manquer de respect, Agatha, vous êtes, il me semble, déjà morte, répliqua Posy en se tordant les mains. Je suis désolée, tellement désolée. J'ai beaucoup travaillé, mais tout est allé de travers.

— Posy ! Posy ! Posy !

Tous cinq commençaient à l'encercler, et elle sentait qu'elle allait fondre en larmes. Elle voulait que ses parents la regardent avec amour, la serrent dans leurs bras et lui disent que tout allait bien. Que Lavinia et Perry soient fiers d'elle et qu'Agatha soit satisfaite que son œuvre se poursuive, mais à la place, tous scandaient son nom comme s'ils s'apprêtaient à se jeter sur elle pour la mener au bûcher.

Les cinq silhouettes se rapprochaient de plus en plus, terrifiantes, lorsqu'elle se rendit compte que ce n'étaient pas des fantômes, mais Sebastian, en chair et en os! Cinq images de Sebastian, en fait.

— Debout, Tignasse! Ça fait une éternité que j'attends que tu te réveilles.

— Mais je suis réveillée!

— Pas du tout! Allez, ouvre les yeux!

Ils la secouaient à présent et, de leurs multiples mains, les cinq Sebastian exaspérés la saisirent par les bras... Quand elle ouvrit les paupières, elle découvrit un seul Sam, mais tout aussi exaspéré, qui tirait sur ses draps.

— Ah, enfin! Et tu as le culot de dire que c'est moi qui dors comme une souche.

Elle s'assit sur son lit pour reprendre ses esprits, espérant qu'elle ne ronflait pas quand Sam était entré dans sa chambre.

— J'ai fait un cauchemar épouvantable.

— Mais qu'est-ce qu'on en a à faire? s'exclama son frère en la saisissant lui aussi par le bras. Viens voir en bas. Tu ne vas pas en croire tes yeux!

Posy lui tapa sur les doigts.

— Croire quoi? (Elle jeta un coup d'œil à son réveil.) Mais il est déjà 8 heures? Il faut que j'aille peindre!

Alors elle repoussa ses couvertures, puis sortit du lit, jambes tremblantes, avec la ferme intention de se diriger vers la salle de bains. Mais Sam l'empoigna d'autorité par le coude et l'entraîna vers l'escalier.

—Pas le temps de se pomponner, glapit-il. Il y a des gens en bas qui veulent te voir.

Posy sentit son cœur battre à tout rompre en descendant l'escalier. Et si Sebastian avait changé d'avis ? Si une armée d'huissiers était à sa porte ?

Tout à coup, elle s'immobilisa sur la dernière marche... Elle entendait beaucoup de bruit à l'extérieur. Combien d'huissiers fallait-il donc pour expulser une femme et un adolescent de leur foyer ?

—Allez, Posy, vite ! gronda Sam.

Et il la poussa dans la grande salle.

—Regarde ! Regarde tous les gens qui sont venus !

À travers les vitres *(Tiens, il reste une tache de peinture grise.)*, elle constata effectivement qu'une foule avait envahi la cour et que tous les yeux étaient braqués sur elle. Et quand elle s'approcha de la porte, ses jambes étaient encore plus flageolantes qu'à son réveil : des dizaines de personnes s'avançaient vers elle...

—Tiens, lui dit Sam en lui tendant la clé pour ouvrir.

D'une main tremblante, elle l'introduisit dans la serrure.

—Mais que se passe-t-il, à la fin ? demanda-t-elle.

En tête du cortège paradaient Effronté n° 1 et Bougon n° 1, ainsi que trois autres hommes portant des combinaisons de travail éclaboussées de peinture, tous munis d'échelle, de seaux, de rouleaux et de pinceaux.

— C'est le patron qui nous envoie, déclara Greg. Vous voulez qu'on commence par où ?

— Je n'en ai aucune idée, répondit Posy (au moment où un flot d'inconnus se déversait dans la librairie). Je ne comprends pas ce qui se passe.

— Tu n'es pas la seule à pouvoir organiser une réunion en urgence, intervint alors Nina en se dessinant dans l'encadrement de la porte. Nous en avons tenu une hier soir, au *Midnight Bell*.

— En réalité, c'était plutôt un conseil de guerre, rectifia Verity.

Et elle entra à son tour en compagnie de ses parents et de deux de ses quatre sœurs qui leur rendaient visite, pour le week-end, et ajouta :

— Pippa disait qu'un village entier serait nécessaire pour boucler dans les temps, donc on a fait appel à la famille, aux amis, aux connaissances…

— Même si Verity a refusé de passer le moindre coup de fil, précisa Tom (et il pénétra dans la librairie entouré d'un troupeau de vieux ados). Ce sont mes étudiants spécialisés dans la poésie de la Première Guerre mondiale. Ils sont prêts à tout pour avoir une bonne appréciation.

Les bonnes volontés continuaient à affluer : quelques parents de ses petits lecteurs réticents, Pantin, Yvonne, Gary, l'adorable Stefan de l'épicerie fine, le personnel australien du *Midnight Bell*. Et tout au fond, elle aperçut Mattie, quasiment masquée par une pile d'énormes boîtes Tupperware, et Pippa, un iPad dans une main et un bloc-notes dans l'autre.

—Je n'en reviens pas! souffla Posy.

Et elle pivota sur elle-même pour embrasser tout le monde du regard. Des amis, des collègues, des voisins, de complets inconnus. Elle fit un effort surhumain pour ne pas éclater en sanglots, se contentant d'ouvrir et fermer la bouche, comme si elle avait perdu l'usage de la parole…

—Je croyais que tout était perdu, et maintenant…, balbutia-t-elle enfin.

Pippa l'enlaça par les épaules.

—Comme l'a dit Maya Angelou : « Ce n'est pas parce qu'on subit des défaites qu'il faut déclarer forfait. » Nous avons sans doute perdu quelques batailles, Posy, mais nous allons gagner la guerre. (Elle lui adressa un sourire charmeur.) Est-ce que ça t'ennuie si je me charge de coordonner le travail de tous ces volontaires et si j'attribue les tâches à chacun ? J'ai pris la liberté de préparer quelques feuilles de route, en venant jusqu'ici.

Posy hocha légèrement la tête.

—Je t'en prie. Éclate-toi.

Et en un rien de temps, tout le monde eut quelque chose à faire… à part elle !

Sous la houlette de Nina et de Tom, les étudiants de celui-ci se mirent à ranger les livres sur les étagères déjà peintes. De l'autre côté de la voûte, dans les petites salles, une équipe s'activait à peindre les autres. Et Greg venait de l'attirer à l'écart pour la complimenter sur la qualité de son travail !

Dans la grande salle, une armée de personnes avait déjà sorti tout ce qu'elle ne comptait pas garder, et lessivait, ponçait et passait de l'apprêt sur les étagères.

C'était incroyable. Impensable. Miraculeux. Mais le moment le plus surréaliste fut celui où Verity lui arracha le téléphone des mains, alors qu'elle avait une conversation tendue avec la compagnie de livraison, pour décréter à la façon de son père, un homme d'Église :

— Maintenant, vous allez m'écouter ! Si ces fameuses vitrines ne sont pas livrées à 15 heures, cet après-midi, je viens en personne dans vos bureaux, et vous allez comprendre votre douleur. Est-ce que c'est clair ? Oui ? Parfait. Car il est vraiment préférable que je ne me déplace pas.

À 15 heures tapantes, on leur livra les vitrines. Posy venait juste de briefer l'ouvrier qui devait installer l'enseigne, et elle s'apprêtait à aller acheter un nouveau stock de thé, café, lait et biscuits, même si Giorgi et Toni, qui tenaient *No Plaice Like Home*, avaient apporté des fish and chips pour tout le monde, au déjeuner.

Sur le trajet qui la menait à *Sainsbury's*, trois choses la frappèrent subitement. La première, c'était que *Bookends* serait transformé en *Au bonheur des tendres* avant la fin de la journée. Toute la librairie serait terminée, même les petites salles ; d'ailleurs, ils étaient en avance sur le planning, puisque Greg et Mattie s'entretenaient sur l'état du salon de thé, sous le linoléum craquelé, quand elle était sortie.

La librairie rouvrirait lundi matin, flambant neuve dans ses moindres recoins.

Le deuxième point, c'était que Sebastian manquait à l'appel. Ce qui ne la dérangeait pas en soi. Il lui avait déjà envoyé Pippa, Greg, Dave et beaucoup d'ouvriers, et il avait passé une heure la veille à éponger la peinture. Mais toute la journée, son absence l'avait inconsciemment obsédée ; souvent, elle s'était immobilisée dans ses activités pour guetter par la fenêtre sa crinière noire, sa silhouette élancée et élégante. Hélas, son cœur avait chaviré, car elle n'avait rien vu de tel dans la cour.

Enfin, le troisième détail qui lui revint, c'était qu'elle avait entendu une femme murmurer à son amie, tandis qu'elle passait devant elles : « Bon sang, mais que porte cette fille ? Pourquoi son pantalon est-il couvert d'excréments ? » Et elle s'était alors rendu compte qu'elle était encore en pyjama et surtout qu'elle portait celui qu'elle s'était pourtant juré de ne plus jamais remettre !

À 17 heures, tout était bouclé. Les derniers volontaires quittèrent la librairie sous les chaleureux remerciements de Posy qui les invita à la soirée d'inauguration qui aurait lieu le samedi suivant.

Elle était encore en pyjama quand elle replaça les canapés avec Tom, tandis que Nina et Verity mettaient en marche des ventilateurs qui permettraient aux dernières couches de peinture de sécher pendant la nuit.

— Bon, les enfants, décréta-t-elle ensuite. Il est temps de rentrer chez vous. C'est un ordre.

— Et si on allait au pub ? proposa Nina, pleine d'espoir.

Posy secoua la tête.

— Non, je suis vraiment épuisée, je crois que je vais m'écrouler si je traverse la cour pour me rendre jusqu'au *Midnight Bell*.

— Effectivement, tu as l'air à bout de force, dit Verity. Mets-toi au lit de bonne heure et fais la grasse matinée, car il n'y aura plus grand-chose à faire demain. Si seulement je pouvais dormir, moi aussi, demain matin…

Et elle prit un air chagriné, car ses devoirs familiaux lui pesaient. « Mes parents et mes sœurs sont de vrais moulins à paroles, avait-elle coutume de dire. Dès que l'un s'arrête, l'autre reprend le flambeau, et je ne m'entends plus penser. »

Elle ferma les yeux et soupira.

— Heureusement, je n'ai plus qu'une journée à supporter ce raffut, car ensuite mes sœurs repartiront. Je vais survivre.

— Si tu veux, Sam et moi pouvons déjeuner avec toi, demain, suggéra Posy en ouvrant la porte. Il y a un pub à Islington qui propose d'excellentes grillades, le dimanche. Envoie-moi un texto.

Nina s'attarda quelques secondes encore pour plaider sa cause afin que tous aillent prendre rapidement un verre au pub, mais Posy demeura inflexible et, quelques instants plus tard, put enfin refermer sa porte et monter l'escalier qui menait à son appartement.

Elle avait imaginé un week-end fort différent. Elle s'était vue dans la peinture grise jusqu'aux coudes, des larmes coulant de temps en temps malgré elle de ses yeux, aussi le fait de se retrouver tout à coup désœuvrée était-il inattendu, mais lui ouvrait de nombreuses options… Une pile de romans qu'elle n'avait pas encore eu le temps de lire l'attendait, ainsi que trois épisodes de la série *Call the Midwife*. Il y avait aussi le reste d'une bouteille de pinot gris dans le réfrigérateur et une boîte de truffes au chocolat qu'une cliente lui avait offerte, pour la remercier de lui avoir déniché un roman d'occasion de Florence Lawford qu'elle recherchait depuis des années.

Mais rien ne lui semblait très excitant, même si elle était habituée aux samedis soir pas folichons… Et ce fut ainsi qu'une demi-heure plus tard elle se retrouva devant une nouvelle page Word, car elle avait envie d'un dénouement plus heureux que celui de cette journée.

Abusée par un libertin

En dépit des outrages et de l'humiliation qu'il lui avait infligés, de la honte dont il l'avait couverte, Posy désirait encore douloureusement lord Thorndyke. Ses caresses, son sourire lui manquaient terriblement, et elle se demandait même si elle n'avait pas imaginé la tendresse dont il avait fait preuve.

Toutefois, elle n'irait pas le rejoindre, car il la congédierait, la chasserait. Non, elle ne quémanderait pas son amour, ni ne lui serait redevable. Elle avait certes peu de biens matériels, de fait tout laissait à croire que la maison devrait être vendue pour payer ses créanciers, et que Sam et elle seraient conduits en prison, mais elle possédait encore sa fierté.

Mais il vint à elle par une nuit de tempête durant laquelle le vent mugissait et la pluie crépitait contre les carreaux.

Tous les domestiques étaient rentrés chez eux à présent, même Petite Sophie, quand Posy entendit cogner à la porte, aussi n'eut-elle pas d'autre choix que d'aller ouvrir, bien qu'elle redoutât qu'il s'agisse d'un huissier.

Elle manœuvra la lourde clé puis, le cœur battant, finit par ouvrir... pour se retrouver nez à nez avec Thorndyke ! Ses vêtements étaient trempés, ses boucles noires comme l'encre ruisselaient d'eau, et un profond désespoir se lisait au fond de ses yeux. Avant qu'elle n'ait le temps de refermer, il glissa son pied dans l'entrebâillement de la porte.

— Assez ! Veuillez au moins m'écouter, la supplia-t-il d'une voix rauque.

— Je suis certaine, sire, que vous n'avez rien à me dire que je veuille entendre.

— Ma foi, c'est peut-être vrai, mais il faut que vous sachiez que je vous aime. Et combien ! L'amour que je vous porte me consume et me revigore à la fois ; aussi, je vous prie humblement d'abréger mes souffrances. Néanmoins, si vous ne pouvez me retourner cette faveur, et je sais que vous avez tous les motifs me haïr, je quitterai les lieux, Londres, et je m'exilerai sur mon domaine, à la campagne, et je ne reviendrai plus jamais vous importuner, même si mon cœur vous appartiendra pour toujours.

Posy plaça la main sur sa poitrine, là où tremblait ce cœur qu'il avait évoqué. (N.B. : je peux sans doute employer le verbe trembler, ici, car cela fait longtemps que je ne l'ai pas fait, non ?)

— Sire ! Seriez-vous souffrant ? s'enquit-elle.

Elle ne voyait aucune autre raison susceptible d'expliquer les paroles qu'il venait de prononcer, à part une forte fièvre.

— N'avez-vous donc pas entendu ce que je vous ai dit, nom d'un chien ? Je brûle d'amour pour vous, ce sentiment me consume tout entier. Ne pouvez-vous donc m'aimer un peu en retour ?

— Je ne pourrai jamais…

Elle s'arrêta subitement, car elle s'apprêtait à tenir des propos que lui dictait l'habitude, mais pas forcément son cœur. Pourrait-elle vivre sans cet homme impossible ? De fait, l'existence lui semblerait alors bien morne et pesante.

Il avait fait chanter son corps, et sans lui, elle redeviendrait muette.

— Il n'est pas exclu que je puisse vous aimer, sire, reprit-elle. Peut-être même très fort. Il est d'ailleurs probable que mon cœur vous appartienne déjà et que vous puissiez faire…

Non ! Non ! Nooooooon !

Assez ! Elle devait réellement cesser cette folie, songea-t-elle en supprimant en toute hâte ce qu'elle venait d'écrire.

Ce n'était pas la réalité, juste le fruit d'une rêverie futile qu'elle avait commencé à taper pour avoir un espace où déverser toutes les frustrations que Sebastian lui causait, sans en venir aux mains avec lui. Mais, en cours de route, son récit lui avait échappé, et s'était transformé en histoire d'amour. Une histoire d'amour ampoulée, et à présent en partie effacée, mais qui n'en demeurait pas moins une.

Sebastian ne méritait nullement d'être le défouloir de ses hormones, lui qui l'avait tant aidée depuis le décès de Lavinia. Bien sûr, il l'avait épaulée à sa manière, c'est-à-dire un peu brutalement, mais c'était sa manière d'être. Pour sa part, elle avait écrit un roman bien lourd et à caractère pornographique sur lui. Et elle n'avait même pas jugé utile de changer les noms!

À propos, pourquoi ce récit avait-il pris un tour si alarmant? Éprouvait-elle des sentiments pour lui? Bien sûr que oui, et c'était le cas depuis aussi loin que remontaient ses souvenirs. Ils avaient décliné toute la gamme de l'alphabet ensemble, de A comme agaçant à Z comme… euh, zinzin, car c'était la seule façon d'expliquer l'élan euphorique qui la traversait chaque fois qu'ils échangeaient des noms d'oiseau et se renvoyaient la balle du tac au tac, comme lors d'un tournoi à Wimbledon.

Puis ils avaient vécu la veille un moment soudain très délicat, ce qui ne leur était jamais arrivé auparavant. Ils s'étaient aussi tenu la main, à plusieurs reprises, et Sebastian avait même enserré son visage et s'était penché vers elle… Elle avait alors cru qu'il allait l'embrasser. À cette pensée, elle sentit son cœur frémir curieusement. Comment aurait-elle réagi, s'il l'avait fait?

Oh, elle n'avait pas besoin de réfléchir bien longtemps à la réponse! Elle lui aurait rendu son baiser, voilà tout, puis Sebastian l'aurait repoussée, en prononçant des paroles cinglantes, car tout cela n'aurait été qu'une cruelle plaisanterie, pour lui. Ensuite, dans le meilleur des cas, il aurait regretté son geste après avoir constaté qu'il avait réellement blessé celle qu'il considérait sans doute comme une petite sœur très pénible… Quoi qu'il en soit, elle n'aurait pas été en mesure de rivaliser avec les légions de femmes qu'il séduisait. Sa vie était si chaotique et désordonnée, elle n'arrivait même pas à se comporter comme l'adulte qu'elle était pourtant!

Elle devait toujours faire semblant. Et malgré tout ce qu'elle avait réalisé ces dernières semaines, elle avait encore l'impression d'être emprisonnée dans sa propre existence, comme si elle n'avait accompli aucun progrès sur le plan émotionnel depuis ses vingt et un ans, âge auquel elle avait perdu ses parents, par une nuit d'été.

Pourquoi un homme, et surtout Sebastian, aurait-il eu envie de nouer une relation avec une femme comme elle?

Non, il était temps de mettre un terme à ce récit insensé. Elle devait le supprimer, l'effacer en entier, et pas seulement le chapitre qu'elle venait d'écrire.

Forte de cette résolution, elle ouvrit le tiroir réservé au bric-à-brac informatique, et fouilla frénétiquement à l'intérieur pour trouver la clé USB sur laquelle elle avait sauvegardé son roman. Elle n'aurait de cesse d'avoir détruit la moindre preuve. Mais toutes ces fichues clés se ressemblaient, et ils en avaient acheté beaucoup ces derniers temps… Quand elle mit enfin la main dessus et l'introduisit dans le bon port, elle était en sueur et, oui, ses mains tremblaient.

Mais il n'y avait aucune trace d'*Abusée par un libertin* sur la clé, rien que des fichiers contenant les illustrations que le tatoueur de Nina avait proposées pour *Au bonheur des tendres*!

Bon, s'efforça-t-elle de se raisonner, *aucune raison de s'affoler, j'ai dû me tromper de clé.*

— Et merde, merde, merde ! marmonna-t-elle.

Mais quand elle eut ouvert toutes les clés USB en vain, sa respiration était si saccadée qu'elle ne pouvait plus proférer le moindre juron. *Abusée par un libertin* demeurait introuvable ! Dans un état second, elle passa l'appartement au peigne fin, ouvrit tous les tiroirs, regarda dans tous les pots en porcelaine, en métal, bref inspecta tous les récipients remplis de boutons, de vieilles clés, de barrettes, mais sans succès.

Elle crut qu'elle allait éclater en sanglots. Puis elle comprit qu'elle allait plutôt vomir, car il n'y avait qu'une seule explication plausible à la subite disparition de la clé USB qui contenait son récit torride : elle l'avait remise elle-même à l'intéressé !

Elle se précipita alors vers le réfrigérateur, en sortit la bouteille de pinot gris, en versa le reste dans un mug qu'elle avala d'un trait. On était censé boire du cognac quand on éprouvait un choc épouvantable, mais elle n'en avait jamais bu de sa vie, par conséquent le vin ferait l'affaire.

Elle reprit toutefois ses recherches infructueuses, puis s'écroula sur le canapé… Devait-elle appeler Sebastian ? Un samedi soir, il était peu probable qu'il soit à la maison… Elle tenta alors de se rassurer, d'échafauder des plans : depuis la veille, il n'avait sans doute pas eu le temps de regarder le contenu de la clé, aussi pouvait-elle s'introduire dans son appartement de Clerkenwell, échanger les clés USB et s'éclipser discrètement.

Malgré tout, elle devait s'assurer qu'il n'était pas chez lui. Elle sortit son portable, et parcourut la liste de ses contacts jusqu'à ce qu'elle tombe sur le numéro de son domicile. Puis elle regarda fixement son téléphone…

Et s'il répondait ?

Et s'il avait ouvert la clé, vu le fichier et, mû par la curiosité – car ce n'était pas son moindre défaut – avait lu son roman ?

Oh non…

Elle ne pouvait supporter une telle éventualité !

Elle vida le reste de son mug puis se prit la tête entre les mains… Il lui fallut un certain temps pour percevoir les coups que l'on frappait à sa porte.

De qui peut-il s'agir à cette heure-ci ?

Elle croisa les doigts pour que ce soit Nina qui, après avoir bu un verre de trop au *Midnight Bell*, venait chercher du réconfort auprès d'elle. Elle, au moins, serait de bon conseil.

Elle descendit les marches d'un pas hésitant, parcourut de la même façon la librairie, mais la silhouette qu'elle distingua bientôt derrière la vitre n'était pas celle de Nina…

Non, ce n'était pas du tout Nina !

Chapitre 20

Jamais Posy n'avait autant tremblé en ouvrant une porte, même si une partie d'elle-même avait envie de remonter à toute vitesse l'escalier, de sauter dans son lit et d'enfouir la tête sous les couvertures.

— Tiens, Sebastian! Salut, dit-elle d'une voix stridente, une fois la porte enfin déverrouillée. Qu'est-ce qui t'amène?

Tout de noir vêtu, l'air déterminé, il pénétra dans la librairie, en referma la porte derrière lui et tourna la clé.

Posy s'adossa alors à la table de présentation dont elle agrippa le bord, de ses mains moites.

— Il est un peu tard pour venir me voir, non?

Mais il demeurait silencieux, la regardant avec la plus grande attention, tête inclinée sur le côté. Il ne semblait pas en colère, ni sur le point de se moquer d'elle ou de sa ridicule romance Régence.

Peut-être n'avait-il pas lu le roman et lui rendait-il une simple visite de courtoisie.

— Je suis ravie de te voir, enchaîna-t-elle, légèrement crispée, car en fait je ne t'ai pas donné la bonne clé USB, hier soir. Donc, comme elle est toujours là-haut, je vais aller la chercher. Quant à la première, inutile de regarder son contenu, elle ne comporte rien d'intéressant. Du moins rien susceptible de t'intéresser, mais c'est…

—Funeste rencontre au clair de lune, ma chère Miss Morland, l'interrompit Sebastian en s'approchant d'un pas vers elle.

Elle ouvrit de grands yeux alarmés.

—Comme vous êtes ravissante, si adorablement ébouriffée.

Oh non! Non! Non! Non! Non, non, non, non, non!!!

Elle tenta un éclat de rire insouciant, mais finit par suffoquer, car son cœur battait aussi vite que celui d'un marathonien qui va franchir la ligne d'arrivée.

—Tu as bu? parvint-elle à demander entre deux toussotements. (Il s'était encore rapproché d'un pas.) Je crois que tu devrais t'en aller, Sebastian, il est tard et je suis exténuée. De plus, nous sommes samedi, et il y a sûrement une femme qui t'attend quelque part.

Mais il avançait toujours vers elle, prenant tout son temps.

—Je suis las des soubrettes, des courtisanes et des épouses d'autrui.

Avait-il appris ce fichu torchon par cœur? À cet instant, il posa un doigt sur les lèvres de Posy qui, littéralement pétrifiée, redoutait de s'évanouir. Oh! Pas tant à cause de la proximité de Sebastian que de la fournaise qui régnait dans la librairie, et ce, malgré les ventilateurs destinés à sécher la peinture. Oui, elle se consumait de chaleur. Il fallait dire aussi qu'il sentait si bon…

— Mais je gage que je ne me fatiguerai jamais de toi, ajouta-t-il.

Posy contourna la table, une main levée pour se protéger de Sebastian, car à présent un sourire aussi diabolique que celui de son double Régence éclairait ses traits. Mais au moment où elle allait s'enfuir, il la R par le bras, l'attira tout près de lui et se pencha vers elle… Que faisait-il ? Lui embrassait-il la joue ? Non, il l'effleurait du bout des lèvres, et quand bien même l'aurait-elle voulu, elle n'aurait pas pu lui échapper, car ses jambes, résolument immobiles, ne semblaient plus vouloir obéir à son cerveau.

— Je vous en prie, Miss Morland, débattez-vous, faites que je vous pourchasse, car cela avive le feu dans mes veines.

Et il embrassa cette fois sa peau brûlante…

Le pire s'était donc produit ! Il avait lu son affreux roman, compris qu'elle éprouvait des sentiments pour lui, et nourrissait l'intention de la ridiculiser. C'est pour cette seule raison qu'il était venu chez elle.

— Arrête ! s'écria-t-elle.

Et elle tenta de le repousser, mais il l'enlaça fermement par la taille.

— Ce n'est pas drôle. Au contraire, c'est très blessant. Je t'en supplie, ne me fais pas subir ça…

À ces mots, il la relâcha, et elle s'attendit à ce qu'il professe quelques paroles moqueuses, auquel cas elle se serait défendue à coups de reparties bien senties. Comme ils l'avaient toujours fait. Mais Sebastian lui prit subitement la main et en embrassa la paume… Déconcertée, elle lui lança un regard méfiant.

Alors il fronça les sourcils puis, sans doute parce que sa paume était très moite, déposa un baiser à la commissure de ses lèvres.

—Je n'aurais de cesse de l'avoir fait, décréta-t-il.

Et il l'embrassa tendrement sur la bouche.

—Si tu savais à quel point tu m'as torturé, hanté mes rêves… J'étais obsédé par l'idée de te posséder.

—Bon, ça suffit maintenant ! dit-elle, excédée.

Et sans le moindre égard pour son costume, elle en attrapa les revers et le repoussa.

—OK, je n'aurais pas dû écrire cela, poursuivit-elle. D'ailleurs, je ne l'ai pas écrit ! Je relisais tout simplement la prose d'une amie et j'ai pensé que ce serait amusant de changer les noms. J'ai eu tort, je le reconnais, mais…

—Pourquoi devrais-je te laisser tranquille alors que je suis au supplice ? rétorqua-t-il.

Curieux, on l'aurait presque cru sincère… Il rôdait autour d'elle avec une lueur prédatrice dans les yeux.

—Tu m'en as fait voir de toutes les couleurs au cours de toutes ces années, reprit-elle furieuse, les poings sur les hanches. Mais là, c'est le pire de tout ce que j'ai pu endurer ! Pire encore que lorsque tu m'avais enfermée dans la cave à charbon. Tu n'es qu'une canaille !

—Oh, tu vas finir par la fermer, Tignasse ! s'écria-t-il soudain, changeant de ton. Je suis en train de te séduire pour de vrai, alors laisse-toi charmer, bon sang !

Et il parut tout à coup aussi choqué qu'elle des propos qu'il venait de tenir…

N'obéissant qu'à son instinct, elle noua les bras autour du cou de Sebastian, car elle venait de se rendre compte qu'elle avait envie qu'il lui fasse la cour, oui, terriblement envie.

— Dans ce cas, vas-y, envoûte-moi !

Et c'est ce qu'il fit en capturant ses lèvres fiévreusement, baiser qu'elle lui rendit avec pareille ardeur… Quand sa bouche n'était pas occupée à proférer des paroles déplaisantes, elle était vraiment capable d'accomplir des merveilles ! À la fois tendre et possessive, joueuse et passionnée… Elle ne voulait plus jamais qu'il cesse de l'embrasser, même s'ils étaient en train de se cogner à tout le mobilier de la librairie pour atteindre l'escalier, qu'ils montèrent en s'étreignant frénétiquement.

À bout de souffle, ils firent une pause à mi-chemin et s'allongèrent de façon inconfortable sur les marches, pour reprendre leur respiration ; Sebastian en profita pour déboutonner de ses doigts fébriles le corsage à fleurs de Posy.

— Je suis tout tremblant, dit-il avec un sourire rusé. Je frémis, je frissonne, mais avant tout je tremble.

— Tais-toi ! Je ne veux plus t'entendre citer un seul mot d'*Abusée par un libertin*.

— Dans ce cas, embrasse-moi encore, conclut-il.

Elle obtempéra, et ils poursuivirent leur marche effrénée jusqu'au lit avant de se déshabiller mutuellement, avec précipitation. Quand ils furent peau contre peau, il glissa jusqu'à son nombril pour baiser le grain de beauté qui le surmontait, puis murmura :

— Contrairement à une certaine rumeur, je sais ce que signifie le mot « non ». Aussi, je te demande gentiment si tu veux bien me donner accès à ce nid si doux et tentant qui se trouve entre tes cuisses soyeuses, Tignasse ?

— Tu es un très mauvais garçon, Sebastian, susurra-t-elle en ondulant sous lui de façon si suggestive qu'il serra les mâchoires, mais comme tu es déjà à mi-parcours, je suppose que je peux te répondre « oui ».

— C'était bien, très bien même, déclara Sebastian après leurs ébats. Ce qui te manque en expérience, tu le compenses par ton enthousiasme, Tignasse.

Euphorique, Posy avait la sensation de flotter sur un petit nuage, blottie dans les bras de Sebastian qui lui caressait les cheveux, tentant de temps à autre de démêler un nœud.

— Alors que toi, tu peux te targuer d'avoir à la fois de l'expérience et de l'enthousiasme, n'est-ce pas ? rétorqua-t-elle.

Puis elle se tut, à court d'inspiration. Il y avait si longtemps qu'elle n'avait pas diverti un gentleman qu'elle ne savait plus si un long débriefing sur ce qui venait de se passer était nécessaire, auquel cas la discussion aurait débouché sur une question sans doute plus délicate, à savoir ce qui allait se produire après. Nul doute qu'ils auraient fini par se disputer à ce sujet et que Sebastian serait sorti en rage de la chambre, à moins qu'elle ne l'en ait chassé avant avec autant de véhémence, scènes qu'elle ne tenait surtout pas à vivre.

En tout état de cause, la suite s'annonçait complexe, pour ne pas dire épineuse, car un passé complexe et épineux les unissait... Quand elle repensait à ce qu'ils avaient fait ! Bon sang, elle venait de coucher avec Sebastian et, désormais, elle était juste un autre nom sur une longue liste de conquêtes et liaisons passagères. Il ne tarderait pas à lui préférer le dernier top-modèle en vue...

À cette idée, son euphorie retomba, et elle céda à la panique. Mais avant qu'elle ait pu faire le moindre geste, il l'attira à lui et lui murmura à l'oreille :

— Tignasse, je ne voudrais pas casser l'ambiance, mais je suis complètement desséché. Tu veux bien me préparer un de tes thés imbuvables ?

— S'il est imbuvable, pourquoi prendrais-je cette peine ? répliqua-t-elle.

Mais, de façon surprenante, cette remarque déplacée sur sa façon pourtant exemplaire de préparer le thé ne brisa pas l'ambiance, et saisissant sa chemise de nuit pour l'enfiler sous les couvertures – même s'ils venaient de faire l'amour, elle n'était pas encore prête à parader toute nue devant lui – elle s'exécuta. Leur mode de communication reposait essentiellement sur les chamailleries, aussi était-elle en un sens rassurée que cet état d'esprit soit toujours de mise entre eux, même après leurs étreintes. Elle s'en sentait bien moins stressée.

Et pour fêter l'événement, elle lui prépara son meilleur thé, accompagné de lait entier, et alla jusqu'à disposer quelques biscuits dans une assiette. Puis, un plateau à la main, elle regagna la chambre, où elle trouva Sebastian allongé sur ses draps en lin fleuris et visiblement très à l'aise avec son environnement.

—Tu en as mis du temps, gémit-il.

À l'instant où elle allait lui répondre que même lui devait attendre que l'eau bout, il arbora un petit sourire triste et ajouta :

—Tu m'as affreusement manqué.

—Mais je me suis absentée à peine cinq minutes ! protesta-t-elle.

Puis elle lui tendit un mug, et quand ses doigts effleurèrent les siens, elle eut l'impression que de l'électricité traversait tout son être. Ce qui n'allait pas arranger l'état de ses cheveux, pensa-t-elle. Ils devaient être tout ébouriffés, eu égard aux différentes positions dans lesquelles elle s'était retrouvée, tout à l'heure !

—Je n'ai jamais rencontré une femme qui rougit aussi souvent que toi, commenta Sebastian (au moment où elle retirait sa chemise de nuit et se coulait sous les draps). C'est très touchant, d'autant que tout ton corps rosit.

Lui, évidemment, ne s'empourprait jamais, car il était imperméable à tout sentiment de gêne, pourtant, ses cheveux étaient sacrément négligés… Allons, n'était-il pas idiot de la part de Posy, alors qu'ils se connaissaient depuis de si nombreuses années, d'éprouver soudain de l'embarras ?

Mais elle n'était guère habituée à une telle situation, tandis qu'il était assurément familier des discussions post-coïtales, et des lits qui n'étaient pas le sien. Elle ne cessait de songer à ces autres femmes qui entraient et sortaient de sa vie à la vitesse de l'éclair. Qu'allait-il en être de leur relation ? Ils n'étaient pas amis avant de coucher ensemble, et à présent… Eh bien, elle ne savait pas du tout où ils en étaient…

— Tes pensées sont vraiment très bruyantes, Tignasse, déclara soudain Sebastian (et il reposa son mug pour lui donner un baiser sur l'épaule). Cela me fiche la migraine.

— J'étais très malheureuse quand nous ne nous parlions plus, avoua-t-elle tout à coup. Quand tu as cessé de venir à la librairie. Et après ce qui vient de se passer, la situation va se répéter, je le crains, car tu n'es pas très doué pour les relations longues. Aussi, il est préférable de sauver les meubles maintenant : admettons que c'était une folie passagère et qu'il vaut mieux que nous en restions…

— Que nous nous marions ! rectifia-t-il gentiment. J'ai profité de toi, ne l'oublie pas. N'est-ce pas ainsi que ça se passe, dans tes épouvantables romances, après consommation ?

— Elles ne sont pas épouvantables, riposta-t-elle. Bon, j'admets que mon récit l'était, mais n'ai-je pas moi aussi profité de toi et… Attends une seconde ! Rembobinons ! J'ai bien entendu ? Tu viens de me demander en mariage ?

— Mais enfin, Tignasse, écoutes-tu un traître mot de ce que je te dis ? En fait, j'aime bien être un héros romantique, décréta-t-il.

Elle tenta de se redresser sur le lit, et il ajouta :

— Ah, cesse de t'agiter ! Donc, même si tu dois savoir que je n'ai pas la force de te soulever de terre pour te hisser sur mon blanc destrier, et que d'ailleurs je ne chevauche pas, oui, nous devons nous marier.

C'était la motivation dont elle avait besoin pour se libérer enfin de son étreinte afin de plonger son regard dans le sien… Non, il ne semblait pas plaisanter.

— Et pourquoi devrions-nous faire une chose pareille ?

À son tour, Sebastian releva le torse et cala des oreillers derrière son dos. Puis il croisa les bras et poussa un soupir, comme s'il ne comprenait pas qu'elle ait l'esprit aussi obtus.

— Eh bien, pour commencer, Lavinia t'adorait. Enfin, moi aussi elle m'adorait, même si elle n'était pas très douée pour juger le caractère d'autrui. C'est ce que j'ai essayé de t'expliquer, hier soir.

— Vraiment ? Je ne m'en souviens pas.

— Une preuve encore que tu ne m'écoutes jamais, commenta-t-il en secouant tristement la tête. Nous évoquions ton hibernation et le fait que Lavinia ne cessait de m'assurer qu'il fallait te laisser le temps de te réveiller. Je voudrais juste te poser une question : pourquoi, à ton avis, m'a-t-elle légué les *Mews* et t'a-t-elle laissé la librairie ?

— Pour que l'on soit amis, c'est ce qu'elle a écrit dans sa lettre.

Elle lui sourit.

— Elle a aussi précisé que je pouvais te donner une tape ou deux derrière les oreilles, si tu le méritais.

Puis elle reprit une expression plus sérieuse. Chaque fois qu'il était question de Sebastian dans une conversation, Lavinia arborait un air à la fois exaspéré et très tendre, tout en disant : « Il est vraiment impossible, mais il a un cœur d'or. Difficile de s'en rendre compte, puisqu'il s'efforce précisément de le cacher. »

Ce fut alors que Posy ajouta, presque malgré elle :

— Elle prétendait aussi que tu avais besoin de l'amour d'une femme bienveillante.

— Figure-toi que tu n'es pas la seule à avoir eu une lettre, l'informa-t-il.

Et il se mit à gesticuler sous les draps pour chercher à tâtons son pantalon, qui gisait par terre, et l'enfiler.

Quelques instants plus tard, il revint avec son portefeuille dont il sortit une feuille couleur crème.

— Lis !

À la vue de l'écriture à l'encre bleue, elle sentit son cœur se serrer. Tout comme elle était bouleversée quand elle découvrait de temps à autre un Post-it de Lavinia au fond d'un tiroir, ou une vieille carte écrite de sa main.

Sebastian, mon chéri,
Comme il est dur de te dire adieu. Je t'en prie,
ne doute jamais de l'amour que je t'ai porté. Je
t'aime. Et parce que je t'aime, je veux que tu sois
heureux. Et je sais qu'une seule personne peut faire
ton bonheur.
Posy.

Elle n'est pas encore prête, Sebastian. Elle hiberne toujours. Elle est comme égarée, mais je connais une façon de la faire revenir à elle, et une fois qu'elle se sera trouvée, alors elle te trouvera.

Ce n'est pas la seule raison pour laquelle je lui lègue Bookends, *mais c'en est une. C'est sa maison, et je lui ai promis, ainsi qu'à Sam, que ce serait toujours son foyer. Seulement, les affaires vont très mal, et Posy doit parvenir à leur insuffler un nouvel élan. J'ai toute confiance en elle, elle saura transformer la librairie, et celle-ci revivra. Il faut qu'elle comprenne qu'elle est forte et qu'elle peut y arriver toute seule, après quoi elle sera capable de tout affronter. Même toi, mon chéri.*

À toi, je laisse les Mews, *car c'est un moyen habile pour que vous vous rapprochiez l'un de l'autre. Aide-la, Sebastian, je t'en conjure, mais ne la rudoie pas. Si les choses tournent mal, si les huissiers viennent frapper à sa porte, offre-lui, s'il te plaît, tes conseils et ton soutien, mais surtout accorde-lui le temps et l'espace vital dont elle a besoin.*

Vous finirez par vous entendre, tous les deux, et si vous connaissez ne serait-ce que la moitié du bonheur que Perry et moi avons partagé, alors je vous prédis de merveilleuses années ensemble.

Je compte là-dessus, je compte sur toi, ne me déçois pas, Sebastian.

Il se peut que je n'aie plus longtemps à vivre, mais je ne cesserai jamais de t'aimer.

Lavinia xxx

Posy eut quelques difficultés à lire les dernières lignes, car les larmes lui brouillaient la vue et coulaient à présent sur son nez, son menton. Sebastian avait raison, elle était affreuse quand elle pleurait.

—Elle t'aimait de tout son cœur, murmura-t-elle.

C'était le seul élément clair et net qui se dégageait de sa lecture, car le reste lui semblait bien flou.

—Et elle t'aimait tout aussi fort. Elle répétait toujours que si elle avait été une joueuse, elle aurait parié sa fortune que nous finirions ensemble, toi et moi, lui dit Sebastian avec douceur. Je ne fais que me conformer aux dernières volontés de Lavinia, Tignasse.

—Tu en es bien certain ? Elle t'a aussi expressément demandé de ne pas me rudoyer, or on ne peut pas dire que tu lui aies obéi.

Il fit mine de s'étrangler avec sa gorgée de thé.

—Cela n'a rien à voir avec du rudoiement, mais avec un amour fort. Sans compter les nombreuses fois où je suis passé pour te sauver la mise, mais où cela s'est avéré inutile, puisque tu avais réussi à t'en sortir sans moi. Tu es devenue maîtresse de ta propre vie, Tignasse.

Et sur ces mots, Sebastian lui adressa un regard en coin en haussant le sourcil, ce qui fit frémir certaines parties de son anatomie encore à vif.

—Comme Lavinia l'avait prévu, ajouta-t-il.

—Mais ce n'est pas même le début d'une bonne raison pour se marier ! Se marier, tu te rends compte ?

Et elle se recouvrit la tête avec la couverture de façon à échapper à son regard insistant, car il semblait avoir hérité de l'expression à la fois exaspérée, mais si tendre de sa grand-mère.

— C'est une excellente raison, mais j'en ai bien d'autres. Tu veux les entendre ? demanda-t-il avec sollicitude.

— Non ! répondit Posy de dessous les draps.

— Désolé, je n'ai pas compris, Tignasse. Tu as dit « oui » ? Très bien, alors je me lance. Tu es géniale avec Sam, ce qui signifie que tu seras une bonne mère, encore que nous attendrons un peu pour les enfants. Il faudra qu'il soit à l'université, ce qui te fera trente et un ans, donc on devra ensuite accélérer la cadence, pour les naissances. On aura deux ou quatre enfants, pas de chiffres impairs afin que personne ne se sente sur la touche. Et sûrement pas un enfant unique, comme moi. Regarde ce que je suis devenu.

À cet instant, Posy émergea des couvertures et lui donna une tape. Un petit coup de rien du tout, mais il grimaça de douleur et se mit à se frictionner le bras alors qu'elle l'avait à peine touché.

— Parles-tu vraiment du nombre d'enfants imaginaires que nous aurons ?

— Mais il faut que nous ayons des enfants, sinon ce serait un gâchis pour tes hanches taillées pour les grossesses. Ah oui, et soit dit en passant, tu as aussi des nichons d'enfer !

Et comme ils se trouvaient l'un en face de l'autre, il ne put visiblement pas résister à la tentation de caresser le téton d'un de ses seins. Ce qui était vraiment très perturbant.

— Tu ne sors quand même plus avec le comte Jens d'Upsal, j'espère ?

— Quand vas-tu cesser de me citer des passages de cet atroce roman ?

— Jamais. Je le connais par cœur. Mais il n'est pas atroce, tu sais, c'est un premier jet. Un travail en cours. Je le trouve plutôt captivant. Et j'aime beaucoup lord Sebastian Thorndyke. Il est très entreprenant et dynamique !

Et sur ces mots, il voulut capturer son autre sein, mais elle remonta vivement les draps et lui tapa sur les mains.

— Tu n'as pas répondu à ma question, Tignasse. Tu le vois toujours ?

— Nous avons décidé, enfin il a décidé, qu'il valait mieux que l'on soit juste amis.

De toute façon, cela ne changeait rien à son histoire avec Sebastian. Elle était improbable, ne les mènerait nulle part et certainement pas au mariage…

— Et à propos, qu'en est-il de Yasmin et toi ?

— Je ne l'ai pas revue depuis la vente que tu avais organisée. Elle m'a envoyé un texto pour me signaler que j'étais insupportable.

Il se laissa glisser sur le lit et posa la tête au niveau de son giron.

— C'est à toi, maintenant, de me démêler les cheveux, Tignasse.

Il attendit qu'elle obtempère, puis soupira.

— Tu vois, je ne suis pas très doué avec les femmes.

À cet instant, les doigts de Posy s'immobilisèrent dans les boucles de Sebastian.

— Pauvre chéri ! dit-elle d'un ton sarcastique. Tu es pourtant sorti avec des milliers de femmes !

— Continue à me démêler les cheveux, s'il te plaît, et des milliers, non ! Des centaines, peut-être, et encore... Allez, une à tout casser ! C'est vrai que je peux séduire les femmes, mais ensuite je ne sais pas les garder, déclara tranquillement Sebastian. Toute mon enfance, mes grands-parents et une armée de nounous m'ont choyé, tandis que mes beaux-pères successifs me détestaient. J'ai ensuite été envoyé dans une école de garçons, où j'ai traîné avec d'autres geeks et consommé des jeux vidéo jusqu'à en loucher. À dix-huit ans, je suis arrivé à l'université et je me suis retrouvé entouré de filles qui me tombaient dans les bras sans le moindre effort de ma part, donc je n'ai pas appris à en faire. Je ne suis pas certain que ç'ait été une très bonne stratégie.

— Sebastian, même s'il m'en coûte, je dois avouer que tu es très beau, très riche et que Lavinia avait raison : tu as un cœur d'or, quand tu acceptes de le montrer. Donc tu intéresses forcément les femmes, décréta Posy.

— Je ne suis pas beau ! protesta-t-il. Viril, si tu veux. Et encore, je suis un peu trop maigre à mon goût. Heureusement que je porte des costumes toujours bien taillés. Mais si tu me voyais en jean et en tee-shirt... On dirait que je sors d'une grève de la faim.

—Je t'ai toujours trouvé beau, admit Posy, l'air songeur. Jusqu'à ce que tu m'enfermes dans la cave à charbon.

—Oublie cette histoire, Tignasse, lui conseilla Sebastian. Je suis affreux avec les femmes. Par exemple, quand une fille me plaît vraiment, au lieu de lui déclarer ma flamme, je l'insulte. Je suis un cas désespéré, je t'assure.

—Mais tu insultes tout le monde, souligna Posy.

—En fait, non. Je t'accorde que je manque de tact, mais quand je suis avec toi, je perds tous mes moyens, et si j'essaie d'être affable, tout va de travers. Mais je te promets de fournir des efforts à l'avenir. Bon, revenons à notre projet de mariage.

Posy sentit son cœur bondir dans sa poitrine. Comment osait-il nourrir un quelconque espoir ? Elle ferma les yeux.

—Il n'y aura pas de mariage ! Nous ne sommes même pas sortis ensemble.

—À quoi cela servirait-il ? Les rendez-vous, c'est rasoir. On se connaît depuis toujours, donc on peut tout à fait sauter cette étape et passer directement à la suivante.

—Mais, Sebastian, on se dispute sans arrêt !

—D'où la nécessité de sauter l'étape séduction. Écoute, tes parents se querellaient constamment, eux aussi. Il est même arrivé qu'ils ne se parlent pas pendant trois jours, notamment la fois où ta mère était en train de préparer un gâteau, et que ton père lui avait subrepticement subtilisé son livre de recettes pour le vendre, avant même qu'elle n'ait mixé les ingrédients ! lui assura Sebastian.

Posy ne s'en souvenait pas, mais elle se promit de raconter la scène à Sam. À propos… Que penserait son frère des ultimes rebondissements de sa vie ?

— Lavinia et Perry n'étaient pas en reste non plus ! poursuivit-il. Mon grand-père m'avait confié que leur première année de mariage fut une succession de prises de bec et qu'un jour Lavinia lui avait même jeté un poulet rôti au visage. Cela m'est égal d'en recevoir un à mon tour.

— Dit-il, alors qu'il me fait presque une crise cardiaque si j'ai le malheur d'effleurer un de ses costumes ! conclut-elle d'un ton hautain et amusé.

Posy enroula une de ses grosses boucles noires autour de son doigt.

— J'adore toucher tes cheveux… Même si cela ne représente pas une base solide pour un mariage. Pas du tout, même. Bon, changeons de sujet, tu veux bien ?

— Je te préviens, les fiançailles, ça ne me fait pas rêver, enfin, il ne faut pas que ça dure trop longtemps. Te connaissant, je suis certain que tu rêves d'un mariage en grande pompe avec une robe façon meringue, une pièce montée vertigineuse, et une première valse savamment chorégraphiée. Mais je penche plutôt pour un mariage civil à Euston le matin, et qu'on arrive à temps à Paris pour le dîner. On pourrait emmener Sam, si tu veux. À propos, où est-il ?

— Il dort chez Pantin. Il prétend que les odeurs de peinture fraîche lui donnent la migraine.

—On va bientôt se rhabiller et aller le retrouver pour que je puisse lui demander la main de sa sœur en bonne et due forme. Tu crois qu'on a besoin d'une dérogation pour se marier le lundi ? Et combien de temps faut-il pour l'obtenir ? Où est mon téléphone ? Il faut que je me renseigne sur Google.

Alors Posy se mit à hurler.

—Mais je ne vais pas me marier avec toi ! Tu es tombé sur la tête ou quoi ? Tu peux me dire pourquoi je t'épouserais ?

—Parce que je suis amoureux de toi, Tignasse. Il faut suivre, de temps en temps ! Je suis fou de toi depuis des années, bien qu'il m'ait fallu un moment pour en prendre conscience. C'est pour cette raison que ces dernières semaines j'ai tenté de te montrer à quel point tu comptais pour moi, et maintenant que c'est fait, nous pouvons passer les six prochaines décennies à nous chamailler et ensuite à nous réconcilier joyeusement entre les draps. Ce sera vraiment génial.

—Chut ! Arrête ! protesta-t-elle en posant un index sur sa bouche pour qu'il se taise. On ne va pas se marier. Il se peut que j'aie des sentiments pour toi, le béguin, mais je ne t'aime pas.

Il embrassa le bout de son doigt, puis repoussa sa main pour s'exprimer.

—Vraiment ?

Il ne paraissait pas du tout bouleversé par son aveu.

— Tu t'apercevras bientôt que si! poursuivit-il. Et moi qui avais peur que tu me considères comme un grand frère. Tu l'as presque dit, d'ailleurs, l'autre soir…

— Non, c'est toi qui as insisté sur le fait que je t'attribuais ce rôle. J'ai simplement approuvé le mot «dominateur».

— Dommage que tu n'aies pas été plus précise, car on aurait pu régler l'affaire hier soir, décréta-t-il d'un ton sec.

Mais il lui sourit bien vite de nouveau et ajouta :

— Allons, je te pardonne, car pendant tout ce temps, tu écrivais un roman d'amour dont nous étions les héros, et comme tu adores les histoires qui finissent bien, je ne doute pas que tu avais prévu un happy end pour Miss Morland et lord Thorndyke.

— Eh bien, oui! Mais eux, ils sont fictifs…

Et elle se rappela alors ce qu'elle avait écrit juste avant qu'il n'arrive : une fin heureuse! Il fallait croire que son cœur et ses doigts avaient un tempo d'avance sur son cerveau.

— Bon, je concède que je pourrais t'aimer, mais ça ne signifie pas que je veuille t'épouser.

— Oh si, je t'assure que nous allons nous marier!

— Non, nous ne nous marierons pas!

— Permets-moi de ne pas partager ton avis. Nous nous marierons, Tignasse.

Il était impossible de discuter avec Sebastian. Quand il avait une idée en tête, il n'en démordait pas. Aussi Posy recourut-elle au subterfuge qu'elle avait utilisé la dernière fois qu'elle s'était retrouvée dans une telle position.

— Très bien, puisque tu le dis.

CHAPITRE 21

P osy avait imaginé cette journée depuis si longtemps qu'elle n'arrivait pas à croire qu'elle se concrétisait enfin.

Elle était entourée de tous les gens qu'elle aimait : Sam, ses grands-parents, tantes, oncles et cousins du pays de Galles, Nina, Verity, Tom et, oui, Sebastian, car il s'était trouvé qu'elle l'aimait finalement elle aussi, et elle nageait dans le bonheur depuis qu'ils s'étaient unis entre les draps.

Mais il y avait bien d'autres personnes dans la salle : Pantin, Petite Sophie, leurs parents respectifs, la plupart des commerçants de Rochester Street au rang desquels l'adorable Stefan, bien entendu, ainsi que ses clients préférés.

Elle ne cessait de sourire, à en avoir bientôt des crampes aux maxillaires. Jamais elle n'avait été aussi heureuse au point qu'à un moment ce trop-plein d'émotions devint presque insupportable, et elle dut s'isoler pour ordonner ses pensées et ses sentiments. Elle ne méritait pas un tel bonheur, ce n'était pas juste.

— Pourquoi tu rumines dans ton coin ? Sebastian va piquer sa crise. Il croit que tu as fait une fugue.

Nina venait de surgir devant elle, alors qu'elle s'était retirée pour être à l'abri des regards.

—Allez, reviens. Personne ne t'en voudra.

—Je suis un peu submergée par ce qui m'arrive, reconnut-elle. Tout s'est passé si vite. Tout a changé, je n'ai pas encore eu le temps de m'y habituer.

—Eh bien, il faut que toi aussi tu t'adaptes et que tu évolues, puisque tu appelais ces transformations de tes vœux !

Pippa était venue à la rescousse de Nina.

—Viens, enchaîna cette première. Il est temps de couper le gâteau, puis de faire les discours. Tu as préparé le tien, n'est-ce pas ?

Non, elle allait improviser. Essayer de formuler ce que son cœur ressentait, encore que pour l'instant il menaçât de sortir de sa poitrine.

—Pas vraiment, mais ça va aller.

Et elle cita brusquement :

—« Elle amoncelait les livres comme les nuages, et les mots tombaient de sa bouche comme la pluie. »

Pippa fronça les sourcils.

—C'est du Steve Jobs ?

—Non, répondit Posy en éclatant de rire.

Et elle laissa Pippa l'entraîner hors de son refuge, puis lissa sa robe blanche, tandis que Nina lui ouvrait la route, l'empêchant de s'arrêter et de discuter avec les personnes qui la félicitaient et applaudissaient sur son passage.

Elle la conduisit jusqu'à la table dressée au milieu de la librairie, où Sebastian et Sam l'attendaient.

—Te voilà enfin ! s'écria ce premier (alors qu'elle s'était absentée à peine dix minutes). Je vais te faire implanter une puce électronique pour te pister.

—Je ne crois pas que ce soit légal, intervint Sam, pensif. Et je ne pense pas non plus que ce soit digne d'un bon mari.

—Ah bon ? J'ai pourtant la ferme intention d'être le meilleur époux du monde ! rétorqua Sebastian d'un ton solennel. Me suis-je plaint une seule fois du désordre qui règne à l'étage ?

Posy leva les yeux au ciel.

—Et pour cause ! Tu as envoyé ta femme de ménage en mission spéciale quand tu me savais absente, mais peu importe, de toute façon, je ne vois pas pourquoi tu continues à dire que...

—Mesdames et messieurs, puis-je avoir toute votre attention, s'il vous plaît ?

Et Nina tapa dans ses mains avant que Posy ait le temps de régler encore un ou deux points avec Sebastian.

—Nous allons à présent couper le gâteau, poursuivit-elle, et je sais que Posy tient à nous faire un bref discours. Et je crois deviner que Sebastian souhaite lui aussi nous abreuver de ses paroles.

—Bien dit ! marmonna Sam.

Et il reçut une tape affectueuse derrière la tête.

—Tiens-toi à carreau, Tignasse junior ! Quand je pense que tu étais mon préféré des deux.

On venait de remettre une assiette à Posy, qu'elle enfonça légèrement dans les côtes de Sebastian ; il passa alors un doigt sur ses lèvres pour mimer une fermeture Éclair.

Si seulement! songea-t-elle.

Elle se tourna ensuite vers ses invités, auxquels elle adressa un sourire crispé. Puis elle se détendit en balayant la librairie du regard. Le lieu était magnifique, dans ses nouvelles teintes gris taupe et fuchsia. Même Tom avait reconnu qu'on avait évité le rose bonbon.

Des bougies constellaient par ailleurs les lieux, mais avaient été placées à une distance respectable des livres ; Posy avait insisté là-dessus. Elles parfumaient l'air au chèvrefeuille en souvenir de sa mère, à la rose à la mémoire de Lavinia, et Elaine, son fournisseur, avait même réussi à en fabriquer une aux effluves de vieux livres.

Dans les vitrines vintage, qui occupaient à présent tout un pan de mur dans la salle principale, se trouvaient les mugs, les accessoires de papeterie, les tee-shirts et ses *tote bags* chéris, ainsi que des bagues et des bracelets ornés de citations littéraires gravées sur des plaques en émail, et toutes sortes d'autres produits dérivés.

Et puis, bien sûr, il y avait les livres.

Les étagères en étaient pleines à craquer, chacun attendant le client qui l'achèterait afin que tous deux vivent une grande aventure. Peut-être que les mots imprimés sur le papier correspondraient à ceux que le lecteur avait entendu résonner dans son âme, mais n'avait jamais eu le courage de proférer à haute voix. Chaque roman promettait à son lecteur, quels que soient les épreuves et les tourments que la vie lui avait infligés, qu'il pourrait encore trouver un être à qui s'unir.

Et même s'il vivait une histoire d'amour par procuration, cela comptait aussi.

— Un discours! Un discours! Un discours!

Posy fut arrachée à ses rêveries par la clameur fiévreuse des invités dont les yeux étaient braqués sur elle, alors qu'elle les regardait tous bouche bée, brandissant sa pelle à gâteau comme une arme. Elle sentit subitement des doigts chauds se mêler aux siens: Sebastian venait de glisser sa main dans la sienne.

— À ton rythme, Tignasse, murmura-t-il.

Elle prit une profonde inspiration. Elle était parmi ses amis, elle n'avait donc rien à redouter. Il suffisait qu'elle laisse son cœur s'exprimer…

— Je serai brève pour que l'on puisse continuer à couper le gâteau et le manger, prévint-elle d'une voix chevrotante (qui la surprit elle-même). Je vous remercie sincèrement de votre présence aujourd'hui, car vous m'avez tous aidée à concrétiser mon projet, et c'est grâce à vous qu'*Au bonheur des tendres* existe. Je tiens tout particulièrement à remercier mes incroyables collègues. Je suis tellement heureuse de travailler chaque jour avec mes meilleures amies. Nina, Verity, Tom et Petite Sophie, merci mille fois pour vos efforts.

L'assemblée se mit à applaudir à tout rompre, et Posy en profita pour reprendre son souffle. Puis elle se tourna vers Sam, qui articula un «non» en silence et secoua énergiquement la tête.

— Je veux aussi remercier mon brillant petit frère qui a créé notre nouveau site et a accepté d'être de la partie, Pippa qui m'a initiée à la méthode D.A.R., mais je tiens avant tout à exprimer ma reconnaissance à mes parents, qui m'ont appris que je ne serais jamais seule si j'aimais lire, et à Lavinia, qui a cru en moi et m'a confié sa librairie, et enfin à…

— Tu peux abréger, Tignasse ? lui murmura Sebastian (alors qu'elle s'apprêtait à le remercier pour l'avoir sortie d'une hibernation qui avait duré sept ans). Les femmes intelligentes et couronnées de succès m'excitent terriblement, et je sens que je ne vais pas pouvoir me retenir de t'embrasser.

À ces mots, elle perdit le fil de son discours, et à présent, elle était elle aussi mue par une seule obsession : l'embrasser.

— Et je voudrais aussi dire toute ma gratitude à Sebastian, mais je crains que le compliment ne lui monte à la tête, acheva-t-elle en lui étreignant la main.

Il la lui serra très fort, et elle dut quasiment s'arracher à sa poigne afin de continuer à couper le fabuleux *Red Velvet* que Mattie avait confectionné pour l'occasion. Il était recouvert d'un glaçage sur lequel figurait une citation de Jane Austen : « Tout bien considéré, j'affirme qu'il n'y a pas de plus grand plaisir que la lecture. »

Au moment où Posy allait planter son couteau dans la génoise moelleuse, Sebastian l'enlaça par la taille.

— Je voudrais moi aussi prononcer quelques mots, déclara-t-il d'un air décontracté (mais, pressée contre lui, Posy entendait son cœur tambouriner). Cette librairie appartient à ma famille depuis un siècle, et j'aimerais remercier Tignasse de lui avoir offert une seconde vie. Je souhaitais pour ma part la spécialiser dans le polar, je pense que cela aurait vraiment changé la donne, mais j'ai fini par me rendre compte que la romance n'était pas une aussi mauvaise chose, au fond. Et je pense qu'il est tout à fait opportun qu'*Au bonheur des tendres* soit une entreprise familiale dédiée à la littérature sentimentale, car Tignasse et moi allons nous marier…

— Mais pas du tout. Je ne t'ai jamais dit « oui » !

— C'est vrai, ta réponse fut : « Très bien, puisque tu le dis », et il se trouve que je l'ai soumise à mon avocat, qui m'a assuré que c'était l'équivalent d'un engagement oral, et que cela comptait d'un point de vue juridique.

— Tu n'as aucun témoin ! Et n'importe quel juge radierait ton avocat du barreau, car il n'a pas compris que tu ne jouissais pas de toutes tes facultés.

— Ne sois pas ridicule ! Toi et moi savons que nous serions déjà mariés s'il n'était pas nécessaire de publier les bans vingt-huit jours avant la cérémonie, affirma-t-il en balayant l'assistance du regard. À propos, vous êtes tous invités.

— Il se peut qu'un jour nous nous mariions, mais aucune femme dotée de bon sens n'épouserait un homme qui ne l'a jamais invitée à dîner, répliqua Posy.

Bon sang! Elle aurait tant aimé qu'il n'ait pas remis la question sur le tapis, et surtout pas devant les gens rassemblés pour l'inauguration, et qui ne cessaient de les regarder tour à tour, médusés, comme si Sebastian et elle formaient un duo comique, alors qu'ils étaient censés leur tenir un discours.

Encore qu'ils fussent peut-être tout simplement impatients de goûter le gâteau.

— Nous nous marierons, Tignasse, reprit Sebastian, et tu ne pourras pas t'y opposer, sauf si tu tournes les talons le jour J, dans ta belle robe immaculée, ton bouquet de fleurs blanches à la main.

— Mais non, je ne vais pas t'épouser, répéta-t-elle un peu plus fort afin que tous, même ceux du fond, l'entendent, au cas où ce n'aurait pas déjà été le cas.

Sebastian demeura silencieux pendant qu'elle coupait le gâteau, mais quand elle lui tendit une part, il s'arma de courage et déclara :

— Comme nous devons attendre l'autorisation encore trois semaines, cela me laissera un peu de temps pour t'emmener dîner en ville, deux ou trois fois. Et ensuite, nous pourrons nous marier, n'est-ce pas ?

— Je vais y réfléchir, répondit Posy. Mais c'est hautement improbable. Et maintenant, mange ton gâteau et tais-toi !

Elle ne sut par quel miracle il obtempéra. Elle en profita pour lever rapidement son verre, invitant tout le monde à porter un toast à la librairie et à tout ce que celle-ci représentait.

Quand les mots *Au bonheur des tendres* résonnèrent dans la salle, Posy secoua la tête… Épouser Sebastian ? Vraiment ? C'était bien la blague la plus ridicule qu'elle ait jamais entendue.

Chapitre 22

Lecteur, elle l'a épousé!

Les cinq romans d'amour préférés d'Annie Darling

1. *Orgueil et Préjugés* de Jane Austen
(Évidemment !)
« Permettez-moi de vous exprimer l'ardeur de mon admiration et de mon amour. »
Oh oui, continuez, Mr Darcy. S'il vous plaît !

2. *Regency Buck* (Un dandy de la Régence) de Georgette Heyer
Le tout premier roman de Georgette Heyer que j'ai lu, et qui occupera toujours une place privilégiée dans mon cœur.
Les héritières frivoles et les héros sarcastiques sont mon herbe-à-chats littéraire.

3. *Avec vue sur l'Arno* de E.M. Forster
Je l'ai lu à un âge où l'on est impressionnable, et depuis je rêve qu'un jeune homme passionné m'étreigne fiévreusement dans un champ de violettes, en Toscane. Ça ne m'est toujours pas arrivé, mais je garde bon espoir.

4. *Un jour* de David Nicholls
Une relation amoureuse à laquelle je me suis identifiée et une histoire d'amour que j'aurais aimé écrire.

5. *Le Scandale de la suffragette* de Courtney Milan
Mon auteure contemporaine favorite de romances historiques nous a offert une suffragette comme héroïne. Lady Agatha aurait approuvé.

LES CINQ LIBRAIRIES
PRÉFÉRÉES D'ANNIE DARLING

1. *Persephone Books*, Lamb's Conduit Street, Londres
Toute ressemblance avec *Au bonheur des tendres* serait purement fortuite ! Construite en 1702 à Bloomsbury, cette librairie vend de merveilleux livres épuisés et réédités par ses soins, arborant d'élégantes couvertures grises en papier marbré ainsi que des signets. J'adore cet endroit dans lequel il règne un joyeux désordre.

2. *Shakespeare & Co*, Rue de la Bûcherie, Paris
Cette célèbre librairie anglophone a été fondée par Sylvia Beach dans les années 1930 et fermée en 1940 lorsque les nazis ont envahi Paris. En 1951, la nouvelle *Shakespeare & Co* ouvrit ses portes dans un lieu différent, rive gauche. J'y fais toujours un pèlerinage quand je viens à Paris. (Ce qui n'arrive, hélas, pas très souvent.)

3. *Ripping Yarns*, Highgate, Londres (RIP)
Malheureusement fermée aujourd'hui, ce fut une boutique de livres d'occasion où l'on me voyait souvent humer l'odeur des vieux livres, ou rêver devant les éditions originales de *Chalet School* que je ne pouvais pas m'offrir.

4. *The Old Children's Bookshelf*, Canongate, Édimbourg
Puisqu'on parle de *Chalet School*, cette merveilleuse librairie possède un stock remarquable de livres de seconde main pour enfants, ainsi que des rééditions de romances fort peu connues. J'en sors toujours chargée de sacs très lourds, le portefeuille allégé.

5. *Foyles*, Charing Cross Road, Londres
Quand j'étais enfant, aucune expédition au nord-ouest de Londres n'était complète sans une visite chez *Foyles*. J'économisais mon argent de poche pendant des semaines pour pouvoir y acheter un livre, et même aujourd'hui, j'ai toujours un grand plaisir à franchir les portes de leur nouveau magasin plus tape-à-l'œil.

Remerciements

Merci à Rebecca Ritchie, mon super agent, à Karolina Sutton, à Lucy Morris, à Melissa Pimentel et à toute l'équipe de Curtis Brown.

Merci également à Martha Ashby, qui touche sa bille en fiction romantique, à Kimberley Young, à Charlotte Brabbin et à tout le personnel de HarperCollins.

Enfin, un grand merci à Eileen Coulter qui m'a patiemment écoutée lui raconter l'intégralité de mon roman, alors que nous nous promenions dans des rues passantes ou plus tranquilles, dans le nord de Londres.